Lilli Palmer, als Tochter eines Arztes und einer Schauspielerin in Posen geboren und in Berlin aufgewachsen, nahm bei den Reinhardt-Schauspielerinnen Lucie Höflich und Ilka Grüning Schauspielunterricht und bekam ihr erstes Engagement bei Gustav Hartung am Darmstädter Landestheater. Als sie 1933 Deutschland verlassen mußte, ging sie nach Paris und London, wo sie nach entbehrungsreichen Jahren für den Film entdeckt wurde. Ihre steile Karriere führte sie 1945 nach Hollywood, wo sie sich – zusammen mit ihrem ersten Mann Rex Harrison – schnell durchzusetzen vermochte. Als die auch am Broadway überaus erfolgreiche Schauspielerin 1954 nach Deutschland zurückkehrte, wurde sie mit Angeboten und Auszeichnungen (u. a. zwei Bundesfilmpreisen) überhäuft. Sie lebte zuletzt mit ihrem zweiten Mann, dem Schriftsteller und Filmschauspieler Carlos Thompson, in der Schweiz. In ihrer Freizeit widmete sich die vielbeschäftigte Schauspielerin und Autorin, deren Bücher auch in vielen anderen Sprachen erschienen sind, mit viel Erfolg der Malerei. Lilli Palmer starb im Januar 1986.

Von Lilli Palmer sind außerdem als
Knaur-Taschenbücher erschienen:

»Dicke Lilli – gutes Kind« (Band 476)
»Eine Frau bleibt eine Frau« (Band 1320)
»Nachtmusik« (Band 1090)
»Der rote Rabe« (Band 644)
»Umarmen hat seine Zeit« (Band 789)

Vollständige Taschenbuchausgabe 1988

Umschlaggestaltung Adolf Bachmann, Reischach
Umschlagfoto P. Friese/Zefa
Gesamtherstellung Elsnerdruck, Berlin
Printed in Germany 5 4 3
ISBN 3-426-01576-5

Lilli Palmer:
Wenn der Nachtvogel schreit

Roman

Knaur

Portofino 1960

1

»Da schreit er wieder.«

»Wer?«

»Der Nachtvogel.«

»Der schreit doch nicht, der singt. Das ist der Nachtreiher, der besucht uns manchmal. Den kennst du doch.«

»Hab' ich noch nie gehört. Klingt wie Geschrei.«

»Das kommt dir heute nur so vor. Kein Wunder. Wie geht's jetzt?«

»Laß mich ans Teleskop.«

»Bleib sitzen. Ich werde dir Schritt für Schritt berichten, jede Einzelheit, verlaß dich drauf.«

»Ich will jetzt ran. Mach Platz.«

»Okay. Ausgerechnet heute gibt's keinen Mond. Kannst du überhaupt was sehen?«

»Ich sehe den Kai... die Boote, ganz am Ende das große weiße von dem Griechen... wie heißt er gleich?«

»Kalandros. Kannst du die ›Gudrun‹ ausmachen? Die ist auch weiß.«

»Aber kleiner. Da sind viele kleine weiße.«

»Zähl rechts von Kalandros, die fünfte oder sechste.«

»Ich hab' sie. Mit offenem Deck.«

»Leute? Geht noch jemand spazieren?«

»Keine Seele. Alles schon dunkel, ›Nazionale‹, ›Delfino‹, auch's ›Pitosfero‹. Wann müßte er dasein? Du hast ihn doch schon öfter beobachtet?«

»Er fängt seine Runde um elf an. Meistens ist er pünktlich. Deutscher.«

»Dreh das Ding mehr nach rechts. Es gibt doch nur einen Weg zum Hafen, nicht wahr? Oder kann er irgendwo zwischen den Häusern hinuntersteigen?«

»Nein. Außerdem kommt er ja mit dem Rad; das schließt er oben auf dem Parkplatz an, damit es niemand stiehlt. Besser so?«

»Ja. Bring mir einen Stuhl, bin doch etwas... ramponiert.«

»Ich sage ja: Laß mich durchsehen.«

»Nein.«

»Also gut. Setz dich wenigstens.«

»Jetzt seh' ich die Ecke am ›Nazionale‹, wo der Weg zum Parkplatz einbiegt.«

»Klar, da steht doch die Laterne.«

»Eine Schande, wie schlecht der Hafen beleuchtet ist. Beinah wie im Krieg.«

»Deswegen sind ja auch alle froh, daß er die Runde macht. Obgleich, was nützt das schon? Wenn jemand sich da unten an die Kähne ranmachen will, dann tut er's später.«

»Macht er nicht mehrere Runden?«

»Nur Juli/August, wenn's was zu holen gibt. Jetzt lohnt sich's noch nicht.«

»Der Hund! Der große schwarze unter der Laterne.«

»Tasso. Paß jetzt genau auf!«

»Da ist er. Nicht zu übersehen in seinem weißen Hemd.«

»Jetzt geht's also los. Laufenden Kommentar, bitte. Jede Einzelheit.«

»Er bleibt stehen... wartet auf den Hund... Jetzt gehen sie zusammen zu den Booten... Er hat eine Taschenlampe angemacht und leuchtet den großen Griechen ab.«

»Das kann ich sogar mit bloßem Auge sehen.«

»Er geht weiter... Der Hund läuft voraus.«

»Zähl jetzt.«

»Zwei... drei... Er geht ziemlich langsam... Leuchtet jedes Boot ab, aber er geht auf keins.«

»Muß er auch nicht. Nur wenn er etwas Verdächtiges sieht. Er hat die Schlüssel für jedes Boot.«

»Vier... Aus. Kein Lichtschein mehr.«

»Er will die Batterie schonen. Ich sage ja, ein echter Deutscher.«

»Er wandert weiter... fünf... sechs... Die Taschenlampe ist wieder an.«

»Das muß die ›Gudrun‹ sein, die sucht er gründlich ab, du wirst sehen. Vielleicht geht er sogar an Bord. Das wäre allerdings...«

»Freu dich nicht zu früh, er geht weiter. Taschenlampe wieder aus... Jetzt bleibt er stehen... dreht sich um... Er wartet auf etwas. Auf was wartet er? Taschenlampe wieder an... Er geht zurück zur ›Gudrun‹... Ach so! Tasso sitzt noch vor der Gangway und schaut hinüber... Mein Gott, der Hund! Natürlich! An den haben wir gar nicht gedacht.«

»Schaut hinüber? Weiter! Nun sag schon.«

»Jetzt steht er vor der ›Gudrun‹... leuchtet sie noch mal ab. Der Hund läuft die Gangway rauf... bleibt vor der Tür stehen...«

»Und er? Was macht er?«

»Er kommt langsam hinterher... sehr langsam... Jetzt steht er hinter dem Hund... Worauf wartet er?«

»Schlüssel. Er sucht den richtigen an seinem Schlüsselbund.«

»Der Narr! Sieht er denn nicht, daß das Schloß... Jetzt hat er's gesehen.«

»Und? Was tut er?«

»Nichts. Er steht da. Der Hund drängt sich vor... Er steht immer noch da.«

»Er hat Angst.«

»Jetzt geht er rein... Aus. Ich sehe nichts mehr. Nur die Umrisse vom Boot... Ich kann nicht mehr.«

»Jetzt laß mich doch endlich...«

»Okay.«

»Merkwürdig – alles dunkel. Vielleicht ist der Strom noch abgeschaltet. Ja, das wird's sein, denn sonst hätte er doch sofort... Da ist er wieder! Er rennt die Gangway herunter... an den Booten vorbei...«

»Wohin rennt er?«

»Zur Küstenwache, nehme ich an.«

»Ach so. Natürlich. Ich funktioniere nicht, bin noch immer – halb tot.«

»Wundert 's dich? Er rast, sag' ich dir… Jetzt bleibt er wieder stehen… Der Hund ist neben ihm. Er dreht sich um und geht zurück… aber langsamer…«

»Zurück, sagst du?«

»Er läuft wieder… an der ›Gudrun‹ vorbei…«

»Vorbei?«

»Jetzt ist er am Griechen… vorbei… wohin läuft er?«

»Vielleicht zur Telefonzelle am ›Nazionale‹.«

»Richtig. Jetzt steht er davor… Geht aber nicht rein, steht bloß da… Mir scheint, er hält sich dran fest…«

»Würde mich nicht wundern. Hat ihm sicher einen gewaltigen Schock gegeben, da nützt alles Training nichts.«

»Jetzt geht er rein.«

»Wo ist der Hund?«

»Der Hund? Ich seh' ihn nicht… Doch, da sitzt er wieder, vor der ›Gudrun‹.«

»Gescheites Vieh.«

»Er hat in der Zelle seine Taschenlampe wieder angemacht.«

»Er muß doch was sehen können, wenn er die Nummer wählt.«

Unten, in der Zelle, schaltete der junge Mann mit zitternden Händen seine Taschenlampe aus. Kriegskind. Die Sparsamkeit saß ihm in den Knochen, sogar jetzt, während er atemlos dem Klingelzeichen lauschte. War Falke etwa nicht zu Hause? Er ging doch eigentlich nie abends aus… Aber die alte Dame war ja da, und die ging gern mal aus…

»Hallo?« eine tiefe, verschlafene, ungnädige Stimme.

»Herr Falke? Tilling. Gott sei Dank, Sie sind da…«

Die Stimme, sofort hellwach, unterbrach ihn: »Was ist denn, Junge? Ist was passiert?«

»Herr Falke... auf Ihrem Bett liegt einer! Ein Toter!«

»Was redest du da?«

»Auf der ›Gudrun‹, in Ihrer Kajüte. Die Tür vorne war aufgebrochen. Ich wollt's Ihnen nur schnell sagen, ich lauf' jetzt zur Küstenwache...«

»Tilling!« Die Stimme fiel ihm gebieterisch ins Wort. »Du gehst *nicht* zur Küstenwache!«

»Aber Boß, ich *muß* doch...«

»Später. Mach deinen Rundgang, als sei nichts geschehen! Ich treffe dich in zehn Minuten vor dem Griechen.«

Aufgelegt. Der junge Mann stand noch ein paar Sekunden mit dem Hörer in der Hand, dann verließ er die Zelle und sah sich um. Tasso? Ein dunkler Fleck saß unbeweglich vor der »Gudrun«. Der Hund wußte längst: Nicht zur Küstenwache, sondern hier warten.

Tilling fügte sich widerstrebend, aber er konnte seine Runde nicht gleich wieder aufnehmen, dachte: Ich muß mich hinsetzen. Unter der Markise vor dem »Nazionale« waren alle Stühle umgekehrt auf die Tische gestellt. Er holte einen herunter. Das war ihm noch nie passiert, daß seine Beine schlotterten; er hatte das immer für eine Redensart gehalten: den Dienst versagen. Wie er den seinen bei Falke, denn er hätte den Störenfried auf der Stelle bei der Küstenwache melden wollen. Und ein Toter war ein Störenfried, auch wenn er so still dalag wie der Mann auf Falkes Bett. War der aber wirklich tot? Tilling sprang auf, stellte den Stuhl ordentlich zurück und lief zur »Gudrun«. Der Hund wedelte kurz mit dem Schweif und ließ ihn die Gangway hinauf vorangehen. Großer Gott! Er hatte vorhin nicht einmal abgeschlossen! Nein, das Schloß war ja kaputt... Aber daran hatte er gar nicht gedacht, hatte durchgedreht, versagt, gleich beim ersten Zwischenfall in seiner Eigenschaft als Nachtwächter, war einfach in kopfloser Panik davongerannt. Was aber noch viel schlimmer war – jetzt, wo er doch genügend Zeit gehabt hatte, sich zusammenzureißen, jetzt stand er immer noch auf der Gangway und sah seinem Hund nach, der im Innern der Yacht verschwunden war.

Und nun war's sowieso zu spät, Tasso hinterherzulaufen. Leise Stimmen, von der nächtlichen Stille und vom Wasser geisterhaft verstärkt, erreichten ihn aus dem Dunkel. Zwei Gestalten näherten sich langsam von der Piazza her dem Kai. Tilling lief den beiden, die nur langsam vorankamen, entgegen. Warum hatte Falke die alte Dame mitgebracht? Hatte er nicht begriffen?

Als sie ihn kommen sahen, rief der Mann mit unterdrückter Stimme: »Ich habe dir doch gesagt, du sollst deinen Rundgang machen.«

»Aber da liegt doch ein Toter! Ich *glaube* jedenfalls, er ist tot...«

Der Mann, der die Frau stützte, blieb abrupt stehen. »Du bist nicht sicher?«

»Ich hab' gerufen...«, Tillings Stimme schwankte, er hatte immer – ohne ersichtlichen Grund – etwas Angst vor seinem Boß. »Aber er rührte sich nicht, und... als ich ihn anfaßte, auch nicht.«

»Hast du sein Gesicht gesehen?«

»Sein Gesicht? Ich weiß nicht... Doch, ja... Ich glaube, von der Seite...«

»Hast du irgendein Geräusch gehört? Nein? Aber du hast nicht in den anderen Kabinen nachgeschaut? Oder oben auf Deck?«

Der junge Mann schüttelte den Kopf. »Ich... ich wollte schnell weg und zur Küstenwache...«

Falke sagte leise zu seiner Begleiterin: »Soll ich dich nicht lieber zurückbringen, Maxie? Wer weiß denn, was da los ist auf dem Boot.«

»Bist du verrückt?«

Langsam und ohne ein weiteres Wort gingen sie nebeneinander den Kai entlang, am Griechen vorbei zur »Gudrun«.

Einmal sagte Falke: »Wo ist Tasso?«

»Drinnen«, antwortete der junge Mann beschämt. Aber als sie die Gangway erreichten, erschien der Hund oben in der Tür.

Falke blieb stehen. »Aha. Wenn sich jetzt noch jemand im Boot versteckt hielte, würde Tasso bellen und nicht wedeln. Bind ihn draußen an. Also dann – gehen wir.« Aber anstatt der alten Frau die Gangway hinaufzuhelfen, blieb er immer noch auf dem Kai stehen und blickte hinüber zum Schiff.

»Worauf wartest du?« fragte sie ungeduldig. »So komm doch, hilf mir!«

»Ja. Natürlich. Tilling, gib mir die Taschenlampe.«

Oben vor der Tür machte er noch einmal halt, während die alte Frau ohne Zögern im Dunkeln an Bord ging. Dann erst flammte der Lichtstrahl der Taschenlampe auf und erhellte den engen Gang.

»Maximiliane! Laß *mich* zuerst...«

Aber sie war schon weitergehumpelt und hatte bereits die Kajütentür, die letzte rechts, geöffxt, als er sie erreichte und festhielt.

»Warte doch, um Gottes willen!«

»Worauf? Kann man kein Licht machen?«

»Nein.«

Der Lichtstrahl zitterte den Boden der Kajüte entlang zum Bett und dann aufwärts. Der Mann lag auf der linken Seite, das Gesicht zur Wand gekehrt, die Füße unnatürlich nach außen gedreht. Tot, dachte Falke.

Die alte Frau humpelte eilig zum Bett, machte dann aber doch halt. »Dreh *du* ihn um, Hannes.«

Tilling erschien in der Tür. »Kann ich Ihnen helfen, Boß?«

»Halt die Taschenlampe.«

Der junge Mann nahm sie ihm aus der Hand und zielte mit dem Lichtstrahl auf den dunklen Kopf des Mannes. Falke packte die Schultern mit beiden Händen – er trug Handschuhe, warum trug der Boß Handschuhe? – und drehte den Körper, bis er flach auf dem Rücken lag. Dann wandten die Handschuhe auch den Kopf herum, so daß der Lichtschein voll auf das Gesicht fiel. Auf der linken Schläfe klebte ein Heftpflaster, unter dem eine dünne Blutspur begann, die dunkel und eingetrocknet über die linke Wange lief. Aber nun, nach der Drehung, quoll frisches, helles Blut hervor und tropfte auf das Kissen.

Falkes schwarz behandschuhte Hand löste das eine Ende des

Pflasters und enthüllte sekundenlang das Loch – ein recht kleines Loch, dachte Tilling, höchstens zwei Zentimeter im Durchmesser –, dann drückte der Handschuh das Pflaster wieder an seinen Platz, ordentlich, aber sinnlos, denn es war ohnedies zu schmal.

In der Kajüte herrschte absolute Stille. Die alte Frau griff in ihre Tasche, setzte sich eine Brille auf und beugte sich vor. Der Mann mochte zwischen vierzig und fünfzig sein, war klein und schmächtig, die Haare an den Schläfen waren grau, sonst aber noch dunkel. Ein mageres Gesicht mit hoher, enger Stirn, die scharfgeschnittene Nase leicht gebogen, ein kurz gestutzter Schnurrbart über dem schmalen Mund, der schief herunterhing und etwas offenstand, so daß die Vorderzähne zum Vorschein kamen. Fast sah es aus, als lächle er – wenn nur die weit offenen Augen nicht so starr geblickt hätten.

Die alte Frau beugte sich noch tiefer hinunter, richtete sich dann schnell wieder auf. »Ich glaube, er hat ein Glasauge.«

»Ein Glasauge?« flüsterte Falke.

»Hannes, ist das etwa... der Mann?«

Tilling nahm seinen ganzen Mut zusammen: »Boß, ich muß doch zur Küstenwache...«

Er stockte, denn Falke hob den Kopf und sah ihn geistesabwesend an; er war noch blasser als der Mann auf dem Bett.

»Nun sag schon – ja oder nein?« drängte die alte Frau.

Falke wandte sich wieder dem Toten zu, als müßte er ihn noch einmal gründlich studieren, und murmelte: »Setzt euch doch ein paar Minuten auf Deck, ich komme gleich nach. Küstenwache – später.«

»Hab' mir gedacht, daß er die Alte mitbringen wird. Er hat Angst. Und der Junge ist nicht zur Küstenwache gelaufen. Er läßt ihn nicht; das traut er sich nicht.«

»Was tut er jetzt unter Deck?«

»Vielleicht macht er die Kajüte sauber. Vielleicht sitzt er nur da und starrt aufs Bett.«

»Zerbricht sich den Kopf, was er jetzt unternehmen soll.«

»Genau.«

»Und was wird er machen? Was kann *er machen?«*

»Heute nacht – nichts. Er kann ihn nicht von Bord tragen, er kann ihn auch nicht ins Wasser werfen. Alles zu riskant. Morgen früh wird er was in die Wege leiten.«

»Was?«

»Keine Ahnung. Lustig, nicht wahr?«

»Nicht für ihn.«

»Gut so.«

»Was geschieht jetzt noch?«

»Früher oder später wird er wieder an Deck kommen, und dann werden sie zu dritt beraten. Und endlich schlafen gehen.«

»Das sollten wir auch, du vor allen Dingen.«

»Ich weiß nicht, ob ich schlafen kann. Bin zu müde.«

Die »Gudrun« war ursprünglich ein Kutter gewesen und stammte noch aus der Vorkriegszeit. Falke hatte sie umbauen lassen. Eine Tür, seitlich in den Bug eingelassen, führte direkt zu dem Gang unter Deck mit rechts und links je drei Kabinen. Oben war die Kommandobrücke vergrößert und modernisiert worden. Das geräumige Hinterdeck diente zum Essen und Sonnenbaden, aber noch war die Markise nicht aufgespannt. Dagegen stand der lange, gußeiserne Eßtisch, den Tilling gerade frisch gestrichen hatte, bereits an seinem Platz, eingerahmt von acht Stühlen. Ein halbes Dutzend Sonnenliegen lehnten noch zugeklappt an der Wand, ein Berg dicker Matratzen lag unter einem Segeltuch daneben. Erst am Vortag hatte Tilling alles aus der Winterverbannung hervorgeholt, abgestaubt und repariert, denn die ersten Gäste waren für die kommende Woche angesagt. Sie kamen mit Vorliebe in der Vorsaison, Ende April.

Der junge Mann klappte zwei Liegen auf und befestigte die Matratzen darauf; nicht ohne Mühe, seine Hände zitterten noch immer. Die alte Frau stand unterdessen an der Reling und blickte aufs Wasser hinaus. Das Meer verschmolz nebelig mit dem Himmel, eine schwarzgraue Kulisse ohne Dimension. Heute gibt's keinen Mond, dachte sie, und gerade heute hätten wir den tröstlichen »Nebelglanz« gebrauchen können, »wie des Freundes Auge mild über mein Geschick…«

»Alles fertig, Frau Behrens«, murmelte Tilling hinter ihr.

Sie ließ sich von ihm auf die niedrige Liege helfen, erlaubte ihm auch, ihre langen, kerzengeraden, aber steifen Beine vorsichtig nebeneinander zu betten.

So formlos ihr Körper war, so prägnant war ihr Gesicht modelliert: voll, aber noch straff, mit leicht hervorquellenden, sehr hellen blauen Augen, einer kurzen, aufgestülpten Nase und darunter einem großen, etwas wulstigen Mund. Spärliches, krauses weißes Haar umrahmte die breite Stirn, in die ein paar dünne Strähnen hingen, sogenannte Ponys, die sie jeden Morgen mit Hilfe einer alten Brennschere in winzige Korkenzieherlöckchen verwandelte, auch wenn sie sich schon während des Vormittags wieder auflösten. Dieser Frisur war sie ihr Leben lang treu geblieben, nur waren die Ponys inzwischen weiß geworden. Falke fand, sie sehe aus wie eine dekadente römische Kaiserin.

»Soll ich Ihnen eine Decke holen?«

Sie nickte, und er stieg die Treppe hinunter und holte zwei Wolldecken aus einer der leeren Kabinen. Bevor er wieder an Deck ging, warf er schnell einen Blick den Gang entlang: Die Tür zu Falkes Kajüte war geschlossen. Tasso saß davor und wandte ihm den Kopf zu.

»Bleib da!« sagte Tilling.

Die alte Frau hatte noch kein Wort gesprochen, schien seine Gegenwart nicht zu bemerken, obwohl er längst wieder neben ihr stand und von einem Bein aufs andere trat.

»Ich muß doch zur Küstenwache«, stieß er endlich hervor. »Dafür bin ich doch da!«

»Noch wissen sie ja nichts. Setzen Sie sich irgendwohin, und warten sie auf Herrn Falke.«

Er holte einen Stuhl und setzte sich neben sie, so daß er leise sprechen konnte. »Wer ist der Mann, Frau Behrens? Ich meine, wer kann es sein? Sie fragten doch, ob er's ist. Wer?«

»Haben Sie eine Zigarette?«

»Ich rauche nicht, und an Bord sind auch noch keine.«

Sie brummte verärgert. »Alkohol? Irgendwas?«

»Doch. Noch vom vorigen Jahr, aber Herr Falke hat den Schlüssel.«

Sie seufzte einmal tief auf und sagte nach kurzer Pause: »Na schön. Ich nehme an, Sie werden's wissen müssen. Haben Sie mal die Narbe bei Herrn Falke gesehen? Quer über dem Bauch?«

Tilling nickte.

»Hat er Ihnen erzählt, wie er zu der gekommen ist?«

»Im Krieg, hat er gesagt.«

»Weiter nichts?«

»Nein.«

Sie nickte kurz und überlegte wieder.

»Frau Behrens, was macht Herr Falke da unten?«

»Er sieht sich den Mann an, der ihn damals umbringen wollte, nehme ich an, sonst wäre er hier oben, um einen Cognac mit uns zu trinken, das heißt, *Sie* hätte er längst zur Küstenwache geschickt. Er hat ihn also erkannt, das ist mir inzwischen klar. Das Ganze ist jetzt wie lange her – im Sommer 1944 war's, soviel ich weiß, also vor sechzehn Jahren, als die Deutschen aus Italien abmarschierten. Da saß er eines Nachts in Florenz im Hotel ›Excelsior‹ an der Bar. Von irgendwo erklang ›Lili Marlen‹, daran erinnerte er sich später, weil die Leute mitsangen. Er sang nicht mit, unterhielt sich mit einem italienischen Offizier, der neben ihm saß. Und dann hat man das ›Horst-Wessel-Lied‹ gespielt, aber er hörte nicht hin, saß mit dem Rücken zum Raum und sagte gerade etwas zum Barmann, das weiß er noch genau. Plötzlich brüllte jemand, der nicht weit entfernt hinter einem Tisch stand: ›Aufstehen, wenn das gespielt wird!‹ – oder so ähnlich. Hannes drehte den Kopf und sah, daß die Leute alle standen, ob in Uniform oder in Zivil, alle außer ihm und dem Italiener neben ihm; der saß auch noch. Und der blieb auch sitzen, genau wie

Falke, als der Mann wie ein Verrückter weiterschrie. Und dann – die Musik spielte noch – hob er blitzschnell die Pistole und schoß. Der Italiener war sofort tot, Falke fiel vom Barstuhl mit zwei Kugeln im Bauch, wachte erst nach Tagen im Krankenhaus auf – mit knapper Not. Als es ihm dann besserging, hat er versucht, den Kerl ausfindig zu machen. Der war während des Infernos nach der Schießerei draußen im Dunkeln verschwunden. Eine Zeitlang hat Hannes einen Privatdetektiv beschäftigt, aber der Mann war unauffindbar.«

»Und Sie meinen, das ist er, der da unten in der Kabine? Aber warum darf ich nicht zur Küstenwache?«

Sie zuckte mit den Achseln. »Der Boß wird schon wissen, warum. Warten wir's ab.«

»Frau Behrens, warum hat er Handschuhe an?«

»Fragen Sie nicht soviel, junger Mann.«

Danach saßen sie schweigend da und blickten vor sich hin – die alte Frau mit gerunzelter Stirn unter den weißen Ringellöckchen und der junge Mann wie auf Nadeln am äußersten Ende des Stuhls. Immer wieder sah er zur Treppe und horchte, aber alles blieb still.

Die Frau neben ihm seufzte, streckte sich aus und betrachtete den Himmel, der sich nun nicht mehr ganz so undurchsichtig schwarzgrau über ihnen wölbte. Man konnte schon die unendliche Weite ahnen, noch dazu kreisten im Osten ein paar helle Flecken weit hinten über den flachen Felsen vor Chiavari unruhig um einen Punkt. Genau dort sollte längst der Mond aufgegangen sein, um den Hafen von Portofino zu beleuchten, wie er das fast jede Nacht tat; heute sah es aus, als habe er keine Chance.

Auf dem dunklen Deck schlich sich ein noch dunklerer Schatten lautlos heran.

»Platz, Tasso«, murmelte Tilling und blickte gespannt zur Treppe.

Erst erschien Falkes graublonder Kopf, dann schoben sich Schultern und Brust in dunkler Jacke herauf und blieben auf halbem Weg stecken, als sei die Anstrengung zu groß, oder als überlege er, ob er nicht lieber wieder nach unten steigen solle.

Tasso brach die Spannung, indem er zur Treppe trottete und die Gelegenheit, Kopf an Kopf mit Falke zu stehen, ausnützte, um ihm mit Hingabe das Gesicht zu lecken.

»Hierher!« rief Tilling erschrocken.

Aber Maximiliane Behrens lachte laut und rief: »Nun komm schon rauf, Hannes, und erlöse uns von dem Übel! Wobei uns ein Cognac helfen würde.«

Der restliche Teil des langen und überschlanken Körpers schleppte sich die Stufen herauf. Die silbrigen Haare umrahmten ein dunkelgetöntes, schmales Gesicht; darin ein Paar schräggeschnittene Augen von unbestimmter heller Farbe, eine gerade, lange und etwas zu schmale Nase und ein scharf eingezeichneter Mund, der ein wenig dünnlippig war: ein eigenartiges und anziehendes, aber auch ein unzugängliches Gesicht.

Falke griff in die Jackentasche und warf Tilling die Schlüssel zu. »Hol was. Armagnac und Grappa. Und etwas für dich.« Bis Tilling verschwunden war, blieb er stehen. Dann ließ er sich auf der zweiten Sonnenliege nieder.

»Muß er in deine Kajüte gehen, Hannes?«

»Dann hätte ich ihn nicht geschickt. Alle Vorräte sind im Küchenschrank eingeschlossen.« Und noch im selben Atemzug: »Was hast du ihm erzählt?«

»Was ich weiß. Florenz. Nun sag endlich: Das ist er, nicht wahr?«

»Ja.«

»Kannst du das mit Sicherheit sagen? Du hast ihn doch damals nur sekundenlang gesehen.«

»Die waren unvergeßlich, die Sekunden.«

Sie sagte hartnäckig: »Aber nur im nachhinein. Du hast dich doch nur flüchtig umgeschaut – und dann fiel der Schuß.«

»Ich sage dir, das ist er.«

»Hast du eine Ahnung, wer ihn erschossen hat?«

»Nein. Hab' seit Jahren nichts von Bettio gehört – so hieß der

Detektiv damals. Als letztes schrieb er, er sei in Argentinien gesehen worden. Außerdem kann ich mir nicht vorstellen, weshalb Bettio ihn umgebracht haben sollte. Er brauchte ihn nur zu finden, dann hätte er ja sein Geld bekommen.«

»Und was hättest du dann mit dem Kerl gemacht?«

»Nichts. Das ist es ja, deshalb hab' ich ja längst aufgegeben. Seit der Amnestie ist doch nichts mehr zu machen.« Er grübelte. »Ich versteh's einfach nicht. Wer könnte sich die Mühe gemacht haben, ihn umzubringen und mir aufs Bett zu legen?«

»Jemand mit schwarzem Humor. Woher kommt eigentlich das Pflaster? Aus deinem Apothekenschrank in der Dusche?«

»Nein. Der wird Ende der Saison immer ganz ausgeleert.«

»Vielleicht waren's zwei: einer, der schoß, und ein anderer, dem's leid tat.«

»Unsinn«, murmelte Falke. »Aber vielleicht waren's Verrückte, Drogensüchtige, die irgendwie herausbekommen haben – möglicherweise durch Bettio –, daß ich mal eine hohe Belohnung ausgesetzt habe. Wir werden mehr wissen, wenn sie sich melden, denn eine Forderung kommt bestimmt.«

Tillings Hemd blitzte bläulichweiß auf, denn gerade in diesem Augenblick war es dem Mond gelungen, die Wolkenbelagerung zu durchbrechen, und nun beleuchtete er das Deck, als hätte jemand einen Scheinwerfer angezündet. Und nicht nur das Deck; auf einmal erstrahlte auch der Kai im Licht so hell, als wäre er aus weißem Marmor. Die Hafenkulisse von Portofino mit ihren schaukelnden Masten tauchte auf, und hinter der Piazza kam plötzlich eine alte Häuserwand zum Vorschein wie das Bühnenbild für eine italienische Oper. Jede Fensterbrüstung, jeder Balkon und jeder Geranientopf warfen einen scharfen, indigoblauen Schatten.

»Armagnac«, sagte die alte Frau.

»Grappa«, murmelte Falke. Tilling füllte die Gläser. »Nichts für dich, Junge?«

»Nein, danke, Herr Falke. Ich muß doch jetzt...«

»Setz dich hin! Und hör mir gut zu. Frau Behrens hat dir

erzählt, was in Florenz passiert ist. Ich habe damals alles in Bewegung gesetzt, um diesen Mann aufzustöbern, aber es war Kriegsende in Italien, Chaos, keine Ordnungskräfte, Guerillas, Verfolgung der Faschisten, italienischer und deutscher, echter und falscher – und ich war ja bei der Wehrmacht gewesen, also sowieso gefährdet. Als ich aus dem Krankenhaus kam, mußte ich schleunigst von der Bildfläche verschwinden, untertauchen...«

Die alte Frau setzte sich auf. »Mußtest du das, Hannes? Das wußte ich gar nicht!«

Er warf ihr einen Blick zu, und sie legte sich wieder hin und grollte: »Laß nur, erzähl weiter.«

Aber Falke war aus dem Konzept geraten und starrte aufs Meer. Auch die beiden anderen konnten den Blick nicht von dem breiten, glitzernden Lichtstreifen wenden, der sich unterhalb des Mondes von der »Gudrun« bis zum Horizont erstreckte. Manchmal durchquerte ihn ein Fischerboot, glitt lautlos und schattenhaft durch das Flimmern und verschwand wieder im Meeresdunkel.

Tilling sagte vorsichtig: »Und der Mann unten? Wer hat ihn denn...«

Falke nahm einen kräftigen Schluck Grappa. »Das ist es ja, ich weiß es nicht. Aber du kannst nicht zur Küstenwache gehen und denen sagen, auf der ›Gudrun‹ liegt ein toter Mann, weil ich dann sofort verdächtig bin. Bassano, der Capo der Küstenpolizei in Genua, weiß über die Angelegenheit Bescheid, ich habe ihm damals davon erzählt, ihm und einer Reihe anderer Polizeichefs in Italien, die ich für den Fall interessieren konnte...«

»Warum eigentlich nur in Italien?« wagte sich Tilling vor. »Vielleicht war der Täter längst in Deutschland. Haben Sie nie seinen Namen herausgekriegt?«

»Nein«, sagte Falke mit fester Stimme. »Kein Mensch in Deutschland hatte Interesse an einem Mordanschlag in Florenz auf einen deutschen Offizier, alle hatten Wichtigeres zu tun. Mein Privatdetektiv sagte mir, es sei hoffnungslos, zu versuchen, in Deutschland eine Fahndung in die Wege zu leiten. Außerdem führte die erste Spur nach Argentinien. Ich habe Bassano und seinen Kollegen eine ziemlich hohe Belohnung versprochen, wenn sie ihn finden und festnehmen; er hat schließlich versucht, mich umzubringen.« Falke schwieg einen Augenblick und fügte dann hinzu: »Von dem italienischen Offizier neben mir gar nicht zu reden. Bassano hat damals eine ganze Akte über den Fall angelegt. Stell dir also jetzt vor, die Küstenwache von Portofino kommt angelaufen und findet diesen Mann tot auf meinem Bett!«

»Ja, aber – mein Gott«, sagte Tilling verstört. »Wer hat ihn denn dort unten hingelegt? Und das Heftpflaster! Das versteh' ich überhaupt nicht.«

Falke sah ihn aufmerksam an: »Wann – genau – hast du heute deinen Rundgang angefangen?«

»Um elf.«

»Und wann hast du den Mann entdeckt?«

»Ein paar Minuten später, weil Tasso vor der Gangway sitzen blieb.«

»Hast du irgend jemand im Hafen gesehen?«

»Keine Menschenseele.«

Falke nickte, meinte dann langsam: »Ich kann's natürlich nicht mit Sicherheit bestimmen, bin ja kein Experte, aber ich würde sagen, der Mann ist noch nicht lange tot, höchstens zwei oder drei Stunden, noch ist er nicht starr. Außerdem glaube ich, daß er in der Kajüte getötet wurde. Direkt vor meinem Schreibtisch am Fenster sind Schuhspuren auf dem Teppich. Dort muß er gestanden haben, als ihn jemand erschoß. Er fiel nach vorn auf die Tischplatte – ich fand Blutflecken und Spritzer auf dem Leder und auch auf dem Teppich –, und dann hat ihn der Mörder zum Bett getragen. Nehmen wir mal an, er und ein anderer Mann – oder mehrere andere – sind abends zwischen sechs und acht Uhr zusammen aufs Boot gegangen... Wo warst du zu dieser Zeit?«

»Zu Hause.«

»Das Schloß war aufgebrochen, als du an Bord gehen wolltest?«

»Ja.«

»Hm. Kein Problem, das aufzubrechen, eine gewöhnliche Feile würde es bereits schaffen. Die müssen sie aber bei sich gehabt haben – wenn das Ganze *geplant* war. Aber das war's anscheinend nicht, denn wie soll ich mir sonst das Heftpflaster erklären? Irgendwas ist da schiefgegangen, und der Schuß war eine spontane Aktion, aber das macht das Ganze noch mysteriöser.« Er schwieg einen Augenblick. »Zwischen sechs und acht sind noch eine Menge Leute im Hafen; die Chance ist minimal, daß jemand die Leute beobachtet hat und sich erinnert. Trotzdem werde ich morgen – vorsichtig – herumfragen, erzählen, daß das Schloß aufgebrochen wurde... Aber es wird wenig einbringen, fürchte ich. Noch einen Armagnac, Maxie?«

»Kann nie schaden«, sagte sie und trank schnell ihr Glas aus. »Was geschieht jetzt, Hannes?«

Falke stand auf, ging auf Tilling zu und legte ihm beide Hände auf die Schultern, zog ihn dicht an sich heran. »Weißt du jetzt, warum ich Handschuhe anhatte? Meine Fingerabdrücke dürfen auf keinen Fall auf – auf dem Kerl gefunden werden, was immer auch geschieht. Und die Küstenwache muß ausgeschaltet bleiben, Junge, das wird mir langsam klar. Nicht genug, daß der Mann mich für den Rest meines Lebens zum halben Krüppel gemacht hat – soll ich jetzt auch noch als sein vermeintlicher Mörder in Untersuchungshaft sitzen, bis man den richtigen verhaftet hat? Und was geschieht, wenn man den nie erwischt?«

»Können Sie denn nicht beweisen... Ich meine, wo waren Sie gestern abend?«

»Zu Hause. Frau Behrens kann's bezeugen. Aber zuvor war ich kurze Zeit auf dem Boot und habe den Motor angestellt. Probeweise. Der läuft übrigens ziemlich schlecht, Tilling, setzt immer wieder aus. Und das hat der junge Franzose nebenan, der mit der kleinen Sportjolle, gehört«, er zeigte auf ein schmales Segelschiff mit hohem Mast, das neben der »Gudrun« lag. »Wir haben ein paar Worte gewechselt, belanglos, aber jetzt auf einmal wichtig, denn er könnte aussagen, daß ich zwischen fünf und sechs allein hier auf dem Boot war. Wahrscheinlich haben der Mann und wer immer ihn begleitet hat, gewartet, bis ich runter und außer Sicht war, bevor sie an Bord gingen.«

»Könnte sie der Franzose gesehen haben?« fragte die alte Frau.

»Nein. Das dünne Mädchen, die Schauspielerin, mit der er in seiner winzigen Kabine schläft, die hat ihn abgeholt, während ich noch oben am Motor herumhantierte. Ich habe ihnen zugewinkt.«

»Auch das noch!« brummte Maximiliane.

»Was wollten diese Leute auf der Yacht, Boß?«

»Richtig, Junge, das ist die Hauptfrage, die ich mir schon die ganze Zeit über stelle. Was hatten die vor? Sie kamen doch in irgendeiner Absicht, wollten hier etwas tun, was mir zum Schaden gereichen sollte, das ist klar. Und dann muß es zum Streit gekommen sein, und der eine wurde umgebracht.«

»Hannes, was hat ihn hierhergetrieben? Er hat doch damals einfach losgeballert aus seiner Frustration heraus, seinem bekloppten, irren Nazi-Fanatismus. Der hat doch gar nicht gewußt, auf *wen* er schießt!«

Falke blickte lange schweigend auf den glitzernden Wasserstreifen. »Du hast schon recht, Maxie, er muß verrückt gewesen sein – damals. Den Italiener neben mir, den hat's ja auch rein zufällig erwischt.«

»Wer war denn das?«

»Hab' den Namen vergessen.« Er nahm wieder einen Schluck Grappa und sagte vor sich hin: »In seinen Taschen war nichts, absolut nichts, außer ein paar tausend Lire.«

»Das Ganze ist heller Wahnsinn«, murmelte die alte Frau. »Ein Mörder, der ermordet wird... Von wem? Warum?«

Niemand antwortete ihr. Schließlich sagte der junge Mann vorsichtig und leise: »Herr Falke, was wollen Sie tun? Was wollen Sie mit der Leiche tun?«

Die Antwort kam in überraschend forschem Ton: »Das hast du sicher schon erraten, Junge.« Dann, langsamer: »Die versenken wir im Meer.«

»Im Meer?« stammelte Tilling.

»So wie man das macht, wenn einer während der Fahrt auf dem Ozean stirbt. Wir versenken ihn.«

»Im Hafen?«

»Viel zu gefährlich! Wir wickeln ihn ein und laufen morgen früh aus, Richtung Genua.«

»Wickeln ihn ein? In was?«

»Meine Sommeranzüge hängen doch in diesem dicken Ledersack in meiner Kajüte. Die nehmen wir raus – und legen ihn hinein. Du gehst jetzt dort hinüber, wo sie den Kai reparieren, da findest du Steine in allen Größen. Bring ein paar her, sagen wir, drei oder vier schwere, so schwer, wie du sie schleppen kannst. Mach's unauffällig, obgleich ich nicht glaube, daß dich jemand beobachtet. Ab Mitternacht legen die sich aufs Ohr bei der Küstenwache.«

»Herr Falke...«

»Hast du einen anderen Vorschlag?«

»Aber es ist doch was Kriminelles, Vertuschung – oder? Ich hab' so was noch nie getan.«

Falke sah unwillkürlich zu der alten Frau hinüber, als erwarte er Beistand, aber sie schwieg. Es fiel ihm schwer, einen Angestellten zu überreden, aber es lohnte sich um Tilling. In den zwei Jahren seit dessen Dienstantritt hatte er sich, seine mißtrauische Natur überwindend, langsam davon überzeugen müssen, daß dieser Wenzel Tilling nicht nur wie Parsifal *aussah*. Der Junge hatte eine ihm sicher gar nicht bewußte altmodische Aura der Makellosigkeit um sich. Herrlich gewachsen, mit einem schön angesetzten Kopf voll brauner langer und schnurgerader Haare, die Gesichtszüge wie gemeißelt und ein Paar dunkelgrauer, weit offener Augen, die nichts zu verbergen hatten. Es war aber nichts Tumbes an ihm.

»Du hast recht, Junge, es ist eine Vertuschung und als solche strafbar. Aber vor deinem Gewissen kannst du's verantworten – oder glaubst du etwa, *ich* hätte den Kerl umgebracht?«

»Niemals, Herr Falke«, beteuerte der junge Mann.

»Trotzdem...«, sagte Falke langsam, »trotzdem ist es viel

verlangt, ich weiß. Also ist es nur billig, daß sich das Ganze lohnt. Ich biete dir als Gegenleistung die Wasserskischule an, von der du und Inga gesprochen habt. Keine Bestechung, hörst du? Eine Gegenleistung. Wir bauen in Paraggi das Büro und den Geräteraum.« Er wandte sich an die alte Frau: »Den Platz haben wir schon lange ausgesucht, und ich habe eine Option drauf. Ich werde ihm die Schule einrichten, mit allem Zubehör.«

Tilling drückte beide Hände gegen die Stirn. »Boß, kann ich's mit Inga besprechen? Kann ich's mir überlegen?«

»Kommen Sie mal her, mein Sohn«, kam die bereits etwas verschwommene Stimme der alten Frau. »Und bringen Sie einen Stuhl, ich kann nicht so hoch hinaufschauen.«

Falke begann, das Deck auf und ab zu wandern, die ganze Länge des Bootes, an die zwanzig Meter.

»Rücken Sie näher, ich seh' Sie nicht richtig, aber das kann auch am Armagnac liegen. So, jetzt hören Sie mal zu! Ich hab' die ganze Zeit über nachgedacht und mir's nicht leichtgemacht. Jetzt möchte ich Ihnen das Resultat meiner Erwägungen mitteilen – und vergessen Sie nicht: Niemand wird Sie daran hindern, uns adieu zu sagen und zur Küstenwache zu marschieren. Einen anderen Job werden Sie allemal bekommen, jetzt, bei Saisonbeginn. Also: Ich meine, Sie können es vor Ihrem Gewissen verantworten. Sie tun nichts Unrechtes, nur was Unrechtmäßiges, das ist das Ausschlaggebende. Sie helfen, eine Kalamität aus der Welt zu schaffen, die legal nicht in Ordnung gebracht werden kann, ohne noch größeres Unheil anzurichten. Sie bestatten einen Mörder, und so was ist scheußlich, weiter nichts. Wenn *ich's* tun könnte, würde ich mir die Ärmel hochkrempeln, aber leider knarrt's bei mir im Gebälk, seit ich aus dem Taxi gefallen bin vor ein paar Jahren. Völlig nüchtern übrigens, fürs Protokoll. Im Krieg haben wir sehr viel anrüchigere Dinge tun müssen; wir haben bestochen und gestohlen und gefälscht und auch manchmal jemand im Stich gelassen, aber wenn ich zurückdenke – und ich hab' keinen miesen Ausrutscher vergessen –, so würd' ich's heute in dieser Situation genauso machen. Man darf in einer Zwangslage nicht einfach stur nach den gleichen Maßstäben handeln, die man sich fürs tägliche Leben gesetzt hat. Seien Sie froh, daß Sie einem Mann wie Falke aus der Patsche helfen können! Das Wasserskiing – davon will ich gar nichts wissen, das darf dabei keine Rolle spielen. *Es lohnt sich um Falke!* Ich weiß es, ich kenne ihn sehr viel länger als Sie.«

Tilling saß steif und verloren da und sagte dann leise: »Ich hätt's aber gern mit Inga besprochen...«

Falke hörte es und kam ein paar Schritte zurück. »Warum willst du sie unbedingt zur Mitwisserin machen? Das ist Männersache.«

»Männersache«, echote Maximiliane. »Ich war immer ein halber Mann, und jetzt im Alter bin ich ein ganzer – hier oben, meine ich.« Sie klopfte sich an den Kopf. »Halten Sie sie raus aus dieser verdammten Angelegenheit!« Tilling sah sie aus verwirrten, unglücklichen Augen an, senkte den Kopf. »Sie sind noch sehr jung«, fügte sie leiser hinzu, »aber Sie sind alt genug, um auch mal was allein mit sich abmachen zu können, das bedeutet noch lange keinen Verrat. Abgemacht?«

Er stand auf, streckte beide Hände tief in die Hosentasche und ballte sie zu Fäusten. Dann sah er Falke an, der wartend vor ihm stand.

»Okay.«

Falke nickte, als habe er nichts anderes erwartet. »Die Frage ist: Wo versenken wir ihn? Wir können mit der ›Gudrun‹ nicht hinaus aufs Meer fahren, dazu ist sie zu klapprig. Weißt du noch, Maxie, wie wir vor zwei Jahren zu den Porquerolles wollten? Da warst du noch nicht bei uns, Junge, und wir bildeten uns ein, sie sei seetüchtig. Auf halber Strecke standen wir schon und pusteten und funkten, bis man uns abschleppte. Bei unseren Sommerfahrten braucht sie ja nur an der Küste entlangzuschleichen, aber ich glaube, in ein, zwei Jahren wird sie auch das nicht mehr schaffen. Und trotzdem müssen wir's irgendwie fertigbringen, den Sack so weit draußen zu versenken, daß er nicht in nächster Zeit wieder angespült wird.« Er blieb vor Tilling stehen und sah ihn fragend an. »Wo versenken wir ihn, Junge?«

»Keine Ahnung, Herr Falke.«

»Na schön, es wird mir schon einfallen. Hol jetzt die Steine!«

Die alte Frau saß steif und aufrecht da, konnte es sichtlich kaum erwarten, daß der Kopf des jungen Mannes, der die Gangway hinunterging, endlich verschwunden war.

»Hannes«, flüsterte sie. »Alles schön und gut – aber bist du dir eigentlich darüber klar, daß du dich diesem Jungen gewissermaßen auslieferst?«

»Das Risiko nehm' ich auf mich. Für Tilling lege ich die Hand ins Feuer.«

»Und das Mädchen? Du glaubst doch nicht, daß er ihr gegenüber dichthält, die hat ihn doch ganz unter ihrer Fuchtel. Und mir gefällt ihre Visage nicht, ein Mund wie eine Mausefalle.«

»Ich hab' keine Wahl«, sagte Falke eigensinnig. »Ich hab' kein feuerfestes Alibi.«

Er sah dem jungen Mann nach, der, von Tasso begleitet, den Kai entlangging. Dann nahm er seine Wanderung wieder auf, den Blick auf die Deckplanken gerichtet.

Die alte Frau spielte mit ihrem leeren Glas und ließ ihn nicht aus den Augen. Schließlich hielt sie die Zeit für gekommen.

»Hannes, warum hast du sofort Handschuhe angezogen?« Er blieb stehen, kam dann langsam auf sie zu und blickte auf sie hinunter. »Du wußtest von Anfang an, daß er's war?«

»Als Tilling anrief – da wußte ich's. Wer hätte es sonst sein können?«

»Zum Beispiel ein Betrunkener.«

»Ein Betrunkener, der das Schloß aufbricht? Außerdem – die ganzen Jahre über hab' ich's erwartet...«

»Was?«

»Daß er auftauchen würde. Ich hatte immer das Gefühl, es ist noch nicht zu Ende. Ich meine«, setzte er schnell dazu, »die Schießerei in Florenz würde noch mal ein Nachspiel haben.«

Die alte Frau betrachtete ein paar Augenblicke lang sein dunkles, verschlossenes Gesicht. »Und warum ist es so wichtig, daß er nicht angespült wird?«

»Weil man ihn erkennen könnte.«

»Erkennen? Eine Leiche, die tagelang, vielleicht wochenlang im Wasser gelegen hat?«

»Ich kann mir das Risiko nicht leisten, ich würde keine Nacht mehr schlafen. Vergiß den anderen nicht, der ihn erschossen und ihm das Pflaster aufgeklebt hat!«

»Hannes?«

Er kam zu ihr und ließ sich, als sei er plötzlich todmüde, auf die Sonnenliege neben ihr fallen.

»Hannes, du weißt, wer er ist, du kennst ihn schon länger als seit Florenz, nicht wahr?«

Er sprang auf und rief: »Da kommt der Junge mit den Steinen. Ich muß dich jetzt allein lassen, Maxie.«

»Kommt er jetzt in den Kleidersack?«

Falke nickte. »Soll ich dich nicht doch lieber nach Hause bringen?«

»Ich warte hier.«

2

Als Falke wieder an Deck kam, schlief sie, wachte aber sofort auf.

»Wieviel Uhr ist es?«

»Gleich eins.«

»Wo ist der Junge?«

»Ich hab' ihn nach Hause geschickt. Übrigens – wir haben unten im Maschinenraum das Aggregat angeschlossen. Möchtest du Licht haben hier oben?«

»Nein.«

Er schwieg eine Weile. »Es war nicht gerade lustig, ihn in den Sack zu stopfen. Ein paarmal dachte ich, der Junge klappt mir zusammen, dieser Riesenkerl.«

»Du siehst mir auch etwas blaß aus.«

»Das liegt am Mond. Ich hab' schon so manchen Toten unter den Armen gepackt und abtransportiert, einige in ziemlich zerlöchertem Zustand. Damals im Krieg hat's mir nach einer Weile nichts mehr ausgemacht. Auch nur ein Muskel, den man trainiert. Der da unten war ja tadellos beieinander, abgesehen von dem Loch im Schädel. Und das blutete kaum noch.«

Er setzte sich auf die Liege neben ihr und sah ihr lang und forschend ins Gesicht, als müsse er sich ihrer noch einmal vergewissern. »Hier«, sagte er endlich, »ich hab' dir was mitgebracht.« Er griff in die Tasche und holte einen Revolver heraus, hielt ihn ihr hin, das schwarze Metall kaum sichtbar auf dem schwarzen Handschuh. »Das hab' ich unter dem Schreibtisch gefunden.«

»Mein Gott«, flüsterte die alte Frau. »Es wird immer rätselhafter. Warum hat sich der Mörder die Zeit genommen, den Kerl aufs Bett zu legen – und dann hat er seine Waffe vergessen! Verstehst du das?«

Er steckte den Revolver sorgfältig weg und wandte sich dann von ihr ab, als ob er aufs Meer hinausblicken wolle, aber sie sah ganz deutlich, wie sich seine Augen langsam schlossen. Er sah auf einmal völlig erschöpft aus – und hilflos.

So kenne ich ihn gar nicht, dachte sie entsetzt. Hätte es auch nie für möglich gehalten, daß er so sein kann, so zerfallen und wie aufgedröselt. Als sie ihn nach dem Krieg wiedergefunden hatte, da war er zwar körperlich sehr verändert – aus dem kerngesunden Sportshelden von ehedem war ein schmaler, anfälliger Mann geworden, der viel älter aussah als 34 Jahre, das hatte er dem Schuß zu verdanken, klar –, aber er hatte doch immer noch diese unwiderstehliche, ruhige Ausgeglichenheit, die einem schon an dem jungen Burschen aufgefallen war und die dann später alle Leute bestach. Sogar diesen Pirrone, diesen gerissenen, alten neapolitanischen Fuchs, der als einer der ersten im Nachkriegsitalien ein Vermögen gemacht hatte, mit seinen billigen Motorrädern, die genau das waren, was jeder damals haben wollte, was Kleines, Wendiges, das so gut wie kein Benzin verbrauchte. Dieser Pirrone hatte Hannes sofort mit Beschlag belegt, als er ihm in Portofino begegnet war, hatte ihn in sein Haus und auf seine Segelyacht eingeladen, sich nächtelang mit dem viel jüngeren Mann unterhalten, hatte einen Narren an ihm gefressen, ihm dann wie selbstverständlich die Vertretung seiner komischen kleinen Motorräder für Deutschland anvertraut, die dort den gleichen Erfolg hatten, weil sie so haargenau in die Zeit und die Landschaft paßten, und später waren dann noch die winzigen Sportwagen dazugekommen. Als der alte Fuchs im Jahre 1953 starb – ohne einen Nachfolger zu hinterlassen, sein Sohn war im Krieg gefallen –, stellte sich heraus, daß er Falke sogar einen schönen Anteil an seinen italienischen Fabriken hinterlassen hatte.

Aber soweit war's noch nicht gewesen, als sie Hannes zum erstenmal nach dem Krieg in die Arme lief, in Frankfurt, auf dem

Hauptbahnhof, wo sie jemand an die Bahn begleitet hatte und er gerade in den Zug nach Genua stieg. Er hatte sie gleich mitgenommen, wie sie ging und stand, ohne Nachthemd und Zahnbürste. Und an seinem Arm hatte sie dann zum erstenmal auf der Piazza in Portofino gestanden, an einem späten Nachmittag im September 1948, stumm vor Staunen und Glück.

Gleich darauf war sie aus ihrer Verzückung aufgewacht, denn er berichtete etwas verlegen, daß dort drüben sein Haus sei, und da drinnen gebe es eine Frau, *seine* Frau, und deren kleine Tochter aus erster Ehe. Jawohl, er sei seit einem Jahr verheiratet.

Dann hatte er sie in dieses Haus geführt, hatte ihr Gudrun und Maja vorgestellt, und sie war auf seinen ausdrücklichen Wunsch dageblieben. Hatte versucht, sich mit Gudrun anzufreunden, was nicht leicht, und mit Maja, was unmöglich war. Beide waren eifersüchtig darauf, daß sie Hannes seit seiner Kindheit kannte und daß er sie offenkundig liebte: Gudrun auf eine leise beleidigte Art und Maja ganz offen feindselig. Sie hörten ausgesprochen ungern zu, wenn sie Hannes von der seligen Zeit vor dem Ersten Weltkrieg erzählte, als sie und Sylvia, seine Mutter, junge Schauspielerinnen im ersten Engagement am Stadttheater in Frankfurt gewesen waren und einander Freundschaft fürs Leben schworen. Gudrun und Maja hatten nie mitgelacht, wenn sie beschrieb, was sie alles angestellt hatten, zum Beispiel als zweite und dritte Hexe in »Macbeth«. Für beide Mädchen war dieses Engagement das einzige geblieben. Sylvia wurde von der Bühne weg von Hannes' Vater, einem jungen Kaufmann, geheiratet, der gottfroh war, daß seine Frau kein schauspielerisches Talent hatte, und sie, Maximiliane, war zunächst einmal nach Berlin in ihr Vaterhaus zurückgekehrt. Elf Jahre später hatte sie dann den Jungen namens Hannes kennengelernt, als sie zu Besuch bei der ehemaligen Freundin in Frankfurt weilte. Schon damals hatte ihr, die sonst für Kinder nicht viel übrig hatte, der Zehnjährige Eindruck gemacht, vielleicht wegen seines etwas seltsamen Aussehens dank der fast asiatisch geschnittenen hellen Augen, oder aber wegen seiner bereits spürbaren Anziehungskraft. Von da an war sie wiederholt bei Sylvia und ihrem Mann zu Besuch gewesen, hatte den Jungen heranwachsen sehen, ihn dann allerdings kaum noch getroffen, als er in Heidelberg studierte, und ihn schließlich im Krieg nach der entsetzlichen Bombennacht, die Sylvia und ihr Mann nicht überlebten, ganz aus den Augen verloren. Bis zu dem wunderbaren Moment auf dem Bahnsteig in Frankfurt, als sich ein großer, sehr schlanker Mann umdrehte, nach seinen Koffern bückte und sie aufschrie: »Hannes!«

Vielleicht hatte es an *ihr* gelegen, aber sie konnte sich nicht mit Gudrun anfreunden, war nach diesem ersten kurzen Besuch nicht wieder nach Portofino gekommen. Hannes schrieb ihr von Zeit zu Zeit, und obwohl er nie etwas erwähnte, hatte sie das Gefühl, daß er nicht glücklich war. Und dann, knapp ein Jahr später, war Gudrun tot.

Das war vor elf Jahren gewesen, und sie hatte seither wie selbstverständlich Falkes Leben geteilt. Wenn sie nicht bei ihm sein konnte, sprachen sie täglich am Telefon miteinander. Trotz seines Drängens wollte sie ihren Beruf und ihre Unabhängigkeit nicht aufgeben; das eine machte ihr immer noch Spaß, und das andere war das einzige, was sie heilighielt. Trotzdem kam Hannes in ihrem Denken und Fühlen an erster Stelle, er war ihr Freund und ihr Kind, ihr Auftrieb und ihre Reserve. Jetzt, zum erstenmal in ihrer Beziehung, tappte sie völlig im dunkeln, hatte, wenn sie ihn so von der Seite betrachtete, beinah das Gefühl, ihn verloren zu haben.

Nach einer langen Weile öffnete er wieder die Augen, und es war ihr klar, daß er mit seinen Gedanken die ganze Zeit über unten in der Kabine bei dem toten Mann gewesen war.

»Ich weiß... ungefähr... wie es sich abgespielt hat. Er stand am Schreibtisch, der Mörder kam von links und schoß, als er dicht neben ihm stand, denn auf der Stirn sind Pulverspuren. Und dann hat er ihn aufgehoben, falls es nur einer war, und auf mein Bett gelegt. Dabei muß ihm der Revolver runtergefallen sein.«

»Wer war in der Kajüte mit ihm, Hannes, *wer*, um Gottes willen? Weißt du's nicht – oder willst du's mir nicht sagen?«

Er wandte sich wieder zu ihr und sah sie ruhig an. »Ich weiß es nicht, Maxie, Ehrenwort. Ich würde es gern wissen, das kannst du mir glauben. Frag mich jetzt nichts mehr. Wie sich das alles abgespielt hat, so oder so, es ändert nichts an der Tatsache, daß ich ihn loswerden muß... irgendwie loswerden muß.«

»Deine Augen sind ganz rot«, murmelte sie leise. »Und das liegt nicht am Mond.«

»Unsinn«, sagte er gereizt. »Ich bin nur etwas müde. Wollen wir schlafen gehen? Wir laufen morgen früh um acht Uhr aus.«

»Warum so früh?«

»Die Fischer kommen gegen sechs zurück; dann spannen sie ihre Netze aus und gehen schlafen, so zwischen sieben und acht. Wir müssen ihn doch irgendwo versenken. Besser, wenn uns niemand – auch nicht von weitem – beobachtet. Wie ich dich kenne, wirst du dabeisein wollen.«

»Was *denn?*«

»Willst du an Deck schlafen? Oder in deiner Kabine?«

»Ich will überhaupt nicht schlafen. Wer kann denn jetzt schlafen? Komm, Hannes, leg dich hin, hier, neben mich. Laß uns doch zusammen überlegen...«

Gehorsam streckte er sich neben ihr aus und blickte in den Himmel. Der Mond stand jetzt senkrecht über ihnen, klein, nicht ganz voll, regierte unangefochten im Mittelpunkt eines wie mit dem Zirkel gezogenen Kreises, an dessen Rand sich frustrierte Wolkenschwaden ballten.

»Wo willst du ihn ins Meer kippen?«

»Keine Ahnung.«

»Gib mir noch einen Armagnac!«

»*Noch* einen?«

»Vielleicht noch zwei.«

Er stand auf und holte die Flasche.

»Und du? Keine Grappa?«

»Ich muß mich konzentrieren, muß sehr sorgfältig überlegen.« Er schloß die Augen und sprach leise und monoton vor sich hin: »Tilling wird an Deck bleiben und zur Küstenwache hinaufwinken, wenn wir vorbeifahren. Schlimmstenfalls werden die sich wundern, daß wir so früh nach Genua auslaufen. Du bleibst unsichtbar, Maxie, unten in deiner Kabine. Wir werden dicht an den Felsen bleiben und langsam fahren, höchstens fünf Knoten. Dann kommen wir an den kleinen Buchten vorbei, wo es die vielen Tintenfische gibt – da sind dann vielleicht noch zwei, drei von den kleineren Fischerbooten... wir winken und trödeln weiter. Dann kommt die Spiaggia degli Inglesi... jetzt sollten keine Fischerboote mehr auftauchen.«

»Was ist mit den Leuten, die immer irgendwo mit ihren Angeln stehen?«

»Hast du schon jemals dort einen Angler gesehen? Sowie man um die Halbinsel herumfährt, fallen doch die Felsen bis San Fruttuoso und sogar noch weiter steil ins Meer.«

»Richtig, richtig«, murmelte sie. »Also dann zuckeln wir langsam an den Felsen entlang, bis wir an die Ecke kommen, wo wir nach San Fruttuoso einbiegen. Da bin ich aber schon an Deck, das lasse ich mir nicht entgehen.«

»Du kannst 's genießen, aber wir halten uns nicht auf, wir kreuzen die Bucht... um den Torre-de-Vedetta-Felsen herum zur Cala dell' Oro... und vielleicht in diese Bucht hinein, die ist meistens leer...«

»Bist du verrückt? In die Cala dell'Oro? Das kann doch nur Unglück bringen!«

Er warf ihr hastig einen Blick zu, murmelte: »Ja, ja, ich weiß... Es wäre aber vielleicht die einzige, die in Frage kommt.«

»Ich denke, du willst ihn soweit *draußen* wie möglich versenken, damit er nicht gleich wieder angeschwommen kommt.«

Er nickte, murmelte vor sich hin: »Wenn ich ihn doch nur irgendwo befestigen könnte... aber da ist nichts, absolut nichts... höchstens ein paar Bojen, an denen die Fischer ihre Netze anmachen. Nach der Cala kommen nur noch steile Felsen bis zur Punta Chiappa, und dann ist es aus, dann sind wir schon zu nahe an Camogli und dem ganzen Schiffsverkehr nach Genua.«

Er schwieg und starrte wieder aufs Meer. Der Silberstreifen war jetzt breit ausgelaufen und verblaßt.

Auf einmal fing die alte Frau an zu kichern.

Voll, dachte er. Ich werde sie in die Kabine tragen müssen. Er schloß die Augen und fuhr fort, laut zu denken: »Wie weit könnt' ich mich aufs Meer wagen... eine Seemeile, höchstens anderthalb... Angenommen, die Strömung schiebt ihn am Meeresgrund zehn Meter am Tag zur Küste hin... Ich müßte mich vorsichtig erkundigen... aber dazu ist ja keine Zeit, er kann doch nicht bis morgen nacht auf meinem Bett liegen...«

»Hannes«, kicherte Maximiliane Behrens. »Ich hab' eine tolle Idee! Eine geradezu fabelhafte Idee...« Sie lachte plötzlich laut auf und schlug sich mit der flachen Hand auf den Magen. »Genial! Schlicht und einfach: genial. Und noch dazu... poetisch, würd' ich sie nennen. Die beste Idee, die ich in meinem ganzen Leben gehabt habe, und das will was heißen.«

»Hör auf, Maxie!« sagte Falke ungeduldig. »Ich hab' keine Zeit für deine Verrücktheiten.«

»Idiot! Hörst du nicht? *Ich weiß, wo wir ihn befestigen können!«*

»Laß mich in Ruhe – oder ich bring' dich runter. Mit Gewalt.«

Sie setzte sich mit einem Ruck auf und sagte leise, aber mit großer Intensität: »Ich sage dir, ich weiß, wo wir ihn anbinden können – für alle Ewigkeit. Amen.«

Er blickte sie von der Seite an und mußte lächeln. Sie saß steif, aber etwas schief da und hielt sich mit beiden Händen an den Lehnen der Liege fest. Ihr großer kreisrunder Busen wogte heftig, und die weißblonden Haare standen wie elektrisiertes Stroh um ihren Kopf. Sie blickte ihn nicht an, schaute aus ihren leicht hervorquellenden Augen verzückt aufs Meer hinaus, als sähe sie Geister auf dem Wasser tanzen.

»Maxie? Du bist ja völlig betrunken!«

»Möglich. Aber ich habe die Lösung.«

»Also dann – aber mach's kurz.«

Sie atmete ein paarmal hörbar tief ein und aus wie zum Yogatraining und sagte dann langsam und feierlich: »Die Christusstatue.«

Falke sah sie entgeistert an.

»Hannes, *ja!* Die Christusstatue! Die vor San Fruttuoso unterm Wasser. Wie hoch ist die? Ich meine, wie groß... und wie tief steht sie auf dem Meeresboden?«

Er antwortete automatisch, aber immer noch verständnislos: »Der Kopf muß etwa fünf, sechs Meter unter der Oberfläche stehen wegen des Tiefgangs... obgleich, so nah am Felsen kommen ja Schiffe mit großem Tiefgang gar nicht vorbei. Wie groß die Statue ist, weiß ich nicht, aber dem Kopf und den Armen nach zu urteilen, würde ich sagen: ungefähr fünf Meter.«

»Also müssen wir mit guten zehn Metern rechnen. Kann Tilling so tief tauchen?«

»Eigentlich nur mit der Sauerstoffflasche.« Wie hypnotisiert unter ihrem Basiliskenblick fügte er leise hinzu: »Wieso?«

»Hannes! Ist der Groschen immer noch nicht gefallen? Jetzt müßtest du's eigentlich wissen.«

»Du meinst... Tilling soll ihn... an der Statue festmachen?«

»Na klar, unten irgendwo. Ich weiß ja nicht, ob sie Füße hat oder nur einen langen Rock. Aber irgendwie muß sie doch verankert sein.«

Falke setzte sich ebenfalls auf. Zögernd sagte er: »Wahrscheinlich steht sie auf einem Block, der auf dem Meeresboden einzementiert ist. Zuerst wurde sie, glaube ich, Ende des vorigen Jahrhunderts aufgestellt. Das Schiff, das an dieser Stelle zerschellte, war ja noch ein Segelschiff. Keine Ahnung, wie sie damals so ein Ding befestigt haben. Ich nehme an, daß man die Verankerung inzwischen erneuert hat.«

Sie sagte nichts mehr, leerte ihr Glas Armagnac Schluck für Schluck, ohne die Augen von Falke zu wenden.

Nach einer langen, drückenden Stille verzog sich sein Mund zu einem seltsamen Lächeln, und er sagte langsam: »Im Meer, zu Füßen des Heilands... Wahnsinn! Aber ein schöner Gedanke...«

»Läßt sich's machen? Wie könnte man den Sack da unten festmachen? Mit einem Seil?«

»Das würde höchstens ein paar Tage halten, wir müßten eine Kette nehmen... eine der Ankerketten, Gott sei Dank haben wir immer zwei, drei an Bord. Fragt sich nur, ob Tilling die Sauerstoffflaschen schon aufgefüllt hat. Ohne den Apparat kann er's nicht schaffen. Das Tauchen allein ist es nicht, das macht der auch ohne Sauerstoff, aber er kann nicht lange so tief unten bleiben, da platzt ihm das Trommelfell. Und die Lunge. Ich schätze, es wird zwischen neunzig Sekunden und zwei Minuten dauern, bis er den Sack wirklich festgebunden hat.«

Sie murmelte verzückt: »Am liebsten würde *ich* da runtertauchen. Habe ja oft genug über dem Kopf geschnorchelt. Das Haar ist scheußlich, wie onduliert, aber das Gesicht und die Hände – die haben mir immer gefallen. Vielleicht war's nur das Sonnenlicht in den Wellen, aber er sah immer so aus... es sah aus...«, sie blieb stecken und nahm einen Schluck.

»Wie sah's aus, Maxie?« Falke betrachtete sie aufmerksam, beinahe zärtlich.

»Als ob er lächelte und einem zuwinkte. So...« Sie breitete beide Arme aus und wedelte mit den Händen in der Luft, wobei sie die Hälfte des Armagnacs auf dem Boden verschüttete. »Hab' nie sehen können, wo sein Gewand aufhört... zu dunkel da unten.«

»Tilling wird's herausfinden.« Falke holte die Grappaflasche und füllte sein Glas. »Jetzt trinke ich auch einen mit dir, denn ich glaube, ich glaube wahrhaftig, wir haben's. Jetzt geht es nur noch um Einzelheiten, zum Beispiel wie wir die Ankerkette am Kleidersack befestigen...«

»Wickle ihn drin ein! Schling die Kette so eng wie möglich um den Sack herum und um und um...« Sie rührte einen unsichtbaren Kuchenteig.

Falke lachte und meinte nachdenklich: »Daß ich lachen kann! Und unten... unten liegt er auf meinem Bett!« Er stand plötzlich auf und begann wieder auf und ab zu gehen. »Das sagt sich so leicht: ›Schling die Kette so eng wie möglich...‹ Der Sack ist aus Leder, steif und glitschig.« Er blieb vor der alten Frau stehen und starrte auf sie hinunter. »Maxie, ich sage dir, wir müssen ihn rausnehmen und *ihn* mit der Kette umwickeln – und dann wieder reinstecken. Der Sack hat oben, wo man ihn aufhängt, einen Drahtzug. Dort tritt die Kette aus, der Draht wird zugezogen und an der Kette befestigt, verstehst du? Wir müssen diesen Draht wieder und wieder durch die Kettenschlinge ziehen, *dann* sitzt er fest drin.«

Sie nickte eifrig. »Ihr werdet das schon richtig machen.«

»Ihr? Du meinst Tilling und ich? Der kommt zu spät, ich hab' ihn für 6 Uhr 45 bestellt, damit er wenigstens ein paar Stunden schlafen kann. Das ist keine Kleinigkeit, was er morgen zu tun hat.«

»Ja, wer soll dir denn *dabei* helfen?«

»Du.«

Die Basiliskenaugen sahen plötzlich nicht mehr glasig drein. »*Ich?*«

»Du kannst das, Maxie! Du brauchst ihn nicht anzufassen, du mußt nur den Sack aufhalten, alles andere mache ich allein.«

Sie starrte ihn empört an, griff nach ihm, hielt ihn fest und zog sich an ihm in die Höhe. »*Ich?*«

Er packte sie an den Ellbogen, denn sie schwankte. »Du hast ihn ja schon gesehen. Er sieht noch genauso aus, kein Blut, nichts Gruseliges. Zugegeben, eine gewöhnliche Frau könnte das nicht, aber *du*...«

Ein paar Sekunden stand sie da, von ihm gestützt, dann wandte sie den Kopf und blickte hilfesuchend auf das dunkle Meer, als brauche sie Rat.

»Ja, doch«, murmelte sie schließlich. »Ich kann alles – wenn's sein muß.«

»Ich sage dir noch einmal: Du mußt nur den Sack aufhalten, weiter nichts. Du brauchst ja nicht hinzuschauen.«

Sie ließ ihn los, stieß seine stützenden Hände weg, schwankte kaum noch. »Sack aufhalten«, brummte sie grimmig, »Sack aufhalten... Mein Problem ist: Wie komme ich die Treppe runter?«

Eine halbe Stunde später erklomm sie wieder langsam das Deck, unterm Arm die Flasche mit dem letzten Rest Armagnac; zwei Schritte hinter ihr ging Falke mit offenen Armen, falls sie ausrutschen würde. Auf der letzten Stufe stolperte sie dann auch, und die Flasche rollte über das Deck. Sie standen nebeneinander und sahen ihr nach, ohne zu versuchen, sie einzufangen. Zu diesem letzten Schuß Energie reichte es bei beiden nicht mehr, so daß die Flasche sich dem sanften, kaum merklichen Schaukeln des Bootes anpassen konnte und von Zeit zu Zeit leise klappernd über die Planken schlidderte.

Auf den Liegen nebeneinander ausgestreckt, verharrten sie lange in erschöpftem Schweigen. Einmal seufzte die alte Frau laut auf und flüsterte: »Das hat mich leider gründlich ernüchtert, ich habe einen furchtbaren Kater, du auch?«

Falke hatte sie nicht gehört, biß abwesend auf seine Fingerknöchel.

»Hier ist noch ein Punkt, den wir ganz außer acht gelassen haben: Wie können wir den Jungen dazu bringen? Durchaus möglich, daß er sich glatt weigert.«

»Ist er fromm? Und wenn – überlaß das mir!«

Er wandte ihr sein blasses, erschöpftes Gesicht zu, bewegte die Lippen, aber es kam kein Wort heraus.

»Mein Gott, Hannes, ich glaube wahrhaftig, dich hat das alles noch mehr mitgenommen als mich.« Er widersprach nicht, und sie fuhr fort: »Ich werd' ihm sagen: Junger Mann, ob man jemand der Erde oder dem Wasser übergibt, was ist der Unterschied, he? Solange ein gutes Gebet dabei gesprochen wird... und das werde ich selber besorgen. Im Gegenteil, lieber Junge, werd' ich sagen, Sie legen ihn Jesu zu Füßen, und da bleibt er liegen, bis er sich von selbst auflöst. Ist doch besser, als von Würmern angenagt zu werden! Anbinden müssen Sie ihn, weil er sonst davonsegelt und einem Hai ins Maul. *Das* wäre bedauerlich. Aber einen Sünder direkt zum Heiland bringen – das ist kein Sakrileg. Ich sage Ihnen, das verdient der Kerl gar nicht. Sehen Sie denn nicht, daß Sie ihm was Gutes antun?«

»*Mich* hast du überzeugt«, sagte Falke mit einem Anflug von Lächeln. »Vielleicht schaffst du's auch mit Tilling, der kann störrisch sein.«

»Das bin ich von meinen Schülern gewöhnt, die sind alle störrisch, sonst kämen sie ja nicht zu mir.«

Er sagte nichts mehr, wandte sich wieder ab und starrte mit Augen, die nichts sahen, in den Nachthimmel, über den zweimal Sternschnuppen zuckten, ohne daß er sie sah. Sie war überzeugt, er wußte gar nicht mehr, daß sie neben ihm lag. Lange kann ich's so nicht mehr aushalten, dachte sie; hier liegenbleiben und warten, bis es hell wird – und nichts wissen? Entweder fange ich die Flasche ein und trinke den Rest – dann werde ich einschlafen können –, oder Hannes muß auspacken.

Auf den richtigen Moment lauernd, streckte sie den Arm so weit aus, daß sie beinah von der Liege kippte, aber die Flasche segelte listig klappernd an ihr vorbei.

Sie fluchte vor sich hin, setzte sich dann mit einem Ruck auf und beugte sich über ihn.

»Erzähl!« flüsterte sie. »Was ist los mit dir und diesem Mann?«

Als hätte sie ihn ertappt, blickten sie seine Augen wehrlos und mit einem Ausdruck tiefster Trostlosigkeit an.

»Hannes!« rief sie entsetzt. »Ich versteh's einfach nicht. Du kannst doch nichts wirklich Anrüchiges auf dem Kerbholz haben, das glaube ich einfach nicht, dazu kenne ich dich zu lange!«

»Nicht lange genug«, murmelte er kaum hörbar.

»Was? Du warst doch noch ein Kind damals in Berlin, als ich euch besuchte. Wie alt warst du? Höchstens zehn.« Er antwortete nicht, und sie fuhr beschwörend fort: »Ich war doch mit deiner Mutter *befreundet*... Ihr wart anständige Leute... Wie bist du mit einem solchen Kerl zusammengetroffen? Nun sag's mir schon! Du weißt, ich hab' keine Moral, jedenfalls keine bürgerliche.«

Aber er schüttelte nur unmerklich den Kopf. Seine Augen starrten weit offen wie versteinert gen Himmel, und sein Kinn fiel gleich dem eines Toten etwas herunter.

Sie legte sich wieder zurück.

Nach einer Weile hörte sie ihn seufzen, wandte den Kopf gerade so weit, um zu sehen, daß er die Augen wieder geschlossen hatte. Aber er schlief nicht, das wußte sie. Ob sie jetzt sprechen sollte? Vielleicht ganz leise. Die Flasche hatte sich wohl irgendwo festgefahren, denn nun war das Nachtschweigen um sie herum so tief, daß er jedes geflüsterte Wort hören mußte.

»Hannes, in meinem Leben gibt's etwas – ich sage gibt's und nicht gab's, obwohl es vor langer Zeit passierte und niemand mehr lebt, der sich dran erinnern könnte. Ich erzähl's dir jetzt, weil du's vielleicht brauchst. Ich glaube nämlich, dir geht's ähnlich wie mir. Es geht nicht weg, hat sich nicht mal verdünnt. Bin schon lange dran gewöhnt, es gehört eben zu mir. Meistens kommt's vorm Einschlafen. Ich warte direkt darauf und denke, nun komm schon...« Sie überlegte eine Zeitlang und fuhr dann mit einer Stimme fort, die lauter und sehr viel fester war. »Hätt' ich damals die Wahrheit gesagt – mit allen Konsequenzen –, würde es mich sicher längst losgelassen haben, aber ich war zu feige, und so hat man mich auch noch getröstet, anstatt mich zu strafen und zu verachten. Ich log – und wurde getröstet. Mildernde Umstände gibt's nicht, ich war schon vierzehn Jahre alt und frühreif und anmaßend. Das bekam am meisten mein kleiner Vetter zu spüren, der bei uns wohnte, weil er eine Vollwaise war und meine Eltern ihn adoptiert hatten. Ein schüchterner Junge, zwei Jahre jünger als ich und von Anfang an mein Sklave. Ich brauchte einen Sklaven, weil ich häßlich war und mich nicht damit abfinden wollte. Die Eltern überließen mir den Jungen, meinten, es sei gut für mich, wenn ich jemand zu bemuttern hätte. Er, Bernie, bewunderte mich grenzenlos, hatte keinen eigenen Willen, war ein bißchen ein Angsthase, vertraute mir...« Sie schwieg, in Gedanken versunken, oder um das, was nun kommen mußte, hinauszuschieben. Als sie dann wieder sprach, klang ihre Stimme anders, künstlich ruhig. »An einem eisigen Dezembertag gingen wir, Bernie und ich, am Fluß spazieren. Der Fluß war zugefroren...«, schon geriet ihre Stimme ins Schwanken, setzte eine

Weile aus, fuhr dann atemlos und überstürzt wieder fort: »Ich trieb ihn mit Gewalt aufs Eis... Er wehrte sich, hatte Angst... Ich lachte und schob ihn einfach... Er brach ein und versank... so schnell, er hatte nicht mal Zeit zu schreien... Ich kniete mich hin und versuchte, ihn an den Haaren herauszuziehen... Das letzte, was ich von ihm sah, war sein Gesicht unter dem Eis...« Der Atem ging ihr aus. Sie öffnete mehrere Male den Mund wie ein Frosch, aber es kam kein Wort heraus.

Falke setzte sich auf und starrte sie an.

Langsam beruhigte sie sich, schließlich flüsterte sie mehr zu sich als zu ihm: »Hab' tausendmal versucht, den Ausdruck auf diesem Gesicht zu beschreiben, nur für mich selbst, verstehst du? Absurd, als ob ich ihm damit etwas Gutes tun könnte. Ja, also: Ich schrie und lief weg, um Hilfe zu holen. Zu spät. Ich log, er sei aufs Eis gelaufen, habe sich nicht zurückhalten lassen, ich sei ihm nach und hätte versucht, ihn zu retten. Man glaubte mir natürlich und tröstete mich, und ich schrie, schrie um so mehr, je mehr man mich tröstete. Bei seinem Begräbnis wurde ich zu einer Art Heldin, so schlimm war das. Danach schlich ich wie ein Schatten umher. Wie lange? Monate, vielleicht auch Jahre, meine Erinnerung an diese Zeit funktioniert nicht, ich weiß nur, daß man vorsichtig mit mir umging, voll Bewunderung für so viel Herzenswärme und Schmerz, und daß mir jeder Tag eine Qual war. Aber ich brachte es nicht über mich, die Wahrheit zu sagen. Ich dachte: Nein, ich kann's mir nicht leisten, bin schon von Natur aus häßlich genug... Das war meine Entschuldigung, ob du's glaubst oder nicht. Und so kommt es fast jeden Tag und zwingt mich, es anzusehen, dieses Gesicht unter dem Eis. Das ist auch nur recht und billig, findest du nicht? Und erst wenn ich den fürchterlichen, den allerersten Horror von damals wieder gespürt habe, nur den Bruchteil einer Sekunde lang, dann ist es zufrieden und verblaßt.«

Die Flasche hatte sich befreit und kam leise gluckernd daher. Falke reckte sich, fing sie ein und trank den Rest Armagnac.

Die alte Frau ließ sich auf die Liege zurückfallen und gab ihm Zeit. Dann sagte sie ruhig: »So. Du weißt, warum ich dir das heute nacht erzählt habe. Wie du siehst, habe ich am eigenen Leib erfahren, zu was man alles fähig ist.« Aber als er immer noch schwieg, sagte sie barsch: »Hannes! Mehr kann ich nicht tun. Ich hab's dir hingespielt, hab' dir das Stichwort gegeben. Jetzt bist du an der Reihe, und ich geb' nicht nach, verlaß dich drauf. Der Mann da unten, der hatte einen Grund, als er in Florenz auf dich schoß, nicht wahr? Ich verlange eine Erklärung von dir. Die bist du mir schuldig.«

Er sah sie an, aber anders als vorher. Die Starre war verschwunden, statt dessen schien er zu grübeln, abzuwägen, als sei er nicht sicher, daß sie begreifen werde.

»Fang an«, sagte sie ungeduldig. »Seit wann kennst du ihn?«

»Seit meinem ersten Schuljahr.«

»Was?« rief sie verblüfft, fügte dann schnell hinzu: »Entschuldige! Das ist das letzte Mal, daß ich dich unterbrochen habe. War er in deiner Klasse?«

»Ja. In meiner Klasse, in *unserer* Klasse, denn wir waren drei, drei Jungen, unzertrennlich. Ganz verschieden im Temperament, in der Begabung, von der Herkunft her, aber von Anfang an unzertrennlich – kann dir nicht erklären, warum –, Fima Edel, Franz Kossak und ich...«

»Ach!« rief sie unwillkürlich. »Sind das die zwei anderen Jungen auf dem Foto mit dir, das unten auf deinem Schreibtisch steht?«

Er nickte, ein merkwürdiges Lächeln um den Mund. »Willst du's dir noch mal ansehen?«

»Aber ich kenn' es doch gut, du hast doch zwei davon, das andere steht in der Wohnung auf deinem Nachttisch, nicht wahr?«

»Sieh dir dieses an.«

Er griff in die Innentasche seiner Jacke, holte ein postkartengroßes Foto in einem einfachen, schmalen Rahmen heraus und hielt es ihr hin.

Sie näherte ihre kurzsichtigen Augen dem Bild, bis sie es beinah mit der Nase berührte, sah dann erschrocken auf und flüsterte: »Sind das Blutflecken auf dem Glas?«

»Das sind Blutflecken. Vielleicht hat er es in der Hand gehalten, als der Schuß fiel – ja, das könnte ich mir vorstellen –, und dann ist es auf den Schreibtisch gefallen. Ich hab's zuerst gar nicht gesehen. Nimm's nur, das Blut ist längst eingetrocknet. Es wurde 1929 im Stadion in Berlin aufgenommen, als Fima zum erstenmal das Hundert-Meter-Schwimmen gewann. Das ist er, in der Mitte, noch ganz naß mit dem Pokal in der Hand. Rechts von ihm stehe ich – das weißt du ja –, und links, in der komischen Badehose mit dem Arm um Fimas Schulter, das ist Franz. Franz Kossak.«

»Warte!« sagte die alte Frau und suchte in ihrer Tasche nach der Brille. »Das muß ich mir genau ansehen. Aha...« Sie sah auf, flüsterte: »Der Mann unten, das ist dieser da, links, nicht wahr?« Falke nickte kaum merklich. »So sah der also aus... Und der hübsche Junge in der Mitte...«

»Das ist Fima. Eigentlich hieß er Jeffim. Sein Großvater kam aus Litauen, Rabbiner, nach einem Pogrom geflüchtet, sprach nur russisch und jiddisch, ein schöner, strenger alter Mann mit langem Bart. Fimas Vater war Arzt, Herzspezialist, spielte Cello im Ärzteorchester. Wir waren oft in der Wohnung in der Uhlandstraße und hörten zu, wenn er übte. Manchmal saßen auch andere Leute im Wohnzimmer und debattierten aufgeregt und stritten sich, während Fimas Vater ruhig weiterspielte. Wenn wir fragten: ›Wer sind die denn?‹, zuckte Fima mit den Achseln und steuerte uns dann schnell in sein Zimmer. ›Genossen.‹ – ›Genossen von wem?‹ Er sagte, er wisse es nicht.«

Falke schwieg so lange und so versunken, daß die alte Frau ihn schließlich doch fragte: »Und der dritte? Dieser...«

»Kossak, Franz Kossak. Sein Vater war im Ersten Weltkrieg gefallen.« Falke verstummte, überlegte, fuhr dann fort: »Es geht nicht anders, ich kann dir die Hintergründe nicht ersparen, sonst verstehst du nicht, was – was später geschah. Franz' Vater... Alle sechs Monate kam der Schulinspektor mit einer Liste. ›Alle Kriegswaisen aufstehen!‹ Die bekamen nämlich ein Stipendium. Fima und mir drehte sich immer der Magen um, wenn sich Franz mit den anderen sechs aus unserer Klasse hochräkelte, alle sieben mit diesem Ausdruck im Gesicht... Sie schämten sich, ganz ohne Grund, hätten doch eher stolz auf ihre Väter sein können, aber Kinder haben ihre eigene Logik. Später kann man sich nicht mehr so abgrundtief schämen, und vor allem so *sichtbar*, das geht mit der Kindheit verloren. Was du mir eben erzählt hast – du hast keine schamroten Backen dabei bekommen, und ich werde sicher auch keine haben bei dem, was ich dir beichten muß. Aber diese sieben waren zweimal im Jahr, wenn der Inspektor kam, wie vom Feuer angehaucht. Franz' Mutter, eine Lehrerin, hatte nur dieses eine Kind. Sie wohnten in einem Hinterhaus. Erinnerst du dich noch an die Hinterhäuser? Da kostete die Miete nur ein Drittel soviel wie in den Vorderhäusern. In solchen wohnten Fima und ich. Aber wir gingen eigentlich am liebsten zu Franz. Seine Mutter war nur selten da, und wir durften in die Küche gehen und uns Schmalzbrote machen. Das gab's natürlich nicht im Vorderhaus, wo eine Köchin regierte. Tag für Tag, Stunde um Stunde hockten wir beisammen, außer in den großen Ferien, weil da Fima und ich mit unseren Eltern verreisten, während Franz zu Hause blieb. Was tat er bloß in diesen sechs Wochen? Spielte Ball im Hinterhof, las, fuhr vielleicht mal mit seiner Mutter ins Grüne. Wenn wir uns dann Mitte August wieder in der Schule trafen – Fima und ich strahlend und braungebrannt von der Nordsee oder vom Bergsteigen –, dann wurden diese Ferien mit keinem Wort erwähnt, nicht unsere und nicht seine. Sie waren das einzige Loch in unserer gemeinsamen Existenz. Wir wurden die ›drei Grazien‹ genannt, weil wir immer umschlungen oder untergehakt einhergingen. Damals kam kein Mensch auf den Gedanken, daß es zwischen uns homosexuelle Neigungen geben könnte, und es gab auch keine. Du grinst und denkst, es gab *doch* welche, im Unterbewußtsein. Möglich, aber bewußt waren uns keine, und darauf kommt's an. Wir liebten uns, liebten uns, wie Kinder lieben, leidenschaftlich, rasend eifersüchtig und auch zärtlich. Also erotisch. Aber ich sage dir, nicht sexuell, und wir hatten deshalb auch nichts zu verbergen, nichts zu unterdrücken. Die Eifersucht zwischen uns wirkte sich nur positiv aus, alles, was wir unternahmen, wurde zum

Wettbewerb. Unser Klima war äußerster Ansporn, wir beobachteten uns gierig, aber niemals mißgünstig, und feierten Spitzenleistungen, als seien sie das Resultat gemeinschaftlicher Anstrengungen. Was sie natürlich auch waren. Wir taugten alle drei nicht viel während des Unterrichts – aber auf dem Sportplatz! Und im Schwimmbassin…« Er unterbrach sich und sagte leise und heftig: »Warum verliere ich mich in diese Kindergeschichten?«

»Weil sie zu dem Mann in der Kajüte führen.«

»Kapitel zwei: Wir sind jetzt in der Untersekunda, und nun gibt's nicht nur das sommerliche Loch, nun kommt die Trennung, denn Franz muß mit dem Einjährigen abgehen, muß Geld verdienen, in einer Bank arbeiten, denn seine Mutter ist krank. Fima und ich sollten selbstverständlich das Abitur machen. Und trotzdem schafften wir's, weiter aneinanderzuhängen. Wir trafen uns Tag für Tag am späten Nachmittag in einem kleinen Pingpongklub, der im Hinterzimmer einer Konditorei drei Tische aufgestellt hatte und fünfundzwanzig Mitglieder zählte. Franz, Fima und ich waren abwechselnd Klubchampions, spielten auch in Turnieren, und wenn einer von uns dran war, entnervten die anderen beiden den Gegner mit Pfiffen und Zwischenrufen; wir wurden auch einmal alle drei wegen ›unsportlichen Benehmens‹ aus dem Turniersaal verwiesen.« Er lächelte vor sich hin und schwieg.

»Und dein Abitur, Hannes?«

»Ja, aber mein Abitur… meines und Fimas. Das kam natürlich zu kurz. Wir waren so gern im Klub, auch wenn wir nicht spielten. Hinter der Konditorei war ein kleiner Garten mit ein paar Tischen unter einem Baum, wo man im Sommer eine Kleinigkeit essen konnte. Fima und ich fielen beide durchs Abitur. Und gestanden uns kichernd, daß wir's eigentlich nur richtig fänden, denn Franz war ja nicht ›dabei‹.«

Die alte Frau lachte. »Ihr wart wenigstens konsequent.«

»Noch klebten wir aneinander, aber es wurde schwieriger. Fimas Eltern und meinen – Franz' Mutter war gerade gestorben – wurde die Sache unheimlich, und sie verboten uns den Klub. 1933 gab's das noch, elterliche Verbote. Wir nahmen natürlich keine

Notiz, da mußte schon etwas Stärkeres kommen, um uns auseinanderzureißen – und das war auch schon im Anmarsch, nur wußten wir es nicht. Ich mußte die Oberprima noch einmal durchschwitzen, Fima, der gut Klavier spielte, studierte statt dessen an der Musikhochschule und spielte nachts zum Kummer seines Vaters im Jockeyklub. Franz verdiente seine wenigen hundert Mark bei der Bank und mußte noch froh darum sein, denn auf den Straßen standen die Arbeitslosen in langen Schlangen. Und immer noch trafen wir uns heimlich im Pingpongklub, auch wenn wir nicht mehr Tischtennis spielten. Wir hockten in einer Ecke oder draußen im Gras und redeten aufeinander ein, immer noch nur auf uns drei ausgerichtet, leidenschaftlich aneinander Anteil nehmend... Ich schaffte das Abitur beinah gegen meinen Willen, denn ich wußte: Nun würde ich verbannt werden nach Heidelberg zwecks Jurastudiums. Als ich das den andern beiden verkündete, herrschte langes Schweigen in unserer Konditoreiecke. Wir sahen uns nicht an, wir wußten: Nun war's aus. Einer hatte doch dem anderen als Barometer gedient – wie sollten wir jetzt die Witterung ablesen?«

Falke schwieg und drehte die leere Flasche zwischen den Händen.

»Ich war noch am besten dran, ich wurde in ein Eisenbahnabteil gesetzt und stieg in Heidelberg aus. Es war April. April in Heidelberg im Jahre 1934. Zu Anfang spielte ich blind, wollte nichts von der Schönheit um mich herum wissen, nichts vom Schloß, nichts vom Neckar im Abendlicht, nichts von den Blütenbäumen an der Bergstraße. Und dann geschah etwas Unglaubliches: Ich wurde von einer ganz neuen Leidenschaft gepackt, die mich allmählich so beherrschte, daß sie jedes andere Gefühl, jede Bindung, jede Loyalität blockierte. Ich entdeckte das Segelfliegen und damit eine Welt, die mich faszinierte wie nichts zuvor in meinem Leben und die in ihrer Intensität alles vorher Erlebte ausradierte. Auch meine Zugehörigkeit zu unserem Dreierbund. Fima und Franz wurden zu Freunden, zu guten Freunden, nicht mehr als das. Du erinnerst dich vielleicht, daß Hitler das Segelfliegen als ersten wichtigen Schritt zum Kampffliegen mit allen Mitteln förderte. Studentischen Piloten wurden Privilegien zuteil, und sie erhielten Prämien und Auszeichnungen. Mein Jurastudium war allerdings im Eimer, ganz offiziell. Mir war's piepegal, ob mein Vater tief enttäuscht war oder nicht, ich hatte sozusagen einen neuen Vater: Hitler.«

Er schwieg und sah die alte Frau herausfordernd an. Ruhig sagte sie: »Das weiß ich ja. Du hast mir von Anfang an gesagt, daß du einmal an den Mann geglaubt hast. Verständlich. Du warst zwanzig Jahre alt und ahnungslos, daher ausgeliefert, sowohl dem Mann wie deiner Leidenschaft. Und was sagten Fima und Franz dazu?«

»Ich weiß es nicht mehr. Ich glaube, ich wußte es auch damals nicht, weil ich nichts zur Kenntnis nahm, was zwischen mich und mein Segelflugzeug kommen konnte.«

»Du hast sie nicht mehr gesehen?«

»Ich sage dir doch: Wir blieben Freunde. Wir schrieben uns Briefe, und in den Ferien trafen wir uns noch im Pingpongklub. Jeder von uns hatte inzwischen andere Interessen.« Er schwieg sekundenlang. »Mir fällt gerade etwas auf, nämlich daß wir uns alle drei gleich fanatisch in etwas verbissen. Vielleicht liegt das nicht nur an der Veranlagung, sondern auch an der Anpassung an ein Klima, und das Klima dieser Jahre hieß totale Hingabe. Fima war noch der Gemäßigtste. Er spielte im Rundfunkorchester, studierte Kontrapunkt, seinem Vater zuliebe – er kam ja aus einer jüdischen Familie. Musik füllte seine Tage und Nächte, er konnte nicht genug von ihr bekommen, hatte angefangen zu komponieren...« Die Stimme wurde leiser, und Falke spielte versunken mit seiner Flasche.

»Und – der andere?«

»Franz. Ja, der überraschte uns. Er war nicht mehr in der Bank, er war Bühnenstatist und schob Kulissen am ›Deutschen Theater‹. Dafür durfte er gratis an der Schauspielschule studieren. Er war überzeugt, er würde ein großer Schauspieler werden. Äußerlich war er nicht gerade prädestiniert dafür, er war kaum mittelgroß und schmächtig – nur seine Augen ... seine Augen waren außergewöhnlich tiefliegend und sehr groß. Ich würde beinah sagen, hypnotisch.« Wieder eine Pause. »Das war 1934/35, da trafen wir uns noch im Klub. Aber schon damals kam die Rede manchmal auf Hitler, das ließ sich ja nicht vermeiden, und ich erinnere mich, daß es so was wie Auseinandersetzungen zwischen Fima und mir gegeben hat. Für ihn war Hitler ein Verhängnis für Deutschland. Ich dagegen lebte ja in Heidelberg in einer ganz anderen Atmosphäre – wenn nicht direkt unter Parteigenossen, so doch unter glühenden Anhängern des Führers, dem ich schließlich auch mein geliebtes Segelfliegen verdankte. Ich verteidigte ihn also, und Fima griff ihn noch hitziger an, während Franz unglücklich von einem zum andern sah. Zwischen uns war noch nie – stell dir das vor! –, noch niemals ein böses Wort gefallen, und jetzt schrien wir uns auf einmal an. Fima schlug mit der Faust auf den Tisch und sagte, er wisse, wovon er spreche, Hitler sei ein Menschenräuber und Meuchelmörder. Sein Vater sei zwar kein Kommunist, aber er kenne eine ganze Reihe von Parteigenossen, einer seiner Patienten sei ein persönlicher Freund von Ernst Thälmann, und Hitler bereite einen Krieg vor. Als ich wütend protestierte, wurde Fima plötzlich ganz ruhig und sagte mit leiser Stimme, ich solle doch mal an einem Donnerstag abends um zehn Uhr ins ›Café Wettach‹ am Halensee kommen, in den ersten Stock, mich still hinsetzen und nichts weiter tun als zuhören, da würden mir die Augen aufgehen. Nein, keine Propaganda, reine Tatsachen, das würde ich bald mitkriegen. Ich ging nicht darauf ein. Fimas Vater ein Freund von Kommunisten? Franz und ich verstummten und starrten ihn an. ›Du auch?‹ Nein, er habe keine politische Überzeugung, abgesehen von der Tatsache, daß Hitler ein Schwein sei. Ich protestierte noch einmal, aber Fima hatte gesagt, was zu sagen war, und der Streit verlief im Sande. Wir schrieben uns auch weiterhin während der nächsten Semester, aber ich verschwieg Fima, daß ich inzwischen in die Partei eingetreten war. Franz wußte es. Ihm hatte ich's geschrieben. Ich *mußte* eintreten, sonst hätte ich nicht mehr fliegen dürfen, aber ich hatte auch nichts dagegen. Franz antwortete, daß es ihm Sorgen mache. War's möglich, daß die Politik uns auseinanderbringen konnte. *Uns?* Ich wußte schon damals, daß dies für *ihn* am schwersten sein würde. Fima und ich hatten Familie, Bekannte und vor allem: Mädchen. Franz hatte nur uns. Er war in seiner Mentalität immer noch Kriegswaise, benachteiligt, hatte nie die Wahl gehabt wie wir, die in Hülle und Fülle genossen. Fima und ich waren immer noch seine ›Geliebten‹ im wahren Sinne des Wortes, und ein Zerwürfnis, eine Scheidung durfte es unter uns nicht geben.«

Die alte Frau setzte sich auf und faltete die Hände im Schoß. Sie zwang sich, Falke nicht ins Gesicht zu starren, weil sie fühlte, daß nun die schlimmen Dinge kommen mußten.

»Ich glaube, es war Ende 1937, als ich vom Segelfliegen zu den Messerschmitts überwechselte – genau wie Hitler es geplant hatte. Ich ging nicht mehr zu den Vorlesungen, weil mich meine Fliegerausbildung völlig beanspruchte. Ostern 1938 erschien ich zum erstenmal bei meinen Eltern in Uniform. Sie waren nicht gerade beglückt, hielten sich aber mit jedem Kommentar zurück. Du weißt ja, das Verhältnis zwischen Eltern und Kindern war vorsichtig geworden. Wir hatten uns für den Abend im Klub verabredet, genau wie sonst, und ich haderte mit mir, ob ich die Uniform nicht lieber ausziehen solle oder ob das feige sei. Aber schließlich – irgendwann mußte Fima ja davon erfahren. Vielleicht hatte er inzwischen seinen Widerstand aufgegeben wie die meisten Deutschen. Daß er Jude war und somit ausgeschlossen, kam mir nicht in den Sinn. Jawohl, das gab's damals noch! Anfang 1938 waren einem die Nürnberger Rassengesetze nur dann gegenwärtig, wenn man davon betroffen war, direkt oder indirekt. Wir, bei unserer Kampfflugausbildung, lebten wie in Quarantäne, lasen nur Fachliteratur. Ob du's glaubst oder nicht, wenn ich an Fima dachte, hatte ich seinen Großvater völlig vergessen. Allerdings – die Sache mit seinem Vater, die hatte ich nicht vergessen, und die lag mir schwer im Magen. Aber Fima hatte ja gesagt, er selbst sei unpolitisch... Als ich in meiner Uniform ankam, saßen die beiden anderen schon im Garten an unserem Stammplatz. Fima sah mich und stand langsam auf, sein Gesicht war völlig ausdruckslos. Franz stand auch auf und flüsterte: ›Ich *bitte* euch!‹ Wir hielten uns am Tisch fest, es war ein kleiner, runder, gußeiserner Tisch, und unsere Gesichter waren eng beieinander – wir hätten uns mit Leichtigkeit anspucken können. Statt dessen drehte sich Fima wortlos um, ging zur Gartentür hinaus, ohne sich umzusehen. Aus. Wir wußten beide, Franz und ich, daß es nun mit uns aus war, obgleich wir uns setzten und versuchten, miteinander zu reden. Es kam nicht viel dabei heraus. Franz verstummte immer wieder und blickte auf meine Uniform. Aber er berichtete, daß er nun schon kleine Rollen am ›Deutschen Theater‹ spiele, wenn auch ›die Seele‹ dieser Bühne, wie er sich ausdrückte, Max Reinhardt, fehle. Der sei in Amerika. Ich wollte nicht fragen, warum, ahnte, was die Antwort sein würde, aber was ging mich Max Reinhardt an. Wir trennten uns bald, immer noch herzlich, aber etwas scheu. Ja – und nun kam das Kriegsjahr 1939, Maxie...«

Sie wandte ihm widerstrebend das Gesicht zu.

»Ich gebe zu – und ich meine, du wirst verstehen, daß ich dir gegenüber meine Nazizeit heruntergespielt habe. Das haben Millionen von Deutschen so gemacht, so machen *müssen*, um mit anderen, aber vor allem mit sich selbst leben zu können. Ich hab' dir nicht erzählt, daß ich damals absolut an Hitler glaubte und an die drohende Gefahr von seiten der Kommunisten. Als man uns in einer Ansprache nach der anderen aufforderte, unsere Pflicht zu tun und jeden Kommunisten aus unserem Bekanntenkreis zu melden...« Er schwieg.

Die alte Frau flüsterte: »O Gott!« und blickte weg. Ihr Gesicht war hochrot geworden. »Du hast Fimas Vater... gemeldet?«

»Nein, natürlich nicht. Aber ich erzählte von diesem ›Café Wettach‹ – den Namen hatte ich mir gemerkt, war selbst erstaunt darüber – und von diesen Donnerstagabenden. Was dann geschah – und ob überhaupt etwas geschah –, wußte ich nicht. Ich erkundigte mich nicht. Und dann bekam ich einen Brief von Franz, ganz kurz, eigentlich nur eine Anfrage, ob wir uns in der ersten Woche der Sommersemesterferien im Pingpongklub treffen könnten. Es war sehr heiß an diesem Tag, auch noch um zehn Uhr abends. Franz saß hinten in dem kleinen Garten am runden Tisch. Als er meine Schritte hörte, hob er den Kopf. Ich hatte das Gefühl, daß er schon seit Stunden dort saß und auf mich wartete. Sonst war niemand da. Es war schon ziemlich dunkel, und es gab keine Beleuchtung, außer einer Kerze. Sie flackerte nicht, so windstill war es an diesem Abend. Franz wartete, bis ich mich hingesetzt hatte. Dann sagte er mit leiser Stimme, Fimas Vater sei verhaftet worden, im ›Café Wettach‹ am Halensee an einem Donnerstagabend. Tags darauf hätten sie auch Fimas Mutter abgeholt. Zwei Wochen später habe Fima eine Urne erhalten mit dem Vermerk, sein Vater sei im Arbeitslager an Lungenentzündung gestorben. Mir brach der Schweiß aus. ›Und Fima?‹ Fima sei fort, noch in der gleichen Nacht. ›Wohin?‹ Jetzt sah er mich zum erstenmal an. ›Das soll ich *dir* erzählen, damit du ihn *auch* verraten kannst?‹ So fing das an, an diesem Abend.« Falkes Stimme sank zu einem heiseren Flüstern herab: »Er gab mir keine Chance, zu erklären, daß ich ja – daß ich nur das ›Café Wettach‹ als Treffpunkt von Kommunisten angegeben hatte...« Er verstummte unter dem Blick der alten Frau.

»Was glaubtest du denn, würde mit diesen Kommunisten geschehen?«

»Man hatte uns gesagt, Kommunisten kämen in ein Arbeitslager und würden dort politisch indoktriniert, so lange, bis sie vertrauenswürdig seien, und dann würde man sie entlassen.«

»Und das hast du geglaubt?«

»Ja. Weil ich's glauben *wollte*. Außerdem, Fima hatte ja nicht gesagt, daß sein Vater an diesen Donnerstagen auch in dem Café war. Aber, wie's der Teufel wollte, hatte sein Patient, der Thälmann-Freund, an diesem Tag einen Herzanfall gehabt, und während er sprach, stand Fimas Vater neben ihm, mit der gezückten Strophanthin-Spritze. Und da kamen die Gestapo-Leute herein... Ich... muß es kurz machen: Er schlug nach mir, Franz schlug nach mir, nachdem er mir alles noch ganz ruhig berichtet hatte. Zuerst wollte ich den Angriff ignorieren, aber er *zwang* mich einfach, mich zu wehren. Ich stieß aus Versehen den Tisch um... Wir kämpften im Dunkeln, und da traf ich ihn mit meiner Faust. Er fiel, und die Spitze eines gußeisernen Tischbeins, die muß wohl... Nein. Ich wußte ja nicht, was ich traf, das ist meine einzige Entschuldigung.

Ich *konnte* es nicht wissen, hörte ihn nur schreien: ›Mein Auge! Mein Auge‹... lief ins Café, telefonierte... Ambulanz... lief wieder in den Garten, schleppte ihn in die Konditorei ins Licht. Er war ohnmächtig, sein Gesicht mit Blut verschmiert...«

Nach einer Weile sagte die alte Frau leise: »Du hast ihm das Auge ausgeschlagen. Und dann?«

»Ich wartete, bis die Ambulanz kam, lief weg, als er hineingetragen wurde, und gab meinen Namen nicht an. Fuhr am nächsten Morgen zurück nach Heidelberg. Ich war aber nicht mehr bei der Luftwaffe. Asthma! Du weißt ja. Schon im Segelflugzeug hatte ich gefühlt, daß ich ab ungefähr zweitausend Meter Höhe keine Luft mehr bekam. Bei der Luftwaffe hat's mein Ausbilder bald gemerkt. Aus war's, und ich meldete mich zur Trupppe. Im Sommer 1943 war ich bei der 3. Panzerdivision, die Genua unter allen Umständen halten sollte. Ich hatte zwei Tage Urlaub – und fuhr nach Florenz.«

»Den Rest weiß ich.«

Er schüttelte den Kopf. »Da fehlt noch was. Als Franz mich erkannte... als er mich erkannte, rief er nicht nur: ›Aufstehen, wenn das gespielt wird‹, sondern er schrie auch, während er zielte: ›Für Fima!‹ *Das* war das letzte, was ich hörte.«

»Weißt du, was aus Fima geworden ist?«

»Ich hab' alles versucht, um ihn ausfindig zu machen und aus Deutschland herauszubringen, aber es war schon zu spät; er soll in Holland festgenommen worden sein.«

»Und dann?«

»Abtransportiert.«

Sie schloß die Augen, ließ sich wieder auf die Liege zurückfallen. »Danke dir, Hannes. Jetzt verstehe ich... einiges. Aber wer mit diesem Franz in deine Kajüte gegangen ist und warum, das weiß ich immer noch nicht.«

»Ich auch nicht«, flüsterte Falke vor sich hin.

Nach einer Weile streckte er sich neben ihr aus und sah zu, wie der Himmel langsam hell wurde.

3

»Endlich! Er fährt los. Wie spät ist es?«

»Punkt acht.«

»Länger hätt' ich auch nicht mehr stehen können.«

»Setz dich doch wieder hin!«

»Jetzt, wo's spannend wird? Der Junge ist an Deck... Er grüßt rauf zur Küstenwache... Ha, ha, ha... und vorbei. Jetzt dreht er langsam ab... Macht einen großen Bogen...«

»Streng dich nicht an, ich seh's ja.«

»Um die Halbinsel herum, also Richtung Genua. Das heißt, er will ihn in einer der Buchten über Bord werfen.«

»Das wäre doch reiner Wahnsinn, da wird er doch sofort entdeckt.«

»Was anderes gibt es nicht. Du wirst sehen, er traut sich nicht aufs Meer hinaus mit seiner alten Nähmaschine.«

»Vielleicht riskiert er eine kurze Strecke und kippt ihn dann aus.«

»Damit er übermorgen angespült wird? Niemals. Wetten?«

»Was kann er sonst unternehmen?«

»Keine Ahnung. Er sitzt in der Klemme, das ist das Beste an der ganzen Sache... Die Alte ist nicht an Deck, vielleicht hat er sie gestern nacht noch zurück ins Haus gebracht... Wenn er weiter so an den Felsen klebt, kann ich sie hinter der Spiaggia degli Inglesi nicht mehr sehen.«

»Und der Junge?«

»Der liegt auf Deck und spielt mit dem Hund.«

»Spielt mit dem Hund? Und unten in der Kajüte liegt ein Toter?«

»So ist es. Und wie friedlich sie da in der Morgensonne dahintuckert, die ›Gudrun‹, so weiß und lieb. Zum Anbeißen.«

»Hör auf, ich bekomme eine Gänsehaut.«

»Schlappschwanz... Jetzt sind sie am Inglesi-Felsen... Weg ist sie. Schade!«

Auf dem saubergeschrubbten Deck der »Gudrun« lag Tilling flach auf dem Rücken, die Arme hinter dem Kopf verschränkt, und blickte über die Felswände hinweg hinauf in die steilen, dicht bewachsenen Bergabhänge. Irgendwo dort oben unter den Oliven und wilden Kastanien schlängelte sich dieser Pfad, den er vor sieben Jahren als Achtzehnjähriger entdeckt hatte. In einer Höhe von fünfhundert Metern über dem Meer war er stundenlang geklettert, vorsichtig einen Fuß vor den andern setzend, hatte dann eine alte, doppelstämmige Kastanie erreicht, sich an ihr festgehalten und hinuntergeschaut. Tief unten drängten sich schmutzigweiß gebleichte Felsen um eine winzige, türkisblaue Bucht: San Fruttuoso. Er wußte, daß sie das sein mußte, keine andere Bucht hatte diesen verzehrenden, kristallklaren Schmelz.

Er kannte sie schon, hatte sie ein paar Tage vorher zum erstenmal gesehen, als ihm jemand ein Ruderboot geliehen hatte. Das Meer war spiegelglatt gewesen, *lìmpido*, und er war aus dem Hafen herausgerudert, hatte sich dicht an die Felsen in Richtung Genua gehalten, etwa zwei Stunden lang. Plötzlich hatte er einen scharf ins Meer stechenden, riesigen Felsblock umrundet und die Ruder eingezogen. In der flirrenden Hitze und dem türkisfarbenen Dunst von Himmel und Wasser schaute er in eine Bucht, so klein und versteckt wie eine Schmugglerhöhle; ein paar Meter Sand und dahinter eine verwitterte alte Abtei. Grau in grau die grämlichen schiefen Quader, so wie man sie vor Hunderten von Jahren aus den Felsen gehauen hatte. Auf dem Stückchen Sand hatten Fischer ihre riesigen Netze über zehn Meter hohe Holzstangen gespannt. Sie blähten sich wie sanfte Segel, von der Sonne kastanienbraun getrocknet.

Die Zeit hatte nicht ausgereicht, mit dem Ruderboot in die Bucht hineinzufahren, aber er hatte sich gelobt, von den Bergen her zu ihr hinunterzusteigen. Es mußte doch einen Fußpfad geben!

Vom Deck der »Gudrun« aus glaubte Tilling, diesen Pfad erkennen zu können, den er damals nach hartnäckigem Suchen gefunden hatte, halb zugewachsen und von Steinen übersät. Es war ein großer Moment gewesen, als er sich, an den Ast der Kastanie geklammert, vorbeugte und in die Tiefe spähte, denn dort unten, genau, wie er gehofft hatte, lagen die winzige blaue Bucht und ihr Felsenjuwel, die Abtei von San Fruttuoso.

Mit klopfendem Herzen hatte er sich unter dieser alten Kastanie niedergelassen und sein Stück Salami mit Tomate gegessen. Die herrlichen, wurzellosen Wanderjahre waren vorüber, das fühlte er ganz genau, hier würde er bleiben, die Sprache lernen und Arbeit finden.

Später war er dann zur Bucht hinuntergestiegen. Wie die enggeschwungene Spur eines Skiläufers bei der Abfahrt ins Tal, so schlängelte sich der Pfad Meter für Meter abwärts, bis er sich zwischen den Felsen verlor, die nahtlos in die Klostermauer übergingen. Es war Mittag gewesen, und die Fischer hatten gerade ihre trockenen Netze von den Stangen geholt. Er half ihnen, lehnte die paar Lire ab, die sie ihm dafür anboten, wurde zum Fischessen eingeladen und über die Geschichte von San Fruttuoso belehrt: Die Fischer mit ihren Netzen waren hier eingezogen, nachdem sich die Dogen von Genua diese kleine Bucht ausgesucht hatten, um eine verfallene, aus dem Felsen gehauene Abtei wiederaufzubauen, in der, so hofften sie, ihre Gebeine ungestört und unentdeckt ruhen würden. Die Mönche wurden von den Fischern mit dem Ertrag der Netze versorgt. Erst Anfang dieses Jahrhunderts bekamen sie die Erlaubnis, über den ehrwürdigen Grabstätten der Doria ein kleines Restaurant zu eröffnen. Zweimal in der Woche legte nun ein Dampfer an, schüttete Touristen aus, brachte

Lebensmittel, sammelte Abfall und schließlich auch die Touristen ein.

Tilling wäre, wenn er gewollt hätte, im Restaurant der Abtei, das einen Kellner brauchte, willkommen gewesen. Nachdenklich hatte er sich in den Sand gesetzt und die Fischer, die sanft wehenden Netze und die geheimnisvolle alte Kartause eingehend betrachtet. Zwischen ihm und San Fruttuoso – das hatte er ganz deutlich gespürt – vibrierte eine gewisse Spannung. In der beginnenden Dämmerung war er sogar sekundenlang der Meinung gewesen, seinen Vater vor dem verwitterten Portal sitzen zu sehen, wie einst in Oberammergau, im Kaftan, den Beutel mit den Silberlingen im Schoß. Schnell war er aufgesprungen. Sich hier einzunisten wäre gefährlich gewesen. Aber ganz losreißen konnte er sich nicht, und so beschloß er, in der Nähe zu bleiben. Am späten Abend erklomm er dann wieder den Fußpfad, der hinauf in die Berge führte. Im Vorbeigehen berührte er seine Kastanie und trat den Rückweg zum Hafen von Portofino an. Auf einmal konnte er es nicht erwarten, hier in der Umgebung Arbeit zu finden. Wo sich etwas bot, half er aus, auch wenn es sich um eklige Tätigkeiten handelte, wie in den verschmutzten und stinkenden Hafen zu tauchen und kleinere Schäden an den Booten zu reparieren. Dabei kamen ihm sein durchtrainierter Körper und seine bemerkenswerte Lunge zu Hilfe. Im Vergleich zu der blitzschnellen Behendigkeit, mit der er durch die Wellen flitzte, war er an Land so tolpatschig wie ein Seehund.

Später fand er ein zweites Arbeitsfeld im Hotel »Splendido«, das majestätisch und hoch an den Berg geheftet über dem Hafen thronte. Einen spottbilligen jungen Mann konnte man immer brauchen: als Balljunge auf dem Tennisplatz, in der Küche beim Abwaschen und als Aushilfskellner. Dort war er eines Abends Falke aufgefallen.

»Möchten Sie einmal an Ihrem freien Tag auf meinem Boot servieren?«

Das war vor bald zwei Jahren gewesen. Falke hatte ihm zunächst im »Nazionale« ein kleines Zimmer gemietet, aber nach einem Jahr hatte sich Tilling auf der »Gudrun« genug Geld verdient, um in ein verlassenes und verwahrlostes Fischerhäuschen in Paraggi zu ziehen und es langsam instand zu setzen. Paraggi, drei gewundene Kilometerschleifen von Portofino auf dem Weg nach Santa Margherita entfernt, bestand aus einigen wenigen Behausungen, die sich stolz um den einzigen anständigen Sandstrand zwischen Genua und La Spezia gruppierten. Falke hatte ihm ein Fahrrad geschenkt, auf dem er zwischen Portofino und Paraggi mit immer größerer Geschwindigkeit hin und her pendelte, um seine Schenkel- und Wadenmuskeln zu stärken. Vom Fenster seines Häuschens aus konnte er das kostbare Stück Sandstrand mit seinen primitiven Badekabinen sehen. Es gab nur einen Coca-Cola-Ausschank, wo man allenfalls eine Pizza bestellen konnte. Das Ganze schrie danach, so schien es Tilling, ausgebaut zu werden. Der kurze Landungssteg mußte nur etwas verlängert werden, dann konnte man dort mit einem Motorboot anlegen und Wasserski laufen, anstatt nach Santa Margherita zu fahren und dort nach langem Warten und für viel Geld eine halbe Stunde lang ein Motorboot mit Lehrer zu mieten. Eine Wasserskischule in Paraggi! Eine Goldgrube. Eigentlich war es Ingas Idee gewesen. Zusammen waren sie voriges Jahr zu Falke gegangen und hatten es ihm auseinandergesetzt. Inga hatte bereits alles kalkuliert. Demnach hätte Falke sein Geld innerhalb von zehn Jahren auf Heller und Pfennig mit Zinsen zurückbekommen, alles miteingerechnet: Motorboot, Schuppen, vier Paar Wasserski und sogar das Benzin pro halbe Stunde Ausfahrt acht Stunden am Tag. Aber Falke hatte lächelnd den Kopf geschüttelt, das sei ihm eine zu unsichere Anlage, Paraggi sei zu klein und die Saison sowieso zu kurz. Enttäuscht waren sie abgezogen, und Inga hatte Falke einen alten Geizhals genannt. Aber gestern nacht war von einer unsicheren Anlage nicht mehr die Rede gewesen. Wasserskischule, Motorboot und alles Drum und Dran gratis als »Gegenleistung«...

Tasso stieß ihn plötzlich unsanft mit der Schnauze an; das tat er immer, wenn er bewundert werden wollte. Tilling wandte den Kopf. Der Hund saß aufrecht auf den Hinterpfoten und balancierte einen großen Stein seitlich in seinem weit aufgerissenen Maul. Eine Mischung aus Blasiertheit, Milde und dem Stolz des Könners sowie des Eigentümers in den zottlig verhangenen, gescheiten Augen.

»Ist das nicht der vom vorigen Jahr? Wo hast du denn den aufgetrieben?«

Der Hund legte den Kopf schief, so daß der Stein noch gefährlicher zur Seite rutschte, und blinzelte dabei herablassend, als wolle er sagen: Kleinigkeit, so ein Stein riecht doch laut und deutlich.

Von der Kommandobrücke kam ein Pfiff. Tilling sprang auf, sah sich nach allen Seiten um und lief dann zur Kabinentür.

»Alles in Ordnung, Junge?«

»Reine Luft, Boß. Kein Boot in Sicht.«

Falkes Augen lagen tief in dunklen Höhlen, seine um das Steuerrad gekrampften Hände zitterten. Er sprach hastig und heiser, Tilling konnte manchmal nur Stichworte verstehen.

»Komm rein! Laß den Hund draußen. Hab' mir einiges durch den Kopf gehen lassen. Möglich, daß wir in San Fruttuoso beobachtet werden... Kellner, Leute von der Abtei... Warum kommt ein Boot so früh? Und bleibt draußen im Meer liegen? Wir werden an der Statue *vorbei*fahren – keine Angst, nur ein paar Meter –, dann erst Anker werfen. Es muß so aussehen, als ob du zwischen den Felsen nach Hummern tauchst.«

»Nach Hummern, Herr Falke?« stammelte Tilling entsetzt. War nicht Falkes Frau Gudrun hier in der Nähe beim Hummerfang ertrunken?

»Was?« murmelte Falke, aus seinen Überlegungen aufgestört. »Ach so, ja. Ja, natürlich. Aber wir sind ja nicht in der Cala dell'Oro...« Er grübelte und fuhr sich mit der geballten Faust über die Stirn, eine Geste, die Tilling an ihm kannte, wenn er seine Seekarten studierte. »Wir müssen warten, bis wir die Statue genau backbord haben, und dann erst den Sack ins Wasser gleiten lassen.«

»Ich muß aber vorher schon einmal tauchen, Boß. Ich muß doch ungefähr wissen, wie tief es ist und was da unten los ist.«

»Ja doch, ja doch. Aber was kannst du schon sehen ohne Unterwasserlampe! Das ist doch eine verdammte Schlamperei, daß die noch keine neuen Batterien drin hat. Wie steht's mit deiner Taschenlampe?«

»Die werd' ich auf jeden Fall mitnehmen. Das erstemal möchte ich ohne Apparat tauchen und mich umsehen. Vielleicht funktioniert sie.«

»Kommt drauf an, wie du sie verpackst. Eine Plastikhülle wäre das beste; haben wir so was an Bord? Vielleicht hält sie ein paar Sekunden dicht, bevor Wasser reinläuft. Was mir Sorgen macht – möglich, daß da unten alles zugewachsen ist, kein Zementblock, keine Füße, nur Zeug, Algen und Muschelkalk, was weiß ich.«

»Dann werd' ich ihn woanders anbinden, weiter oben am Rock, irgendwie. Ich werd' schon was finden.«

Falke warf ihm schnell einen Blick zu. Die Stimme des Jungen klang fröhlich, die Sache war für ihn zum Sport geworden. Vielleicht hatte er schon vergessen, was in dem Sack steckte.

»Such noch mal in allen Kabinen – außer bei Frau Behrens, die schläft noch. Vielleicht findest du was. Geh schon!«

Tilling rannte. Es sah aus, als hätte Falke die Nerven verloren. So hatte er ihn noch nie erlebt. Er selbst fühlte sich zwar auch kribblig, aber er war so zuversichtlich wie immer vor seinen Extratouren. Voriges Jahr zum Beispiel war die Mastspitze auf dem Segler nebenan abgebrochen. Barfuß, ohne Steigeisen war er den Mast hinaufgeklettert wie ein Südseeinsulaner auf eine Kokospalme und hatte ihn repariert. So was machte nicht nur Spaß, es brachte auch was ein: 5000 Lire hatte er dafür in seine rote Badehose stecken dürfen. Und jedesmal, wenn er den »großen Griechenakt« vorführte, legten alle Gäste auf der »Gudrun« zusammen, so daß er mindestens 2000 kassierte. Das war aber auch eine ziemliche Strecke unter Wasser. Kopfsprung von der »Gudrun« ins schmutzige Hafengebräu – der Gestank war das Schlimmste dran –, unter den Booten durch bis zum Griechen, so schnell, daß sich all die ekligen Sachen, die da herumschwammen, nicht an ihm festhaken konnten, dann unter dem Griechen durchtauchen – fünf Meter Tiefgang! –, auf der anderen Seite hochschnellen, ein einziges Atemholen und sofort wieder runter und auf demselben Weg zurück zur »Gudrun«. Jemand hatte ihn dabei mal mit der Uhr abgestoppt: angeblich vier Minuten zwanzig Sekunden – das Atemholen miteingerechnet.

Er suchte Kombüse, Vorratsraum sowie die Kabinen ab und fand einen Plastikbeutel in der Kabine, in der gewöhnlich Alexa Thomas Quartier bezog. Falke aber lehnte den Beutel ungeduldig ab: »Ich habe eine andere Idee. Geh noch mal in die Kombüse! Voriges Jahr hatten wir doch dieses große Glas mit Brandypfirsichen aus Paris, erinnerst du dich? Der Stöpsel hielt so dicht, daß wir sie kaum aufmachen konnten.«

Gleich darauf rief Tilling von unten: »Ich hab' sie. Mit Stöpsel.«

Die kleine Taschenlampe ließ sich gerade noch durch den gläsernen Hals zwängen, wenn auch der Lichtschein innerhalb der Glaswände kaum zu sehen war.

»Macht nichts, Boß, unten im Dunklen wird sie stärker leuchten.«

Falke drosselte den Motor und schaute durch die Fensterscheibe. »Bist du fertig? Wir sind gleich da. Wirf den Anker nicht zu nahe an die Felsen!«

Sie waren jetzt 35 Minuten gefahren, ohne jemand zu begegnen. Ein paar hundert Meter vor ihnen stach ein spitzer, kahler Felsen, der Punta della Torretta, ins Meer. Genau dort bogen sie rechtwinklig in die Bucht von San Fruttuoso ein. Etwa zehn Meter von dieser Felsenspitze entfernt – die genaue Stelle war nur zu erkennen, wenn man sich in einem niedrigen Boot direkt darüber befand – stand die Christusstatue unter Wasser.

Tilling in seiner roten Badehose, eine Tauchermaske am Arm, blieb im Schatten der Kommandobrücke. Den Anker mit der Ersatzkette, die er noch schnell geölt hatte, hielt er in der einen Hand, das Glas mit der Taschenlampe in der anderen. Tasso fühlte, daß etwas Ungewöhnliches im Anzug war, und legte seinen Stein zu Tillings Füßen, der ihn unsanft wegstieß. »Platz,

Tasso! Dableiben!« (Manchmal sprang ihm der Hund nach und trat dann geduldig Wasser, bis sein Herr wieder auftauchte.)

Noch an die 200 Meter... Langsam jetzt... noch 50... Die »Gudrun« kroch nur noch... 10 Meter... 5...

Der Motor stoppte, und Tilling lief zur Reling und warf den Anker über Bord. Dabei zählte er fieberhaft, um an der Länge der Kette, die durch seine Hand glitt, die Tiefe abzuschätzen. 7 Meter... vielleicht 8 oder 9... vielleicht noch mehr. Dann lief die Kette nicht mehr, lag ihm schwer und träge in der Hand. Er zog daran – und sie bewegte sich. Verdammt! Noch hatte sich der Anker nicht festgehakt, sondern schlenkerte auf dem Meeresboden dahin. Andererseits bedeutete das weichen Sandboden, keine Felsen oder Kalkablagerungen.

Tilling signalisierte zur Kajüte: Noch nicht!

Falke nickte und ließ den Motor wieder an. Die Yacht schob sich vorsichtig ein, zwei Meter weiter und stoppte wieder. Die Ankerkette tanzte immer noch faul und schlaff hinterher. Nein! signalisierte Tilling, und Falke versuchte es noch einmal, schob sich noch langsamer und noch näher an die Felsspitze heran. Stopp! Die Kette spannte sich plötzlich streng und straff, Tilling hob die Hand, und der Motor schwieg. Der Anker hielt.

Nicht ideal. Die »Gudrun« stand etwas schräg zur Bucht. Wenn jemand in der Abtei zufällig aufs Meer schaute, konnte er von weitem sehen, wie sich ein Mensch in roter Badehose duckte und zur gegenüberliegenden Reling lief. Jetzt blickte er zur Kommandobrücke zurück – der Mann drinnen am Steuer winkte wild –, stülpte sich die Maske über den Kopf und ließ sich rückwärts über Bord fallen.

Falke sah auf seine Armbanduhr, trat hinaus auf Deck und ging gemächlich zu der Stelle, wo der junge Mann verschwunden war. Er löste einen Rettungsring vom Haken, kreuzte dann die Arme über der Reling und schaute scheinbar genüßlich auf das graublaue Wasser hinunter.

Die Statue. Wo war das Ding? Das Meer war heute nicht *lìmpido*, eher kraus und trüb. »Oh Gott«, stöhnte er leise, »wo kann sie bloß sein?« Sie stand doch immer etwas rechts von der Felsspitze. Meter für Meter suchte er die Wasseroberfläche ab, weiter vorn, mehr nach links, weiter weg oder vielleicht doch mehr nach rechts... Da! Eine blasse Hand winkte undeutlich unter den krausen, kleinen Wellen, und etwas wie ein helles, ovales Gesicht ließ sich acht bis zehn Meter entfernt ausmachen. War das zu weit weg? Ob er den Motor noch einmal anstellen und näher heranfahren sollte? Hatte Tilling das Ding überhaupt gefunden? Bis jetzt waren 75 Sekunden vergangen... 90... 110... Jetzt waren's schon über zwei Minuten...

Die Wasseroberfläche brach heftig auseinander, und Tillings Kopf schoß hervor. Falke warf dem jungen Mann sofort den Rettungsring zu, der packte ihn und hängte sich daran mit weit offenem Mund, schwer atmend, die Augen geschlossen.

Falke beugte sich tief hinunter. »Ja? Ja?«

Tilling versuchte zu sprechen, mußte aber erst eine Menge Wasser ausspucken.

»Konntest du was sehen?«

Tilling nickte, hob die Hand, die das Glas mit der Taschenlampe hielt, aus dem Wasser. Das schwache Licht brannte noch.

»Gott sei Dank! Was ist da unten – hat er Füße?«

Kopfschütteln.

»Schwimm zur Treppe, und komm herauf! Schaffst du's allein?«

Aber es dauerte eine Weile, bis es dem jungen Mann gelang, sich auf die Stufenleiter zu schwingen, die ins Wasser hing.

Falke pfiff aus der ersten Kabine rechts, dem Stammquartier von Frau Thomas.

»Hier, Junge, streck dich auf dem Bett aus. Leg dich auf den Bauch, vielleicht wirst du noch mehr Wasser los.«

Tilling torkelte mit seiner Lampe durch die offene Tür und fiel der Länge nach bäuchlings aufs Bett. Bei jedem Atemzug lief ihm noch Wasser aus dem Mund.

Falke brachte ein Frottiertuch und schob es ihm vorsichtig unters Kinn. »Nur ruhig, Junge, keine Eile. Du bist zu schnell hochgekommen, deshalb kriegst du jetzt so schwer Luft. Ruh dich aus!« Dies mit fester Stimme, obwohl die Zeit drängte. 8 Uhr 45. Ab neun Uhr mußte mit allem möglichen Verkehr auf dem Wasser gerechnet werden, und noch lag der Sack in der Kajüte.

Tilling drehte den Kopf zur Seite. Jetzt liefen ihm nur noch hin und wieder ein paar Tropfen Wasser aus dem Mundwinkel, aber der Atem kam noch laut und stoßweise. Falke saß neben ihm auf der Bettkante. Er wunderte sich, wie sehr es ihm an die Nieren ging. Als wär's sein Sohn! Dabei kannte er ihn kaum, jedenfalls bis gestern nacht, der Junge hatte ihn nie sonderlich interessiert. Ein Angestellter sozusagen, Wenzel Tilling, 20000 Lire im Monat plus Verpflegung und Unterkunft, weiter nichts. Und was Tillings spektakuläre sportliche Leistungen betraf, er, Falke, hatte eigentlich nie richtig hingesehen, wahrscheinlich aus Eifersucht, denn er konnte ja nicht mehr mithalten, war ja ein halber Krüppel. Dabei war er auch einmal so was wie ein Athlet gewesen, war schneller gelaufen, höher gesprungen als alle anderen in der Klasse, hatte sogar mal – kindisch natürlich – von der deutschen Olympiamannschaft geträumt.

So gut war er nun wahrhaftig nicht gewesen. Aber auch im Wasser – ganz besonders im Wasser – hatte er sich Preise geholt: den Fahrtenschwimmer schon mit zwölf Jahren, dann den Goldenen Rettungsgürtel, dann den Schulrekord im Zweihundert-Meter-Kraul. Er war Torhüter im Wasserballteam, und mit fünfzehn Jahren gelang ihm schließlich der Doppelsalto vom Zehnmeterbrett. Im Berliner Stadion hatten alle im Takt applaudiert, als er die Wasseroberfläche ohne Klatscher wie eine Lanze durchbrach. Seine beiden Freunde hatten »Bravo!« geschrien, »Bravo! Bravo...!« Eigentlich war er nur für *sie* gesprungen. Er sah sie eng nebeneinander am Bassinrand sitzen und war direkt nach dem Sprung sofort zu ihnen hinübergekrault. Sie hatten ihn lachend an den Haaren aus dem Wasser gezogen, dann waren sie alle drei in die Kantine gegangen, um zu feiern – mit Orangeade. Ganz deutlich sah er sie vor sich, wie sie ihm gegenüber in der halbdunklen Holzbaracke saßen: Fima, braungebrannt, mit kurzen, hellen

Haaren, und neben ihm Franz im schwarzen, altmodischen Badeanzug seines Vaters, der ihm viel zu groß war und der, wenn man ihn auswrang, immer aussah wie eine scheußliche, große Backpflaume.

Tilling setzte sich mit einem Ruck auf und warf die nassen Haare aus der Stirn. »Boß! Wie spät ist es? Wir müssen uns doch beeilen.«

»Laß nur, Junge. Auf fünf Minuten kommt's nicht an. Erzähl.«

»Er steht auf einem Sockel. Der Rock reicht bis ganz runter. Ich bin einmal um ihn herumgeschwommen, ein Mordsumfang. Die Lampe hat gut funktioniert, sonst hätt' ich's nicht geschafft. Entschuldigung!« Er spuckte noch einmal Wasser in das Frottiertuch. »Zappenduster da unten.«

»Wie tief, meinst du?«

»Ungefähr zwölf Meter. So tief unten war ich noch nie, und die Ohren fingen mir an zu sausen. Der Rock ist unten am weitesten, hoffentlich rutscht der Sack nicht hoch, aber ich glaub', die Steine werden ihn am Boden halten.«

»Also? Bist du wieder soweit – oder willst du dich noch ein paar Minuten ausruhen? Es ist mir wichtig, daß ich die Sache – daß ich den Kerl loswerde. Aber noch wichtiger ist mir, daß wir da unten nicht *zwei* Leichen liegen haben.«

»Keine Sorge, Boß, wirklich. Bin ein Stehaufmann.«

»Also los, holen wir ihn!«

4

Maximiliane erwachte aus tiefem Armagnacschlaf und hörte schwere Ketten vor ihrer Tür rasseln. »Was ist denn los?« brummte sie. »Was wird hier gespielt? ›Fidelio‹?«

Das Rasseln und Schlurfen entfernte sich und verstummte.

»He! Wo sind wir?« rief sie laut, und als niemand antwortete, setzte sie sich mühsam auf, zog den Vorhang vor dem Bullauge zur Seite und sah nur Wasser, Horizont und blaßblauen Himmel.

Vergeblich versuchte sie, die Fensterschrauben aufzudrehen. »Kaffee!« schrie sie, so laut sie konnte. »Auf der Stelle! Man bringe mir einen starken Kaffee!«

In diesem Augenblick grollte der Motor auf. »He! Wo fahren wir denn hin?«

Aber schon hatte das Grollen wieder aufgehört. Was bedeutete das alles? Mit letzter Kraft brüllte sie: »Jemand soll sofort in meine Kabine kommen!«

Als Antwort sauste etwas Großes, Dunkles direkt vor ihrer Luke vorbei und klatschte unten ins Wasser. Entsetzt fuhr sie zurück. Gleich darauf kam noch etwas hinterher, etwas Helles, mit Rot gemischt. Rot... das war doch die Badehose des Jungen! In ihrem Kopf mühten sich ein paar Gedankenfetzen, zueinanderzufinden. Tilling... Hannes... Der Sack nebenan...

Sie rutschte von ihrem Lager, hielt sich an einem Stuhl fest, erreichte eine Türklinke, nahm wahr, daß sie sich in ihrem winzigen Bad befand, fiel dankbar aufs Waschbecken und übergab sich in aller Ruhe.

Es blieb geradezu unheimlich still draußen. Maximiliane hatte längst die Tür aufgemacht und erst leise, dann sehr laut »Hannes« gerufen, ohne eine Antwort zu bekommen. Etwas später, nachdem sie sich wieder hingelegt hatte, klopfte es an ihre Tür.

»Herein. Mein Gott, wie siehst du denn aus, Hannes? Wie der Geist von Hamlets Vater. Setz dich doch hin, um Gottes willen.«

Aber er blieb in der Tür stehen und sagte hastig: »Sieh nach, was noch im Vorratsraum ist. Koch es, ganz egal, was. Wir müssen oben auf Deck etwas essen. *Essen,* verstehst du? Deck für drei.«

Sie hätte gern gewußt, was denn nun... aber Falke war schon wieder draußen. Immerhin: Drei Gedecke hieß, daß der Junge am Leben war. Und der Sack? Sie trat auf den Gang hinaus. Niemand zu sehen, und wieder diese enervierende Stille. Sie klopfte leise nebenan an Falkes Tür. Keine Antwort. Vorsichtig öffnete sie die Tür einen Spalt und spähte in die Kajüte. Der Sack war verschwunden.

Auf Deck, am Kopfende des langen gußeisernen Tisches, saß Falke auf seinem gewohnten Platz, flankiert von Maxie und Tilling. Vor ihm stand eine Schüssel gekochter Reis, daneben eine Dose Zucker und ein Glas saure Gurken in Dill. Das war alles, was noch vom vorigen Jahr im Vorratsraum gestanden hatte.

Tilling häufte eine zweite Portion Reis auf seinen Teller. »Das wird den Rest vom Seewasser in meinem Magen aufsaugen.«

»Und den Armagnac in meinem«, sagte die alte Frau und stopfte einen gehäuften Löffel weißen Pampf in den Mund.

Falke schob seinen Teller beiseite und schüttelte schweigend den Kopf. Eine große Sonnenbrille verdeckte sein halbes Gesicht, konnte aber den Ausdruck völliger Erschöpfung nicht verbergen.

»Hannes, geh doch endlich schlafen. Worauf wartest du bloß hier oben?«

Er stieß seinen Stuhl zurück, kam mühsam auf die Beine. »Ich... muß jetzt wahrhaftig runtergehen.«

Sie sah ihm nach, wie er langsam und leicht schwankend zur Treppe ging. »Begleiten Sie ihn, junger Mann. Er muß sich doch auf das Bett legen. Das *Bett,* verstehen Sie? Beziehen Sie's schnell.«

»Hab' ich längst getan, Frau Behrens.«

Aber er folgte ihm trotzdem. Kam kurz darauf wieder zurück. »Ich glaube, er schläft; jedenfalls hat er die Augen geschlossen.« Er hob den Kopf und lauschte. »Ein Motorboot. Aus Portofino.«

Weit hinten an der Spiaggia degli Inglesi tauchte eine kleine Criss-Craft auf und näherte sich schnell. Ein junger Mann saß am Steuer und neben ihm ein Mädchen im Bikini.

»Bitte, essen Sie!« flüsterte Tilling. »Große Löffel voll.« Er stopfte sich Reis in den Mund und winkte dem Boot zu. Das Mädchen winkte zurück, dann hatte das Boot die Bucht durchquert und entfernte sich in Richtung Genua.

»Was soll das alles?« fragte Maxie verwundert.

»Der Boß will, daß man uns essen sieht. Die sollen glauben, wir liegen hier, weil wir Hummer fangen.«

Nach kurzer Pause sagte sie mit leiser Stimme: »Hummer auf der ›Gudrun‹, das wird's nie wieder geben.«

»Wegen Frau Falke, nicht wahr? Wie ist das eigentlich passiert?«

»Sie tauchte mit der Sauerstoffflasche, und der Hummer, den sie gefangen hatte, erwischte den Gummischlauch mit seinen Scheren und schnitt ihr die Luft ab.«

»Hier? Vor San Fruttuoso?«

»Nebenan, in der Cala dell'Oro. So, junger Mann, jetzt berichten Sie mal! Sie sehen ja aus wie's blühende Leben. Ihr Ausflug hat Herrn Falke mehr angestrengt als Sie.«

»Er konnte doch nur zusehen, das strengt an.«

»Alles gut erledigt da unten?«

Er nickte und löffelte weiter. »Ich war ja schon zuvor mal unten, während Sie schliefen. Beim zweitenmal wußte ich Bescheid.«

»Aber der Sack? Hat der Sie nicht behindert?«

»Der kam ziemlich schnell unten an mit seinen Steinen. Ich

hatte ihn ja an der Kette, er konnte mir nicht davonlaufen.« Er lachte fröhlich – wie ein Kind.

Maxie staunte und dachte: Jung! Jung und kerngesund. Und ich hab's doch tatsächlich geschafft, ihn zu überzeugen, daß er ein anständiger Totengräber ist, weiter nichts.

»Er sank schnell im Sand ein, während ich die Kette um den Rock wickelte.« Er hörte auf zu essen und sah sie nachdenklich an. »Hab' noch schnell einen Blick zurückgeworfen, zum Schluß, bevor ich wieder nach oben abgehauen bin – und da lag er, so wie Sie gesagt haben, zu Füßen des Heilands, genau, wo er hingehört, nicht wahr?«

Sie nickte: »Wird er da liegenbleiben?«

»Kommt darauf an, wie haltbar das Material ist.«

»Und wenn sich das auflöst?«

»Dann bleibt halt das Gerippe, mit der Kette um den Hals. Aber auch so eine Kette kann sich aushaken.«

Sie schwieg nachdenklich.

»Frau Behrens«, meinte er zögernd, »darf ich Sie was fragen? Wie geht's jetzt weiter? Ich meine, man muß doch herausfinden, wer den Kerl da hingelegt hat... und warum. Ich meine, man kann's doch nicht einfach so lassen, oder?«

»*Die* werden's nicht so lassen, mein Junge, verlassen Sie sich drauf! Herr Falke rechnet damit, daß man ihn sehr bald wissen lassen wird, was man von ihm will.«

»Geld?«

»Was sonst. Könnte sein, daß schon heute abend ein Brief auftauchen wird.«

»Wo? Auf der ›Gudrun‹?«

Sie zuckte mit den Achseln. »Möglich. Aber ich halte es für wahrscheinlicher, daß er per Post kommt. Expreß. Vielleicht wartet er schon auf uns in der Wohnung oder im Postfach.«

Aber als Falke gegen Mittag aufwachte und die »Gudrun« zurück in den Hafen von Portofino steuerte, waren Briefkasten und Postfach leer.

Am nächsten Morgen wartete er bereits vor dem Postamt, als man aufschloß, aber wieder enthielt sein Fach nur die deutsche Tageszeitung. Auf dem Rückweg traf er Tilling, der im Laufschritt von der »Gudrun« kam.

»Nichts, Boß«, rief er schon von weitem. »Ich hab' alles durchsucht. Nichts.«

Falke drehte sich um. Zu seinem Entsetzen fühlte er, wie ihm Tränen in die Augen schossen. Er hatte die Nacht so gut wie schlaflos verbracht, Wut, Angst und vor allem nachhinkendes Grausen hatten ihn wie Wechselbäder wach gehalten. Langsam ging er quer über die Piazza zurück zu seinem Haus. Es war das dritte von links in der alten Häuserwand, die den kleinen Hafen so eifersüchtig umsäumte und abgrenzte. Bis nach dem Ersten Weltkrieg konnte man nur zu Wasser oder auf Maultierrücken über die Berge nach Portofino gelangen. Aber auch jetzt, nachdem eine Straße aus dem Felsen gesprengt worden war, durfte kein Auto und kein Fahrrad das mittelalterliche Ortsbild verunzieren, Straße und Parkplatz mußten unsichtbar bleiben, und zur Piazza konnte man nach wie vor nur zu Fuß pilgern. Neue Gebäude waren und blieben streng verboten. Darüber wachte die Istituzione di belle arti – aber die drückte während des Sommers ein Auge zu, so daß ein paar »Sitzgelegenheiten« errichtet werden durften. Denn kaum war die Autostraße vollendet gewesen, da bekam Portofino schnell einen Namen, zunächst nur unter Eingeweihten. Dann aber, nach dem Zweiten Weltkrieg, wurde der Ort mit einem Schlag zum Urlaubsfavoriten. Vier Restaurants und fünf Cafés begannen unter bunten Markisen um die Piazza zu blühen. Die Hausbesitzer im exklusiven Halbkreis um den Hafen klagten laut über den Lärm und das Gewühl, aber wenn es Winter wurde und die Markisen verschwanden, klagten sie auch: über die graue Leere.

Falkes Haus war leicht an der blauweiß gestreiften Markise des »Café Fiori« neben der Eingangstür zu erkennen. Darüber, im ersten Stock, tief im Schatten des dicht überwachsenen Balkons, saß Maximiliane im Morgenrock und hob fragend die Hände.

Nichts, signalisierte Falke nach oben.

Auch der nächste und der übernächste Tag brachten nichts, außer einem Brief von Alexa Thomas, der ihre etwas verfrühte Ankunft ankündigte.

»Gut«, meinte Maxie. »Dann hast du sie für dich allein, und das wird dich auf andere Gedanken bringen.«

Falke nickte abwesend. Seit der Nacht auf der »Gudrun« reagierte er auf alle Fragen, als brauche er einen Dolmetscher.

Sie saßen am abgegessenen Frühstückstisch auf dem Balkon und blickten hinunter zur Piazza. Auch während man miteinander sprach, blickte man immer auf den Platz, auf die schönen, alten, abgetretenen Pflastersteine, auf den Kai und die wippenden Bootsmasten. Noch war die Piazza leer um diese Stunde, aber in vierzehn Tagen, wenn die Vorsaison begann, würden die Pflastersteine unter dem Ansturm von wildfarbigen Röcken, Hosen, Sonnenschirmen und Badetaschen untergehen.

»Ich bin neugierig, wie sie sein wird.«

»Wer?«

»Alexa«, sagte die alte Frau ungeduldig. »Wir sprechen doch von ihr, nicht wahr? Auch wenn's dich plötzlich nicht mehr interessiert.«

Er starrte weiterhin wortlos hinunter.

»Möglich, daß sie echt um Gerd trauert. Was meinst du?«

»Möglich.«

»Gerade weil sie ihn *nicht* liebte. Sie fühlt sich schuldig, weil sie lebt, weil sie herumläuft und ißt und trinkt, während er unterm Rasen liegt. So ist das doch meistens. Vielleicht hat sie aber schon jemand anderen gefunden.«

»Vielleicht.«

Drüben auf dem Kai vor der »Gudrun« konnte man Tasso sitzen sehen, der mit gespitzten Ohren die Passanten prüfte. Von Zeit zu Zeit erschien Tilling an Deck mit Laken, Kissen und Wolldecken, die er ausbreitete, um sie an der Sonne zu lüften.

»Hannes, wie wär's, wenn wir ein paar Leute einladen? Die beiden Valerians sind schon im Castelletto, hab' ich gehört. Oder die Goldonis? Die kommen genausogern hierher ins Haus wie auf die Yacht. Du mußt einfach mit Gewalt an etwas anderes denken, und *mir* fällt nichts mehr ein. Du hörst ja auch gar nicht zu.« Sie stieß ihn unterm Tisch mit dem Fuß an. »Weißt du, was ich eben gesagt habe?«

»Ich kann noch nicht. Ich meine – noch keine Leute.«

Aber er hob unwillkürlich den Kopf und blickte über das Hafenbecken hinweg hinauf zum Gipfel des Hügels, der es von Süden her begrenzte. Hoch oben auf der steilen Pyramide saßen die beiden Rundtürme des Castelletto, weithin sichtbar und so eng nebeneinander, daß sie »Salz und Pfeffer« genannt wurden. Auf halber Höhe verband sie ein steinerner Übergang mit breiter Brüstung, der wie die Türme aus dem späten Mittelalter stammte. »Salz« diente den Valerians als Wohnzimmer, »Pfeffer« als Speisezimmer. Unterhalb des Übergangs waren weitere Wohnräume, in denen früher das Wachpersonal gelebt hatte, denn von diesen Türmen aus konnte man gen Norden bis Genua und gen Süden bis nach La Spezia hin das Meer kontrollieren. Keine Straße und auch kein anständiger Fußweg führten zum Castelletto hinauf, nur ein enger Mauleselpfad wand sich um den Berg herum steil aufwärts. Und trotzdem hatten sich Jahr für Jahr eine Anzahl Kandidaten für die Saison als Mieter beworben, und die Agenturen hatten das Castelletto als Hochzeitsreise-Paradies angepriesen. Dann wurden mit einemmal alle Anwärter abgewiesen. Ein Mann namens Michele Valerian hatte »Salz und Pfeffer« gemietet, und seit er verheiratet war, verbrachten er und seine Frau Lucia sogar manche Wintermonate dort oben. Beide gehörten zu den Stammgästen an Bord der »Gudrun«.

Nach einem langen, nachdenklichen Blick zum Castelletto hinauf sagte Falke mir ruhiger Stimme: »Hör zu. Wenn morgen früh noch kein Brief da ist, fahre ich mit dem Nachtzug nach Rom. Zu Bettio. Ich muß ihn überraschen, muß dem Mann ins Gesicht sehen, während ich's erzähle. Dann werde ich vielleicht wissen, ob er's war.«

»Wenn er's war, wird er dich erwarten.«

»Ich muß es trotzdem versuchen. Ich tüftle an allen möglichen

Kombinationen. Zum Beispiel könnte ich mir vorstellen, daß Bettio plötzlich irgendwie – ganz egal, woher – von Kossaks Aufenthalt gehört hat. Vielleicht durch reinen Zufall. Er weiß, das Ganze interessiert mich nicht mehr seit der Amnestie – und seit Gudrun. Also bringt er ihn um – oder läßt ihn umbringen – und legt ihn mir aufs Bett, um mich zu erpressen. So was wäre doch denkbar, nicht wahr?«

»Kannst du das Heftpflaster mit ihm in Verbindung bringen?«

»Nein. Aber bei dem Pflaster bleibe ich mit allen meinen Tüfteleien stecken.« Er schwieg eine Weile. »Kannst du schlafen? Ich nicht. Nehme zwei Schlafmittel, und die tun's auch nicht. Das Warten macht mich fertig. Gestern war ich dreimal auf der Post; die wundern sich sicher schon. Ich *muß* was tun, auch wenn ich nichts ausrichte in Rom und umsonst einmal hin- und herfahre. Alles ist besser, als hier zu sitzen und hinunterzustarren. Ich *muß* was unternehmen, Maxie, verstehst du? Deshalb fahre ich nach Rom.«

»Verstehe.«

Nachmittags wanderte er langsam über die Piazza. Dabei dachte er, die da oben werden jetzt sagen, aha, Falke geht schon wieder zur »Gudrun«, das bedeutet, diesmal kommen seine Gäste früher als sonst. »Die da oben«, das waren die Leute, die in den Villen an den Bergabhängen wohnten. Bei den meisten stand ein Teleskop auf der Terrasse, und ein Familienmitglied stand gewöhnlich dahinter und gab einen laufenden Kommentar ab über alles, was sich im Hafen abspielte. Wenn ich mir jetzt die Nase putze, dachte Falke, werde ich heute abend Anrufe bekommen, ob ich mich erkältet habe.

Tasso verließ seinen Wachtposten, begleitete ihn an Deck und streckte sich neben seinem Liegestuhl aus. Um ihn herum schrubbte Tilling in seiner roten Badehose schweigend die Holzplanken. Schließlich trug er Eimer und Scheuerbürste nach unten, setzte sich dann in einiger Entfernung von Falke auf den Boden und schaute aufs Meer hinaus.

Träge studierte Falke die Silhouette des jungen Mannes vor dem frühen Abendhimmel. Hockender Jüngling, Adam-Skizze von Michelangelo, kam ihm in den Sinn. Der hätte die Asymmetrie der Muskeln, die ihn immer fasziniert hatte, hier nur abzeichnen zu brauchen, ohne beschönigend nachzuhelfen, wie er es bei seinen Modellen tun mußte. Und der alte Phidias im klassischen Athen hätte nicht ins Gymnasium wandern müssen, um nach einem olympischen Athleten für seine Göttergestalten zu suchen, hier saß wahrhaftig eine Göttergestalt. Schon wie der Kopf angesetzt war. Und dieser starke Hals – gab es dafür überhaupt eine Kragenweite? Von der glatten, braunglänzenden Brust ganz zu schweigen und den schwärzlichen Schlagschatten über dem flachen Bauch... Falke wandte den Blick ab. Genauso, so flach wie ein Brett, war auch er gewesen, ohne je einen Gedanken daran zu verschwenden – bis zu jenem Tag, an dem er in Florenz an der Bar gesessen hatte.

»Boß?«

»Nun?«

»Könnten wir nicht nach San Fruttuoso fahren, bevor die Gäste kommen? Einmal gegen Abend, nur Sie und ich?« Falke sah ihn wortlos an. »Ich möchte noch mal tauchen und sehen, wie er da liegt.«

»Die ›Gudrun‹ zweimal an derselben Stelle? Ausgeschlossen.«

Tilling hatte nichts anderes erwartet und gab sofort auf, wippte leicht auf seinen Fersen auf und ab.

»Sitz still, Junge.«

»Ich frage mich«, sagte Tilling nachdenklich, »wie ist das, wenn man jemand erpreßt, wie fühlt man sich da?«

Falke lachte. »Gut fühlt man sich, verlaß dich drauf. Absolute Macht über einen anderen Menschen, über die Seele dieses Menschen, über seine Ängste, seine Hoffnungen – das ist mehr als die Gewalt eines Generals über seine Truppen oder eines Sklavenhändlers über seine schwarze Ware. Nur mit einer Katze zu vergleichen, die mit der Maus Fangball spielt. Die schnurrt vor Vergnügen; ich hab' nie eine haben wollen.«

»Und Sie meinen, wer das mit dem Mann getan hat, der schnurrt jetzt?«

»Wer immer mit dem Mann in meiner Kabine war, der schnurrt jetzt.«

Tilling überlegte, sagte dann langsam: »Das Böse – mein Vater nannte es immer die Bösigkeit, sie ist weiblich, hat er gesagt – ist doch was Erstaunliches.«

»Was weißt du von der Bösigkeit?«

Der junge Mann errötete, es war ganz deutlich zu sehen. »Ich bin in Oberammergau geboren. Mein Vater spielte den Judas im Passionsspiel.«

»Und?« Falke war plötzlich interessiert.

»Es hat ihm keine Ruh' gelassen – und uns auch nicht, meiner Mutter und meinen Brüdern und mir.«

»Wie meinst du das?«

»Er hat's nicht bei den Passionsspielen belassen können, er hat sich immer wieder damit geplagt. Die dreißig Silberlinge, das war unser Wohlleben. Wir durften kein Radio haben, nicht mal ein Fahrrad. Immer wieder hat er das Haus ›gereinigt‹. Einmal hat er in der Luft geschnuppert wie ein Hund und gesagt: ›Ich rieche Bösigkeit‹, dabei waren's nur Mutters Apfelküchel. Ich war erst vier Jahre alt, aber ich weiß noch genau, wie sie die Schüssel schnell in den Keller getragen hat. Von da an hab' ich alles, was gut roch, mit Bösigkeit verkoppelt.«

»Lebt er noch, dein Vater?«

»Nein. Er starb bald nach Kriegsbeginn. Man hatte ihm den Judas weggenommen, weil er zu alt war; Kaiphas oder eine andere Rolle wollte er nicht spielen. Saß bei jedem Wetter auf der Bank vorm Haus, ließ seinen rotgefärbten Bart rauswachsen, weiß. Touristen blieben stehen und fotografierten ihn, als wär' er eine biblische Figur, dann freute er sich. Er durfte sein Kostüm behalten und den Beutel mit den Silberlingen. So saß er vor dem Haus, in dem alten Kaftan, mit dem Beutel auf'm Schoß, und so wurde er dann auch begraben.«

»Hast du auch mitgespielt im Passionsspiel?«

»Früher mußten alle Kinder im Dorf mitspielen. Aber zu meiner Zeit gab's keine Passionsspiele mehr. Leider. Ich hätte gern mitgespielt, stellte mir das eigentlich schön vor, oben im Rampenlicht mit den anderen angelaufen zu kommen, wenn Jesus sagt: ›Lasset die Kindlein zu mir kommen‹, und seine Knie zu umarmen.«

Falke sah ihn mit neuem Interesse an. »Dann mußt du ja eine ganz besondere Beziehung zu ihm haben.«

Tilling sah wieder aufs Meer hinaus. »Vielleicht«, meinte er nach einer Weile. »Ich denke jetzt zum erstenmal darüber nach, ich meine, seit ich da unten war, zu seinen Füßen.«

»Und?« half Falke nach. »Weißt du's jetzt?«

»Noch nicht. Deshalb wollte ich ja gern noch mal rausfahren.«

»Ich verstehe, aber das läßt sich nicht machen. Vielleicht einmal später.«

Tilling sah ihm wieder voll ins Gesicht. »Und wenn der Mörder sich meldet und Geld will, was dann?«

»Ich weiß es nicht, außer daß dann sein Hauptvergnügen vorbei ist, denn dann kommt nur noch das Fressen. Das macht auch Spaß, aber es hat einmal ein Ende. Und wenn er mich verzehrt hat, gibt's nur noch die Erinnerung, und die macht nicht satt.«

»Das Geld macht satt.«

»Du siehst ja, er stellt seine Forderung nicht, also ist ihm das nicht das Wichtigste.«

»Ich versteh' die Sache nicht«, sagte Tilling plötzlich mit einiger Heftigkeit. »Was wollte dieser Mann in Ihrer Kajüte? Vielleicht hat ihn jemand überrascht?«

»Daran hab' ich noch gar nicht gedacht«, sagte Falke mit gerunzelter Stirn.

»Und warum wurde er nicht einfach liegengelassen? Warum hat man ihn auf Ihr Bett gelegt – und jetzt kommt das Seltsamste: Warum hat man das Loch im Kopf so ordentlich verklebt? Da muß doch jemand ein Pflaster in der Tasche bereit gehabt haben, oder?«

»Stimmt.«

»Nichts. Was sagst du dazu? Ich versteh's einfach nicht. Bin extra runtergegangen und hab' den ›Corriere della Sera‹ gekauft. Nichts. Kein Wort von einer Leiche, nicht an Land und nicht im Meer.«

»Worauf wartest du eigentlich?«

»Es muß doch etwas passieren, der Mann kann doch nicht einfach verschwinden! Er müßte längst irgendwo entdeckt oder angespült worden sein. Ich frage mich die ganze Zeit: Wo können sie ihn versteckt haben?«

»Was ich *so seltsam finde, ist Falkes Abreise – ich nehme wenigstens an, daß er zum Bahnhof gefahren ist. Ich hab' ihn mit seiner Reisetasche über die Piazza gehen sehen und dann am ›Nazionale‹ vorbei in Richtung Parkplatz. Das heißt doch, er glaubt nicht, daß hier in Portofino etwas passieren wird.«*

»Es muß aber! Es muß aber!«

»Wo kann er hingefahren sein? Es war früher Abend, so gegen sieben Uhr.«

»Da geht nur noch der Nachtzug nach Rom, acht Uhr zwanzig. Rom. Was tut er in Rom? Natürlich das Naheliegende... Ja, das wird's wohl sein. Und... das gefällt mir nicht. Ganz und gar nicht.«

Am nächsten Tag rief Maximiliane in Rom im Hotel an. »Warum höre ich nichts von dir? Wie war's?«

»Es war gar nichts. Er ist nicht da. Kommt übermorgen, frühestens.«

Sie hörte an seiner Stimme, daß er betrunken war, und legte schnell auf. Für jede Form von menschlicher Verirrung brachte sie ohne Anstrengung Toleranz, oft sogar inniges Verständnis auf – ausgenommen für Alkohol, obwohl sie sich selbst hin und wieder ganz offen betrank. »Ich weiß, ich weiß«, antwortete sie, wenn man sie auf diesen Mangel an Konsequenz aufmerksam machte. »Aber wenn ich nüchtern bin, kann ich's nun mal bei anderen nicht riechen, kann mir nicht helfen.«

Am nächsten Morgen weckte sie ihn in aller Frühe auf.

»Laß mich in Ruhe, verdammt noch mal!«

»Tilling brachte eben ein Telegramm für dich. Soll ich's aufmachen?«

Er war sofort wach. »Lies es mir vor.«

»Von Alexa. Sie kommt morgen mit dem Fünf-Uhr-vierzig-Zug aus Genf.«

Nach einer kurzen Pause sagte Falke: »Kannst du sie abholen? Ihre Kabine steht bereit, aber Tilling soll auch deine Sachen aufs Boot bringen, damit sie nicht allein ist. Macht's dir was aus? Ich muß hierbleiben, bis Bettio wiederkommt. Gestern hab' ich mit seinem Sohn ein Glas Wein getrunken, wollte herausfinden, ob der was weiß. Ein seltsamer Bursche, Benito heißt er. Ich hatte die ganze Zeit über das Gefühl, der hat keine Ahnung, der *spielt* verschlagen. Oder aber – Maxie, bei dem könnte ich das Pflaster unterbringen! Nimm an, der ist mit seinem Vater mitgegangen...« Er verstummte.

»Was wirst du heute unternehmen?« fragte Maximiliane, so munter sie konnte.

»Ich hab' mir einen Wagen gemietet und fahre hinaus nach Tivoli zur Hadriansvilla.«

»Schon wieder? Sieh dir doch mal was anderes an, du verdummst ja, Hannes.«

»Macht nichts. Da laufe ich herum und muß nichts Neues entdecken. Kann mich auf Altes konzentrieren.«

»Zum Beispiel?«

Nach einer längeren Pause sagte er: »Auf Florenz. Ich denke es immer wieder durch. Vielleicht hab' ich was Wichtiges vergessen, vielleicht erinnere ich mich falsch...« Seine Stimme verlor sich.

»Häng noch nicht ein! Da drüben kommt Tilling mit der Post.«

»Gibt's was?« Sofort gespannte Aufmerksamkeit.

»Jetzt hat er mich gesehen – ich sitze am offenen Fenster... Er winkt ab. Nichts, Hannes.«

Er legte auf.

5

Der Zug von Genf nach La Spezia, der in Santa Margherita genau drei Minuten lang hielt, hatte wie immer Verspätung. Maximiliane humpelte langsam am Bahnhof auf und ab. Es gab keinerlei Sitzgelegenheit, und drüben, wo der Zug ankommen würde, nicht mal einen anständigen Perron. Wenn man aus dem Abteil stieg, versank man im Sand.

»Möchten Sie nicht lieber im Wagen warten, Frau Behrens?« fragte Tilling, der Tasso an der Leine hatte.

»Laufen ist gut für mich, ich tu's viel zu selten.«

Dies würde das vierte Mal sein, daß sie den Sommer Kabine an Kabine mit Alexa verbrachte. Aber diesmal ohne Gerd. Während sie dahinhumpelte, dachte sie an Gerd. Ein echter Verlust, dieser Mann. Mit ihm hatte sie herrlich streiten und lachen können. Er war Herausgeber einer Modezeitschrift gewesen, hatte aber die ganzen Jahre über seinen Beruf nicht ein einziges Mal erwähnt. War ja auch keiner gewesen, höchstens ein Broterwerb. Wenn er ein Bordell gemanagt hätte, wär's eher zu verkraften gewesen, da hätte er doch viel Lustiges zum Besten geben können. Aber eine Modezeitschrift – pfui Deibel! Kollektionen besichtigen und Mädchen auf Fotosafaris schicken, überlange, unterernährte, antiseptische Geschöpfe... Und mit solchen Dingen beschäftigte sich ein erwachsener Mann täglich! Jemand, der las, politische und philosophische Bücher; das ging doch alles nicht in einen Topf. Irgendwo war da ein Bruch in seiner Persönlichkeit gewesen, und zu diesem Bruch hatte Alexa genau gepaßt. War ja auch mal

Mannequin gewesen oder Schauspielerin oder so was, jedenfalls konnte sie's mit Gerds abgezehrten Vestalinnen jederzeit an Schönheit aufnehmen, und man war in der Lage, sich trotzdem mit ihr zu unterhalten, keine Frage. Hatte eine anständige Erziehung gehabt, gute Schule. Der Vater war deutscher Delegierter beim Völkerbund gewesen, und als Hitler die Mitgliedschaft kündigte, war er mit seiner Familie in Genf geblieben, wenn auch nur als Dolmetscher. Er hatte auch einen Sohn, aber Alexa sprach nie von diesem Bruder. Um so mehr erzählte sie von ihrem Vater. Eifersüchtig sah Maxie sie oft neben Falke auf Deck liegen, hörte die beiden leise sprechen und lachen, denn Falke hatte diesen Vater gekannt. Als Pirrones Vertreter mußte er sich hin und wieder in Genf aufhalten, denn der Neapolitaner hatte es auch – aber vergebens – auf den Schweizer Markt abgesehen. Falkes Französisch reichte nicht aus, und der gescheite und witzige Dolmetscher hatte ihm oft zur Verfügung stehen müssen.

Maximiliane war nie eifersüchtig, wenn es um erotische Dinge ging, die hatte sie abgeschrieben, sie hatte sich schon als junge Frau für diese Art Wettbewerb disqualifiziert. Zwar hatte sie einige Pluspunkte aufzuweisen, zum Beispiel zarte, ausgesprochen schöne Hände und elegant gedrechselte Knöchel, aber was machten die schon aus im Vergleich zu dem vierschrötigen Körper und den Basiliskenaugen? Nein, nein, wenn Männer sich zu ihr hingezogen fühlten – und daran hatte es ja Gott sei Dank in ihrem Leben nicht gefehlt –, so wurden diese Vorzüge erst viel später entdeckt, so als habe sie sie versteckt gehalten. Nun, all das »hatte sie längst hinter sich und war, gottlob, recht tugendlich«. Aber wenn zwei Menschen diesen gewissen Ausdruck im Gesicht hatten, während sie Erkenntnisse oder gar Erfahrungen austauschten, was bei Falke sowieso nur selten vorkam, dann fühlte sie einen Stich in der Magengegend. Das war *ihr* Gebiet: Da wollte sie teilnehmen und – natürlich – den Ausschlag geben.

Alexa jedoch ließ sie nicht an sich heran, und Falke tat nichts, um Maxie miteinzubeziehen. Er wollte eben Alexa für sich haben, um sie bei Gelegenheit zu verspeisen – wenn er das schaffte. Zu

Gerds Lebzeiten kam das ohnedies nicht in Frage. Und jetzt? Was spielte sich eigentlich bei ihm auf sexuellem Gebiet ab? Dieser Posten in Falkes Leben interessierte Maximiliane nur am Rande, nur insofern, als er manchmal plötzlich verschwand, allerdings nie, ohne vorher jedesmal dasselbe in dem gleichen, ein wenig ironischen Ton zu sagen: »Ich habe da einiges zu erledigen. Bin morgen wieder da.« Und: »Es wird wohl ein, zwei Tage dauern.« Sie nahm an, daß es irgendwo in der Nähe weibliche Wesen gab, die ihn bei der »Erledigung« unterstützten, aber weiter nichts verlangten. Seit Gudruns Tod hatte er eine geradezu panische Aversion gegenüber irgendwelchen Bindungen, woraus sie schloß, daß er seine Ehe für einen verheerenden Fehler hielt. Er sprach zwar nie darüber, doch wäre er glücklich gewesen, dann hätte er's vielleicht noch mal mit jemandem versuchen wollen.

Alexa nahm bei Maxies Erwägungen eine Sonderstellung ein; sie baumelte Falke jeden Sommer wochenlang vor der Nase wie ein Lutschbonbon, aber sie ließ sich nicht »erledigen«. Dabei war sie ihrem Mann alles andere als treu gewesen – und der wußte es auch –, aber sie hatte immer Diskretion bewahrt, hatte außerdem eine eklektische Einstellung in sexuellen Dingen. Maxie traute ihr erotische Unabhängigkeit zu – ein großes Kompliment. Offensichtlich hatte sie hier und da mal eine Affäre, aber die mußte sich lohnen. Inwiefern, war manchmal offensichtlich, manchmal unerforschlich. Jedenfalls ließ sich nie voraussagen, wie sie reagieren würde, und schon das allein, fand Maxie, war interessant. Die meisten Leute waren doch so berechenbar. Freie Geister, wo waren die noch zu finden? Wenn sie manchmal meinte, jemand aufgetrieben zu haben, stellte sich gewöhnlich nur heraus, daß er Drogen nahm.

Sie blieb stehen und schaute den leeren Schienenstrang entlang, der sich weit hinten in einem Tunnel verlor. In einigen Minuten würde sie Alexa drüben auf dem sandigen Bahnsteig in Empfang nehmen... Sie gestand sich ein, daß sie nervös war. Es war ihr in den ganzen Jahren nicht gelungen, die junge Frau für sich zu gewinnen, obwohl sie sich viel Mühe gegeben, echte Anstrengungen gemacht hatte. Das war's vielleicht, fiel ihr plötzlich ein: Sie hatte das verwöhnte Luder *umworben!* Wie hatte ihr das passieren können? Sie selbst haßte es doch, wenn man sich um sie bemühte, und wurde sofort garstig, wie Falke es nannte.

Ein Pfiff heulte in der Ferne, und sie humpelte, so schnell sie konnte, zurück. Das Pfeifen mischte sich mit Stöhnen, aus dem Tunnel wälzte sich der Zug heran. Tilling hob sie hinunter aufs Geleis und steuerte sie sanft über die Schienen zur Sandseite des Perrons, schob sie dann zu dem Platz, vor dem die Abteile erster Klasse gewöhnlich hielten.

Keuchend und schwitzend kroch die alte Vorkriegslokomotive heran und blieb nach ein paar vergeblichen Versuchen mit gewaltigem Ruck stehen. Menschen und Koffer purzelten hastig aus den Abteilen in den Sand. Es entstand eine kurze, erwartungsvolle Pause, als sei allen klar, daß noch etwas zu geschehen hatte, bevor der Zug abfahren konnte. Die schäbigen Abteiltüren schwangen offen hin und her – und dann stieg Alexa in gelbem Kostüm und gelbem Hut langsam die verbeulten Stufen herunter, als wandle sie auf einem roten Teppich, was um so eindrucksvoller war, als es sich um ein Abteil zweiter Klasse handelte, wie Maximiliane erstaunt wahrnahm. Hinter ihr erschien ein Mensch mit Mütze, der ihre zwei Koffer aus Krokodilleder trug, sicherlich der einzige Beamte im Zug.

Jetzt ertönte der überfällige Pfiff. In Ermangelung eines Trinkgeldes nickte Alexa dem Uniformierten lächelnd zu, worauf der sich resigniert und ohne Hast auf die bereits davonfahrenden Stufen schwang. Tilling und Tasso sprangen herbei.

»Ah!« sagte Alexa und berührte Mann und Hund leicht an der Schulter. Das tat sie oft, statt guten Tag zu sagen, eine tastende Geste, die etwas von der Begrüßung einer Blinden hatte. »Da seid ihr ja wieder, Tilling und Tasso.« Dann erst blickte sie suchend um sich.

Ein guter Auftritt, dachte Maxie, die noch immer an der Stelle wartete, wo die Abteile der ersten Klasse gehalten hatten. Leider umsonst, meine Liebe, denn Falke ist nicht hier. Sie streckte die Hand aus und rief: »Willkommen, Alexa!«

Gegen Abend lagen beide Frauen nebeneinander auf Deck. Tilling hatte Maximilianes Koffer vom Haus am Kai zur Yacht gebracht – »Damit Sie nicht allein an Bord schlafen« –, was Alexa dankend angenommen hatte, obgleich ihr die Frau immer etwas unheimlich gewesen war mit ihrem forschenden Basiliskenblick.

Sie hatte sich umgezogen, lag nun barfuß in einer langen, weißen Hose und ärmellosen gelben Bluse auf der Liege und betrachtete ihre nackten Füße. »Winterzehen«, murmelte sie. »Jetzt dürfen sie sich wie ein Omelett ausbreiten und atmen.«

Maxie neben ihr machte keine Anstrengung, eine Unterhaltung in Gang zu bringen. Lässig zeichnete sie die Silhouetten der Pinien auf den Berghöhen nach, die sich schwarz und edel gegen den hellgrünen Abendhimmel abhoben.

»Es ist schön«, sagte Alexa wie zu sich selbst, »wenn man genau weiß, auch dieses Jahr wird sich nichts geändert haben.«

»Sie meinen Portofino? Dafür wird ja auch amtlich gesorgt. Ich zähle gerade die Pinien da oben. Zweiundzwanzig. Keine fehlt, und keine ist dazugekommen. Sie wachsen auch nicht.«

»Beruhigend.«

»Nicht wahr? Genau wie unsere Häuserwand: sechsundzwanzig alte Häuser, alle in den vorgeschriebenen Farben.«

»Terrakottarot oder ockergelb, ich weiß, Gerd hatte viele Fotos davon. Hat einige auch einmal in seiner Zeitschrift gebracht. Mit einem Artikel von mir.«

Maximiliane schaute die junge Frau an und dachte: Wie man sich doch irren kann!

»Hab' mir sogar Mühe gegeben, alte Portofino-Geschichten nachgelesen.« Sie lachte leise. »Am besten gefiel mir die vom heiligen Georg, wie der hier angesegelt kam, außer Puste, nach seinem Kampf mit dem Drachen.«

»Was hat er eigentlich mit der geretteten Jungfrau gemacht?«

»Über Bord geworfen.«

Maxie sah den Ledersack vor ihrem Bullauge vorbeisausen, und die lustige Antwort blieb ihr im Halse stecken.

»In meinem Artikel behaupte ich, daß bei Euch nur die Fassade echt ist. Innen ist alles modern, nicht wahr?«

»Waren Sie noch nie bei Falke im Haus?«

»Nein. Gerd sagte immer, er wolle seine Illusionen bewahren.«

»Zentralheizung und ein Bad in jedem Stockwerk.«

Zwischen den Liegen erschien Tasso, ein geräuschloser Vorbote, und dann kam Tilling die Treppe herauf. »Der Tisch im ›Pitosfero‹ ist reserviert, und die *Uccellini scappati* sind für acht Uhr bestellt. Aber soll ich nicht doch lieber an Bord schlafen? Ich meine in Anbetracht…« Er stockte, hätte sich beinah verraten.

»Nicht nötig, Tilling«, sagte Maximiliane schnell. »Später, wenn Sie Ihre Runden machen, können Sie ja mal vorbeischauen.«

Um diese Zeit wogten die Köpfe der Touristen wie Wellpappe auf der Piazza, die vorübergehend aus den Nähten zu platzen drohte, bis jeder sich entschlossen hatte, in welchem Café er seinen Drink einnehmen würde. Alexa konnte dem jungen Mann, der sich einen Weg durch die Menge bahnte, ohne Schwierigkeiten mit den Augen folgen, denn er war einen guten halben Kopf größer als die meisten.

Sie fand, er habe sich irgendwie verändert, vielleicht auch entwickelt, jedenfalls zu seinem Vorteil. Gleich nach seinem ersten Erscheinen auf dem Boot, vor zwei Jahren, hatte sie Falke darauf aufmerksam gemacht, daß in dem ungeschlachten Jungen Möglichkeiten steckten; er hatte aber nicht gefragt, welche.

»Was meinte er mit ›in Anbetracht‹?«

»In Anbetracht zweier Frauenspersonen ohne männlichen Schutz. Aber was kann schon im Hafen passieren?« fragte Maxie und rollte unschuldig ihre Froschaugen. Ihre rechte Hand öffnete und schloß sich sehnsüchtig, fühlte sich ohne Glas an wie eine leere Hülle, doch nach der Armagnacorgie hatte sie ihrem Magen eine Woche Karenzzeit versprochen.

Die junge Frau neben ihr versank in geistesabwesendes Schweigen. Maxie fragte sich, ob das mit Gerds Tod zu tun hatte. Noch war sie mit keinem Wort darauf eingegangen. Trauerte sie etwa? Äußerlich war ihr nichts anzumerken, sie sah so bunt und so teuer aus wie immer.

Kurz darauf hörte Maxie etwas. Wurde am Bug unten die Tür aufgemacht? Jetzt war es wieder still. Die Ohren der alten Frau waren erstaunlich scharf – da war doch jemand! Sie setzte sich mit einem Ruck auf. Schwere Schritte kamen langsam die Treppe herauf. Auch Alexa wandte den Kopf.

»Wer ist da?« rief Maxie mit lauter Stimme.

Die Schritte stockten.

Die alte Frau sah sich um und packte den Eiskübel mit beiden Händen. »Wer ist da?« schrie sie. Alexa sah sie befremdet an.

Die bleiernen Schritte setzten ihren Aufstieg fort. Maxie kroch eine Gänsehaut die Arme hoch – das konnte, das durfte nur an dem Eiskübel liegen, den sie wurfbereit umarmt hielt. Stocksteif saß sie aufrecht da, hielt den Atem an und starrte auf den Treppenzugang zum Deck – und jetzt erschienen in der Dämmerung ein wirrer, dunkler Haarschopf, darunter ein blasses Gesicht, ein langer Hals, schmale Schultern und zwei Arme in einer Seemannsjacke. Die Arme lehnten sich auf die Deckplanken, kreuzten sich, stützten den Kopf und verharrten in dieser Stellung reglos wie ein surrealistisches Gemälde.

»Maja!« flüsterte die alte Frau und setzte den Kübel wieder ab. »Wie kommst du… was willst du hier?«

Der abgeschnittene Rumpf blieb unbeweglich. Aus dem weißen Gesicht starrten zwei dunkle, weit aufgerissene Augen auf die beiden Frauen.

»Maja?« fragte Alexa erstaunt. »Das ist Maja?« Und als niemand antwortete: »Warum kommen Sie nicht herauf, Maja?«

»Bleib, wo du bist!« sagte Maxie leise, aber mit bedrohlichem Unterton. »Hannes ist nicht hier.«

Jetzt setzte sich auch Alexa auf und blickte von einem zum anderen. »Was ist denn los? Warum darf sie nicht an Bord?«

Die alte Frau antwortete nicht, ließ den Basiliskenblick nicht von dem weißen Gesicht über den Holzplanken, das jetzt, als sei es zu schwer, seitlich auf die Schultern sank. Der Mund öffnete sich langsam und mühselig. »Ich... brauch' was... muß was drücken... muß... muß...«

»O Gott«, flüsterte Maximiliane. Laut sagte sie. »Heute ist erst der zweiundzwanzigste. Du mußt noch eine Woche warten.«

»Kann nicht...«, kam es von den blassen Lippen. »Muß... muß... muß... Hannes!«

»Ich sage dir doch, Hannes ist nicht hier, er ist in Rom. Von mir bekommst du nichts, das weißt du. Fahr sofort zurück nach Frankfurt!«

Ein langes Schweigen. Dann sackte der Rumpf nach unten und zog die Schultern und Arme im Zeitlupentempo mit sich. Schließlich verschwand auch ihr Kopf. Die Schritte rutschten abwärts, vorne öffnete sich die Tür und schlug wieder zu.

Alexa sprang auf, lief zur Treppe und spähte hinunter.

»Weg«, rief sie. »Aber wo ist sie? Ich seh' sie nicht auf dem Kai.«

»Gott weiß, wo sie sich versteckt. Wahrscheinlich ist sie noch vorn und hat nur die Tür aufgemacht und wieder zugeschlagen, das hat sie schon oft getan, oder sie versteckt sich in einem von den Schränken unten. Ich bin aber nicht in der Stimmung, die alle zu durchsuchen und angespuckt zu werden.«

Alexa blieb unschlüssig an der Reling stehen und musterte die vorbeiwandernden Touristen. Schließlich legte sie sich achselzukkend wieder neben die alte Frau, die mit ihrem Magen zu Rate ging, ob ihr nach diesem Schreck vielleicht doch ein Armagnac zustand.

»Das ist Gudruns Tochter? Ich hab' sie mir anders vorgestellt.«

»Wußten Sie's nicht?«

»Nein. Falke hat nie etwas erwähnt, aber weil sie im Sommer immer fehlte, habe ich mir gedacht, daß sie vielleicht etwas... wild ist. Drogen? Welche?«

»Was sie kriegen kann.«

»Und wie kommt sie an Bord? Hat sie einen Schlüssel?«

»Keine Ahnung. Dabei haben wir ein nagelneues Schloß. Aber

sie kann alle knacken. Ich glaube, ich muß es Hannes wissen lassen.« Sie sah auf die Uhr. »Noch zu früh. In einer Stunde kann ich ihn im Hotel erreichen.«

»Was macht er eigentlich in Rom um diese Jahreszeit?«

»Keine Ahnung. Geschäfte – was immer das bedeutet.« Maxie zog den Anrichtetisch auf Rollen näher heran und goß ein kleines Glas mit Armagnac voll. Alexa sah, daß ihre Hände zitterten. »Gehen wir doch jetzt schon rüber ins Restaurant, da gibt's eine Telefonzelle.«

»Hast du die Schweizerin gesehen? Wie sieht sie aus?«

»Wie immer. Ich konnte nicht viel ausmachen, dazu ist es zu dunkel.«

»Majas Auftritt war leider auch in der Dämmerung. Ich habe übrigens schon seit einiger Zeit im ›Gran Vittorio‹ unten Licht brennen sehen, das bedeutet immer, die Kinder sind da.«

»Feine Kinder.«

»Keins über fünfundzwanzig und die Hälfte geistig nur noch auf dem Niveau von Schulkindern. Gestern saß ein Mädchen in Jeans mit langen Haaren in aller Frühe zwischen den Felsen unterm ›Gran Vittorio‹, stundenlang, starrte aufs Wasser, ohne sich zu rühren. Genau wie Maja, dachte ich.«

»So genau, daß sie's war.«

»Wenn Falke zurückkommt, hat er was am Hals.«

»Bin gespannt, was in Rom los war. Da gibt's eigentlich nur eine Möglichkeit.«

»Hast du mal daran gedacht, daß überhaupt nichts mehr los ist?«

»Wie meinst du das?«

»Daß er verschwunden bleibt. Aus. Erledigt. Für alle Zeiten.«

»Das wäre… richtig schade. Vielleicht müßte man da nachhelfen, ihn auferstehen lassen.«

»Wie willst du das anstellen?«

»Die alte Behrens weiß, wo er ist. Aber die ist schwer zu knacken.«

»Und der Junge?«

»Richtig, der Junge. Aber den möchte ich eigentlich nicht anzapfen.«

Das »Pitosfero« lag am weitesten von der Piazza entfernt. Es schob sich in die Felsen, die den Kai am Ende begrenzten. Eingehauene Stufen führten hinauf zum Eingang und in den großen Raum, der so hoch lag, daß man von hier den ganzen Hafen übersah. Es war noch früh, halb acht Uhr, und im Restaurant waren nur wenige Leute. Sie bestellten je eine Grappa, lehnten sich in den Stühlen zurück und sahen auf die »Gudrun« hinunter. Die *Uccellini scrappati*, eine Art von Kalbsrouladen, würden auf sich warten lassen.

»Erzählen Sie mir von Maja«, sagte Alexa.

»Ungern. Viel ist sowieso nicht zu sagen. Sie haben's ja erlebt.«

»Wie hat das angefangen?«

»Wer kann das sagen? Hannes hatte was damit zu tun, das ist klar. Als Gudrun starb, klammerte sie sich an ihn, und aus dem liebenden Stiefvater des Kindes wurde im Handumdrehen ein Sexobjekt des Teenagers. Alles unter der Devise: ›Ich bin eine arme Waise...‹, und das ist sie ja auch. Ihren Vater hat sie nie gekannt, der fiel im Krieg. Hannes ging wie auf Eiern, rationierte jede noch so harmlose Geste der Zärtlichkeit, bis sie ihn eines Tages in seinem Schlafzimmer belagerte, hungrig, ohne jede Scham. Er schloß sich ein, und sie hämmerte an seine Tür und schrie. Ich weiß es, ich war hier und genierte mich; wußte gar nicht, daß ich das noch konnte. Am nächsten Tag ist er mit ihr nach England gefahren. Internat.« Maxie schwieg einen Augenblick und sah vor sich hin. »Leider ist sie nicht sehr gescheit, man kann sie nirgendwo anpacken, nicht mit ihr reden. Sie ist wie ein kleines Tier, das unbedingt haben muß, was es begehrt. Keiner Vernunft zugänglich.«

»Und England hat nichts genützt?«

»Man hat sie zweimal rausgeworfen, weil sie nicht *cooperative* war.« Sie winkte dem Kellner und bestellte zwei weitere Grappa. »Kooperativ! Sie weiß nur, daß sie eine arme Waise ist. Ergo: Man muß ihr alles gewähren und alles verzeihen. Die Engländer taten ihr Bestes, wollten sie absolut ermutigen, und weil sie im Unterricht nichts leistete und jeden Sport ablehnte, gaben sie ihr einmal den Preis für ›das schönste Lächeln der Schule‹. Rührend, nicht wahr? Ich hab' sie schon lange nicht mehr lächeln gesehen.«

»Und jetzt? Wie wird Falke jetzt mit ihr fertig?«

Die alte Frau seufzte. »Seit sie die Drogen nimmt, hat er einen Rechtsanwalt in Frankfurt damit beauftragt, sich um sie zu kümmern. Der arme Mann, er hat die Hölle mit ihr. Zweimal im Monat gibt er ihr Geld für den Unterhalt, aber sie erfindet immer neue Gründe, um mehr aus ihm herauszuholen.«

»Hat sie keinen Freund? Sie ist sehr schön, fand ich, sogar in diesem Zustand.«

»Da ist einer in Frankfurt, ein sogenannter Musiker, der elektronische Musik macht...« Sie unterbrach sich und schüttelte langsam den Kopf. »Ich bilde mir ein, ich kann alles verstehen, ich umarme besonders das Neue und Ungewöhnliche voller Begeisterung, aber hier gebe ich mich geschlagen, und das bedeutet eine Niederlage auf meinem ureigensten Gebiet. *Ich begreife es einfach nicht.* Dieser Junge, Majas Freund, sechsundzwanzig Jahre alt, der sitzt Tag für Tag in seiner schalldichten Zelle und macht elektronische Untermalung zu dem mittelmäßigen Singsang, den man heute anbetet, nur damit der ein bißchen nach was *klingt*, und zwar tut er das in voller Lautstärke. Das muß so sein, sagt er, dröhnend, markerschütternd und im fürchterlichen Sinn des Wortes ohrenbetäubend, denn er hat schon jetzt ein Drittel seines Gehörs verloren, und der Arzt hat ihm gesagt, daß er hundertprozentig taub sein wird, bevor er dreißig ist. Hat er mir selbst erzählt, als ich ihn besuchte in seinem dantesken Inferno. Ich hab's nicht mal zwei Minuten ausgehalten, als er für mich zum Spaß seine Apparate anstellte. Er nimmt die Taubheit in Kauf, weil er bis dahin eine gute Million verdient haben wird. Stellen Sie sich das vor! Was sind das für verheerende Maßstäbe – was für ein entsetzlicher Ausverkauf! Ich kann da nicht mit, laufe japsend hinterher und möchte gern *begreifen.* Hab' mich dann mit dem Jungen außerhalb seiner Zelle unterhalten, mußte dabei bereits die Stimme erheben. Er sagte abweisend: ›Taub? Na und? Es gibt Schlimmeres. Da lerne ich eben von den Lippen lesen. Aber ich hab' dann mein Flugzeug und alles, was mir Spaß macht.‹ Ich rief: ›Aber Sie werden nie wieder Musik hören können!‹ – ›Ich hasse Musik‹, meinte er – und nennt sich Musiker. Warum ich Ihnen das erzähle? Dieser Junge hat Maja zu den harten Drogen gebracht.«

»Klar«, flüsterte Alexa. »Es paßt alles zusammen.«

Maximiliane nickte. »Ich hab' keine Tränen mehr für das Mädchen. Früher haben wir noch geweint, Hannes und ich, wenn wir hörten, daß sie wieder einmal im Gefängnis saß, jetzt sind wir beinah froh. Dort paßt man auf sie auf.«

Alexa murmelte kaum hörbar: »Armes Tier.«

Maximiliane leerte die zweite Grappa. »Ich glaube, ich bin jetzt soweit, daß ich Falke anrufen kann, um es ihm zu sagen. Es wird ihn aufregen. Bis jetzt hat er's immer fertiggebracht, sie im Sommer von Portofino fernzuhalten, damit wir Ruhe haben auf der Yacht.«

»Im Winter darf sie herkommen?«

»Sie darf nicht, sie kommt einfach, wohnt im Haus drüben mit uns. Mit *uns,* denn sobald sie auftaucht, ruft er um Hilfe, und ich steige in den Zug. Sie haßt mich natürlich.«

»Kann ich verstehen.«

»Ich auch«, sagte Maxie trocken und stand auf. »Bestellen Sie doch einen schönen roten Wein. Bis ich vom Telefon zurückkomme, werden die *Uccellini* eingeflogen sein.«

»Nun?« fragte Alexa.

»Er nimmt den Morgenzug. Am späten Nachmittag wird er dasein.«

Der Kellner servierte die gebratenen Kalbsvögelchen und schenkte den Wein ein. Beide aßen schweigend und gedankenverloren, bis Maximiliane auf einmal Messer und Gabel hinlegte und den Kopf mit den weißgelben, wirren Löckchen in die Hände stützte.

»Was war mit Gerd? Wie war's? Schwer?«

»Jedenfalls schnell.«

»Wußte er's?«

»Natürlich.« Sie überlegte einen Augenblick. »Sie fragen, ob es schwer war für ihn. Klar war's das, aber er hatte die Genugtuung, es auch für mich so schwer wie möglich gemacht zu haben.«

»Was?«

»Ja!« schrie Alexa mit leiser Stimme. »Ja! Er erlaubte mir nicht, auch nur ein einziges Wort mit ihm darüber zu sprechen, so als lohne es sich für ihn nicht, als sei ich's nicht wert oder zu dumm dafür. Das hat er auch den Ärzten gesagt; ich sei dem nicht gewachsen. Jeden Tag saß ich im Krankenhaus an seinem Bett, und er tat, als handle es sich nur um eine kleine Erkältung. Wenn ich seine Hand ergreifen wollte, ließ er mich nicht, flüsterte: ›Was ist denn? Was willst du?‹ Gut, er wußte, daß ich ihn nicht liebte mit großem L, aber es gibt doch auch noch andere Gefühle, oder?«

»Und ob«, sagte Maxie. »Und diese anderen, die hatten Sie für ihn? Dann war er letzten Endes doch voller Unverstand. Schade.«

»Ich kam mir vor wie ein Idiot, aber man kann doch von einem Sterbezimmer nicht einfach wegbleiben«, sagte Alexa grimmig. »Ich erschien also jeden Tag, morgens und abends, wollte wenigstens dabeisein... Aber er richtete es so ein, daß er starb, kurz nachdem ich das Zimmer verlassen hatte. Ich weiß es.«

»Und warum tat er das?«

»Er wollte sich an mir rächen. Bitte sehr, ich leugne es ja nicht, ich hab' ihn hin und wieder mal betrogen, aber er hat immer gesagt, es sei ihm völlig egal, solange ich keine Ansprüche an *ihn* stellte. Aber wahrscheinlich hat er doch... hat es ihn vielleicht doch...«

»Bestimmt«, sagte Maximiliane.

Nach einer kurzen Pause sagte Alexa ruhiger: »Sie mochten Gerd, nicht wahr?«

»Sehr. Ich mochte ihn sehr.«

»Hat er's Ihnen gegenüber nie erwähnt?«

»Nie. Ehrlich, nie.« Sie hob die Hand zum Schwur.

»Ich glaub's Ihnen auch so«, sagte Alexa etwas spöttisch. »Obgleich Sie doch mal Schauspielerin waren, nicht wahr?«

»Nicht wirklich. Keine richtige Schauspielerin, dazu hatte ich kein Talent. Noch dazu bin ich häßlich und hatte damals keine Ahnung, wie ich das zu meinem Vorteil ausnützen könnte. Das hab' ich erst mit der Zeit gelernt, privat und auf der Bühne.«

»Also doch Bühne?«

»Ja, aber eine ganz andere, und für die war ich wie geschaffen.« Alexa sah sie fragend an, aber Maximiliane versuchte, die Aufmerksamkeit eines Kellners zu erwecken, packte dann kurzerhand selbst die Weinflasche und goß ihr Glas bis zum Rand voll. Trank dann mit Genuß, die breiten Augenlider wie schwere Jalousien über den hellblauen Basiliskenaugen.

»Nach meinem ersten Engagement schlich ich mit eingezogenem Schwanz nach Hause. Nach Hause hieß Berlin und eine feine Villa in Dahlem. Mein Vater war Direktor bei der AEG, respektabel und phantasielos. Da ging's mir schon besser mit meiner Mutter. Sie war zwar überhaupt keine Mutter, aber sie fiel wenigstens aus dem Rahmen. Sie stammte aus einer edlen spanischen Judenfamilie und war schon allein dadurch interessant. Ob sie religiös war, weiß ich nicht einmal, sie ging nie in den Tempel, aber sie hielt zu Hause streng an den alten spanisch-sephardischen Riten fest, *die* liebte sie, und sie imponierten meinem Vater. Es mußte Spezialkost nur für sie gekocht werden; samstags, am Sabbat, zog sie nicht einmal die Kette auf dem Klo. Außerdem durfte man sie nur in der dritten Person anreden. ›Will Mama heute ausfahren?‹ Oder: ›Möchte Mama noch etwas Suppe?‹ Meine Erinnerung an sie kristallisiert sich in einem einzigen Bild: Sie sitzt steif aufrecht in der Mitte des Sofas, kostbar gekleidet und schön anzusehen. Ihr deutscher Wortschatz bestand aus höchstens zweihundert Wörtern, aber sie genügten meinem Vater, denn sie war reich, und das sprach Bände. Wenn etwas Außergewöhnliches passierte, verfiel sie ins Spanische, hielt mir feierliche Reden, von denen ich kein Wort verstand, bis ich zum Schluß fragte: ›Erlaubt Mama, daß ich jetzt abhaue?‹ Worauf sie gnädig den Kopf neigte. Wenn ich Ihnen noch mehr erzählen soll, müssen wir noch eine Flasche Wein bestellen. *Cameriere, per favore...*«

»Durften Sie denn so ohne weiteres Schauspielerin werden? War das damals nicht etwas Anrüchiges?«

»Und ob! Aber es war immer schon schwer gewesen, mir etwas zu verbieten, auf deutsch oder spanisch. Sogar nach meiner ersten schmachvollen Niederlage hielt ich's nicht lange zu Hause aus und ging auf Entdeckungsreisen. Und prompt fand ich dann etwas, was zu mir paßte, als sei es eigens für mich erfunden worden.«

Der Kellner hatte die neue Flasche geöffnet und goß die Gläser voll.

»Nun?« drängte Alexa. »Jetzt bin ich aber gespannt.«

»Ich auch, ich bin so gespannt, als wüßte ich selbst nicht, was jetzt kommt, so viel Spaß macht's mir, es zu erzählen.« Sie legte den Kopf in den Nacken und fixierte den Blick irgendwo im Nichts. »Es gab damals in Berlin etwas ganz Einmaliges, nämlich das ›Theater am Rosenthaler Platz‹. Jawohl, es *war* ein Theater, mit Bühne und kleinem Zuschauerraum, aber es veranstaltete höchst seltsame Aufführungen. Und was noch seltsamer war: Es hatte eine echte Gemeinde, eine ganze Anzahl treuer Anhänger. Erstaunlich, wenn man bedenkt, daß wir keine richtigen Stücke spielten.«

»Was spielten Sie denn?«

»Stegreifdarbietungen. Wir spielten nicht, wir benahmen uns. Das Ganze stand und fiel mit unserem Regisseur. Der war aber auch ein ungewöhnlicher Mann – ja, Sie haben richtig geraten, er war mein erster Freund, aber das tut nichts zur Sache. Er hatte, sagen wir mal, eine Idee im Kopf, irgendeine Konstellation, und davon erzählte er uns während der ersten Probe. Wir waren eine Truppe von sechs Personen, hatten alle sechs – *mußten* haben! – ungezügelt wuchernde Phantasie, geistige Wendigkeit und Schlagfertigkeit, vor allem aber eine ganz feine Antenne, die jede Schwingung sofort registrierte. Wir nannten unseren Regisseur ›Gott‹ – ich auch, obwohl ich ihn ja auch recht menschlich kannte –, denn für unsere Zwecke *war* er ein Gott: Er erschuf uns, gab jedem sowohl seinen ursprünglichen Charakter als auch die Ausgangssituation, und dann überließ er uns unserem Schicksal. Also trug er den Namen zu Recht, nicht wahr? Außerdem schlug er uns die Endsituation vor – den Tod, wenn Sie so wollen –, aber *wie* wir dahin gelangten, das war unsere Sache, und jeder segelte unter eigener Flagge. Wir erfanden unsere Dialoge, beschimpften oder liebten uns, und es entstanden sehr echte, manchmal recht komische oder rührende Szenen, denn jeder gab etwas von sich selbst, weit mehr, als es bei einem vorgeschriebenen Text möglich gewesen wäre. Das Ganze hatte eine bestimmte Aura, unser Publikum war geradezu süchtig. Wir sechs aber auch! Stellen Sie sich doch mal vor: Wir durften lauter völlig verschiedene Versionen unserer Persönlichkeit entfalten, ohne jede Hemmung und ohne Konsequenzen, schwerelos, ganz und gar unverantwortlich. Eine Traumexistenz, nicht wahr?«

»Aufregend!« rief Alexa. »Da hätte ich gern mitgemacht. Ich glaube sogar, das hätte ich gekonnt.«

Die alte Frau betrachtete sie lächelnd. So Feuer und Flamme hatte sie sie noch nie gesehen, hatte sie immer eher auf elegante Weise pomadig gefunden.

»Wir können's ja mal ausprobieren, Sie und ich. Wenn's mal regnet, denke ich mir ein Thema für zwei Personen aus, und dann spielen wir.«

»Prima«, sagte Alexa ernst.

Dann versank sie wieder in Schweigen und stocherte auf ihrem Teller herum.

»Schmeckt's Ihnen nicht?«

»Hab' keinen Appetit. Und auch keinen Durst.«

»Schade«, meinte Maximiliane. »Ich hätte gern den plötzlichen Ausbruch unserer Freundseligkeiten gefeiert.« Sie goß sich ein viertes Glas ein. »Was ist mit Ihnen, haben Sie Probleme? Vertrauen Sie sich mir an, ich bin oft auf dem Holzweg, aber niemals im Zweifel.«

Alexa lachte ein wenig.

»Fällt's Ihnen schwer, davon zu sprechen?«

»Ja.«

»Na, dann *spielen* wir doch mal! Dann ergibt sich alles ganz von selbst, passen Sie mal auf: Sie spielen jetzt eine gescheite junge Person, die noch dazu ein Herrenartikel ist. Sie haben gerade Ihren Mann verloren, der viel älter war und den Sie nicht geliebt haben...« Sie wartete.

Aber Alexa widersprach nicht, blickte sie nur aus ihren schrägen grauen Augen nachdenklich an. Das Lokal füllte sich allmählich, und die Männer, die an ihrem Tisch vorbeigingen, verlangsamten die Schritte, was sie nicht zur Kenntnis nahm.

»Sie hat ihn nicht geliebt, aber sie verließ sich auf ihn, brauchte ihn als Hintergrund für ihren... Spaß. Nun ist sie plötzlich allein und aufgeschmissen. Das geht ihr nicht in den Kopf, denn sie hat sich immer für unverwüstlich gehalten. So, das ist unsere Ausgangsposition, okay?«

»Und was spielen Sie? Den gütigen Wegweiser?«

»Gott behüte. Ich spiele meine Glanzrolle: eine Seele von einem Ekel. Warten Sie's ab, Sie werden schon dahinterkommen!«

»Wie fängt's an?«

»Zwei Frauen sitzen in einem Lokal. Die Alte ist wieder einmal betrunken und stellt unverschämte Fragen, zum Beispiel: Haben Sie anständig geerbt?«

»Keinen Pfennig.«

»Pfui Teufel! Und was jetzt? Was sind Ihre Pläne?«

»Ich muß schleunigst einen reichen Kerl finden.«

»Bravo! Haben Sie schon jemand ins Auge gefaßt?«

»Alle nicht reich genug.«

»Was ist mit Falke?«

»Kommt in die engere Wahl.«

»Vielleicht taucht jemand auf, in den Sie sich verlieben.«

»Kann ich mir nicht leisten.«

Maximiliane lachte laut und goß sich den letzten Rest des Weins ein. »Unsere Szene kommt nicht so recht in Schwung, weil wir uns nicht in die Haare kriegen. Und wissen Sie, warum? Wir sind uns zu ähnlich.«

»Auf die Idee bin ich noch nie gekommen.«

»Ist Ihnen der Gedanke unangenehm?«

»Sogar sehr.« Alexa griff nach ihrem halbleeren Glas. »Prost!«

Aber Maximiliane hatte sie nicht gehört. Sie preßte die Nase an das Fensterglas und spähte hinunter auf den Kai. »Sie haben bessere Augen... Sehen Sie doch mal rüber zur ›Gudrun‹! Der schwarze Fleck davor, unten an der Gangway... ist das nicht Tasso?«

»Da hinten kommt Tilling, also muß er's wohl sein.«

Maximiliane erhob sich und winkte dem Kellner. »Wir müssen schnell weg, schreiben Sie's auf Herrn Falkes Rechnung. Und – Sie wissen schon – die Stufen...«

Vom Kellner und Alexa mehr getragen als gestützt, navigierte sie die steile Felsentreppe hinunter zum Kai. »Danke. *Ciao!* Kommen Sie schnell, Alexa!«

»Warum schnell, was ist denn los?«

»Wenn der Hund vor dem Boot sitzen bleibt, dann heißt das, jemand ist drin.«

»Sie meinen Maja?«

Die alte Frau blieb abrupt stehen. »Maja?« fragte sie verstört.

»Wer denn sonst?«

»Maja... Natürlich. Wer denn sonst.« Sie lachte plötzlich laut auf und humpelte weiter, aber nun bedeutend langsamer. »Ich hab' zuviel getrunken, ich bin ganz ›mäuselträtig‹. Soll Tilling mit ihr fertig werden, darin hat er Übung.«

Von weitem schon hörten sie Majas wütendes Kreischen und Tillings besänftigende Stimme.

Leise vor sich hin fluchend, ließ sich Maxie die Gangway hinaufschieben. Der Lärm kam aus Alexas Kabine, der ersten rechts, deren Tür weit offenstand.

Drinnen sah es wüst aus. Die zwei kostbaren Koffer waren aufgebrochen und ihr Inhalt überallhin verstreut. Zwischen Kleidern, Blusen und Unterwäsche trottete Tasso, der freudig mit dem Schwanz wedelte, als er die Neuankömmlinge sah. Maja lehnte am Bett, von Tilling in eisernem Griff gehalten, und versuchte, ihn mit ihren Knien zu rammen.

»Maja!«

Das Mädchen nahm das plötzliche Auftauchen der beiden Frauen nicht zur Kenntnis, sondern brüllte weiter, versuchte den jungen Mann anzuspucken, obwohl ihr Mund zu trocken war, um Speichel zu produzieren – und biß nach ihm.

»Haben Sie meinen Schmuck gesucht?« erkundigte sich Alexa, ohne näher zu treten oder die Stimme sonderlich zu heben. »Tut mir leid, hab' alles verkaufen müssen, außer der Kette hier an meinem Hals, und die ist nicht viel wert.«

Das Geschrei brach ab, als hätte man es abgestellt.

»Nichts?« fragte Maja schwer atmend und heiser. »Überhaupt nichts? Aber ich muß heute nacht noch etwas haben...«

»Nichts«, sagte Alexa freundlich, aber mit Nachdruck.

Ihr gegenüber lehnte Maximiliane im Türrahmen. »Tilling, bringen Sie sie ins ›Nazionale‹, auf keinen Fall zu uns ins Haus!« Und zu dem Mädchen kurz, wie nebenbei: »Seit du zum letztenmal hier warst, ist auch das Schloß im Haus ersetzt worden, du hast's wahrscheinlich schon gemerkt. Tilling, sagen Sie dem Portier, Herr Falke zahlt für das Zimmer – wenn möglich, eins nach hinten hinaus, damit man sie nicht hört – und fürs Essen. Sonst nichts, keine einzige Lira!« Sie sah plötzlich völlig erschöpft und uralt aus. »Ich gehe in meine Kabine. Muß schlafen.« Jede Begleitung ablehnend, humpelte sie zur nächsten Tür.

»Kommen Sie, Fräulein Maja, es hilft nichts, ich muß Sie tragen, wenn Sie nicht mit mir gehen«, flüsterte Tilling.

»Ich schreie«, krächzte das Mädchen. »Alle Leute werden zusammenlaufen und sehen, wie man mich behandelt.«

»Die schlafen schon, Fräulein Maja«, beharrte er und zog und schob sie mit sanfter Gewalt zur Tür. Alexa trat zur Seite und sah ihnen nach. Ganz plötzlich gab Maja auf, wimmerte nur noch, ließ sich wie eine Gliederpuppe den Gang entlang zur Tür ziehen. Tasso trottete hinterher.

Eine Zeitlang blieb Alexa unschlüssig stehen, kniete sich dann auf den Boden und begann, ihre Kleidungsstücke aufzusammeln. Plötzlich ließ sie sie wieder fallen, lief aus der Kabine und stieg hinauf zum Deck. Da gingen sie, in der Mitte der Piazza, Tillings weißes Hemd und Majas helle Jeans waren deutlich erkennbar. Sie kamen nur langsam voran, blieben manchmal stehen, dann ging's wieder weiter, Schritt für Schritt, etwas ruckartig und eng aneinandergedrückt. Wie Betrunkene. Oder Liebende. Auf der Piazza wanderten nur noch wenige Menschen, und niemand sah sich nach ihnen um.

Alexa lief die Gangway hinunter. Kurz vor dem »Nazionale« holte sie die beiden ein.

»Hier!« rief sie atemlos und hielt dem Mädchen zwei Scheine hin. »Viertausend Lire. Okay?«

Einen Moment lang standen sie zu dritt auf der Piazza und rührten sich nicht. Im nächsten Augenblick wand sich Maja aus dem Griff des jungen Mannes, der Alexa bestürzt und ratlos ansah und dessen Aufmerksamkeit sekundenlang abgelenkt gewesen war. Lautlos und blitzschnell wie eine Katze lief das Mädchen den Pfad zum Parkplatz hinauf. Unverfolgt, denn Alexas Hände hielten den jungen Mann.

»Lassen Sie sie doch, um Gottes willen! Lassen Sie sie. Wie soll sie denn durch diese Nacht kommen? Denken Sie doch mal: In einem Hinterzimmer im Hotel, mit diesem wahnsinnigen Durst in der Kehle!«

»Durst?«

»So stell' ich's mir vor. Wie stellen *Sie* sich's vor?«

Tilling war erst verwirrt und dann beschämt. Sicher bin ich rot geworden, dachte er und wandte den Kopf, damit sie's nicht sah. »Ich hab's mir noch nie vorgestellt, ich meine, so richtig.«

»Höchste Zeit«, sagte Alexa streng, »wenn Sie schon den Henker spielen.«

»Aber ich *muß* doch«, sagte er unglücklich. »Meinen Sie, es macht mir Spaß?«

»Wer weiß.«

»Ich hab's dem Boß versprochen. Ich muß aufpassen, daß sie kein Unheil anrichtet.«

Alexa betrachtete ihn kurz, nickte, nicht wirklich überzeugt, drehte sich um und wanderte zur Yacht zurück, Tilling wie selbstverständlich neben ihr.

»So ein schönes junges Ding«, sagte sie plötzlich.

»Finden Sie?«

»Das ist Ihnen noch nicht aufgefallen?«

»Nein«, meinte er. »Sie hat für mich einen... Entschuldigung... ganz seltsamen Geruch. Tasso geht auch nie zu ihr hin.«

Dann sprachen sie nicht mehr, bis sie vor der »Gudrun« ankamen. Den Fuß auf der Stufe zur Gangway, drehte sich Alexa plötzlich um.

»Wissen Sie, wohin sie gelaufen ist? Doch sicher zu einem bestimmten Platz, wo sie Stoff bekommt, meinen Sie nicht?«

»In Santa Margherita gibt's so was.«

»Und sie läuft den ganzen Weg bis Santa Margherita? Das dauert doch Stunden.«

»Es ist nicht das erste Mal. Meistens findet sie jemand, der sie im Auto mitnimmt.«

»Es regt mich direkt auf«, sagte die junge Frau und blickte hinüber zum Schiff. »Würde es Ihnen was ausmachen, wenn Sie noch ein paar Minuten mit auf Deck kommen? Ich kann jetzt unmöglich schlafen gehen.«

»Selbstverständlich«, sagte er, versuchte unauffällig auf seine Uhr zu blicken und sah, daß sie es bemerkt hatte. »Entschuldigung, ich muß um elf die Runde machen.«

»Dann haben wir ja noch ein paar Minuten.«

Er brachte zwei Soft Drinks, denn sie wollte keinen Alkohol. »Habe mit Frau Behrens schon zuviel getrunken.«

»Frau Behrens kann eine Menge vertragen«, sagte er lächelnd. »Ich meine... Alkohol.«

»Sonst nichts?«

»Doch, doch«, sagte er hastig. »Sie ist eine sehr... sehr ungewöhnliche Dame.«

Sie standen nebeneinander an der Reling, tranken langsam ihren Saft und blickten aufs Meer. Heute nacht stand der Mond, wie es sich gehörte, über der Bucht und leuchtete den Hafen aus. Es gefiel ihr, daß er nicht versuchte, sie auf die Helligkeit des Mondlichts oder die Stille der Nacht aufmerksam zu machen. Schweigend beobachteten sie, wie zwei Fischerboote mit roten Backbordlampen hintereinander durch den breiten Silberstreifen auf dem Wasser glitten, und wieder war sie dankbar, daß er weder die geheimnisvollen Silhouetten noch das Glitzern auf dem spiegelglatten Meer pries. Verstohlen sah sie ihn von der Seite an. Was tat dieser schöne Bursche eigentlich in seiner Freizeit? Wie lebte er, mit wem lebte er? Sein Boß konnte doch nicht seine ganze Existenz ausmachen. Oder doch? Hatte er vielleicht noch keine eigene?

»Was wollen Sie später mal unternehmen? Ich kann mir nicht vorstellen, daß Sie Ihr Leben lang hier auf der Yacht arbeiten wollen.«

Er errötete, sie konnte es ganz deutlich sehen. Wie alt mochte er wohl sein?

»Herr Falke will mir eine Wasserskischule in Paraggi einrichten.« Und auf ihren erstaunten Blick hin: »Nicht wahr, das ist unglaublich...« Er stockte. So unglaublich war es nicht.

»Sie wohnen doch in Paraggi, stimmt's? Das trifft sich gut. Ich freue mich für Sie.«

Sie bemühte sich, das war ihm klar; diese Seite kannte er noch nicht an ihr. Bisher hatte sie durch ihn durchgesehen, höflich, aber unmißverständlich.

»Danke«, sagte er verlegen. Und dann zwang ihn plötzlich ein warnender Instinkt, hinzuzufügen: »Wir würden dann heiraten, Inga und ich.« Pause. »Inga ist meine Freundin.«

»Aha. Lebt sie auch hier? Was macht sie denn?«

»Sie ist Reiseleiterin hier an der italienischen Riviera, meistens für schwedische Touristenorganisationen. Sie ist Schwedin. Die Schweden reisen in großen Mengen an, es gibt hier im Sommer mehr Schweden als andere Ausländer.«

»So? Ich denke immer, ich höre überall Französisch und Schwyzerdütsch, aber jeder glaubt wohl, alle kommen aus seinem Land. Neulich sagte mir ein Indonesier, ganz Portofino sei voll von Indonesiern.«

Sie lachten beide und fühlten – beide – eine kleine, wohltuende Wärme in sich aufsteigen, die das korrekte Gehabe auslöschte, nur für Sekunden, aber nie mehr ganz wegdenkbar.

»Sie können ruhig ganz offen auf Ihre Uhr schauen«, sagte sie lächelnd.

»Entschuldigung. Ja... jetzt muß ich wohl gehen. Kann ich noch die Gläser wegräumen?«

Sie händigte ihm das ihre aus und berührte ihn mit ihrer schönen, langen Hand leicht an der Schulter.

»Gute Nacht!« Sie wandte sich ab und ging zu den Liegen hinüber, während er die Gläser zum Servierwagen trug.

Als er später auf dem Rückweg seiner Runde wieder vorbeikam, warf er einen schnellen Blick hinüber auf Deck. Sie war noch da, aber er leuchtete nicht hinauf, tat, als habe er sie nicht gesehen.

6

Falke sah völlig erschöpft aus, als Maximiliane ihn am späten Nachmittag vom Bahnhof abholte.

»Wo ist Maja?«

»Verschwunden.«

»Vielleicht das beste«, murmelte er. »Andrerseits – *noch* ein Damoklesschwert: Wann wird sie wiederauftauchen?«

Obwohl sie darauf brannte, zu erfahren, was in Rom geschehen war, zwang sich Maximiliane im Auto, ihn nicht zu fragen. Sein Aussehen erschreckte sie, er kam ihr beinahe durchsichtig vor. Verstohlen sah sie ihn von der Seite an und dachte, er weiß nicht, daß er einen Wagen lenkt, er fährt wie ein Mondsüchtiger.

Nach einer Weile fing er an zu sprechen, mit langen Pausen, halb geflüstert. »Sehr dunkel heute... fällt dir das auch auf?«

»Es ist heute ganz besonders dunkel. Fahr langsam.«

»Ja.«

»Du hast mit Bettio gesprochen?«

»Gestern. Er rief mich im Hotel an, der Sohn hat's ihm gesagt. Er war also gewarnt und gewappnet. So kam er mir die ganze Zeit über vor. Und der Junge immer dabei, lauernd.«

Er fuhr eine Weile mit zusammengezogenen Brauen, als müsse er etwas ausklügeln. »Ich kann mir das doch nicht alles einbilden. Oder hältst du's für möglich, daß ich...«

»Nein«, unterbrach sie ihn mit fester Stimme. »Du hast immer ein objektives Gespür für Menschen und Mäuse gehabt. Und ein sehr waches.«

Sie waren jetzt oberhalb der Bucht von Paraggi auf der neuen Autostraße. Er fuhr so langsam, daß der Wagen beinah stehenblieb. Hinter ihnen hupte es ungeduldig.

Maximiliane legte die Hand auf seinen Arm. »Halt an, Hannes! Reden wir ein bißchen – oder auch nicht. Schauen wir uns Paraggi an, das erquickt die Seele!«

Gehorsam bog er in den leeren Parkplatz ein und stellte den Motor ab. Sie blickten hinunter auf die in der Dämmerung grün phosphoreszierende Bucht. Am winzigen Strand – dem einzigen anständigen entlang der Küste – lagen noch ein paar Badegäste auf dem warmen dunklen Sand.

»Dort drüben wollen wir das Büro für die Wasserskischule bauen«, sagte er plötzlich. »Nur aus Holz, aber das werden sie schon brauchen, die beiden, wenn sie's mit Vernunft führen wollen.«

»Vernunft hat sie bestimmt, diese Inga«, sagte Maxie trocken.

»Die kann er auch gebrauchen. *Er* hat keine. Nicht einen Funken, sonst hätte er neulich nacht gesagt: ›Nein danke, da mache ich nicht mit, Herr Falke!‹«

»Reut's dich?«

»Natürlich«, rief er heftig. »Es reut mich, was ich ihm da eingebrockt habe. Und dir auch.«

»Mich laß aus! Ich kann's verkraften.«

»Ich hatte keine Wahl.«

Unten blickten die Badegäste erstaunt hoch.

»Entschuldige«, murmelte er.

»Schrei nur«, sagte sie ruhig. »Wir schreien alle viel zuwenig. Vielleicht bist du dann soweit und kannst mir berichten, was der Vater Bettio zu sagen hatte, das möchte ich nämlich gern wissen.«

Falke schloß einen Augenblick die Augen, sprach dann wieder mit seiner gewöhnlichen, trockenen Stimme. »Du irrst dich. Ich darf nicht schreien, das kann ich mir nicht leisten. Also: Bettio war auf der Hut, kam immer wieder darauf zurück, weshalb ich plötzlich, nach so langer Zeit, wieder an Kossak interessiert sei...«

»Mußte ihm ja auch seltsam vorkommen«, warf Maxie ein.

»Ich tat aber so, als sei ich geschäftehalber in Rom und wolle mich nur mal erkundigen, nur so, weil ich Zeit zum Totschlagen hatte.«

»Nicht sehr glaubwürdig.«

»Was hätte ich *denn* sagen sollen?« rief er wütend. »Jede Erklärung war lahm, das war mir klar. Es kam mir ja nur darauf an, wie *er* reagieren würde. Überleg doch mal: Wenn er nichts damit zu tun hat, dann hätte er nur eine einzige Reaktion zeigen dürfen: Erstaunen über meine Frage, ob er etwas von Kossak gehört habe, harmloses, achselzuckendes Erstaunen, allenfalls laues Interesse. Hab' ich recht?«

»Ja.«

»Und ich sage dir, davon konnte nicht die Rede sein. Er sprach zögernd und ausgesprochen vorsichtig und fuhr sich mit der Zunge über die Lippen.«

»Was *sagte* er denn?«

»Er habe nichts von Kossak gehört – und dann verbesserte er sich hastig, nein, das stimme nicht ganz, man habe ihm mal gesagt... er sei gesehen worden. Das sei alles. Wo er gesehen wurde, wisse er nicht. Ich fragte, wie lange das her sei. ›Ach, schon einige Jahre.‹ Da piepste der Junge, der spricht, als sei er noch im Stimmbruch: ›So lange ist das nicht her, Papa.‹ Und das war Bettio sichtlich unangenehm, ich schwöre dir, ich bilde mir das nicht ein. Widerlicher Bengel«, fügte er noch hinzu.

»Und dann?«

»Nichts mehr, das war alles. Nicht viel, was?«

»Vielleicht doch. Du hast dich bestimmt nicht geirrt. Der weiß was, dieser Mann. Wir werden's ja bald herauskriegen, wenn der Brief kommt.«

Falke startete abrupt den Wagen und fuhr ohne ein weiteres Wort nach Portofino. Unter dem Schild *Reserviert für Einwohner* an der äußersten Ecke des Parkplatzes half er der alten Frau beim Aussteigen und wanderte dann langsam neben ihr die abschüssige Straße zur Piazza hinunter.

Auf halbem Weg murmelte er: »Irgendwie glaube ich nicht mehr an diesen Brief. Sonst wäre er längst da.«

»Vielleicht stellt er seine Forderung auf andere Weise. Frag mich nicht, wie, ich hab' keine Erfahrung auf diesem Gebiet. Wir tappen doch alle im dunkeln!«

Erst als sie vor der Haustür standen, fiel's ihm plötzlich ein. »Alexa? Ist sie oben oder auf dem Boot?«

»Sie ist zur Villa Goldoni hinaufgestiegen. Sie wollte unbedingt ihre Beine bewegen.«

»Aha«, sagte er, und sie wußte nicht, ob es enttäuscht oder erleichtert klang.

Alexa war nach dem Mittagessen zum Parkplatz und von dort aus auf dem bequemen, von Mauleseln ausgetretenen Pfad zur Villa Goldoni hinaufgewandert, eine der rund ein Dutzend Villen, die an den nördlichen Bergabhängen über dem Hafen schwebten. Am Morgen hatte sie Antonella Goldoni angerufen und sich angemeldet. Antonellas Stimme hatte verschwollen geklungen.

Langsam setzte sie Schritt vor Schritt, es eilte ihr nicht. Erstens mußte sie sich jetzt auf Italienisch einstellen, das sie als Schweizerin Gott sei Dank einigermaßen beherrschte, zweitens hatte sie bange Ahnungen. Verdammt, dachte sie, ich bin selbst noch nicht stabil genug, um andrer Leute Kummer zu teilen. Aber sie durfte sich im Falle Antonella nicht drücken. Ihre Freundschaft stammte noch aus der Zeit vor gut zehn Jahren, als Alexa ihre Hoffnungen auf eine Filmkarriere gesetzt hatte. Man hatte ihr eine kleine Rolle in einem Film anvertraut, in dem Antonella, die damals noch Bastoldi hieß, der Star war. Die Bastoldi hatte sich des öfteren aus einer spontanen Sympathie heraus in der Kantine neben sie gesetzt und sich mit ihr unterhalten. Hatte nach einigen Wochen freiwillig die undankbare Aufgabe übernommen, sie darüber aufzuklären, daß sie beim Film keine Chancen habe. Alexa hatte sie mit offenem Mund angestarrt. Warum? War sie nicht jung genug, nicht hübsch genug? Darum gehe es nicht, hatte die Schauspielerin geduldig erklärt und dann ihre Hand genommen, sie hart gedrückt, gegen Alexas Willen festgehalten und ihre Rede begonnen, knapp, eindringlich und unvergeßlich, sie erinnerte sich an jedes Wort.

»Die Kamera«, hatte die Bastoldi gesagt, »ist ein willkürlicher Schiedsrichter, ungerecht und unberechenbar. Man stellt eine wunderschöne junge Frau vor sie hin, und sie zuckt die Achseln und sagt: ›Gefällt mir nicht. Kein Talent.‹ Nämlich: Das primäre und zugleich ausschlaggebende Talent besteht darin, seine private Schönheit so zu verkaufen, daß sie allen sichtbar wird. Manchem bildschönen Mädchen kommt sein Reiz vor der Kamera einfach abhanden, warum, weiß kein Mensch – und umgekehrt entdeckt die Kamera Schönheit, wo sie im Privatleben keine Menschenseele vermutet hätte. In Ihrem Fall war's von den ersten Mustern an klar, daß das böse Kameraauge ihre beneidenswert langen Glieder in einen Kleiderständer und ihre eleganten Gesten in die Bewegung von Windmühlenflügeln verwandelte.«

Sie hatte Alexas Hand noch länger festgehalten und sie noch härter gedrückt. »Sehen Sie mich an, ich bin weiß Gott keine Schönheit, aber die Kamera hat sich von Anfang an in mich vernarrt, ignoriert mein schiefes Gesicht, meine zerflossene Figur und meinen kurzen Hals und redet den Zuschauern ein, ich sei bezaubernd. Dafür gibt es keine Erklärung, das *ist* einfach so.«

Im gleichen Atemzug hatte sie ihr das Du angeboten und sie zum Essen in ihre Wohnung eingeladen.

Antonella hatte also eine entscheidende Rolle in Alexas Leben gespielt, ihr Jahre der Demütigung und Tränen erspart. Nicht viel später kam dann absurderweise der Augenblick, bei dem die Rollen vertauscht wurden und Alexa es war, die versuchte, Antonella über ein paar elementare Tatsachen aufzuklären.

Sie blieb stehen, lehnte sich an einen Olivenbaum und schaute hinauf zur Bergkuppe, auf der die Villa Goldoni prachtvoll thronte. Schon während ihrer gemeinsamen Dreharbeiten hatte sie Emilio Goldoni in der Dekoration oder in Antonellas Garderobe sitzen sehen, ein seliges Lächeln im großen, roten Gesicht. Emilio, der jüngste Sohn eines Mailänder Zeitungsmagnaten, hatte in Afrika tapfer gekämpft, war dann bei El Alamein verschüttet und erst Tage später mit einer schweren Gehirnerschütterung geborgen worden. Nach Kriegsende stellte sich heraus, daß er sich auf nichts konzentrieren und für nichts interessieren konnte – außer fürs Theater. Er lebte nur für die Stunde, wenn es Zeit war, ins Theater zu gehen, zumal sich eine Visite in den Garderoben nahtlos anschloß. Bühnenluft wurde für Emilio zum Lebenselixier, ohne daß er selbst schauspielerische Ambitionen hatte. Er wußte natürlich, daß er keinen Text lernen konnte, wollte nur kiebitzen und dabeisein. Und dann, genau wie die Kamera, verliebte er sich in Antonella Bastoldis runden, weichen Molluskencharme, ihr blütenweißes Lächeln und nicht zuletzt – so hoffte wenigstens sie – in ihren makellosen Charakter. Das Ganze sei ein Traum, sagte die neugebackene Signora Goldoni und bat ihre Freunde, sie nicht aufzuwecken. Sehr bald allerdings entdeckte sie, daß es ein kapitaler Irrtum war, wenn sie gehofft hatte, nun von der Bühne abgehen zu können. Emilio weigerte sich, auch nur einen Abend zu Hause zu verbringen, und schleppte sie unbarmherzig ins Theater und in die Bühnengarderoben, die ihr nur zu gut bekannt waren. Wenn sie filmte, verbrachte er ganze Tage im Atelier und forderte alle auf, ihn Signor Bastoldi zu nennen. Vielleicht, tröstete sie sich, waren das noch Spätfolgen der Verschüttung, eines Tages würde er aufwachen und etwas »tun«, aber er tat absolut nichts, auch als die Jahre vergingen und die Pausen zwischen Antonellas Engagements länger wurden.

»Dein Emilio ist der geborene Bühnen-Johnny«, hatte Alexa zu ihr gesagt. »Nimm ihm nicht seine Daseinsberechtigung, er hat keine andere.«

Das war vor Jahren gewesen, hier in Portofino, als sie einmal allein im Garten unter den Pinien am Schwimmbassin lagen und Antonella empört berichtete, daß Emilio sie zwingen wollte, minderwertige Rollen anzunehmen, ihm sei's gleich, solange er sie ins Atelier oder ins Theater begleiten dürfe.

»Soll das heißen, daß ich, obgleich wir vor Geld platzen, bis an mein seliges Ende abends ins Theater humpeln muß?«

»Das mußt du«, hatte Alexa geantwortet. »Sonst verläßt er dich, und du sitzt auf dem trockenen. Dann würdest du sowieso weiter Theater spielen, weil du *mußt.«*

Alexa seufzte tief und setzte ihren Weg, nichts Gutes ahnend, fort.

Ein Gärtner öffnete das große, gußeiserne Tor; die Signora sei im Garten, im Oleanderrondell. Dort blieb Alexa trotz aller üblen Vorahnungen betroffen stehen. War das Antonella dort drüben? Auf dem Liegestuhl unter einem rosa Oleanderbusch lag in einem alten Gartenkleid eine unförmige Person mit wirrem Haar, das ehemals blühende, runde Renoir-Gesicht weißlich aufgedunsen.

Sie wandte den Kopf und rief laut: »Komm nur, Alexa! Erkennst du mich noch? Hab' zwanzig Pfund zugenommen, zwanzig Pfund feinsten Kummerspeck.« Sie fing an zu lachen und brach gleichzeitig in heftiges Schluchzen aus.

Alexa setzte sich neben sie, ergriff ihre Hand und drückte diese so hart, wie sie damals in der Studiokantine die ihre gedrückt hatte. Ob Antonella sich noch erinnerte? Schweigend blieb sie bei ihr sitzen, bis das Schluchzen allmählich nachließ.

Dann fragte sie, und es klang eher wie eine Anklage: »Warum?«

Antonella öffnete die verschwollenen Augen. »Was soll's«, murmelte sie. »Ich muß ja sowieso bald Mutterrollen spielen.«

»Und? Deshalb willst du dich bestrafen? Weißt du übrigens, daß die physische Schlamperei, die du mit dir treibst, ein schlechtes Zeichen für deinen Geisteszustand ist? Ich hätte nie gedacht, daß du ein solch morscher Apfel bist.«

Antonella begann zu sprechen, obgleich ihr die Tränen noch über die Wangen liefen. »Schau, ich hab' als Kinderstar angefangen, hab' mich danach gesehnt, nach dreißig Jahren mal etwas anderes kennenzulernen als immer nur Hotels und Bühneneingänge, hab' davon geträumt, abends zu Hause bleiben zu dürfen. Aber er kann es nicht, kann's nicht mit sich aushalten, auch wenn ich neben ihm sitze, auch nicht vor dem Fernsehschirm. Er ist ein ganz armer Schlucker, in seinem Gehirn ist nichts als Sand. Frag mich jetzt bitte nicht, warum ich ihn geheiratet habe!«

Alexa schüttelte den Kopf und murmelte: »Bin schließlich auch nicht aus rein romantischen Gründen mit Gerd vor den Altar getreten.«

Antonella richtete sich auf und spähte in Alexas Gesicht. »Mein Gott! Verzeih, wir haben's noch gar nicht erwähnt. Fehlt er dir?«

»Er fehlt mir, wie einem etwas fehlt, das man besessen hat. Wer gibt schon gern etwas her? So reich bin ich nicht.«

Die andere lächelte ein wenig und wischte sich das Gesicht ab. »Das gilt auch für mich und Emilio.«

»Und was geschieht, wenn du dich weigerst, so einen Vertrag zu unterschreiben?«

»Das geschieht!« Antonella zeigte, ohne sich umzudrehen, mit dem Zeigefinger rückwärts zum Haus. Auf der Terrasse konnte Alexa hinter dem riesigen Teleskop Emilios vierschrötige Gestalt erkennen. Neben ihm stand ein langer, dünner Mann in Jeans mit nacktem Oberkörper, der versuchte, ihn von seinem Platz wegzuschieben. Emilio wehrte sich und trat unter Gelächter und Gequietsche nach dem langen Dünnen.

»Wer ist denn das?« fragte Alexa erstaunt.

»Das ist ein gewisser Fabrizio Tumeo, der Ton-Mann von ›Cäsar-Film‹, bei denen ich neulich gedreht habe. Mit dem hat er sich angefreundet, wie du siehst.«

»Aber er ist doch nicht...«

»Nein, das ist er nicht. Er ist, wenn du's genau wissen willst, überhaupt nichts.«

»Du wolltest ja mit Sex nichts mehr zu tun haben.«

»Ich wollte meine Ruhe.«

»Warum stört dich dann der Ton-Mann?«

»Da drüben auf dem Tisch liegt ein neues Angebot von ›Cäsar-Film‹, und nun setzen mich alle beide unter Druck, zu unterschreiben. Fabrizio hätte wieder einen Job und Emilio sein Lebenselixier.«

Alexa blickte hinauf zur Terrasse. »Was tun die beiden da oben? Warum schubsen sie sich hin und her?«

»Emilio hat ein neues Teleskop gekauft, das heißt, es ist ein altes, von einem japanischen Kriegsschiff, mit einer mächtigen Sehschärfe. Und nun registrieren sie das Treiben auf der Piazza und in den Cafés und suchen nachts die Felsen nach Liebespaaren ab.«

Oben hatte man Alexa bemerkt, und Emilio trat an die Brüstung, winkte und rief: »*Ciao*, Alexa. Wann kommt Falke zurück?«

»Woher wissen Sie, daß er nicht da ist?«

»Ich weiß alles. *Wir* wissen alles, Fabrizio und ich. Das ist Fabrizio Tumeo – la Signora Thomas. Ich hab' ihn gesehen, wie er mit seiner Reisetasche über die Piazza ging. Das war vor drei Tagen, stimmt's?«

»Wir erwarten ihn heute abend.«

»*Yippee!*« schrie Emilio. »Dann wird's ja bald losgehen. Meinen Sie, er hat was dagegen, wenn wir zu dritt antreten? Fabrizio ist noch nie auf einer Yacht gewesen.«

Alexa warf einen schnellen Blick auf ihre Freundin, die unbeteiligt vor sich hin starrte. »Ich werd's Falke sagen, er wird sich sicher freuen.«

Sobald sie glaubte, sich empfehlen zu dürfen, verabschiedete sie sich – Antonella hatte gelobt, sich zu kämmen und zu fasten –, um hinunter zum Hafen zu gehen. Vor der »Gudrun« angelangt, blieb sie stehen. Maxie war sicher schon weg, um Falke vom Bahnhof abzuholen, und von Tilling war nichts zu sehen. Sie überlegte. Wäre es nicht das Vernünftigste, sich eine Stunde hinzulegen?

Sie hatte eine schlimme Nacht hinter sich, war auf Deck eingeschlafen und erst in den frühen Morgenstunden hinunter in ihre Kabine gegangen – um gleich wieder nach oben zu fliehen. Sie hatte das Chaos in ihrem Zimmer vergessen. In der Morgendämmerung entsetzte es sie weit mehr als am Vorabend, und sie fühlte sich außerstande, Ordnung zu schaffen. Mit einer Decke war sie wieder zu ihrer Liege auf Deck zurückgekehrt, lag dann noch lange wach und fror. Wo war Maja wohl in diesem Augenblick? In irgendeinem verstunkenen Loch, bewußtlos und sorgenfrei, allein oder zwischen bewußtlosen und sorgenfreien Kumpanen? War das so schlecht? Erst am Morgen, sobald der Durst einsetzte, würde die Qual beginnen. Armes Tier, armes Tier.

Nein, beschloß Alexa, Tilling hatte zwar inzwischen Ordnung gemacht, aber sie würde sich jetzt nicht in der dunklen Kabine verkriechen, sie würde zum Castelletto hinaufklettern und einen Drink mit Michele und Lucia Valerian nehmen. Der Gedanke munterte sie auf.

Langsam wanderte sie an den Booten vorbei, erkannte einige, die wie sie Stammgäste waren – alljährlich in Portofino rasteten wie Zugvögel. Hinterm »Pitosfero« hörte die Parade der Rumpfe und Maste abrupt auf, und die Wellen schlugen nur noch gegen ungeschlachte Steine und an kahle Felsen. An dieser Stelle führte ein Dutzend Steinstufen hinauf zum alten Friedhof und an der Kapelle San Giorgio vorbei zu dem Fußpfad, der unter Olivenbäumen den Berg hinaufkroch.

Zunächst war er noch breit und ausgetreten, denn drüben links, auf halber Höhe, kauerte das Hoheitszeichen von Portofino, das grimmige alte Castello. Es brütete über dem sonnigen Hafen wie die Kröte über dem Märchenschatz und verlieh der Bucht den auffallenden, halb wilden, halb romantischen Charakter. Hin und wieder versuchte ein Abenteuerlustiger, das finstere Ding für den Sommer zu mieten, aber niemand hielt es lange in den kalten, nackten Mauern aus, trotz der imposanten Terrasse mit der Schirmpinie und dem einzigartigen Blick auf den Hafen. Einmal hatte dort ein Blitz eingeschlagen, und die Bewohner der Häuser an der Piazza erzählten, er sei von der Pinie zurückgeprallt und dann wie ein flammender Geist von Fenster zu Fenster gesprungen.

Der Pfad, dem Alexa folgte, bog scharf nach rechts ab und wand sich dann in weiten Schlingen unter den Olivenbäumen um den pyramidenförmigen Berg, auf dessen Spitze das Castelletto saß. Manchmal verschwand er zwischen kleinen Weinbergen, und einmal führte er ganz nahe an einer niedrigen Behausung vorbei, die einem alten Fräulein aus England gehörte. Meistens lag sie in einer Hängematte davor und winkte den seltenen Passanten zu, hatte es aber nicht gern, wenn jemand stehenblieb und sich mit ihr unterhalten wollte. Noch war sie nicht da, die Fensterläden waren geschlossen.

Ein paarmal mußte sich Alexa ausruhen und die Waden massieren. Wie schaffte es Lucia, täglich mindestens einmal hinunter- und wieder hinaufzusteigen? Außer Atem erreichte sie endlich die untersten Ausläufer der Steinbrüstung, die sie zu den »Salz-und-Pfeffer«-Türmen geleiten würde. Unlängst hatten die Valerians um das untere Stockwerk des Pfefferturms eine Terrasse gebaut, die, vom Meer gesehen, gefährlich und stillos am Gebäude klebte. Aber nun konnten sie doch endlich leben, wie es sich gehörte, sie aßen, spielten, sonnten sich und schliefen in heißen Nächten »auf der Terrasse«, genau wie die Bewohner aller anderen Bergvillen von Portofino. Und die Terrassen sahen auch alle ungefähr gleich aus, auf keiner fehlten die Liegen, der lange Glastisch, der Getränkewagen und das Teleskop, auch wenn bei den Valerians alles sehr einfach war.

Als Alexas glatter, dunkelblonder Scheitel über der Steinbrüstung auftauchte, stand Lucia Valerian auf der Terrasse und bügelte, während Michele am langen Glastisch Zeitungsnotizen ausschnitt.

Lucia, eine geborene Römerin, strafte ihren Geburtsort Lügen. Sie war mindestens ein Meter achtzig groß, hatte ausgebleichte, weißblonde Haare und friesischblaue Bauernaugen, lidlos, als habe man ihr zwei Löcher in den Kopf geschnitten, um den Himmel durchscheinen zu lassen. Seltsame Augen, wasserblau, aber der Blick war alles andere als wäßrig, er forschte, ließ nicht locker und beunruhigte. Sie hieß allgemein »la Lombarda«, und niemand wußte so recht, ob man sich mit ihr anfreunden konnte wie mit ihrem Mann Michele, den sie vor gut zwölf Jahren geheiratet hatte. Es hieß, die beiden führten eine gute Ehe, jedenfalls hatten sie sich immer noch viel zu sagen, wenn man sie in einem der Hafenrestaurants essen sah. Hinterher wartete dann immer ein Maulesel auf Michele. Daß seine Frau neben ihm zu Fuß den Berg hinaufstieg, genierte ihn nicht – er war dann endlich einmal Kopf an Kopf mit ihr – und sie scheinbar auch nicht, denn man hörte die zwei den halben Berg hinauf eifrig diskutieren und lachen. Valerian war Reuter-Korrespondent für Oberitalien und hatte sich in Portofino schon bald nach dem Krieg eingenistet. Er war mehrere Jahre jünger als seine Frau, aber auch das schien beide nicht zu stören. Ein seltsames Paar, fanden die Eingeborenen: die große Weißblonde und der Kleine mit den schwarzen Augen und dem spitzen, schwarzen Bart; sie mit dem dunkel grollenden Lachen und er mit dem stillen hinterlistigen Schmunzeln.

»Alexa!« dröhnte Lucia und ließ das Eisen sinken. Wenn sie die Stimme erhob, war es, als wolle sie sie über die Meere schicken. »Warum kommst du ausgerechnet heute?«

Michele sprang auf und umarmte Alexa, die erstaunt fragte: »Ist es Ihnen ungelegen?« Sie mochte die ungeschlachte, gescheite Blonde, konnte sich aber nicht entschließen, sie zu duzen. Lucia duzte jeden.

»Überhaupt nicht, aber es wird bald regnen«, rief Lucia und küßte sie knallend auf beide Wangen.

»Regnen? Ja, wahrhaftig! Ich habe nicht ein einziges Mal zum Himmel geschaut.«

»Macht nix. Leg dich etwas hin, und ruh dich aus.«

Alexa wurde auf eine harte Liege gebettet. Obwohl begütert, hatte Lucia kein Gefühl für Komfort. »Salz« und »Pfeffer« waren spartanisch ausgestattet, aber über einer wackligen Küchenkommode hing eine Quattrocento-Madonna, und auf dem Sims über dem neu eingebauten und scheußlichen Kamin stand eine pompejanische Vase, während zwei holzgeschnitzte Engel mit herrlichem Faltenwurf in Lampen mit bunten, schottisch karierten Schirmen verwandelt worden waren.

Lucia drückte Alexa ein Glas Weißwein in die Hand – »unserer, vom letzten Jahr« –, kniete sich neben sie und musterte sie eingehend.

»Laß uns gleich das Thema Gerd vornehmen. Wie fühlst du dich?«

»Wie soll sie sich fühlen, Lucia, was erwartest du?« rief Michele, der an seinen Tisch mit den Zeitungen zurückgekehrt war.

»Ich möchte wissen, in welchem Stadium sie sich jetzt befindet. Wie lange ist es her, vier Monate? Da kann sie sich schon stabilisiert haben. Jedenfalls: Verzweiflung können wir getrost ausschließen, hab' ich recht?«

Alexa schwieg. Statt ihr rief Michele: »Woher weißt du das?«

»Sie wird leer sein«, meinte Lucia und spähte forschend in Alexas Gesicht. »Vielleicht sogar unglücklich, aber das glaube ich eigentlich nicht. Ich tippe auf innere Unruhe und eine gewisse Platzangst. Am liebsten möchtest du immer woanders sein, nicht wahr, meine Kleine?« Alexa war keineswegs klein, aber Lucia überragte sie noch um einen halben Kopf. Sie ließ sich auf die nackten Steine nieder und streichelte Alexas Arm. »Nun sag mal was.«

»Du läßt sie ja nicht«, rief Michele.

»Ich geb' ihr nur die Stichworte; es macht ihr doch keinen Spaß, davon zu sprechen. Uns auch nicht. Es muß aber erledigt werden, sonst gibt's ein Loch, und sie denkt, wenn sie hier fortgeht, die haben doch Gerd mit keinem Wort erwähnt.«

Alexa mußte lachen und befreite ihren Arm. »Unruhe und Platzangst – vielleicht. Aber im Augenblick bin ich sehr zufrieden, daß ich bin, wo ich bin. Hier oben habe ich immer das Gefühl, auf offenem Meer zu sein, in der Kommandobrücke eines hohen Dampfers.«

»Dann sag uns mal, wie's mit dem Wetter steht.«

Alexa seufzte. »Ich sollte mich auf die Socken machen, aber ich fühle mich gerade so wohl hier.«

»Dann bleib! Und wenn's gießt, übernachtest du hier.«

Michele fragte: »Wann kommt Falke wieder?«

Zum zweitenmal an diesem Nachmittag sagte Alexa: »Woher wissen Sie, daß er nicht da ist?«

Michele zeigte auf das Teleskop in der Mitte der Terrasse. »Ich hab' ihn mit der Reisetasche gesehen.«

»Sie auch? Schauen Sie auch den ganzen Tag durch das Ding?«

»Was kann man sonst hier oben tun? Mein Radio funktioniert fast nie.«

»Merkwürdig«, meinte Alexa. »Ich hab' noch nie durch eins geschaut, hab' nie das Bedürfnis gehabt. Im Gegenteil, wenn ich jemand beobachte, wie er da durchlugt und nichts mehr hört und sieht, muß ich immer denken: Schön ist es auch anderswo, und hier bin ich sowieso.«

Michele ging zum Teleskop, spähte einmal kurz durch und winkte Alexa heran. »Sehen wir mal, ob Sie wirklich immun sind.«

Der Apparat war auf Paraggi gerichtet, und Alexa rief: »Nein! Das ist allerdings – unglaublich. Da schwimmen ein paar Leute, und ich kann ihre Beine unter Wasser sehen. Ist Ihres so stark wie das der Goldonis? Er behauptet, er kann die Menütafel vom ›Delfino‹ lesen, die hängt genau richtig für sein Teleskop.«

»Unseres ist nicht von derselben Klasse«, sagte Michele, »aber es genügt für unsere Ansprüche. Wir haben viel Spaß damit. Neulich abend haben wir jemand beobachtet – drüben auf der anderen Seite vom Hafen –, der sich neu einrichtete und seine Möbel hin und her schob. Der Mann hatte keine Vorhänge an den Fenstern, er wußte also noch nichts von unseren kleinen Spielen in Portofino. Ich rief ihn an und sagte: ›Versuchen Sie es mal mit dem grünen Sofa rechts unterm Fenster. Aber den Schreibtisch würde ich an Ihrer Stelle rauswerfen, der ist garantiert eine Reproduktion.‹ Jetzt hat er überall Vorhänge angebracht.«

Alexa kehrte lachend zur Liege zurück, und Lucia schenkte allen ihren sauren weißen Wein nach. Sie fragte noch einmal, wann Falke zurückkommen würde.

»Heute abend.«

»Also werden wir bald ausfahren. Wer kommt denn dieses Jahr?«

»Vorläufig ist nur ein ungebetener Gast eingetroffen.«

»Maja«, sagte Michele.

»Sie haben sie schon gesehen? Durch das Ding?«

»Natürlich.«

»Ich muß immerzu an sie denken«, murmelte Alexa. »Weiß selbst nicht, warum. Ich quelle auf einmal über vor Mitleid mit allen möglichen Menschen, viel mehr als... als früher. Ist das nicht seltsam?«

»Nein«, sagte Lucia nachdrücklich. »Das ist nicht seltsam. So geht es einem dann.« Alexa sah sie erstaunt an, betroffen über ihren Ton. »Ich weiß. Du tastest herum und versuchst wiederaufzurüsten, und dabei bekommst du auf einmal lauter Frequenzen um die Ohren, für die du früher keine Antennen gehabt hast. Ich kenne das, weil ich schon einmal verheiratet war...« Ihre Stimme verlor an Festigkeit.

»Ja?« sagte Alexa.

»Mein Mann... starb.« Sie warf den Kopf zurück und rief laut: »Ha! Hab' gerade den ersten Regentropfen abbekommen.«

Rasch wurde die Markise über die Terrasse gespannt, damit sie draußen bleiben konnten. Alexa war schon öfter im Castelletto zu Gast gewesen, hatte aber hier noch nie einen Sturm erlebt. Sie lag auf der Liege zwischen dem Ehepaar – alle drei in gelbem Ölzeug – und staunte.

»Ich hätt's nicht für möglich gehalten«, murmelte sie.

»Was?«

»Hab' immer gedacht, Regen ist was Graues, Deprimierendes, nur für Engländer interessant, weil sie für ihren Rasen leben. Aber hier oben hat er wirklich Gestalt, wie sie immer behaupten. Da hinten rast er wie ein Boxer und macht Scheinangriffe, und dort drüben dreht er sich in Schleiertänzen... Darf ich hier übernachten?«

»Natürlich«, sagte Lucia. Und nach einer Weile: »Bist du nicht gern auf der ›Gudrun‹?«

»Doch, aber... nicht so wie sonst. Denken Sie aber bitte nicht, daß ich nachts daliege und weine.«

»Ach wo. Gerd war nicht dein Mann, das hab' ich immer gewußt. Der kommt noch, *dein* Mann. Du mußt nur Mut haben und nicht auf Nummer Sicher gehen.«

»Haben Sie immer Mut gehabt?«

»Mächtig. Mein erster Mann hat getrunken...« Der Sturm fegte heulend und klappernd über die Markise.

»Was hat er?« rief Alexa.

»Er hat getrunken. Jawohl. Hat mich nicht gestört! Und dieser hier ist sechzehn Jahre jünger als ich und noch dazu faul.«

»Mein Gott«, schrie Alexa mit aller Kraft, »das nenne ich Mut!«

Nicht lange danach klopfte es laut an der Eingangstür vom Pfefferturm: Tilling, von Falke geschickt, mit einem großen Regenschirm, den triefenden Tasso an seiner Seite.

Alexa verabschiedete sich. Das Ölzeug wollte sie absolut nicht anbehalten, der Regen sei ja warm.

Vom Wohnzimmer aus im Salzturm oben sah Lucia den beiden durchs Fenster nach, wie sie sich im dunklen Regen langsam bergabwärts bewegten. Tilling trug den Schirm in der einen Hand, in der anderen seine Taschenlampe. Alexa, die ihn untergefaßt hatte, hielt sich an ihm fest.

7

Unten im Hafen saß Maximiliane im Salon der »Gudrun« an der Bar, deren Haltestange sie fest umklammert hielt, um nicht umzukippen. Vor ihr ein Glas Grappa, das hin und her rutschte und das sie nicht aus den Augen ließ. Von Zeit zu Zeit drehte sie den Kopf und betrachtete die schweigende Gestalt am Fenster. So, ohne ein Wort, hatten sie und Falke nun schon bald eine Stunde verbracht, aber sie war überzeugt, daß er sich dessen nicht bewußt war, wie er da stand, versunken in den Anblick der wild an ihren Ketten zerrenden Boote und der aufgeregten Masten, während seine Gedanken sich wieder festgefahren hatten – daran hatte sie nicht den geringsten Zweifel.

Der Salon war nur ein kleiner Anbau an die Kommandobrücke, hatte aber eine eigene Eingangstür. Außer der Bar mit ihren vier Hockern enthielt er noch eine eingebaute, halbrunde Bank an der gegenüberliegenden Seite, auf der sich notfalls sechs Leute eng zusammendrängen konnten, und davor einen niedrigen, schmalen Tisch.

Über der Bar prangte anstatt des üblichen Flaschengestells, das vorsichtshalber unter der Theke angebracht war, ein Zwölfender-Hirschgeweih, das einzige, das von den Trophäen seines Vaters, eines leidenschaftlichen Jägers, übriggeblieben war. Falke hatte es allen Frotzeleien zum Trotz hier angenagelt. Da hing nun der ungarische Hirsch und blickte mit einem Ausdruck sprachloser Überraschung in den Glasaugen aufs Meer. (Zu vorgerückter Stunde dienten die Enden des Geweihs hin und wieder als Zielscheibe für Brezeln, die Tilling am Morgen wieder sorgfältig einsammelte.)

Maxie war nicht seefest, und als fühle er das, rief er über die Schulter: »Soll ich dich nach Hause bringen? Oder hinüber ins ›Pitosfero‹?«

»Ich schaff's noch ein Weilchen.« Sie wollte unbedingt bei Alexas Ankunft dabeisein.

Plötzlich drehte er sich um und kam auf sie zu, stellte sich ganz nah an ihren Hocker und legte den Kopf auf ihre Schulter, als brauche er Hilfe. »Maxie, ich möchte dir gern was sagen... Es ist etwas wahnwitzig, andererseits... vielleicht findest du's gar nicht so wahnwitzig... Aber wenn du meinst, daß ich nicht mehr vernünftig denke, dann sag's mir ganz offen. Ich merke natürlich, daß ich im Augenblick etwas konfus bin, aber man weiß doch selbst nicht, wie weit das geht...«

»Nun sag's schon, bevor ich seekrank werde.«

»An der ganzen Geschichte ist doch die Sache mit dem Heftpflaster am verschrobensten, hab' ich recht? Die kann ich bei niemand, der sonst vielleicht in Frage käme, unterbringen...« Er stockte.

»Und bei wem *kannst* du sie unterbringen?«

Dicht an ihrem Ohr flüsterte er: »Bei Maja.«

Sie lehnte sich zurück und starrte ihn so verblüfft und dann so aufgebracht an, daß er schnell weitersprach: »Denk doch mal! Es ist gut möglich, daß sie schon vorige Woche hier war, nicht wahr? Dann hat sie das Boot bespitzelt, wie schon oft, wenn sie was stehlen wollte. Und dann ist sie zufällig reingekommen – das Schloß war ja aufgebrochen, als Franz... als Kossak in meiner Kajüte über dem Schreibtisch lag...«

»Und dann hat sie ihn auf dein Bett getragen und ihm das Pflaster aufgeklebt? Hannes, du spinnst. Niemals könnte sie den Mann hochgehoben haben, dazu ist sie viel zu spillerig, und woher hat sie das Pflaster genommen? Das stimmt doch vorn und hinten nicht.«

Er stützte den Kopf auf der Bartheke in beide Hände und blieb lange so stehen, während sie der Versuchung widerstand, einmal über sein Haar zu streichen. Als er sich schließlich wieder aufrichtete, sah er grau aus. »Du hast recht, Maxie. Lächerlich, einfach lächerlich. Es ist eben nur... Man könnt's ihr zutrauen, sie ist eine so seltsame Kruke... Ach was, ich muß jetzt ganz einfach an etwas anderes denken.«

»Höchste Zeit. Sonst merkt Alexa etwas. Wir sollten uns etwas ausdenken...«

Zu spät. Auf der Gangway waren Schritte zu hören, und Falke lief aus der Bar und rief: »Alexa? Tilling?«

Trotz des Schirms waren beide pudelnaß geworden, und Alexa zitterte vor Kälte, lachte aber, als sie Falke umarmte. »Was für ein Abenteuer! Den halben Weg sind wir geschlittert und gerutscht, aber mein getreuer Knappe hier war mir Stab und Stütze.«

Tilling stand noch mit einem Fuß auf der Planke, nein, er wollte nicht in den Salon kommen und sich trocknen und wärmen, nicht mal den Schirm wollte er mitnehmen.

»Bleib hier, Junge, du willst doch nicht jetzt noch im Regen nach Paraggi radeln.«

»Doch, Boß, ich muß nach Hause, wirklich. Keine Sorge, Tasso und mir macht das nichts aus.«

»Vielen Dank, Tilling«, sagte Alexa.

»Aber bitte, ich meine... nichts zu danken. Auf morgen dann, die Herrschaften.« Und schon war er im Dunkeln verschwunden.

»Ziehen Sie sich schnell um«, sagte Maximiliane. »Hannes wird Ihnen inzwischen einen heißen Grog machen.«

Falke blieb in der Mitte des kleinen Salons stehen und blickte auf die Tür, durch die Alexa verschwunden war. Als er sich zu der alten Frau umdrehte, war Farbe in sein Gesicht gekommen.

»Also dann«, sagte sie lächelnd, »hilf mir jetzt hier hinunter, und bring mich ins ›Pitosfero‹, während sie sich umzieht. Ihr könnt ja später zum Abendbrot nachkommen. Keine Eile. Ich werde mir die Zeit mit ein paar Grappas vertreiben.«

Als Alexa wieder oben erschien, saß er an der Bar und bewachte den Kessel mit dem heißen Wasser.

»Einen doppelten?«

»Ich glaube schon. Bin ziemlich durchgefroren.«

Sie trug lange, schwarze Hosen, einen weißen Pullover und darüber eine schwarze Wildlederweste mit Goldknöpfen.

Lächelnd und schweigend tranken sie sich zu.

»Trauer steht Alexa gut«, murmelte er.

Das Lächeln verschwand jäh aus ihrem Gesicht. »Hab' heute schon genug Kondolenzen durchexerziert. Ich weiß, es muß sein, damit jeder seine Pflicht getan hat, aber jetzt mag ich nichts mehr davon wissen. Wenn du willst, können wir morgen von Gerd sprechen.«

»Ist es dir so unangenehm?«

»Es ist mir, ehrlich gesagt, zum Kotzen. Entschuldige.« Sie hob ihr Glas. »Prost!«

»Es muß auch morgen nicht sein. Was kann man schon sagen, das du noch nicht gehört hast.«

»Lucia war bisher die Originellste.«

»Wie immer«, murmelte er und leerte sein Glas.

»Magst du sie nicht?«

»Doch, doch.«

Sein Gesicht glühte. Dies war nicht sein erster Drink heute abend gewesen, dachte Alexa. Sie sah ihn genauer an und meinte: »Du hast abgenommen.«

»Schon möglich.«

»Fühlst du dich nicht wohl?«

»Doch. Besonders, seit du da bist.« Er bedeckte ihre Hand, die auf ihrem Knie lag, mit der seinen. Um sie unauffällig zu befreien, griff sie nach ihrer Handtasche und holte ein Taschentuch heraus.

»Wer kommt denn dieses Jahr?«

In diesem Augenblick faßte Falke einen Entschluß, der ihm blitzartig als die einzig richtige Lösung erschien, jedenfalls eine erhebliche Erleichterung seiner Lage. »Niemand. Niemand, außer dir. Morgen früh werde ich allen ein langes Telegramm schicken. Du hast recht, ich fühle mich nicht hundertprozentig, bin einfach nicht imstande, den Gastgeber zu spielen. So leid's mir tut.«

»Wir werden keine Ausfahrten machen?«

»Doch, doch, das schon. Obgleich die ›Gudrun‹ nicht mehr richtig seetüchtig ist, aber für ein paar Küstenausflüge wird's noch reichen. Es ist nur… Ich kann jetzt nicht Leute in den Kabinen beherbergen und den ganzen Tag um mich haben – dich ausgenommen, selbstverständlich.«

»Soll ich nicht auch lieber vom Boot gehen? Ich könnte bei Antonella wohnen – und vielleicht auch im Castelletto.«

»Nein«, rief Falke aufgeregt. »Du bist für mich kein Gast, auf dich hab' ich die ganze Zeit gewartet, glaub mir!« So war es auch, das wurde ihm plötzlich klar.

Sie wunderte sich. Er war ganz anders als sonst, und das lag nicht an den zwei oder drei Drinks, die er heute abend sicher schon untergebracht hatte. Er schien wie aufgedreht, und auch die unverblümt begehrlichen Blicke, mit denen er sie verschlang, hatte sie noch nie bei ihm bemerkt. Jede Art von Schaustellung war ihm immer ein Greuel gewesen, er war bei aller Bonhomie immer eher zugeknöpft, hatte es verstanden, trotz aller Liebenswürdigkeit weder in Worten noch in Blicken je etwas von seinen privaten Gedanken und Gefühlen preiszugeben – gar nicht zu reden von seiner Vergangenheit, über die er nie sprach. Aber das hatte sicher etwas mit der Narbe auf seinem Bauch zu tun, wahrscheinlich eine Kriegsverletzung. Und vielleicht auch mit dem tragischen Tod seiner Frau, die sie nicht gekannt hatte. Erst im Sommer danach hatten die Ausfahrten begonnen, von Maximiliane organisiert, um ihn abzulenken. Mit Gerd war er nie besonders intim gewesen, der war eigentlich immer nur Maximilianes wegen mitgekommen. Mit ihr, Alexa, hatte er den meisten Kontakt gehabt, und trotzdem wußte sie nicht viel mehr von ihm als die anderen.

Aber heute abend zeigte er sich von einer ihr ganz fremden Seite, obgleich sie ihn in den vergangenen Jahren hin und wieder ziemlich betrunken erlebt hatte. Erstaunlich, daß er gleich bei ihrer ersten Begegnung nach Gerds Tod klarstellte, warum er »auf sie gewartet hatte«. Als ob ihn etwas hetzte.

»Ich hab' übrigens gestern deine Stieftochter kennengelernt«, sagte sie unvermittelt.

Sein Gesicht verfinsterte sich augenblicklich, und er sprang auf und ging zum Fenster, spähte hinaus in die Dunkelheit.

»Sie wird doch nicht bei diesem Wetter draußen herumlungern!« rief Alexa.

»Doch. Gerade bei diesem Wetter. Um dann an die Tür zu klopfen, bejammerungswürdig, und es einem so schwer wie möglich zu machen, sie abzuweisen. Sie ist unempfindlich gegen alles, was wir mit Unbill bezeichnen. Ich bin zu der Überzeugung gekommen, sie fühlt es nicht, fühlt weder Kälte noch Hitze, noch Hunger oder Durst – aber wenn sie ›drücken‹ muß, wie sie das nennt, dann fühlt sie all das zur gleichen Zeit, so daß sie meint, auseinanderzuplatzen. Natürlich läßt man sie dann eintreten, gibt ihr trockenes Zeug und was zu essen, was sie stehenläßt – und dann ist sie am Morgen verschwunden und irgend etwas Silbernes mit ihr.«

Langsam kehrte er zur Bar zurück. In seinen Augen las Alexa unmißverständlich, daß er Trost suchte. Schnell glitt sie von ihrem Hocker, lächelte ihn an und meinte, sie habe Hunger, und sei es nicht an der Zeit, der alten Dame im »Pitosfero« Gesellschaft zu leisten.

Triefend und tief über die Lenkstange gebeugt, mußte Tilling immer wieder die langen, tropfenden Haare zurückstreichen, die ihm die Sicht verdeckten. Eigentlich hatte er nichts gegen den Regen und den Sturm einzuwenden, die ihn gemeinsam vom Sattel seines Rads stoßen wollten und es auch einmal fertigbrachten, ihn so zu stoppen, daß er beinahe auf der Stelle trat. Sie erschienen ihm wie ein Gegengift oder wie die musikalische Untermalung zu dem Aufruhr in seinem Gemüt. Was wollte diese Frau von ihm? Einmal, an einem gefährlich steilen Abhang während ihres Abstiegs vom Castelletto, hatte er sie tragen müssen, und als er sie wieder absetzte, hatte sie ihn geküßt, das heißt, sie hatte nur sein Ohr erwischt, weil er gerade – instinktiv? – den Kopf wegdrehte. Seine Erfahrungen auf diesem Gebiet waren, das mußte er sich eingestehen, erbärmlich. Während er laut gegen den Sturm ankeuchte, begann er in Gedanken nachzuzählen, wußte aber schon im voraus, wie mager das Ergebnis sein würde. Er hatte mit vier Mädchen ein Verhältnis gehabt, zwei davon waren nur Eintagsfliegen. Die erste war Inga Lingfors gewesen, deren schwedischer Vater in Oberammergau ein Sportgeschäft betrieb. Diese Beziehung – auch für sie die erste – hatte ein paar Monate gedauert, bis Inga mit den Eltern nach München übersiedelte. Danach hatte er, bevor er sich endgültig auf die Wanderschaft begab, ein paar Wochen mit einer Studentin gehaust; das war alles. Denn vier Jahre später hatte er Inga in Italien wiedergefunden, rein zufällig, in Genua, auf der Straße, und seit er das Fischerhäuschen in Paraggi besaß, wohnten sie dort zusammen. Mehr oder weniger, denn sie war ja die meiste Zeit, besonders im Sommer, unterwegs mit ihren schwedischen Touristen, die sie zwischen Ventimiglia und La Spezia betreute. Beiden kam es ganz natürlich vor, daß das Schicksal sie wieder zusammengeführt hatte. Es drückte ihnen einen Stempel auf, sie waren schließlich zwei »Kindlein« aus Oberammergau.

Was Inga während der dazwischenliegenden Jahre an Erfahrungen gesammelt hatte, wurde nie zur Sprache gebracht, aber da mußte doch wohl einiges gewesen sein, denn sie war eine herbe Person, eher verschlossen als mitteilsam und nicht sehr zärtlich, dafür aber ausgesprochen leidenschaftlich, auf eine Art Gut-für-die-Gesundheit-Weise. Wenn sie früh am Morgen einen Pickel auf ihrem Kinn entdeckte, kommandierte sie ihn auf der Stelle zurück ins Bett. Er hatte immer geglaubt, daß ihm das zusagte, zumindest dachte er so, während er sich durch eine dichte Regenböe nach der anderen kämpfte, war ihm noch nie der Gedanke gekommen, daß ihm etwas anderes vielleicht noch besser gefallen würde. Nun aber saß ihm dieser verfehlte Kuß im Kopf, und das Lachen dieser Frau gleich hinterher, das ihm mit einem Schlag offenbarte – wenigstens erkühnte er sich, sich das vorzustellen –, wie sie sich im Bett benehmen würde: ungeniert, heiter und zärtlich...

Er bremste scharf und fiel vom Rad, stürzte rechts über die Böschung und vermied damit um ein Haar den Zusammenstoß mit einem Lastwagen, der urplötzlich vor ihm aufgetaucht war. Tasso? Gott sei Dank, da war er, neben ihm, mit einem Ausdruck in den sonst so würdevollen Hundeaugen, als wisse er genau, daß er wie eine riesige ertrunkene Ratte aussah.

Tilling wartete, bis der Schock nachließ und sein Herz nicht allzusehr pochte, stieg wieder auf und fuhr sehr viel langsamer weiter, bis die Lichter von Paraggi auftauchten. Seine Gedanken liefen längst wieder auf dem alten Geleise: Was wollte die Frau von ihm? Vielleicht gar nichts. Vielleicht doch etwas, zum Beispiel Zeitvertreib während der heißen Sommermonate. Dabei hatte er ihr doch gesagt, daß er eine Freundin hatte, aber das spielte scheinbar keine Rolle. Bei ihr.

Er stieg ab und schob das Rad in einen Schuppen neben dem Coca-Cola-Ausschank, holte die Taschenlampe hervor und stieg den steilen Fußpfad zu seiner Fischerhütte hinauf. Zwischen den Olivenbäumen sah er schon von weitem den Lichtstrahl aus dem Fenster. Inga.

Am frühen Morgen hatte sie ihn angerufen und sich für den Abend angesagt. Das Telefon war Falkes Weihnachtsgeschenk gewesen, reiner Eigennutz, wie es Inga nannte, damit er Tilling zu jeder Tages- und Nachtzeit erreichen konnte. Sonst gab es außer fließendem Wasser keinerlei Luxus in dem Häuschen, das seit Jahren unbewohnt und verwahrlost dagestanden hatte, bis er es entdeckte und kühn erwarb. Es bestand aus zwei Zimmern und einer sogenannten Küche, in der er eine Badewanne installierte. Die Wände waren noch ursprünglich nackt und aus grauem Mauerstein, den er liebte. In die leeren Fensterhöhlen hatte er Holzrahmen und Glas eingesetzt und sich dann ans Möblieren gemacht. Ein altes, breites Holzbett mit neuer Matratze stand jetzt in einem der Zimmer; ein Weihnachtsgeschenk von Frau Behrens. Zu einem Schrank hatte es noch nicht gereicht, aber er hatte Haken für eine lange Stange in die Mauer getrieben, an der man Kleider aufhängen konnte. An dem anderen Zimmer hatte er am längsten gearbeitet, und er hatte es schließlich auch geschafft, daß der Kamin funktionierte und gut zog. Hier standen ein etwas wackliger Tisch mit zwei Stühlen und eine Truhe, die Inga aufgetrieben hatte. Außerdem war sie mit einem anständigen Herd erschienen, auf dem man *Pasta* kochen konnte. Alles in allem schien es Tilling ein herrliches Zuhause.

Im allgemeinen freute es ihn, wenn Inga sich angekündigt hatte, aber heute abend hatte er im stillen gehofft, daß das Unwetter sie abhalten würde. Er hätte sich gern die Vorstellungen, die der verfehlte Kuß heraufbeschworen hatte, noch weiter ausgemalt. Außerdem – und das war noch viel wichtiger – wußte er ganz genau, wie durchschaubar er war. Bei gelegentlichen kleinen Unwahrheiten oder Verheimlichungen hatte ihn Inga jedesmal mit Leichtigkeit ertappt und überführt, schon allein wegen der unausbleiblichen und schmachvollen Röte in seinem Gesicht. Außerdem hatte sie einen erstaunlich guten Riecher.

Er stieg ganz langsam bergauf und suchte fieberhaft etwas, was er Inga als Erklärung für seinen zerzausten Gemütszustand, den sie sofort erkennen mußte, anbieten könne. Tasso saß bereits vor der niedrigen Eingangstür und heulte vor Entrüstung, daß er so lange warten mußte, denn er roch die brennenden Holzscheite im Kamin.

»Wenzel?«

Durch die offene Tür zum Schlafzimmer sah er Inga aufrecht im Bett sitzen, eine Wolljacke über dem Pyjama. Das Wohnzimmer war herrlich warm, und er riß sich schnell alle Kleider vom Leib, stellte sich dann splitternackt trotz der tanzenden Funken ganz nah an die Glut.

»Wartest du schon lange?«

»Als ich aus dem Bus stieg, fing es gerade an zu regnen. Bis ich hier oben ankam, war ich klatschnaß. Du bist doch nicht etwa mit dem Rad gekommen?«

»Doch. Wie denn sonst?«

»Der hätte dich ruhig mit dem Fiat bringen können.« Für Inga war Falke nur »der«.

»Sollte *er* etwa den ganzen Weg vom Boot zum Parkplatz und zurück zu Fuß laufen?«

Im Wohnzimmer war die Öllampe nicht angezündet, aber das Feuer verbreitete einen wunderbaren, wild flackernden, roten Schein, in dem Tilling sich voll Genuß drehte und wendete, beide Arme ausgestreckt und den Kopf weit zurückgeworfen. Loki, der Feuergott, dachte sie unwillkürlich und fragte sich, ob er wohl erst etwas essen wolle, bevor er zu ihr ins Bett kam, so wie er jetzt gerade war, halb geröstet. »Bist du hungrig? Ich hab' was auf den Tisch gestellt«, sagte sie zögernd, aber pflichtbewußt.

»Ich hol's mir.«

Er stellte den Teller mit dem belegten Brot und das Glas Rotwein auf den Steinboden vor dem Kamin und kauerte sich davor mit dem Rücken zum Feuer. Im Augenblick hatte er nichts zu befürchten, sein Gesicht war im Dunkeln, so meinte er jedenfalls, aber ein ihm unheimlicher Instinkt ließ Inga nach ein paar Sekunden des Schweigens fragen: »Was ist denn mit dir?«

Es verschlug ihm die Sprache, was, wie er wohl wußte, ihren Verdacht nur bestärkte.

»Nun sag schon, was ist los? Und sag mir ja nicht, nichts ist los. Ich fühle es bis hierher, bis ins Schlafzimmer, und du weißt, daß ich mich nie irre. Also?«

Wie er dieses »Also« haßte!

»Hat's was damit zu tun, daß du so spät kommst?«

Tilling biß verzweifelt in das trockene, weiße Brot mit dem geräucherten Schinken und murmelte mit vollem Mund etwas Unverständliches.

Geduld gehörte nicht zu Ingas Tugenden. »Sag's!« schrie sie und schlug mit der Faust auf die Bettdecke. »Sag's, und ohne Ausflüchte.«

»Warte«, gurgelte er und würgte den riesigen Bissen unzerkaut hinunter. Gleichzeitig und blitzartig kam ihm die Erleuchtung und mit ihr eine gewisse Ruhe, so daß er den Kopf hob, zu Inga hinübersah und dann mutig ein zweites Mal in das Brot biß.

Sie überwachte jeden Muskel in seinem Unterkiefer, aber sie wartete. Er hatte so gut wie zugegeben, daß etwas los war. Als das letzte Stück Weißbrot in seinem Mund verschwunden war, sagte sie noch einmal: »Also?«, mußte aber nun warten, bis er das Glas Wein ausgetrunken hatte. Irgend etwas Außergewöhnliches war los, sonst würde er es nicht wagen, so gemächlich zu schlucken.

»Komm her«, befahl sie.

Aber er schüttelte den Kopf und meinte: »Mir ist immer noch kalt«, was sie für eine glatte Lüge hielt, aber vorläufig zu ignorieren beschloß.

Diesmal begann *er* mit einem gewichtigen »Also«, fiel aber gleich wieder in den beschwichtigenden Ton zurück, den er ihr gegenüber gebrauchte. »Du hast recht, es ist was los, was... was ganz Unglaubliches. Falke hat mir heute abend gesagt, daß er mir die Wasserskischule schenkt...«

»Was?«

»Ja! Er will auf dem Stück Strand, das er damals gekauft hat, ein Holzhaus errichten und dort die Skischule eröffnen.«

»Und was hat das mit dir zu tun? Du darfst dort arbeiten?«

»Nein. Versteh doch, er will mir das Ganze schenken.«

»Was?« Noch ungläubiger, beinah böse.

»Doch, doch«, beteuerte er. »Das Holzhaus soll mir gehören, und er will mir eine Criss-Craft kaufen, die kleine, und vier Paar Wasserski.«

Während er es aussprach, kam es ihm auch abenteuerlich vor, und er verstand, warum sie fassungslos wiederholte: »Schenken? Das Haus und das Boot – schenken?«

Er nickte und wiegte sich auf den Fersen.

»Warum auf einmal? Voriges Jahr, als wir bei ihm waren mit meinem ganz bescheidenen Kostenvoranschlag, da hat er doch hochnäsig abgelehnt, das sei nie ein Geschäft, Paraggi sei viel zu klein, die paar Sommermonate lohnten sich nicht – weißt du noch? Und jetzt plötzlich, jetzt will er's dir *schenken?«*

»Ja doch«, rief er trotzig. »Vielleicht hat er sich's überlegt, oder jemand hat ihm gesagt, das wäre *doch* ein gutes Geschäft...« Er wippte, am Boden kauernd, heftig auf und ab, ohne sie anzusehen.

Schweigend sah sie ihm zu, sagte dann langsam: »Das glaube ich nicht, so was gibt's nicht. Oder aber, du verheimlichst mir etwas.«

Er brachte es fertig, mit einiger Aufmüpfigkeit zu sagen: »Und warum glaubst du's nicht?«

»Was ist der *Deal?* Wieviel Prozente verlangt er?«

»Prozente? Überhaupt keine. Davon hat er kein Wort gesagt.«

»Warte nur, das kommt noch. Das Ganze ist eine Falle, das ist mir klar.«

»Inga!« rief er empört. »Niemals. Du kennst ihn nicht. Ich versteh' einfach nicht, warum du ihm so was zutraust.«

»Ich glaube, ich kenne ihn besser als du, was nicht viel besagt. Du kennst überhaupt keinen Menschen. Nicht einmal mich. Vielleicht nicht einmal dich selbst.« Sie brütete eine Weile vor sich hin, während er beleidigt schwieg. »Hat er was erwähnt, was du später mal für ihn tun sollst?«

»Tun? Ich? Was sollte ich für ihn tun?« Aus lauter Angst rettete er sich in eine bei ihm seltene Empörung, die ihr zunächst plausibel vorzukommen schien. Aber dann fragte sie doch argwöhnisch: »Warum regst du dich so auf? Und warum kommst du nicht ins Bett?«

»Weil... Ich fühl' mich wohl hier vor dem Feuer, du siehst ja, Tasso liegt auch hier und rührt sich nicht, wir sind beide mindestens eine halbe Stunde gegen den Sturm angeprescht – übrigens, beinah hätte uns ein Lastwagen überfahren.«

Wenn er gehofft hatte, sie damit abzulenken und nachträglich Besorgnis und Schonung bei ihr zu erwecken, so irrte er sich. Sie ging nicht darauf ein, sondern fuhr fort, ihn schweigend anzusehen mit diesem mißtrauisch brütenden Blick, der ihn aus der Fassung brachte. Er wünschte sich, daß sie wieder schreien würde.

Und dann kam's.

Sie stand auf, zog ihre Filzpantoffeln an und ging ins Wohnzimmer, nahm einen Stuhl und setzte sich ihm gegenüber. Sah auf ihn hinunter, wie er am Boden kauerte, starr vor Schreck und bösen Vorahnungen.

Sie begann ganz ruhig. »So. Nun pack aus, Wenzel. Was ist *wirklich* los. Ich weiß mit absoluter Sicherheit, daß etwas Wichtiges passiert ist, und du wirst's mir jetzt erzählen.«

Er schluckte verzweifelt, aber was ihm den Rest gab, war das Gefühl, daß er diesmal nicht blutrot geworden war, ganz im Gegenteil, er merkte deutlich, wie ihm das Blut aus den Wangen wich – und das, obwohl er dicht am Feuer saß.

Er täuschte sich nicht, denn sie sah beinah besorgt aus, als sie sagte: »Es ist was Schlimmes, nicht wahr? Der will was von dir. Der verlangt was... was Mulmiges...«

Er senkte den Kopf, das einzige, was er tun konnte, um seine alles preisgebenden Wangen vor ihren Blicken zu schützen.

»Dein Problem ist, daß du pflaumenweich bist. Dir kann man alles einreden, wenn man's geschickt einfädelt. Was will der Mann von dir? Was sollst du für ihn tun?«

»Ich hab's schon getan«, flüsterte er.

Sie beugte sich vor und hob sein Kinn, wie man es mit einem Kind macht, um ihm in die Augen zu sehen; ließ los, als sie sah, daß er nun bereit war, und lehnte sich im Stuhl zurück.

»Vorige Woche, als du in Genua warst, hab' ich nachts wie immer meinen Rundgang gemacht, mit Tasso... Und da blieb er plötzlich vor der ›Gudrun‹ sitzen...«

Während seiner Erzählung saß sie da, ohne sich zu rühren, ließ ihn nicht aus den Augen, die Lippen hart aufeinandergepreßt, als müsse sie das Schreien unterdrücken, aber sie unterbrach ihn kein einziges Mal. Er berichtete in aller Ausführlichkeit, merkte gleich zu Anfang, daß er gar nicht anders konnte, als alle Einzelheiten wiederzugeben, und nach den ersten paar Sätzen schaute er ihr sogar direkt in die Augen, ohne daß er sich bedrängt oder zu Eile angetrieben fühlte, ja er empfand zu seinem Erstaunen eine gewisse Befriedigung und etwas wie Lust oder vielleicht auch

Stolz bei der akkuraten Beschreibung seiner Leistungen. Als hätte er total vergessen, um was es im Grunde ging! Wenn er sie im Laufe seiner Erzählung beobachtet hätte, wäre ihm aufgefallen, daß sich ihr anfänglich finster verkrampftes Gesicht immer mehr entspannte, bis es zum Schluß nur noch atemlose Spannung verriet. Obwohl er in das Wiedererleben des Abenteuers viel zu versponnen war, um ihre Reaktion zu verfolgen, fühlte er instinktiv, daß er nichts mehr zu fürchten hatte.

As er dann mit dem eigentlichen Tathergang zu Ende war, ganz automatisch weitererzählte und bereits wieder auf dem Bahnsteig in Santa Margherita stand, um Frau Thomas abzuholen, unterbrach sie ihn zum erstenmal.

»Wie lange ist das her, daß du den Mann entdeckt hast? Weißt du noch den Tag?«

Er überlegte. »Letzten Donnerstag. Warum?«

Seine Frage blieb unbeantwortet. »Was wollte der in Rom?«

»Keine Ahnung.«

»Wartet der immer noch auf den Brief, oder hat er aufgegeben?«

»Er spricht nicht mehr darüber, aber er geht immer noch zweimal am Tag zur Post.«

»Hätte der etwas gesagt, wenn ein Brief gekommen wäre?«

»Klar! Was denn!« rief er aufgeregt. »Ich bin doch in der ganzen Sache drin, genau wie er und Frau Behrens. Er weiß doch, ich denke an nichts anderes, jeden Tag.«

»Du denkst an den Sack da unten?« Er nickte. »Tut's dir leid, daß du das für den getan hast?«

Er stand auf, legte zwei frische Holzscheite aufs Feuer und stocherte mit einer Stange in der Glut.

»Ich weiß nicht«, sagte er schließlich. »Ich glaube, nein. Frau Behrens hat ganz recht, wenn sie sagt, man soll sich freuen, etwas für ihn tun zu dürfen, er ist ein feiner Kerl.«

»Er ist ein Schwein«, sagte Inga, ohne die Stimme zu erheben. »Dich in diesen Schmutz mit reinzuziehen – das ist einfach gemein.«

Er starrte sie verblüfft an, weil er ihrer Zustimmung sicher gewesen war. »Wieso? Er gibt mir doch die Wasserskischule und...«

»Und lädt dir für den Rest deines Lebens die Mitschuld an diesem Verbrechen auf.«

»Verbrechen? Es ist doch nur... nur...«

»Vertuschung eines Verbrechens. Also strafbar. Sei dir darüber klar: Eigentlich müßtest du jetzt im Gefängnis sitzen. Mindestens ein Jahr, wenn nicht mehr. Und dann bist du vorbestraft und wirst als erstes aus Italien abgeschoben.«

»Ach was«, sagte er trotzig, drehte ihr den Rücken zu und schlug mit der Stange auf die Holzscheite, daß die Funken stoben und ihm auf die Schenkel sprangen, was er aber nicht zu fühlen schien. »Ich habe Falke davor bewahrt, daß er unschuldig ins Gefängnis kommt, und das lohnt sich allemal.«

»Warum bist du so sicher, daß der unschuldig ist?«

»Da leg' ich meine Hand ins Feuer«, sagte er und konnte nicht ahnen, daß Falke dasselbe von ihm gesagt hatte.

»Na schön«, meinte sie und stand auf. »Freuen wir uns über die Skischule – wenn die wirklich zustande kommt.«

»Er will mich nächste Woche nach Rapallo mitnehmen, damit ich als Eigentümer im Grundbuch eingetragen werde.«

Sie nickte, anscheinend zufriedengestellt. »Kommt wie gerufen. Mich hat man nämlich vor die Tür gesetzt, das heißt, ab ersten Oktober wird eine Italienerin meinen Job übernehmen.«

»Was? Warum denn, um Gottes willen?«

»Weil sie hier jetzt anfangen, ausländerfeindlich zu werden. Muß mich mal erkundigen, wie's mit meiner Einbürgerung steht.«

»Und was wirst du tun, ab Oktober?«

»Weiß noch nicht«, sagte sie, und es klang beinah vergnügt. »Vielleicht helfe ich dir das Holzhaus bauen. Nun laß endlich das Feuer. Ich muß morgen mit dem ersten Bus nach Genua. Wenzel! Komm ins Bett.«

8

»Falke geht immer noch zur Post, weißt du das? Mindestens zweimal am Tag. Früher hat Tilling ihm die Briefe gebracht.«

»Klar geht er. Er hat noch nicht aufgegeben. Ich auch nicht.«

»Und weißt du, was, der Junge, der immer vor der ›Gudrun‹ herumlungert, der geht auch zur Post, jedesmal kurz nachdem Falke dort war.«

»Vielleicht versucht er rauszufinden, worauf Falke wartet.«

»Höchst merkwürdig. Wer ist der Bengel? Er sitzt gerade unter der Markise im ›Nazionale‹ und frühstückt, ganz vorne, als ob er von Falke bemerkt werden möchte... Da kommt er, da kommt Falke, pünktlich um zehn wie immer... Geht über die Piazza... am ›Nazionale‹ vorbei... aber zu weit, um den Jungen zu sehen... Er schaut auch nicht hin... sieht niemanden an... Jetzt geht er den Weg zum Parkplatz hinauf... und jetzt rechts ins Postamt. So macht er's immer. Gleich wird er wieder rauskommen.«

»Laß mich mal... Das möchte ich mir doch mal ansehen... Wo ist der Junge? Der mit dem blau-weißen T-Shirt ganz links? Jetzt zahlt er und läuft hinaus auf die Piazza... bleibt stehen... schlendert langsam den Weg zum Parkplatz hinauf... Jetzt steht er vor dem Eisenwarengeschäft mit den gußeisernen Kinkerlitzchen... den Rücken zum Postamt... Da kommt Falke wieder heraus... Mit leeren Händen natürlich... Der Bengel dreht sich um, geht auf ihn zu...«

»Was?«

»Ja doch! Er spricht ihn an... Falke bleibt stehen... Er dreht mir den Rücken zu, aber den Jungen kann ich gut sehen, der steht mit den Händen in den Hosentaschen da.«

»Was ist jetzt?«

»Ich nehme an, sie reden miteinander.«

»Und jetzt?«

»Immer noch... Aber jetzt gehen sie weiter zum Parkplatz hinauf...«

»Zusammen?«

»Ja! Zusammen.«

Auf dem kurzen Weg zum Parkplatz zerbrach sich Falke verstört den Kopf, wie weit er mit dem Jungen gehen solle. Wäre es nicht besser gewesen, ihn von Anfang an abzuweisen und Bettio anzurufen, um ihn zu fragen, was zum Teufel das bedeuten solle, daß er ihm seinen Sohn nachgeschickt hatte. Aber er war zu entgeistert gewesen, als der plötzlich vor ihm stand und ihn angrinste. »Guten Tag, Herr Falke! Schön haben Sie's hier.« Und auf die Frage, was er hier tue, war die fröhliche Antwort gekommen: »Ferien! Mein Vater hat mir so viel von Portofino erzählt, daß ich's mir gern mal ansehen wollte.« Woraufhin Falke nichts anderes übriggeblieben war, als etwas lahm zu murmeln, daß er auf dem Weg zum Parkplatz sei, er müsse nach Santa Margherita fahren, und der Junge war einfach mit ihm gegangen.

Das mit Santa Margherita war sogar wahr. Mittags sollte das erste Gästeessen auf der »Gudrun« stattfinden, und er wollte noch ein paar Flaschen Wein besorgen. Und was jetzt? Was konnte er den Jungen fragen, ohne etwas preiszugeben? Falls der *doch* etwas wußte – wie sollte er's aus ihm herauskriegen?

Er warf ihm kurz einen Blick zu, wie er pfeifend neben ihm einherging, scheinbar ohne jede besondere Absicht, und als er Falkes Blick auffing, lächelte er ihn frech an.

Der rang sich ebenfalls so etwas wie ein Lächeln ab und sagte in dem Ton, mit dem man zu einem vorwitzigen Buben spricht, der einem einen Bären aufbinden will: »Ferien? Das glaube ich Ihnen nicht ganz. Ich wette, Ihr Vater hat Sie hergeschickt. Vielleicht sollen Sie mir was ausrichten.«

Das freche Lächeln erlosch. Der Junge blinzelte heftig und überlegte. »Ausrichten? Ah, warten Sie mal...«

Das hat gesessen, dachte Falke, überrumpeln und verwirren, das ist der richtige Weg.

»Soll ich Ihren Vater anrufen? Vielleicht hat er etwas Neues entdeckt in dieser... dieser Angelegenheit, Sie wissen schon.« Und er zwinkerte ihm einmal vertraulich zu. So. Nun hatte er ihn eingespannt, ihn sozusagen zu *seinem* Mitwisser gemacht. Möglich, daß er auspackte, wenn er etwas auf Lager hatte.

Benito Bettios schwarze Schweinsaugen schwenkten aufgeregt von einer Seite zur anderen, als suche er nach Zeugen für sein Dilemma. »Ich weiß, ich weiß, natürlich weiß ich...«, stotterte er, und wieder hatte Falke den Eindruck, daß er in Wahrheit nichts wußte. »Papa denkt, ich verbringe ein paar schöne Tage am Golf von Tigullo, weiter nichts...«

Sie waren am Parkplatz angelangt. Falke bog links zur reservierten Zone ab – und blieb stehen. Im Fond seines weißen Fiat saß jemand.

Benito Bettio sah ihn erstaunt an; der Mann war blaß geworden, schien ihn ganz vergessen zu haben, starrte auf den Fiat dort drüben. War das sein Wagen? Da saß doch jemand drin, oder?

Falke setzte sich zögernd wieder in Bewegung. Hatte er Angst? Benito hielt sich dicht hinter ihm. Die Fenster des Wagens waren geschlossen und spiegelten den Himmel wider. Falke mußte die Augen mit seinen Händen beschirmen, als er hineinspähte. Der Junge neben ihm tat dasselbe und schnalzte dann laut und anerkennend. Da lag aber eine hübsche Biene drin!

Falke stieß ihn unsanft beiseite, riß die Tür auf und rüttelte die schräg liegende Gestalt. »Maja!«

Es dauerte eine Zeit, bis das Mädchen die Augen öffnete, dunkel und lichtlos, und dann noch einmal eine ganze Weile, bis die etwas wahrzunehmen schienen.

»Hannes.« Und im gleichen Atemzug: »Los, los, ich brauch' was.«

Benito hatte die vordere Tür geöffnet und kniete sich auf den Sitz neben dem Steuer. Bevor Falke ein Wort sagen konnte, rief er: »Signorina! Sie brauchen was? Sagen Sie's mir, ich hol's Ihnen.«

Falke wandte sich um, packte ihn am Kragen und zog ihn aus dem Wageninneren. »Frechheit«, knurrte er. »Weg mit Ihnen!« Dann setzte er sich neben Maja und schlug die Türen zu.

Trotz der geschlossenen Scheiben konnte der Junge hören, was drinnen vor sich ging. Klarer Fall, das schöne Mädchen brauchte Geld, und der alte Geizkragen wollte nichts rausrücken.

»Seit wann bist du hier drin? Wie bist du reingekommen? Hast du meinen zweiten Autoschlüssel gestohlen?«

Statt eine Antwort zu geben, hielt sie ihn an beiden Schultern fest und schnitt fauchend wie eine Raubkatze eine Grimasse, während sie ihn gleichzeitig zu küssen versuchte. »Hannes! Hannes! Gib mir was. Ich hab' die ganze Nacht gewartet...«

»Hier drin? Warum bist du nicht zum Boot gekommen?«

»Die alte Hexe will mich fressen. Wenn du mir nichts gibst, spring' ich ins Wasser, ich schwör's dir bei Mamas Andenken, ich halt's nicht mehr aus...«

»Wir fahren jetzt zum Bahnhof, und ich setze dich in den Zug nach Frankfurt. Morgen wird dir Dr. Gerstner dein Geld für den nächsten Monat auszahlen. Das ist alles, verstehst du mich?«

Er stieß sie zurück und stieg aus, um hinter dem Steuer Platz zu nehmen. Den Jungen hatte er vollständig vergessen. Aber während er um den Wagen ging, riß Benito die Tür neben Maja auf und schrie: »Hier, Signorina, *hier!* Schauen Sie mich doch an! Ich gebe Ihnen Geld, soviel Sie wollen. Hören Sie mich?«

Maja hörte ihn und starrte ihn mit offenem Mund und weit aufgerissenen Augen an, beugte sich vor, als sei sie kurzsichtig, so daß sich ihre Gesichter beinah berührten. »Du? Wer bist du?«

Auf der anderen Seite des Wagens öffnete Falke die Tür neben dem Fahrersitz. »Benito! Weg! Scheren Sie sich zum Teufel. Los. Hauen Sie ab. Lassen Sie meine Tochter gefälligst in Ruhe...«

»Ihre Tochter«, rief der Junge. »Na, so was! Signorina, darf ich mich vorstellen...«

»Schnauze«, flüsterte Maja dicht an seinem Ohr. »Hast du Kohlen, Mensch? Wieviel? Viel?«

Bevor Falke es verhindern konnte, hatte Benito das Mädchen aus dem Wagen gezogen. Sie knickte um und fiel ihm in die Arme.

»Ihre Tochter ist ganz schön durchgedreht! Lassen Sie doch, Herr Falke, ich werde gut auf sie aufpassen. Wie heißt du denn, Kleine?«

Maja ließ sich aufrichten, hielt sich aber an ihm fest. »Kohlen?« flüsterte sie heiser.

Drüben an der Tankstelle wusch Antonio, der Besitzer, gerade ein Auto. Er richtete sich auf und starrte hinüber zu dem Fiat, und auch ein paar Passanten waren stehengeblieben und sahen interessiert zu. Das Mädchen schien angetrunken – oder war alles nur Spaß? Der Mann – ihr Vater? – war grau vor Wut, während der *Amico* sie galant beschützte. Bravo, junger Mann.

Falke ließ ab. Mußte zusehen, wie Benito seinen Arm fest um Majas Taille schlang und sie mit sich zu seinem Topolino zog, der nicht weit entfernt stand.

»Ciao!« Er winkte lachend. »Wir gehen jetzt frühstücken.«

Sollte er nicht doch eingreifen? Maja mit Gewalt aus dem Topolino ziehen? Sie würde brüllen, versuchen, ihn zu beißen, die Zuschauer hätten sich königlich amüsiert. Und dann? Niemals konnte er sie in diesem Zustand zum Bahnhof schaffen und in den Zug setzen. Er müßte ihr wie so oft schon Geld geben, viel Geld, dann würde er sie vielleicht loswerden.

Inzwischen hatte der Junge Maja in das kleine Auto geschoben und war neben ihr hinters Steuer gesprungen.

»Addìo, Papa!« schrie er und fuhr ab.

»Was für eine verrückte Geschichte«, sagte Maximiliane stirnrunzelnd. »Trink was, Hannes, sonst fällst du mir noch um. Du siehst miserabel aus – kein Wunder. Ich muß sagen, das Ganze ist höchst seltsam, es hört sich beinah an wie eine Entführung...«

»Ist das dein Ernst?« unterbrach er sie aufgeregt. »Mein Gott, vielleicht hast du recht! Der Junge wußte ganz genau, daß Maja im Auto sitzt. Er hat seinen Vater angerufen, und der...«

Sie hob die Hand. »Nun mal langsam voran! Uns kommt so gut wie alles plausibel vor, weil wir schon zu lange in dieser trüben Tinte fischen. Weiß der alte Bettio überhaupt von Majas Existenz? Und wenn der Bengel sie wirklich entführt hat, kann ich nur sagen: ›Viel Vergnügen und herzlichen Dank, daß wir sie los sind.‹«

»Laß, Maxie, verwirr mich nicht noch mehr. Ich weiß sowieso nicht, wie ich dieses Mittagessen überstehen soll. All diese Leute!«

Es war ein schöner blauer Tag und der erste richtig warme. Ganze Scharen von Touristen, die lärmend nach allen Richtungen ausschwärmten, hatten sich auf der Piazza eingefunden. Die Vorsaison hatte ihren Höhepunkt erreicht. Falke und Maximiliane standen an der Reling mit dem Rücken zum Deck und sprachen trotz des Tumults auf dem Kai leise, denn hinter ihnen lief Tilling mit Tellern und Gläsern hin und her. Die Sonne brannte auf die Markise, die er heute morgen über das Achterdeck gespannt hatte. Den langen, gußeisernen Tisch hatte er mit dem grün-weißen Keramikgeschirr gedeckt und alle Vasen mit Bougainvillea gefüllt. Stolz trat er einen Schritt zurück, um sein Werk zu betrachten. Früher hatte Falke ihm bei solchen Arbeiten geholfen, es hatte ihm immer Spaß gemacht, aber diesmal hatte er ihn nicht einmal gefragt, was es zu essen gab.

»Ich hab' für sieben gedeckt, aber die Signora Goldoni kommt nicht?«

»Nein«, antwortete Alexa, die gerade die Treppe heraufkam. »Sie macht eine Hungerkur, und Ihrer grünen Lasagne könnte sie nicht widerstehen. Dafür kommt mit Herrn Goldoni ein Freund.« Sie ging zur Reling. »Ihr kennt ihn nicht, es handelt sich um eine Neuerrungenschaft, einen Ton-Mann von ›Cäsar-Film‹ in Rom.«

Falke starrte sie mit brennenden Augen an. So reizvoll hatte er sie noch nie gesehen – oder bildete er sich das ein? Wenn sie im

Sommer mit Gerd in Portofino eingetroffen war, hatte er sie immer attraktiv gefunden, hatte mit ihr geflirtet, ganz automatisch, und sie mit ihm, auch nur halbherzig. Warum war alles plötzlich ganz anders? Weil Gerd nicht mehr auf der anderen Seite des Decks neben Maximiliane lag und immer wieder herüberschaute? Oder war es, daß er sie unwiderstehlich finden *wollte*, um sich zu retten?

»Wie schön du aussiehst!« rief er, griff nach ihren Armen und hielt sie von sich weg, um sie besser begutachten zu können. Sie war ganz in Weiß: lange weiße Hosen und eine weiße Bluse mit Goldknöpfen. Tilling, der gerade die Weingläser aufstellte, warf ihr kurz einen Blick zu, ehe er vorbeiging.

Maximiliane lächelte, meinte dann: »Was ist ein Ton-Mann?«

»Waren Sie noch nie in einem Filmatelier?« fragte Alexa. »Ein Ton-Mann ist... Anscheinend ist er gar nichts, andererseits ist er erstaunlich, jedenfalls kam's mir damals so vor, als ich meinen ersten und letzten Film machte. Ich fand es ganz unglaublich, wie der Kerl dastand, sehr breitbeinig, um die lange Mikrophonstange zu balancieren. Die muß er mit beiden Händen hoch über den Schauspielern in der Luft halten, manchmal minutenlang. Ich hab' schon erlebt, wie einer am ganzen Leib zitterte, aber die Stange durfte er nicht senken, bis der Regisseur ›*Cut*‹ rief. Und dabei schenkt ihm kaum jemand Beachtung, es sei denn, der Kameramann schreit: ›Mikroschatten, verdammt noch mal!‹ Dann sehen alle aufgebracht zu ihm hinüber, und er schaut hilflos drein.« Sie spähte über Falkes Schulter. »Da kommen sie, glaube ich. Das ist er, neben Emilio, der lange dünne, Fabrizio heißt er.«

Gleichzeitig hörten sie Emilio schreien, und sie sahen ihn winken und den Dünnen, der stehengeblieben war und sich mit offenem Mund umschaute, am Arm packen und mit sich ziehen.

»Das ist mein Freund Fabrizio Tumeo«, rief er schon auf der Gangway. »*Ciao*, Hannes! Du hast abgenommen. Bist du krank? Hannes Falke, Frau Behrens, Frau Thomas kennst du schon. *Ciao*, Maximiliane, wie gefällt er dir? Wir waren noch nicht im

Hafen, deshalb ist er ganz durcheinander. Sag guten Tag, Fabrizio.«

Tumeo schüttelte allen die Hand, auch Tilling, der hinter ihm stand und sich erkundigte, was er zu trinken wünsche. Während sich die anderen auf den Liegen ausstreckten und die ersten Gläser Wein in Empfang nahmen, blieb er überwältigt stehen. Um ihn herum die wippenden Masten der vielen Boote, das bunte, wilde Treiben auf der Piazza und auf dem Kai, hier die alte Häuserwand und dort oben das grimmige Castello – wie aufgemalt, dachte er, beinah wie im Filmatelier. Dazu der Lärm, das klatschende Schwappen des Wassers gegen die Schiffsplanken und das Kreischen und Rufen der Passanten... Die anderen waren offensichtlich an all das gewöhnt, nahmen nicht die geringste Notiz davon. Maximiliane, die ihn beobachtete, fand ihn sympathisch und eigentlich rührend, wie er sich schließlich aus seiner Trance losriß und begann, auf Deck herumzuwandern und alles genau zu studieren.

Er war gerade in der Kommandobrücke und hatte sich kühn auf den Kapitänsstuhl geschwungen, als Michele und Lucia Valerian an Bord erschienen. Mitten in die Begrüßungen hinein ertönte ein gellender Schrei aus der Kommandobrücke: »Contessa!«

Lucia fuhr herum.

Die Nase an die Fensterscheibe gedrückt, schrie der Ton-Mann ein zweites Mal aus Leibeskräften: »Contessa!«, bevor er aus der Kabine stürzte.

Während der wenigen Sekunden, bis er sie erreichte, stand Lucia stockstill und sah ihm mit undurchdringlichem Gesicht entgegen. Die anderen mit Ausnahme von Michele, der schnell an ihre Seite getreten war, blickten überrascht von ihren Gläsern und den Kanapees hoch, die Tilling gerade herumreichte. Niemand bemerkte, daß Falke aufgesprungen war.

Fabrizio Tumeo erreichte Lucia, die ihn auffing, keuchte noch einmal: »Contessa!« und fiel ihr schluchzend um den Hals. Sie stand ganz still und streichelte seinen Kopf, den er an ihrer Schulter barg.

»Fabrizio, *caro* ...«, murmelte sie und ließ ihn weinen.

Michele sah einen Augenblick zu. Dann wandte er sich um und sagte: »Es sieht ganz so aus, als ob meine Frau diesen Herrn länger kennt als mich.«

»Sie kennen ihn nicht? Das ist mein Freund Fabrizio Tumeo, Ton-Mann von ›Cäsar-Film‹«, erklärte Emilio voller Stolz, der die Szene verblüfft und mit wachsender Begeisterung beobachtet hatte.

»Was Sie nicht sagen.« Michele lächelte.

Erstaunlich sanft löste sich Lucia aus den Armen des langen Mannes, der genau die gleiche Größe wie sie hatte, und wischte ihm mit dem Ärmel ihres Kleides die nassen Wangen. Selig duldete er es mit geschlossenen Augen.

»Tumeo war der Fahrer meines Mannes und sein Bursche«, sagte sie ruhig.

Der Lange öffnete die Augen. »Signora Contessa – ich hab' Sie nicht mehr gesehen seit... seit...«

»Seit dem Begräbnis in Florenz«, sagte sie und richtete ihn wieder gerade auf. »Ich habe mich inzwischen wieder verheiratet, Fabrizio. Hier ist mein Mann Michele Valerian.«

Fabrizio verbeugte sich etwas linkisch und schüttelte dann Micheles ausgestreckte Hand, während Lucia sich den aufmerksamen und neugierigen Gesichtern auf den Liegen zuwandte. »Wir setzen uns da vorne in eine Ecke, und Tilling bringt uns ein Glas Wein zum Feiern. Wir bitten um Entschuldigung, aber es gibt eine Menge nachzuholen.«

Sie nahm Fabrizios Arm und führte ihn an der Kommandobrücke vorbei zum Vorderdeck, wo sie unbeobachtet und unbelauscht waren. Die anderen sahen ihnen enttäuscht nach. Die Emotion der letzten Minuten hatte sich ihnen mitgeteilt, und sie hätten gern noch mehr erfahren. Alle außer Falke, der zum Getränkewagen ging und sich eine Grappa einschenkte, die er schnell hinuntergoß. Im Mittelpunkt des Interesses stand Emilio, der das Ganze genoß und berichtete, was er wußte. Es war nicht allzuviel. Von diesem Conte habe Fabrizio oft gesprochen, und er habe erwähnt, daß er nach dessen Tod unbedingt sterben wollte und sich zu diesem Zweck als Freiwilliger zum italienischen Korps an der russischen Front gemeldet hatte. Er habe keinen Kratzer abbekommen, dafür aber eine Reihe Medaillen geerntet, »beinah so viele wie ich«.

Alle lachten. Michele strich seinen kleinen schwarzen Bart und blickte immer wieder zum Vorderdeck, wo Lucias weißblonde Mähne zu erkennen war. Falke hatte sich wieder hingelegt. Er sagte die ganze Zeit über kein Wort, und Maximiliane, die ihn beobachtete, hatte das Gefühl, daß ihn der Zwischenfall irgendwie beunruhigte.

Er winkte Tilling heran, es sei Zeit zum Mittagessen.

9

Schon während der Lasagne wollte Emilio wissen, wohin die Fahrt heute gehe.

»Die ›Gudrun‹ ist nicht mehr seetüchtig«, sagte Falke. »Viel werden wir dieses Jahr nicht mit ihr anfangen können.«

»Aber nach San Fruttuoso werden wir doch fahren? Das ist nur eine kurze Strecke. Fabrizio hat's noch nie gesehen.«

»Wenn's unbedingt San Fruttuoso sein muß – der Dampfer geht jeden Morgen bis um zehn Uhr«, sagte Maximiliane.

Aber Emilio rief enttäuscht: »Wir bleiben heute im Hafen? Wir fahren überhaupt nicht aus?«

»Doch, doch«, beruhigte ihn Alexa. »Hannes hat mir San Fruttuoso versprochen, nicht wahr, Hannes?«

»Fahren wir doch mal in die andere Richtung«, schlug Maximiliane vor. »Immer nur das olle San Fruttuoso. Vor den flachen Felsen hinter Chiavari kann man gut ankern...«

»Chiavari!« rief Alexa. »Das ist doch langweilig! Kein Vergleich mit San Fruttuoso.«

Die beiden Valerians hatten interessiert zugehört, sahen von einem zum anderen. Michele meinte: »Heute ist doch ein besonders schöner Tag. Fahren wir aus in Richtung Genua, und sehen wir, wie weit wir kommen.«

Falke blickte zu Maximiliane hinüber, die unmerklich mit den Achseln zuckte.

»Okay«, murmelte er. »Fahren wir!«

Um drei Uhr nachmittags lief die »Gudrun« aus. Als sie die geschützten Hafengewässer verlassen und die Spitze der Halbinsel unterhalb des Castelletto erreicht hatte, war der »Augenblick der Wahrheit« gekommen. Das offene Meer hob sie auf seinen Rükken, und nun mußte sich herausstellen: hoher Wellengang oder *lìmpido?* Diesmal war kaum ein Unterschied zwischen dem stillen Binnenwasser und dem ungezähmten Mittelmeer. *»Lìmpido«*, ertönte es von allen Seiten. Falke, in seiner Kommandobrücke, wechselte einen schnellen Blick mit Tilling, der sich vor seinem Fenster aufgepflanzt hatte, und steuerte dann die »Gudrun« ohne Probleme um die schroffen Felsen herum in Richtung Genua.

Obwohl *lìmpido,* war das Meer leicht gekräuselt und von tiefdunklem Blau. Fabrizio stand an der Reling und beugte sich hinunter, als wolle er es berühren.

»Meine erste Fahrt auf dem Wasser«, vertraute er seligen Gesichts Maximiliane an, die sich zu ihm gesellt hatte.

»Das ist ja ein toller Tag für Sie. Ihre erste Ausfahrt und Ihr Wiedersehen mit Lucia – ich meine, mit Ihrer Contessa.«

Er richtete sich auf und blickte zu Lucia hinüber, die zwischen Alexa und Emilio auf einer Liege lag und ihren Kaffee trank.

»Sie sieht noch genauso aus wie früher. Die ganzen Jahre über hab' ich immer gehofft, daß ich sie wiederfinde.«

»Wie lange haben Sie sie nicht mehr gesehen?«

»Seit 1944, im August, als die Deutschen aus der Toskana abzogen.«

»Ist ihr Mann dort bei den Kämpfen gefallen?«

»Eben nicht. Das ist es ja. Bin nie drüber weggekommen. Wenn man sich das vorstellt! Durch jeden Großangriff ist er heil durchgekommen, Anzio, Caserta, Cassino...«

»Bei Cassino war er dabei?«

»Stellen Sie sich vor! Wir waren dem 4. Panzerregiment zugeteilt, es waren ja nicht mehr viele von uns, aber er hat zwei der Ausfälle angeführt. Und dann – erschossen. In einer Bar! Ein solcher Mann. Da wird man doch wahnsinnig, wenn man daran denkt.«

Maximiliane sah ihn groß an. Sie schien angestrengt über etwas nachzudenken. »Was sagten Sie da? Er wurde in einer Bar erschossen? Wo war denn das?«

»In Florenz. In der Bar vom Hotel ›Excelsior‹. Kein Mensch konnte sich's erklären. Reiner Zufall. Das war's ja auch, was die Contessa nicht verkraften konnte. Ich meine, sie war immer irgendwie darauf vorbereitet, daß er vielleicht im Gefecht umkommen würde, damit mußte ja jeder rechnen. Aber in einer Bar! Dieser Mann...« Er stockte, sah sie halb prüfend, halb verlegen an, als sei er schon zu weit gegangen mit seiner Erzählung, andererseits sah sie aus, als ob man ihr alles sagen durfte. »Manchmal denk' ich, vielleicht hat ihn der liebe Gott strafen wollen, denn er hat halt immer zu viel getrunken, mein Conte. Nicht, daß man's ihm angesehen hat, nur die Contessa! Ein Blick – und sie wußte Bescheid, war oft ganz fuchtig mit ihm, es sei so ›unwürdig‹, hat sie immer gesagt... Und dann eben – in einer Bar! Als ich sie sah, beim Begräbnis, da ging mir das alles durch den Kopf und ihr sicher auch. Ich hab' mir eingebildet, ich könnt's ihr von den Augen ablesen, wie leid ihr nun jedes böse Wort getan hat, denn geliebt hat sie ihn ganz bestimmt. Sie stand da, vor dem offenen Grab, keine Träne, kein Wort, niemand wagte mit ihr zu sprechen, nicht mal der Priester. Ich ging zu ihr hin, aber ich merkte gleich, sie wollte mich nicht erkennen, mich nicht und alle anderen auch nicht.«

Als sie ihrer Stimme wieder traute, sagte Maximiliane: »Wer hat ihn denn erschossen, wissen Sie das?«

»Nein. Fürs Begräbnis hatte ich einen Tag Urlaub, unser Regiment lag ja nur fünfzig Kilometer westlich von Florenz, also bin ich noch schnell ins Hotel ›Excelsior‹ gegangen. Den Barmann kannte ich – mein Conte war ja öfters dort gewesen, leider! –, und der hat mir alles genau erzählen müssen. Ich gab ihm zweihundert Lire, aber es hat sich kaum gelohnt. Ein Deutscher war's gewesen, in feldgrauer Uniform, Zahlmeister. Der Kerl war schon vorher mal dort, er hat ihn erkannt, weil er so komisch schief geschaut hat, so von der Seite, als ob er nicht gut sehen konnte. Seine

Kameraden hätten ihn Hans genannt oder vielleicht auch Franz. Das war alles. Ich bin dann noch am selben Abend zurück zu meinem Regiment.«

»Und die Contessa? Vielleicht hat *sie* ihn ausfindig gemacht?«

»Nein. Ich hab' sie vorhin gefragt, sie weiß auch nichts. Es ist schwer, mit ihr darüber zu sprechen, dabei hat sie doch wieder geheiratet. Aber als ich davon anfing, bekam sie wieder diesen Ausdruck im Gesicht... Da hab' ich nicht mehr gefragt.«

Maximiliane wandte den Kopf und blickte zu der Gruppe drüben auf den Liegen hin. Niemand schenkte dem Meer oder den herrlichen wilden Felsen die geringste Aufmerksamkeit. Alle hatten diesen Ausflug schon zu oft gemacht, genausogut hätten sie ihren Kaffee und die Grappa zu Hause auf der Terrasse trinken können. Lucia sandte einmal einen schnellen Blick in ihre Richtung, der aber Fabrizio galt.

»Erzählen Sie mir doch etwas von Ihrem Leben mit dem Conte! Wie hieß er übrigens?«

»Lanfranco. Conte Paolo Lanfranco.« Jede Silbe zerging ihm auf der Zunge wie eine Süßigkeit.

»Kannten Sie ihn schon vor dem Krieg?«

»O ja, o ja. Mein Vater war Gärtner im Schloß der Lanfrancos in Piacenza, und meine Mutter war Haushälterin, schon bei der alten Contessa. Ich bin ja im Schloß geboren worden, ich kannte nichts anderes, nur das Schloß und den Park und Piacenza. Der Vater von meinem Conte, der war... ja, vielleicht war er ein bißchen, was man jetzt bekloppt nennt. Er hatte nämlich einen richtigen Tick, wollte absolut nur im Mittelalter leben. Wer dabei mitmachte, dem richtete der alte Conte in Piacenza einen Laden ein – aber es durfte nur mit der Hand gearbeitet werden, keine Elektrizität, keine Zentralheizung, genau wie im Schloß, nur Öllampen und Kaminfeuer, und sonntags mußten sich die Leute die alten Gewänder von früher anziehen. Als ich so acht, neun Jahre alt war, da hatte ich mich ganz dran gewöhnt, die Leute in Piacenza in den komischen Gewändern beim Kirchgang zu treffen. Der alte Conte trug auch wochentags die alte Tracht. schöne

Lederbreeches und handgewebte Hemden und hohe Stiefel mit weiten Schäften. Die alte Contessa auch, die hatte Kleider aus Samt und Brokat, viel kostbarer als moderne. Als *mein* Conte, Paolo, ein Auto kaufte, durfte er damit nicht in den Schloßpark. Der Alte ritt natürlich nur, und die alte Contessa wurde in einer Sänfte getragen. Das war mein erster Dienst im Schloß, ich trug die Sänftenstange hinten links, und das hat meine Armmuskeln gut vorbereitet für später, für die Mikrostange.« Er lächelte vor sich hin.

»Wie sind Sie überhaupt in ein Filmstudio gekommen?«

»Ja, das ist eine gute Frage, ich hab' nämlich vom alten Conte eine ganz anständige Schulbildung bekommen, im Schloß. Goldschmied sollte ich werden, er wollte mir eine richtige alte Goldschmiede einrichten, mit Schmelzofen, hatte schon den Laden ausgesucht – das war im Sommer 1940! Aus. Mein Conte Paolo wurde sofort eingezogen, und ich ging mit ihm, war noch nicht ganz achtzehn, aber ich hätte ihn nie allein gehen lassen. Er war erst drei Jahre verheiratet, und die Contessa Lucia – ach Gott, die liebte ich von Anfang an –, die hat ihn mir auf die Seele gebunden.« Wieder wandte er sich um und sah sehnsüchtig zu dem weißblonden Kopf hinüber. »Vorhin haben wir von den alten Zeiten gesprochen, vom alten Conte, der sich nicht damit abfinden wollte, daß seine Frau starb, und wie er im Ort einen Sarg für sich zimmern ließ, handgedrechselt, mit hölzernen Nägeln, und wie der schon in seinem Schlafzimmer stand, lange bevor es soweit war, und wie er daran seine Freude hatte, so war das eben damals. Da hat sie gesagt: ›Ich kann mich auch nicht abfinden, immer noch nicht.‹«

Maximiliane ließ eine lange Weile verstreichen, ehe sie etwas sagte. »Ich kann nur nicht verstehen, warum Sie nach dem Krieg ausgerechnet in einem Filmatelier gelandet sind.«

»Finden Sie das so schlecht? Ich bin eigentlich ganz zufrieden. Für mich ist es wie ein Zauberkasten mit seinen Dekorationen und Maskeraden, und an die hab' ich mich ja früh genug gewöhnt. Aber es war reiner Zufall, daß ich da landete. Nach dem Tod meines Conte Paolo konnte ich nicht schlafen. Ich hätte ihn nicht allein in diese Bar gehen lassen sollen. Meistens bin ich nämlich mitgegangen, obwohl er's nicht gern hatte, aber jemand mußte ihn doch zurückbringen! Ausgerechnet an diesem Abend spielten wir Skat in der Baracke, und er fuhr allein los... Ich meldete mich zum Freiwilligenkorps an die Ostfront, wollte im Namen meines Conte den Heldentod sterben... Das klingt jetzt naiv, nicht wahr, aber damals sprach man viel vom Heldentod. Keinen Kratzer bekam ich ab, trotz allem ›Freiwillige vortreten‹.« Er seufzte und blickte kummervoll aufs Meer. »Ich glaube, die Contessa Lucia hätt's genau verstanden und sich gefreut. Statt dessen bin ich wieder in der Heimat gelandet, in Rom, wo ich keine Seele kannte, hörte aber zufällig, daß man einen Film drehte und Komparsen brauchte. Bin zu Fuß hin und meldete mich. Gage gab's kaum, aber da war eine billige Kantine, und kein Mensch merkte, daß ich mich abends im Fundus verkroch. Die Möbel waren staubig, aber weich.«

»Warum sind Sie nicht nach Piacenza zurückgekehrt?«

»Bin gleich hingefahren mit meinem ersten ersparten Geld, als die Eisenbahn wieder fuhr. Hab's kaum wiedererkannt. Davon haben wir auch vorhin gesprochen, die Contessa und ich, ich meine die Signorina... Entschuldigung, wie heißt der Herr mit dem Bart?«

»Valerian, Michele Valerian.«

»Ah, das muß ich mir merken. Wo wohnt er?«

»Hier. Über dem Hafen. Vorhin sind wir vorbeigefahren.«

»Hier.« Er strahlte übers ganze Gesicht. »Jetzt weiß ich, wo ich sie finden kann. Im Schloß wußte damals keiner, wo sie war. In der Stadt waren die Läden allesamt verschwunden. Wo meine Goldschmiede stehen sollte, gab's ein Radiogeschäft, und kein Mensch wollte sich an die alten Werkstätten und die schönen Gewänder erinnern, als ob sie sich schämten. Aber ich bin ein Hartnäckiger«, er lächelte zufrieden. »Irgendwo mußten sie doch sein, die vielen Röcke und Wämser und Kittel und Stiefel. Nacht für Nacht schlich ich mich im Schloß ein, schnüffelte herum – ich kannte mich ja aus –, gab nicht auf. Ich hatte nämlich einen ganz herrlichen Plan ... Und dann hab' ich sie doch tatsächlich aufgegabelt!« Noch in der Erinnerung schüttelte es ihn vor Lachen. »Aufgegabelt, wortwörtlich, nämlich mit meiner Heugabel. Im Heuboden über den früheren Pferdeställen, da lagen sie, riesige Bündel unter uraltem, vertrocknetem Heu, ziemlich mitgenommen, aber noch zu gebrauchen, weil alles eben handgemacht war. Und dann rief ich mein Studio an. Nämlich – der Fundus von denen, in dem ich immer schlief, der war so gut wie leer, Kostüme gab's überhaupt nicht. Die Aufregung im Studio! Das können Sie sich nicht vorstellen. Die haben zwei Lastwagen aufgetrieben, und dann haben wir bei Nacht und Nebel die Dinger heruntergeholt und aufgeladen; hat kein Mensch gemerkt. Zum Dank haben die mich zum Ton-Mann ausgebildet. War ich froh! Hatte ja keinen ordentlichen Beruf ...«

Er unterbrach sich, denn Emilio war aufgestanden, winkte heftig und rief: »Fabrizio, paß jetzt auf, wir sind gleich da!«

Auch die anderen erhoben sich und gingen zur Reling. Ein paar hundert Meter vor ihnen stach der Punta della Torretta steil ins Meer.

Die »Gudrun« schlich langsam dahin. Viel zu langsam, fand Tilling, so schwach war der Motor nun wirklich nicht. Er öffnete die Tür zur Kommandobrücke, in der Falke mit verkniffenem Gesicht saß und geradeaus starrte.

»Boß, sollen wir irgendwo Anker werfen?«

»Ja. Aber wart's ab. Wir ankern auf der *anderen* Seite der Bucht, drüben, unter dem Sarazenen-Wehrturm. Von dort aus können sie sich die Abtei genausogut ansehen, und wir sind gute sechshundert Meter entfernt von ... du weißt schon.«

»Jawohl, Boß.«

Als er aus der Tür trat, lief ihm Alexa über den Weg, die ihn anlächelte und ihm schnell die Hand auf die Schulter legte, bevor sie in die Kommandobrücke hineinrief: »Langsam, Hannes! So langsam du kannst, jetzt kommt doch gleich der große Moment. Und dann halt an, ja?« Ohne eine Antwort abzuwarten, schloß sie die Tür und lief zurück zu den anderen, die sich nebeneinander an der Reling aufgebaut hatten.

Meter um Meter kroch die »Gudrun« an den Felsen entlang, erreichte den scharfen Punta della Torretta... robbte vorbei...

»Stopp! Hannes, stopp!« schrie Emilio und gestikulierte wild mit den Händen, obgleich Maximiliane versuchte, sie einzufangen und herunterzudrücken.

»Sei doch vernünftig, Emilio, hier kann man nicht ankern.«

»Warum denn nicht?« wollte Alexa wissen.

In diesem Augenblick hatte die »Gudrun« den Torretta-Felsen hinter sich gelassen, und die Bucht von San Fruttuoso öffnete sich vor aller Augen wie ein kostbares Juwel.

»Mein Gott!« stieß Fabrizio hervor und kreuzte beide Hände über der Brust, als stocke ihm der Atem.

Emilio rüttelte ihn am Arm, bedrängte ihn. »Na? Na? Was sagst du nun? Hab' ich dir zuviel erzählt? Na? Jetzt sag doch was!« Aber der Lange schüttelte nur stumm den Kopf und starrte mit großen Augen auf die geheimnisvolle, blaugrüne Spalte zwischen den wild zerklüfteten Felsen.

Emilio versuchte es noch einmal und brüllte »Stopp!« zur Kommandobrücke, erwog, ob er nicht eindringen und Hannes prügeln sollte, aber die »Gudrun« kroch unaufhaltsam weiter, und Maximiliane, die Emilios Vorhaben ahnte, hielt ihn mit eiserner Hand fest. »Hör auf!« schrie sie ihn an. »Den Kapitän stört man nicht während der Fahrt. Er wird schon wissen, was er tut.«

Emilio sah sie verdutzt an, so aufgeregt hatte er sie noch nie gesehen. »Aber warum *stoppt* er nicht? Wir wollen doch alle diesen Blick genießen, ich habe extra eine Kamera mitgebracht. Laß mich los!«

Inzwischen hatte die »Gudrun« die Hälfte der Bucht durchquert und steuerte geradewegs auf den gegenüberliegenden Felsen mit dem Sarazenen-Wehrturm zu, den einer der Genueser Dogen im Jahr 1550 errichtet hatte, falls Piraten sich die Gebeine der Doria in der Abtei genauer anschauen wollten.

Auch Alexa wunderte sich über Falkes Benehmen; er hatte ihre Bitte einfach ignoriert. Merkwürdig. »Vielleicht will er uns die Bucht von verschiedenen Seiten zeigen und dann erst anhalten«, meinte sie.

»So ist es«, rief Maxie. »Ihr werdet sehen, gleich wird er anhalten. Sei vernünftig, Emilio, du verdirbst uns doch alles.«

Michele und Lucia hatten an der Auseinandersetzung nicht teilgenommen. Fabrizio war etwas zur Seite gerückt, lehnte sich über die Reling, das Gesicht in die Hände gestützt, taub und verzaubert. Und auf einmal stand die »Gudrun«. Lautes Klatschen und Rasseln vom Vorderdeck kündigte an, daß die Ankerkette ins Meer geworfen worden war.

»Na endlich«, rief Emilio und zückte seine Kamera, mußte es aber aufgeben, Fabrizio im Vordergrund stehen zu haben, denn der war nicht ansprechbar.

Falke trat aus der Kommandobrücke und rief über die Schultern: »Hält er, Junge?«

»Jawohl, Boß.« Der Anker hielt.

Lässig schlenderte Falke auf die Gruppe an der Reling zu, lächelte zum erstenmal an diesem Nachmittag. »Schön, nicht wahr? Von hier aus, unter dem Turm, hat man die beste Aussicht, finde ich.«

»Absolut«, unterstützte ihn Maxie. »Aus dieser Sicht sind die Netze am wirkungsvollsten, mit dem herrlichen Braun gegen die kahlen Felsen.«

»Alexa?« sagte Falke im Ton einer Frage und legte den Arm um ihre Schultern.

»Ja, vielleicht«, meinte sie zögernd. »Der Anblick ist von jeder Seite gleich schön. Jahr für Jahr regt's einen auf, wenn man das zum erstenmal wiedersieht.«

»Wollt ihr die Abtei besichtigen?«

Die Frage war an alle gerichtet. Beide Valerians wandten ihm die Gesichter zu, fragend lächelnd, mit allem einverstanden. Fabrizio tauchte aus seiner Versunkenheit auf und sah ratlos drein. Maximiliane zuckte mit den Achseln.

Alexa sagte: »Viel ist da nicht zu sehen.«

»Finde ich auch«, rief Emilio hinter seiner Kamera. »Drinnen ist es stinklangweilig.« Dann aber kam ihm eine Idee, und er ließ die Leica sinken. »Wißt ihr, was? Die Christusstatue, die ist doch toll, die muß Fabrizio sehen.«

»Christusstatue? Wo?« fragte der erstaunt.

»Da drüben, am Eingang zur Bucht, vor dem spitzen Felsen, da steht sie unter Wasser. Hannes, komm, fahren wir doch rüber!«

»Ja!« rief Alexa. »Dann könnten wir um sie herum schnorcheln. Mir ist heiß, ich möchte sowieso gern ins Wasser springen.«

Falkes Arm fiel von ihrer Schulter. »Spring doch hier«, sagte er beinah grob, so daß sie ihn erstaunt ansah.

»Warum? Ist es so schwierig, dort hinüberzufahren?«

»Dazu muß man den Anker lichten und dort wieder auswerfen...«, antwortete er gereizt, und auf einmal teilte sich ihr sein Widerstand mit, und sie wurde bockig.

»Na und? Haben wir das nicht schon oft gemacht, Anker hoch, Anker rein – was ist schon dabei? Oder ist der Anker *auch* altersschwach?«

Die anderen schwiegen. Sogar Emilio war es klar, daß er sich hier heraushalten sollte. Maximilianes Basiliskenblick war unglücklich; es fiel ihr nichts mehr ein.

Nach einer geraumen Pause sagte Falke langsam: »Wenn dir so viel daran liegt! Tilling, hiev den Anker«, und er wanderte zur Kabine zurück.

»Bravo«, rief Emilio und klatschte in die Hände. »Der ist ja ganz verkatert heute, der Hannes. Was hat er denn?« Die Frage war an Maximiliane gerichtet, die statt einer Antwort nur den Kopf schüttelte. »Fabrizio, kannst du überhaupt schwimmen? Gut. Wer schwimmt noch? Lucia?«

»Nein, danke. Ich habe heute bereits mein Pensum hinter mir.«

»Sie klettert die Steinstufen hinunter wie eine Bergziege und springt direkt vom Felsen ins Meer. Nicht zu glauben«, sagte Emilio zu dem Langen. Und zu Michele: »Warum erlaubst du das eigentlich?«

»Versuch du einmal, ihr etwas zu verbieten«, meinte Michele lächelnd.

»Dann sind wir also drei. Drei Schnorchel! Ich weiß, wo sie liegen«, rief Emilio und lief zur Treppe.

Am Vorderdeck rasselte es, und Tilling zog den Anker an Bord. Gleichzeitig setzte sich die »Gudrun« in Bewegung und drehte sich langsam. Tilling lief zur Kommandobrücke.

»Fahren wir schon zurück, Boß?«

»Wir fahren zur Christusstatue und ankern dort.«

»Was?«

»Du hast mich gehört. Los, mach die Ankerkette wieder bereit!«

Sprachlos schloß Tilling die Tür, blieb stehen und spähte hilfesuchend zum Achterdeck, wo Maximiliane etwas abseits von den anderen stand und in seine Richtung blickte. Sie sahen sich stumm an, dann wandte er sich um und kehrte zum Vorderdeck zurück.

»Was ist denn mit Hannes los?« sagte Alexa mit leiser Stimme zu der alten Frau. »Irgend etwas ist doch los, nicht wahr? Mit Ihnen auch, Sie stehen da, ganz verdattert, so kenne ich Sie gar nicht.«

»Ja«, antwortete Maximiliane mit einem verunglückten Versuch zu lachen. »Sie haben recht, es ist was los...« Die Basiliskenaugen rollten aufgeregt von einer Seite zur anderen. »Es ist was los... und Sie wissen ja, was. Maja.«

»Wieso Maja? Das verstehe ich nicht. Meint er, sie wird hier plötzlich auftauchen?«

Maximiliane rettete sich, so gut sie konnte. Die Affäre Maja war sowieso, was Alexa anbetraf, angestochen. Am besten war's daher, hier etwas preiszugeben und es hochzuspielen, um Falkes seltsames Benehmen zu tarnen. Sie setzte eine geheimnisvoll-verzweifelte Miene auf und flüsterte: »Sie ist gekidnappt worden?«

»Was sagen Sie da?« rief Alexa verstört. »Wann?«

»Heute morgen.«

»Von wem?«

»Von einem unbekannten jungen Kerl. In einem Topolino.«

Alexa beruhigte sich. »Von einem jungen Kerl? Sicher einer aus der Drogenszene im ›Gran Vittorio‹, da würde ich mir keine Sorgen machen.«

Maxie war mit allem einverstanden. »Das sag' ich auch. Ich sage: ›Mach dir keine Sorgen, Hannes‹ – aber er ist mit seinen Nerven am Ende, er sieht überall Gespenster.«

Emilio erschien an Deck mit drei Gummimasken und drei schwarzen Tuben. »Hier«, schrie er begeistert. »Alle in tadellosem Zustand, nirgendwo ein Loch. Gehen wir uns umziehen! Macht's euch was aus, wenn wir in der Unterhose schwimmen, Fabrizio und ich?«

»Kaum«, sagte Alexa und stieg die Treppe hinunter.

Diesmal tuckerte die »Gudrun« nicht ganz so gemächlich durch die Bucht und kroch dann langsamer auf den Felsen des Punta della Torretta zu.

»Da ist sie!« schrie Emilio, während er sich die Hose auszog. »Dort drüben. Kannst du nicht noch etwas näher ranfahren, Hannes?«

Aus der Kommandobrücke kam keine Antwort, aber Maximiliane rief empört: »Bist du verrückt geworden, Emilio? Wir sind nah genug, willst du der Statue den Kopf abreißen?«

Der Motor stoppte, die Ankerkette rasselte hinunter. Die »Gudrun« stand.

»Goßartig«, meinte Emilio, besänftigt. »Hier ist dein Schnorchel, Fabrizio. Du brauchst nicht zu tauchen, nur durch die Maske hinunterzuschauen und durch den Schnorchel zu atmen. So.« Er stülpte ihm die Gummimaske über den Kopf, fädelte das schwarze Rohr durch den Kinnriemen und drückte ihm den Gummibiß in den Mund. »Kannst du atmen? Na also. Komm mit mir.«

Alexa machte ihren Auftritt in einem weißen Bikini, der aber ungewürdigt blieb, denn die allgemeine Aufmerksamkeit war aufs Wasser und den blaß schimmernden und schaukelnden Schein des etwa zehn Meter entfernten Christusgesichts und der segnenden Hände gerichtet, während Falke noch immer in der Kommandobrücke saß.

Am Achterdeck schob Tilling die Reling an einer Stelle auseinander und ließ die Stufenleiter ins Wasser. Emilio, Fabrizio und zuletzt Alexa stiegen lachend und kreischend ins Wasser, bis jeder das Mundstück zwischen den Zähnen hatte und plötzlich Stille eintrat. Die Valerians und Maximiliane lehnten über die Reling und sahen zu, wie die drei schwarzen Griffel lautlos durchs Wasser glitten.

Niemand achtete auf Tilling, der ganz vorn am Vorderdeck stand und den dreien mit heißen Augen folgte, wie sie sich, keine zehn Meter entfernt, über und rund um das blasse Oval des Christuskopfes schlängelten. Auf einmal riß er sich das Hemd und die Jeans herunter, stieg in seiner roten Badehose auf die Reling und sprang kopfüber in die Tiefe.

Falke kam aus der Kommandobrücke gestürzt. Mit erhobenen Händen humpelte ihm Maximiliane entgegen, rief beschwörend: »Laß, Hannes! Laß ihn doch!« Aber er schüttelte sie ab, beugte sich über die Reling, starrte in die Tiefe und brüllte mehrere Male sinnlos: »Tilling!«

Die beiden Valerians sahen sich an. Lucia sagte verblüfft: »Darf er nicht? Er ist doch ein so fabelhafter Taucher.«

Schwer atmend richtete sich Falke auf, ließ sich wortlos von Maximiliane zu einer Liege führen.

»Es ist nichts. Wirklich...«, murmelte die alte Frau, als Lucia und Michele sich besorgt näherten. Die Maja-Finte! Hier mußte sie noch einmal herhalten. Falkes Hand streichelnd, flüsterte sie: »Hannes hat sich heute morgen sehr aufgeregt, weil... Maja ist hier in Portofino...«

»Ach?« meinte Michele mit hochgezogenen Brauen.

»Ja. Denkt euch! Und heute morgen erschien plötzlich ein junger Kerl und hat sie gepackt und in seinen Topolino gezerrt, als ob er sie kidnappen wolle...«

»Du lieber Gott!« sagte Lucia. »Und das hat dich so aufgeregt,

Hannes? Warum hast du nichts gesagt? Wir hätten nicht ausfahren sollen. Willst du lieber schnell zurückkehren. Vielleicht ist sie inzwischen wieder da. Aber warum machst du dir Sorgen um *Tilling?«*

Ausgestreckt auf der Liege, hatte Falke die alte Frau und dann Lucia wortlos angestarrt. Jetzt richtete er sich auf – aber bevor er etwas sagen konnte, ertönte mit einemmal lautes Geschrei über dem Wasser. Erstaunlich behende sprang er auf und lief zurück zur Reling.

Drüben, mitten zwischen den Schnorchlern, war urplötzlich ein blonder Schopf aus der Tiefe an die Oberfläche geschossen, und alle drei hatten sich die Tuben aus dem Mund gerissen und schrien und lachten vor Schreck und Staunen.

Jauchzen und abgerissene Rufe: »Tilling! Wo kommen *Sie* denn her? Waren Sie ganz unten? Wie sieht's da aus?« Und Alexas Stimme: »Von oben kann man nicht viel sehen, das Wasser ist nicht klar genug. Schnorcheln wir doch mal rüber zu den Felsen, da gibt's immer was zu sehen, Krabben und Fische in allen Farben.« Sie stülpte sich die Maske wieder auf, biß in den Schnorchel und kraulte in raschen Bewegungen voran. Die anderen folgten.

Wenige Sekunden später langte Tilling bei der »Gudrun« an. Strahlend und außer Atem hielt er sich an der Stufenleiter fest und blickte hinauf. Blickte Falke ins Gesicht, der ihn anschaute, ohne ein Wort, Wut in den Augen. Er trat einen Schritt zurück und ließ den jungen Mann an Bord kommen, der triefend und bestürzt dastand und vergeblich versuchte, Maximilianes Blick zu erhaschen. Schließlich sah er sich um, als wisse er nicht, wo er sich befand, bückte sich dann und hob seine Sachen auf. Bevor er unter Deck verschwand, hörte er Falkes kalte Stimme: »In meine Kajüte, wenn ich bitten darf!«

»Ja, mein Gott, Hannes«, brach es aus Lucia. »Was hast du denn auf einmal? Du bist doch sonst immer so stolz, wenn Tilling seine Tauchkunststückchen macht. Warum sollte er sich nicht auch den Christus ansehen?«

Sie hatte sich vor ihm aufgepflanzt und starrte ihn mit ihren hellen blauen Augen kriegerisch an. Sekundenlang sah es aus, als wolle er sie schlagen.

»Keine Angst«, flüsterte Maximiliane Michele ins Ohr. »Er tut nichts«, wobei ihr klar wurde, daß sie von Falke wie von einem Hund sprach.

Inzwischen hatte sich Falke wieder im Griff, zwang sich zu einem neutral-sachlichen Ton und sah an Lucia vorbei. »Es darf nicht sein, daß der Junge mir nichts, dir nichts über Bord springt. Er ist schließlich kein Gast, sondern ein Angestellter. Gerade wollte ich ihn rufen, denn das Boot macht mir Sorge. Der Anker sitzt schlecht, wir werden langsam abgetrieben.«

»Unsinn«, murmelte Michele, aber nur für Maximiliane hörbar.

Seine Frau stand immer noch vor der Treppe und sah Falke unverwandt an. Auf einmal erschien ein höchst merkwürdiges Lächeln in ihrem Gesicht, und sie zuckte mit den Achseln.

»Dein Boot. Deine Verantwortung. Und dein Angestellter, wie du ihn nennst, obgleich ich eigentlich dachte, daß Tilling etwas anderes für dich ist. Übrigens – duzt man seine Angestellten?«

Sie trat zur Seite, und er ging wortlos an ihr vorbei und stieg die Treppe hinunter.

»Meinen Sie nicht, daß es an der Zeit wäre, nach Hause zu fahren?« sagte Michele zu Maximiliane, die ein paar Schritte gemacht hatte, als wolle sie Falke folgen, sich dann aber eines Besseren besann. »Die Atmosphäre auf der ›Gudrun‹ ist heute etwas... sagen wir verpestet, ja? Schade. Es ist doch so ein herrlicher Tag. Warum sind wir überhaupt ausgefahren, wenn er sich solche Sorgen um Maja macht?«

»Er wollte auch nicht, aber ich hab' ihm zugeredet«, behauptete sie mannhaft. »Dieses Kidnapping fand ja knapp eine Stunde vor dem Mittagessen statt, zu spät, um abzusagen. Außerdem, sagte ich zu ihm, hat es doch keinen Zweck, auf der ›Gudrun‹ zu warten und die Fingernägel vor Angst zu kauen. Im

Hafen ist sie bestimmt nicht – und wahrscheinlich auch nicht im ›Gran Vittorio‹, dazu ist es noch zu früh. Sie wird schon wieder auftauchen, Unkraut vergeht nicht.« Aber das Lachen, das sie hinterherschickte, klang nicht wirklich heiter, und die Basiliskenaugen waren während ihrer Rede starr auf die Treppe gerichtet.

Kurzerhand trat Lucia an die Reling, rief und winkte so lange, bis drüben an den Felsen jemand Pause machte, die Gummimaske abnahm und sie hörte. Darauf schnorchelten alle drei gehorsam zur »Gudrun« zurück.

»Ich denke, wir sollten jetzt auf jeden Fall nach Hause fahren«, sagte Lucia ruhig. »Maxie, willst du's Falke sagen? Oder soll *ich* hinuntergehen und es ihm beibringen? Ich fürchte mich nicht«, fügte sie lächelnd hinzu.

»Nein, nein! Ich hab' nur auf einen guten Grund gewartet, um ihn aufzustöbern«, rief Maximiliane und humpelte eilig zur Treppe.

Unten im Gang trat Tilling gerade aus Falkes Kajüte, immer noch in seiner nassen roten Badehose. Er kam ihr vor, als fröstele er, jedenfalls sah er blaß aus, und er schaute sie nicht an, als er sich an ihr vorbeischlängelte.

»Tilling«, flüsterte sie, aber er schüttelte den Kopf und lief den Gang entlang zu der winzigen Kabine neben der Treppe, die ihm zugeteilt war.

Sie unterdrückte einen tiefen Seufzer und öffnete Falkes Tür. Er stand am Schreibtisch und wandte ihr den Rücken zu.

»Die anderen möchten zurück zum Hafen«, begann sie mit barscher Stimme.

»Können sie haben.« Aber er drehte sich nicht um.

»Also, was ist, Hannes, willst du deine zwei Komplizen loswerden? Tilling *und* mich?«

Langsam wandte er sich um und sah sie stumm an.

»Herrgott! Nun sag schon, was hat der Junge unten gesehen?«

»Nichts. Es war zu dunkel. Er hatte ja keine Lampe.«

»Du hast ihn angeschrien?«

»Ja.«

»Bist du verrückt?« Sie trat näher an ihn heran. »Sei dir darüber klar, daß er dich in der Hand hat – wenn er will. Er hat dir einen unermeßlichen Dienst geleistet, den mußt du honorieren, begreifst du das nicht? Mit dieser Wasserskischule und dem Boot ist das noch lange nicht abgegolten. Er ist weder dein Angestellter noch dein Freund, er ist dein Helfershelfer, hat sich deinetwegen schuldig gemacht. Das kannst du nie wiedergutmachen. Und da brüllst du ihn an?«

Wie ein gefangenes Tier starrte er durch die Fensterluke auf die blaue Bucht. Aber er gab keine Antwort.

Nach einer Weile sagte sie ruhiger: »Worauf es jetzt ankommt, ist, daß ihr zueinander Vertrauen habt, und da darfst du nicht die Nerven verlieren und den bösen Mann spielen, was auch immer geschieht. Denk daran: *Was auch immer geschieht,* denn uns dreien kann noch alles mögliche zustoßen, verstehst du mich?« Und als er immer noch schwieg: »Warum hast du den Kopf verloren? Hast du wahrhaftig gemeint, er taucht auf und erzählt allen von dem Sack da unten?«

»Ach wo«, murmelte er. »Es war nur... Ich sah ihn über Bord springen...« Sein Mund verzog sich plötzlich zu einer Art Lächeln. »Was du den beiden Valerians vorgefaselt hast, ist gar nicht so abwegig. Der junge Kerl heute morgen, und dann Maja... und jetzt dieser verdammte Emilio mit seiner Christusstatue... Ausgerechnet! Du mußt zugeben, es war einfach etwas zuviel.«

»Und jetzt kommt noch was dazu. Warum hast du mir nie erzählt, wer der Italiener neben dir, an der Bar in Florenz, war? Lucias Mann! Das wußtest du doch – oder etwa nicht? Mir ist klar, daß da noch so einiges ist, was du mir verheimlichst, aber warum das? Was steckt dahinter?«

Er drehte sich um und ging zum Bett, ließ sich schwer darauf nieder. »Natürlich wußte ich's. Es hängt mit einem anderen Erlebnis zusammen, einer anderen unbeglichenen Rechnung, hat mit Kossak nichts zu tun, ich meine mit *meiner* Kossak-Misere.

Aber ich werd's dir erzählen, bestimmt. Nur nicht jetzt. Jetzt kann ich nicht.«

»Gut. Vertagen wir's. Je mehr wir übereinander wissen, desto sicherer können wir uns fühlen. Was Tilling angeht – irgendwie mußt du's wieder einrenken. Aber ich warne dich, gerade so ein scheinbar weicher, gutartiger Typ wie Tilling ist nachtragend. Und ich könnt's ihm nicht mal übelnehmen.«

Sie marschierte zur Tür und schlug sie hinter sich zu.

10

Während der Rückfahrt blieben sowohl Falke wie Tilling außer Reichweite. Falke konnte man auf der Kommandobrücke sitzen sehen, aber wo war Tilling? Alexa suchte ihn. Sie hatte seine Rückkehr zur »Gudrun« und den Auftritt mit seinem Boß nicht miterlebt, und als sie ihn endlich im Maschinenraum aufstöberte, wunderte sie sich, daß er bei ihrem Eintreten nicht einmal aufsah.

»Warum sitzen Sie denn hier in diesem muffigen Kabuff?«

»Die Hähne und die Rohre müssen geputzt werden.«

»Ausgerechnet heute, an diesem schönen Tag?«

Er nickte stumm und putzte weiter. Sie setzte sich ihm gegenüber auf den Generator und überlegte. Irgend etwas war geschehen, was er nicht preisgeben wollte. Es mußte ihn aber schwer getroffen haben, denn er blieb in seiner Ecke hocken, als existiere sie nicht, und bearbeitete ein Ventil hartnäckig mit Bürste und Wollappen, um sie nicht ansehen zu müssen. Der will mich gar nicht, dachte sie, dabei bin ich ihm richtig nachgestiegen.

»Tilling – was machen Sie heute abend? Haben Sie was vor?«

»Ich gehe *Polpo* fischen.«

»Polpo?«

»Tintenfische.«

»Wohin gehen Sie da?«

»Nicht weit von meinem Haus. Hinterm Castello di Paraggi.«

»Und wann tun Sie das? Wenn Sie hier fertig sind?«

»Später. Man muß warten, bis es dunkel ist, weil die *Polpi* heraufkommen, wenn sie Lampenschein sehen.«

»Gut«, sagte sie, beugte sich vor und legte ihm die Hand auf die Schulter. »Das muß ich unbedingt einmal erleben. Darf ich mitkommen? Wo treffe ich Sie? Um wieviel Uhr?«

Das allgemeine Lebewohl auf der »Gudrun«, nachdem sie wieder sicher an ihrem gewohnten Platz im Hafen verankert lag, war bei allen Beteiligten hastig ausgefallen und nicht so herzlich und geräuschvoll wie in früheren Jahren. Falke drückte jedem schnell die Hand und ging dann von Bord. Emilio hatte ihn ziemlich laut einen Spielverderber und eingebildeten Popanz genannt, wogegen niemand so recht protestieren wollte. Auch Maximiliane nicht. Sie saß aufrecht auf ihrer Liege und beobachtete Lucia, die sich mit Fabrizio für den nächsten Tag im »Nazionale« zum Mittagessen verabredete. Zum Abschied hob sie nur die Hand, zu zermürbt, um an die Reling zu gehen und allen zuzuwinken, wie sie es sonst immer getan hatte.

Tilling stand plötzlich vor ihr und wollte mit niedergeschlagenen Augen wissen, ob er nach Hause gehen könne.

»Hat Herr Falke Ihnen keine Anweisungen gegeben?«

»Nein.«

»Dann gehen Sie nach Hause, mein Junge.«

Nicht lange danach legte sich Alexa neben sie auf eine Liege und händigte ihr einen Armagnac aus, den sie wortlos annahm. Es war erst sechs Uhr, Kai und Piazza wimmelten von Menschen. Andere Boote tuckerten zu ihren »Nestern« auf beiden Seiten der »Gudrun«, auch der Franzose mit der schlanken Segelyacht und dem hübschen Mädchen, das nur knapp Platz fand, so dünn sie auch war. »Monsieur Falke an Bord?«

Nein. Wo war er wohl? Das Postamt war längst geschlossen. Hoffentlich macht er keine Dummheit, dachte die alte Frau, hoffentlich alarmiert er nicht die Polizei, um Maja zu finden. Vielleicht war er zum Haus gegangen und hatte sich dort verkrochen; bei weitem das Gescheiteste.

»Spielen wir einmal?« unterbrach Alexas Stimme ihre bangen Überlegungen.

»Spielen? Was?« fragte sie verwirrt.

»*Ihr* Spiel. Das Spiel von Ihrem Theater in Berlin.«

»Ach so. Ja, natürlich. Kommt wie gerufen.«

»Das dachte ich mir. Dicke Luft heute auf dem Boot, alles vermeckert. Schade. Aber das Schnorcheln war prima. Haben Sie gesehen, wie Tilling plötzlich zwischen uns auftauchte? Wie ein Delphin.« Pause. »Maxie, ich brauche Ihre Hilfe.«

»Zu Diensten. Was darf's sein?« Das Armagnacglas war nur noch halb voll.

»Ich werde heute abend früh schlafen gehen. Müde vom Schnorcheln. Sie bleiben mit Hannes bis mindestens elf Uhr an Deck.«

»Werd' mir Mühe geben. Brauchen Sie 'n Schlüssel?«

»Hab' noch einen vom vorigen Jahr.«

»Wir haben ein neues Schloß, ich geb' Ihnen meinen.«

»Danke.« Nach einer Weile: »Ich hab' was vor. Mit einem Kerl.«

»Was sagt der Mensch.«

»Verrückte Sache. Er ist zu jung, und außerdem hat er schon eine.«

»Hat noch nie jemand abgeschreckt. Tilling. Warum eigentlich?«

»Ich weiß selber nicht. Er fällt ganz aus dem Rahmen. Meinem Rahmen. Schöne Jungens ohne einen Pfennig haben mich nie interessiert.«

»Letzter Beischlaf wie lange her?«

Alexa zählte an den Fingern nach. »Siebeneinhalb Monate.«

»Alles klar.«

»Sie sind aber ordinär.«

»Das ist meine Rolle: ordinäre Schnauze. Oft auf dem Holzweg, aber nie im Zweifel.«

»Werden Sie den Mund halten können?«

»Indiskretion Ehrensache. Aber passen Sie auf sein Girlfriend auf. Die beißt.«

»*Sein* Bier.«

»Und was ist mit Falke?«

»Ja?« sagte Alexa gedehnt. »Was ist mit ihm?«

»Der will Sie doch.«

»Ich weiß.«

»Und?«

»Und gar nichts.«

Maximiliane seufzte tief. »Zappenduster. Also dann: Vorhang. Ende des ersten Aktes.«

»Sieh dir das an! Komm schnell! Alexa geht über die Piazza, aber nicht quer über den Platz, mehr links, an den Häusern entlang ...«

»Jetzt? Um halb elf?«

»Ich kann sie kaum sehen, sie hat etwas Dunkles an ... Jetzt ist sie an der Laterne vorm ›Nazionale‹ ... Sie geht zum Parkplatz hinauf. Warum? Wo geht sie hin?«

»Sie hat eine Verabredung.«

»Mit wem?«

»Vielleicht kennt sie noch jemand von früher.«

»Jetzt ist sie oben angelangt ... geht an den Autos vorbei ... rüber zu den Fahrrädern ... Was macht sie bei den Fahrrädern?«

»Fahrräder? Tilling.«

»Richtig. Da ist auch schon der Hund ... und da kommt der Junge angeradelt. Eigentlich ganz verständlich, so ein hübscher Kerl.«

»Wo gehen sie hin?«

»Sie steigt zu ihm aufs Rad, glaube ich ... Ja, jetzt sitzt sie auf dem Gepäckträger ... Jetzt radelt er los ... Sie hält sich an ihm fest ... Ob Falke das weiß?«

»Ich glaube – nein.«

Die Autostraße nach Paraggi war nur drei Kilometer lang, trotzdem fiel es Alexa schwer, die Beine von den Speichen fernzuhalten und sich nur an Tillings Schultern festzuklammern. Mehr und mehr verkrampfte sie sich, bis er anhielt.

»Setzen Sie sich auf die Lenkstange! Es ist nicht mehr weit.«

Er hob sie hinauf und stieß wieder ab. Mit einer Hand hielt sie sich an der Lenkstange, mit der anderen an seinem Oberarm fest, der sich wie ein warmes Stahlrohr anfühlte. Sie dachte an ihr »Spiel« mit Maximiliane und lächelte. Er fiel weiß Gott aus dem Rahmen, noch nie hatte sie auf einer Lenkstange gesessen. Vielleicht lohnte sich's aber doch – falls es überhaupt zu etwas kommen sollte, noch ließ sich das bei diesem merkwürdigen Jungen nicht voraussagen. Sein Mund stand offen, und sein Atem keuchte dicht an ihrem Ohr vorbei, sie meinte, sein Herz pochen zu fühlen, so eng waren ihre Körper aneinandergepreßt. Und was, bitte, hielt ihn davon ab, den Kopf um ein paar Zentimeter zu drehen und sie zu küssen?

»Da sind wir«, stieß er keuchend hervor und sprang ab, hob sie schnell herunter und schob sein Rad in einen dunklen Schuppen, während sie etwas verloren auf der Straße stand und den vorbeirasenden Autos auswich. Aber als sie sich anschickte, ihm zu folgen, rief er aus dem Dunkeln: »Bleiben Sie lieber draußen, hier liegt rostiges Gerät herum.«

An eine Laterne gelehnt, lachte sie lautlos vor sich hin. Auf was hatte sie sich da eingelassen! Mit einem keuschen Joseph Tintenfische fangen – und den Fang vielleicht später zu Hause bei seinem Girlfriend abliefern – und dann wieder zurückradeln?

Er erschien wieder, die Stirn noch naß von der Anstrengung.

»Drüben, am äußersten Ende des Strands, da liegt das Boot. Ich glaube, Sie müssen sich die Schuhe ausziehen und vielleicht die Hose aufkrempeln.«

Und nun sah er sie zum erstenmal wirklich an, kritisch, von oben bis unten, ohne die durchsichtige, schwarze Chiffonbluse zu würdigen, die sie absichtlich – und, wie ihr jetzt schien, idiotischerweise – angezogen hatte. Alles, was er davon hielt, war: »Hoffentlich werden Sie nicht naß; es spritzt von allen Seiten, wenn ich die Dinger aus dem Wasser hole, sie wehren sich nämlich. Soll ich Ihnen meine Wolljacke bringen?«

»Nein, nein, danke. Mir ist ganz warm. Wirklich.«

Am Mond konnte es nicht liegen, der strahlte alles deutlich genug an. In seinem Schein warfen die Felsen schärfere Schatten als in der Mittagssonne, und der Sand glühte herrlich weiß. Alexa begriff, daß er sie absichtlich nicht »sah«.

Unten am Strand saß Tasso bereits einsam wartend da, ein kohlschwarzer Fleck mit einem überlangen Schatten.

»Kommt er mit?«

»Stört er Sie? Er macht sich nichts aus meinem nächtlichen Fischfang, aber er bleibt auch nicht gern allein zu Hause.«

Aha. Das Girlfriend war anderswo.

Er stieg die Treppen zum Strand hinunter und zog sich seine Sandalen aus, während er auf sie wartete. »Geben Sie mir Ihre Schuhe, wir verstecken sie im Nachbarboot. Meins ist alt und ein bißchen leck, noch ganz seetüchtig, aber etwas Wasser sickert immer durch die Planken.«

Gehorsam zog sie ihre schwarzen Lackpumps mit den lächerlich hohen Hacken aus und krempelte die seidene Hose hinauf bis zu den Knien. Geschieht mir recht, dachte sie, ich hab' mich angezogen, als ginge ich in einen Nachtklub – und genau das denkt er auch in diesem Augenblick und macht sich über mich lustig.

Er ging voran, Sandalen und Pumps unterm Arm, sehr aufrecht, mit dem hohen Gang des geborenen Athleten. Sein endlos langer Schatten lief seitlich über den Sand und brach sich am Wasser. Sie stapfte hinterher, so gut sie konnte. Der Sand war kühl und nachtfeucht unter ihren Sohlen, eigentlich recht angenehm. Am liebsten hätte sie sich mit Tilling hingesetzt und auf den Mond im Wasser geschaut, aber ein solcher Gedanke kam ihm scheinbar nicht, so zielstrebig überquerte er das kurze Stück Sandstrand und verschwand dann plötzlich im tiefen Schatten der Felsen. Sie lief schneller, knickte um und sank fast bis zu den Knien ein, aber er hatte es nicht bemerkt, zerrte gerade ein Ruderboot über den Strand.

Den Sand aus der schönen Seidenhose klopfend, fragte sie sich, ob sie nicht lieber umkehren solle. Und dann? Um diese Zeit ging kein Bus nach Portofino, außerdem hatte er ja ihre Schuhe. Sie sah sich barfuß und heulend bei der »Gudrun« ankommen... Falke würde an der Reling stehen... Nein. Sie beschloß, ins Boot zu steigen und diesem Jungen den ersten Tintenfisch um die Ohren zu klatschen.

Als sie ihn erreichte, lag das Boot bereits im Wasser. Er wandte sich um, hob sie auf und trug sie durch die seichten, kleinen Wellen, setzte sie auf dem Rücksitz ab. Bevor er endgültig abstoßen und gleichzeitig hineinspringen konnte, landete Tasso mit einem gewaltigen, wassersprühenden Satz hinter ihr auf dem Heck, streckte sich aus und schloß die Augen.

»Mit Tintenfischen will er nichts zu tun haben, vor denen hat er Respekt«, sagte Tilling, der ihr gegenüber auf der Mittelducht saß, die Ruder einlegte und sie mit starken, ruhigen Schlägen in Bewegung setzte.

»Respekt?« fragte sie ungläubig. »Warum? Was können sie ihm tun?«

»Tintenfische haben's in sich.«

Er saß mit dem Rücken zum Mond, der ihn von hinten anstrahlte und dem hellen Haar einen Heiligenschein und den nackten Armen eine weiß leuchtende Kontur verlieh. Sein Gesicht blieb im Schatten, so daß sie nicht erkennen konnte, ob er es immer noch vermied, sie anzusehen.

»Wo fahren wir hin?«

»Nur um die Ecke, unterhalb vom Castello di Paraggi vorbei. Gleich dahinter liegen ein paar zerklüftete Felsen unter Wasser; dort finde ich meistens welche.«

Ein flüchtiger Mondstrahl streifte sein Gesicht, und sie wußte endlich, daß er sie ansah, verstohlen, aber er sah sie an.

»Haben Sie schon mal einen Tintenfisch in der Hand gehalten?«

»In der Hand? Ich kenne sie nur als kleine Knäuel, gebraten, im Reis.«

»Sie haben sie noch nie schwimmen sehen? Dann hab' ich eine Überraschung für Sie: ein Wasserballett.«

Sie schüttelte staunend und lächelnd den Kopf, froh, daß er

mit ihr sprach. Es störte sie auch nicht, daß er sie wie einen Kameraden behandelte und der durchsichtigen Chiffonbluse und ihrem sichtbaren Inhalt einfach keine Beachtung schenkte. Vielleicht war's besser so.

»Woher kommt die Musik?«

»Dort drüben vom ›Gran Vittorio‹. Sehen Sie die Lichter unten im Keller?«

»›Gran Vittorio‹ – ist das der...«

»Das ist er.«

»Vielleicht ist Maja dort.«

Er nickte.

»Sie mögen sie gern?«

»Nein.«

»Aber Sie waren doch sehr nett zu ihr neulich abend.«

»Sie ist krank.«

Sein Ton war sachlich und endgültig. Mit Krankheit wollte er nichts zu tun haben. Überhaupt wußte er immer bei aller Zuvorkommenheit Distanz zu wahren. Er hatte, fand sie, eine Art Unantastbarkeit an sich, ja, eine gewisse Würde.

»Wir sind da. Das Boot wird vielleicht zwischen den Felsen etwas hin und her schaukeln, ich kann's nicht festmachen.«

»Macht nichts. Mir wird nicht so schnell übel.«

Sie glitten aus dem Mondschein in die blauschwarzen Schatten der Felsen, die an dieser Stelle wie von einem Riesenhammer zerklüftet und zertrümmert schienen. Das Boot drängte sich dicht an die steinernen Fetzen heran und schwappte sanft. Aus dem Verschlag am Bug holte Tilling zwei Eimer hervor und füllte sie mit Meerwasser, stellte sie zwischen sich und Alexa auf die alten, schlecht abgedichteten Planken, wo ihre Füße bereits bis zu den Knöcheln im Wasser standen. Dann zog er eine große Batterielampe heraus, befestigte sie außen am Bootsrand, so daß ihr Strahl ins Wasser zielte, und stellte sie an.

»So. Jetzt schauen Sie hinunter... Suchen Sie die Felskanten ab... langsam, Meter für Meter... Jetzt müßten sich Ihre Augen an die Farben da unten gewöhnt haben... Sehen sie was?«

»Nur Felsen.«

»Ich sehe zwei Tintenfische... nein, drei, aber der eine ist halb verborgen in seinem Versteck. Suchen Sie zwei dunkelgraue Beutel mit langen Bändern, die im Wasser schlendern... Sehen Sie den grünen Spinat auf dem Felsblock links, etwa drei Meter unter der Oberfläche? Einen halben Meter weiter rechts, dann senkrecht aufwärts... da hängen sie nebeneinander, zwei alte faltige Beutel...«

»Ich hab' sie«, rief sie aufgeregt. »Sind das aber seltsame Dinger. Und so häßlich.«

»Häßlich? Ich find' sie lustig. Jetzt schauen Sie mal schnell ganz tief hinunter... ganz unten... Ich drehe das Licht, damit Sie's besser sehen können... Da tanzt einer auf dem hellen Sandboden.«

»Tanzt? Wo? Ach so... ja, jetzt seh' ich ihn... wahrhaftig, er tanzt.« Sie lachte vor Vergnügen. »Das ist ja ein richtiger Schleiertanz mit den vielen Armen, Salomes Schleiertanz.«

»Der tanzt zu tief, um heraufzukommen... Wollen mal sehen, was unsere zwei weiter oben treiben...« Er verstellte die Lampe. »Da sind sie, unsere Freunde... Gleich werden sie heraufkommen, passen Sie auf.« Er holte einen Kescher unter seinem Sitz hervor. »Einen werde ich bestimmt erwischen.«

Alexa rief: »Ach, fangen Sie doch beide, vielleicht sind sie verheiratet.«

Tilling schwang das Netz an der Stange hoch über ihrem Kopf und ließ es tief ins Wasser sinken, hielt es eine kleine Weile still und riß es dann hoch. Es sauste triefend durch die Luft und landete in einem Eimer, nachdem ein ganzer Schauer von Wassertropfen auf Alexa niedergegangen war. Sie schrie leise auf und blickte entsetzt an sich hinunter. Die durchsichtige Chiffonbluse klebte an ihren Brüsten, so daß sie – wenn auch leicht schwärzlich – noch nackter als vorher wirkten.

»O Gott«, murmelte Tilling, zu Tode geniert und entzückt, und so verwirrt, daß er gar nicht merkte, wie seine Wangen brannten. »Irgendwo hab' ich einen alten Pullover...« Fieberhaft begann er, in dem Verschlag hinter sich zu kramen, aber noch bevor er etwas gefunden hatte, schrie Alexa wieder, diesmal laut.

»Da! Da!« wimmerte sie und streckte ihm voller Ekel ein Bein entgegen. »Schnell! Bitte nimm's weg! Iiiih!... Mach's ab! Schnell!«

Er kniete sich vor ihr im Wasser auf den Planken und nahm ihr rechtes Bein, um dessen Wade sich einer der Tintenfische mit sämtlichen Armen festgeschlungen hatte. Aus den seitlich am Beutel vorspringenden schlauen Knopfaugen sah ihn das Tier aufmerksam an.

»Keine Angst! Der tut nichts, ich krieg' ihn schnell wieder ab, wenn Sie stillhalten. Schauen Sie weg... irgendwohin. Es tut nicht weh, mein Ehrenwort.«

Während sie mit zusammengebissenen Zähnen weiterhin »Iiiiih« jammerte, löste er vorsichtig den ersten Saugarm und hielt ihn mit einer Hand vom Bein weg. Als er drei oder vier entfernt hatte, saugte sich der Tintenfisch mit ihnen sofort an Tillings Unterarm fest. Alexa war seinem Rat, woandershin zu schauen, nicht gefolgt, hatte sich nur soweit sie konnte zurückgelehnt – und fand sich plötzlich Kopf an Kopf mit Tasso. Gemeinsam starrten sie auf die wild fuchtelnden Schlangenarme, Alexa wimmernd und angewidert, der Hund mit gespannter Aufmerksamkeit leise knurrend.

»Tut's weh?«

»Nein, nein, aber es ist so eklig... so naß und kalt...«

»Alle Fische sind naß und kalt, aber dieser hier ist viel interessanter.« Sekundenlang blickte er auf und sah, wie sie die Lippen zusammenpreßte, während ihr die Tränen über die Wangen liefen. »Der hier muß schnell wieder aus dem Eimer geklettert sein, das passiert manchmal, die sind nämlich gescheit, die Viecher. Schauen Sie mal, was der für listige Äuglein hat, rechts und links vom Beutel.« Sie zwang sich hinzusehen. Die Hälfte der Saugarme waren jetzt von ihrem Bein auf Tillings Arm übertragen, ketteten sie sozusagen aneinander. Der Beutel mit seinen gescheiten Greisenaugen unter den halb geschlossenen Lidern schwankte in der

Mitte. Er spielte Bindeglied und Vermittler zwischen ihnen – ein seltsamer Amor, ging es ihr trotz aller Abscheu durch den Kopf, und sie mußte plötzlich lachen.

Verblüfft und ermutigt fuhr Tilling fort, während er einen Saugarm nach dem anderen lockerte, ehe er ihn schnell und leicht losriß: »Wissen Sie, warum Tasso so brav dort sitzen bleibt? Einmal hat er seine Schnauze in den Eimer gesteckt – er ist neugierig –, da hat ihm einer mit seinen Armen die Schnauze zugeklammert, und er hat Haare lassen müssen, bevor ich ihn befreien konnte.« Jetzt lachte sie schon ganz laut. »Ein andermal hab' ich einen zu Hause in einen Glaszylinder voll Meerwasser gesteckt. Mit Deckel. Ob Sie's glauben oder nicht, der Kerl lernte, den Deckel aufzustoßen, wenn er Hunger hatte.«

Vorsichtig stellte er das befreite Bein zurück auf die Planke. Dann riß er sich mit einem einzigen Ruck sämtliche Saugarme ab und warf den Tintenfisch zurück in den Eimer.

»Ach nein! Weg damit. Über Bord. Alle beide, bitte!«

Einen Augenblick zögerte er. Zwei gute Tintenfische einfach über Bord werfen? Aber nach einem schnellen Blick in ihre flehenden Augen leerte er den Eimer ins Meer.

»Haben sie Abdrücke hinterlassen?« Er hob das Bein noch einmal hoch und drehte es behutsam nach beiden Seiten, als sei es aus Glas. »Hier. Zweimal. Hat aber kein Blut gezogen. Fühlen Sie was?«

Sie schüttelte stumm den Kopf. Noch immer lag er vor ihr auf den Knien, die Schenkel halb im Wasser, das durch die Planken gluckerte. Es fiel ihm sichtlich schwer, das Bein wieder herzugeben; er betrachtete es hinlänglich, beugte sich dann vor und küßte die winzigen runden Saugmerkmale, bevor er es wieder an seinen Platz stellte. Langsam, wie fragend, hob er den Kopf, und diesmal konnte sie seinen Mund nicht verfehlen, denn er kam ihr, halb geöffnet, entgegen.

Mit Inga hatte er manchmal im Boot gelegen, aber das war im Hochsommer gewesen, wenn das kalte Wasser angenehm war.

Jetzt aber drohte es sogar ihre gemeinsam gespeicherte und nun endlich explodierende Leidenschaft zu unterkühlen.

»Können wir nicht zu dir gehen? In dein Haus?«

»Mein Haus ist... Ich weiß nicht, ob's dir gefallen wird.«

»Hat's ein Bett?«

Sie standen auf – beide schwankten etwas –, und er kümmerte sich zum erstenmal um den Kahn, der sich glücklicherweise in einer engen Felsspalte eingeklemmt hatte.

An die Rückfahrt konnte sie sich später nicht erinnern, nur daß sie schnell vonstatten ging. Sie hielt die Augen fest geschlossen, wollte sich weder Mond noch Meer, noch Felsen oder Strand anschauen, wollte in sich zusammengerollt bleiben.

Sie kam erst wieder zu sich, als er sie aus dem Boot hob und an den Strand trug. Die Schuhe unterm Arm, liefen sie durch den Sand, und dann immer noch barfuß und Hand in Hand die Stufen hinauf, über die Straße und zum Fußweg, der hinauf zum Haus führte. Hier hob er sie wieder auf und trug sie über die Wurzeln und die losen Steine unter den Olivenbäumen bergaufwärts. Das Haus war dunkel. Zwischen zwei Mauersteinen fand er den Schlüssel und öffnete die Tür. Kein Feuer im Kamin und kein Licht in den Öllampen.

Ohne sich aufzuhalten, wanderten sie eng umschlungen ins Schlafzimmer.

11

Am Morgen saßen Maximiliane und Falke allein beim Frühstück am langen schmiedeeisernen Tisch auf dem Achterdeck. Tilling hatte frische Brötchen gebracht; jetzt war er auf dem Weg zum Postamt, das erst um zehn Uhr öffnete.

»Alexa schläft heute lange«, sagte Falke.

»Vielleicht hat sie eine ihrer schlaflosen Nächte gehabt. Manchmal geht sie dann an Deck, weil sie in der Kabine nicht mehr atmen kann«, phantasierte Maximiliane.

»Ich wollte, sie würde bei mir anklopfen. Ich käme dann mit an Deck und leistete ihr Gesellschaft.« Er hatte tiefe, blaue Schatten unter den Augen, und die geröteten Lider waren halb geschlossen vor Müdigkeit.

»Werd's ausrichten«, murmelte sie und machte sich Vorwürfe, während sie Honig auf ihr Brötchen strich. Sie hätte ihn gestern abend früh zu Bett schicken sollen, anstatt bis elf Uhr zu warten, wie sie's Alexa versprochen hatte.

Dabei hatte es keiner Ausflüchte bedurft, es hatte sich alles wie von selbst ergeben. Alexa war auf einmal »müde« geworden, und anstatt zu protestieren, hatte Falke sie fürsorglich zu ihrer Kabine begleitet. Gleich darauf war er wieder an Deck erschienen, hatte seine Liege dicht an die von Maximiliane gerollt, während sie ihr Buch wie auf Verabredung zuklappte.

Jede Einleitung war überflüssig. Er begann zu sprechen, als sei er mitten im Satz steckengeblieben.

»Die Sache mit Lucias Mann hatte nichts mit Franz zu tun,

verstehst du, das heißt nur insofern, als er von ihm erschossen wurde.«

In die Atempause murmelte sie: »›Nur insofern...‹ Fatal, dieses Insofern.«

»Na ja«, meinte er etwas gereizt. »Du weißt schon, was ich meine. Reiner Zufall, daß der arme Kerl – ziemlich betrunken übrigens – neben mir saß. Kossak, mit nur einem Auge, zielte schlecht.«

Danach verstummte er. Aber jetzt ließ sie nicht mehr los.

»Hast du Lucia damals kennengelernt?«

Er zögerte so lange mit der Antwort, daß sie ihre Frage gerade wiederholen wollte.

»Ja«, sagte er, noch immer etwas widerwillig, schien dann aber einen Entschluß zu fassen. »Also gut. Es war mehr als nur ein Kennenlernen.«

»Was?« Es riß sie in die Höhe. Steil saß sie aufrecht da und starrte mit offenem Mund auf ihn hinunter. »Soll das heißen...?«

»Ja. Ja. Ja. Das soll's heißen. Sie fand heraus, in welchem Krankenhaus ich lag, und nach dem Begräbnis ihres Mannes kam sie mich besuchen. Daraus hat sich dann etwas entwickelt.«

Sie betrachtete ihn eine Weile stumm, bevor sie sich wieder hinlegte. »Ich hab's gewußt, daß du mir nicht alles erzählt hast, aber *darauf* wär' ich nie gekommen. Ich seh' euch doch beide seit Jahren! Hab' nie auch nur das Geringste... die geringste Schwingung mitbekommen.«

»Es schwingt auch nichts. Schon lange nicht mehr.«

Und dann trieb sie ein Gedanke noch einmal in die Höhe. »Hannes! Weiß Lucia von Kossak?«

»Nein. Sie kennt nicht mal den Namen. Wozu auch, es hätte ihr ihren Paolo nicht zurückgebracht. Sie war aber damals wie besessen, ihn aufzustöbern, hat mich überredet, Privatdetektive zu engagieren. Was mich betrifft – ich hätt' gleich von Anfang an lieber einen Schlußstrich gezogen, wie du dir denken kannst.«

»Ja. Natürlich. Aber warum ist sie in Portofino? Deinetwegen?«

»Ja. Nein. Das heißt, sie und ich sind hierhergekommen, als ich noch sehr klapprig war. Zuerst hat sie mich in Piacenza bei Freunden ihres Mannes versteckt, es war ja noch Krieg. Später, im Sommer 1945, kamen wir dann hier an und kauften das Haus. Ziemlich verkommen damals und spottbillig.«

»Und Gudrun?«

»Die hab' ich hier kennengelernt, zwei Jahre später. Ihr Mann war gefallen, und sie machte Ferien mit dem Kind, kam mit einem Reisebus. Maja war damals neun Jahre alt. Alles ging sehr schnell... sogenannte Liebe auf den ersten Blick – aber den zweiten hatte ich noch gar nicht getan, da war Lucia schon auf und davon. Bevor ich überhaupt wußte, ob das mit Gudrun von Dauer sein würde. Sie ging aus dem Haus und kam nicht zurück. Ein Jahr später tauchte sie wieder auf. Sie hatte Michele Valerian geheiratet – keine Ahnung, wie und wo sie den aufgegabelt hatte – und zog ins Castelletto ein.«

»Und dann habt ihr euch wieder ausgesöhnt.«

»Mit der Zeit. Sozusagen ausgesöhnt, aber nie *ausgesprochen*. Das Castelletto liegt ja gewissermaßen außerhalb von Portofino, ich bin da nie hinaufgeklettert. Hin und wieder sah man sich von weitem – sie ist ja schwer zu übersehen –, aber sie grüßte mich lange Zeit nicht. Erst nach Gudruns Tod erschien sie plötzlich im Haus und erbot sich, Maja bei sich zu behalten, bis ich feste Pläne gemacht hätte.«

»Anständig von ihr. Und dann hat sich daraus so etwas wie eine Freundschaft entwickelt – oder ein Waffenstillstand?«

»Beides. Du hast ja gesehen, wie sie sich mir in San Fruttuoso in den Weg gestellt hat.«

»Ach ja! Ich hab' mich richtig gewundert, zu so was gehört doch eine gewisse Familiarität... Jetzt ist mir alles klar.«

»Alles klar«, hatte er gemurmelt, und dann war nicht mehr gesprochen worden, bis sie es von San Giorgio elfmal hatte schlagen hören. Sie war aufgestanden und mit ihm zusammen nach unten gegangen. Freie Bahn für Alexa.

Da kam sie gerade die Treppe herauf, lächelnd, barfuß, in einem weißen Morgenrock. Sie küßte Falke leicht auf die Wange, dann auch Maximiliane, was sie vorher noch nie getan hatte, und goß sich Kaffee aus der Thermoskanne ein.

»Eigentlich ist es recht angenehm, daß wir keine Gäste haben«, meinte sie und trank mit Genuß. »Beim Frühstück sind sie am schwersten zu ertragen, selbst die nettesten.«

Falke wollte wissen, ob sie eine unruhige Nacht gehabt habe, und Alexa, in telepathischem Kontakt mit Maximiliane, nickte. Nach dem Mittagessen würde sie sich ein Stündchen hinlegen. Sie schien die gestrigen Spannungen in San Fruttuoso völlig vergessen zu haben, schnitt ein Brötchen auf und blickte faul wie die anderen beiden auf die Piazza, wo es bereits von Menschen wimmelte und alle Cafés bis auf den letzten Platz besetzt waren.

Über die Menge hinweg sahen sie Tillings blonden Kopf, jeder mit verschiedenen Gefühlen: Falke mit einem Gemisch von Groll und Reue, Maximiliane mit einiger Besorgnis und Alexa mit dem Gefühl reiner Lust. Geduldig bahnte er sich einen Weg durch die Menge und lief mit Tasso um die Wette die Gangway herauf.

»Hier, Boß.« Damit legte er eine Zeitung und zwei Briefe vor Falke auf den Tisch. »Ich bin im Maschinenraum, falls Sie mich brauchen.« Mit einer kurzen Verbeugung in Alexas Richtung ging er wieder.

Falke nickte zerstreut und begann, die Briefe zu öffnen, während Maximiliane dem Jungen nachsah und sich heimlich freute, daß er »Boß« und nicht »Herr Falke« gesagt hatte.

Alexa goß sich eine zweite Tasse Kaffee ein, Maximiliane strich sich noch ein Brötchen mit Honig, und Falke legte den ersten Brief, eine Rechnung, beiseite und öffnete den anderen.

So unerwartet kam der, und so unvorbereitet war Falke, daß er, ohne es verhindern zu können, scharf einatmete und dann einen Laut ausstieß, den man nicht näher bezeichnen konnte, außer daß er ganz klar Entsetzen ausdrückte.

»Hannes!« hauchte Maximiliane, dann begriff sie und versuchte, ihm den Brief zu entwinden, aber er wehrte sie ab, sprang auf, leichenblaß, und lief zur Treppe.

Alexa blickte ihm verständnislos nach. »Was ist denn? Was hat er denn, um Gottes willen?«

Die alte Frau stützte die Stirn in beide Hände und murmelte etwas, das Alexa nicht verstand.

»So sagen Sie mir doch! Was ist das für ein Brief?«

Langsam ließ Maximiliane die Hände sinken und starrte sie eine Weile aus völlig ausdruckslosen Basiliskenaugen an.

»War das ein Erpresserbrief wegen Maja? Tatsächlich? Von wem, konnten Sie das sehen?«

»Wegen Maja... Ja, natürlich. Maja...« Maximiliane schien sich etwas zu beleben. »Nein, ich hab' kaum was lesen können...«

»In welcher Sprache? Deutsch?«

Maximiliane nickte.

»Verlangte der Schreiber Geld?«

Die alte Frau saß mit offenem Mund da und blickte an Alexa vorbei ins Leere.

Alexa war's zu dumm, zu fragen, wieviel. Letzten Endes war das auch gleichgültig. Noch dazu hatte sie es satt. Bei aller Sympathie für Falke – sie konnte die mysteriösen Aufregungen und Andeutungen und halben Informationen einfach nicht mehr ertragen. Sie stand auf und überlegte. Tilling war im Maschinenraum... Nein, die stickige Höhle mochte sie jetzt nicht aufsuchen, wer weiß, die würde vielleicht sogar die Erinnerung an gestern nacht beeinträchtigen.

Sie ging nicht, sie rannte von Bord, und niemand rief sie zurück. Nur weg, ganz gleich, wohin. Daß sie im Morgenrock war, störte sie nicht. Der mochte als langer Bademantel gelten, und in Portofino war jede Art von Bekleidung sowieso an der Tagesordnung. Ihre Füße marschierten, liefen, erklommen Stufen, blieben stehen, und auf einmal wußte sie, wo sie war: auf dem Weg zum Castelletto. Auch gut. Obgleich ihr der Aufstieg Mühe machen würde – nach gestern nacht.

Völlig außer Atem erreichte sie das Steingeländer unterhalb des Gemäuers, ruhte sich einen Moment aus und blickte in die Tiefe.

Ganz unten gegen das Meer sah sie etwas wie einen gleißenden Helm zwischen den nackten Felswänden: Lucia. Unaufhaltsam, in gleichmäßigem Rhythmus, Stufe für Stufe, manchmal von einem Felsvorsprung verdeckt, erklomm sie die Steinstufen, die sie zum Teil selbst in den Felsen gehauen hatte. Niemand außer ihr war dort je hinab- oder hinaufgestiegen.

Mit angehaltenem Atem spähte Alexa hinunter, wagte nicht zu rufen, bis der weißgelbe Schopf ein paar Meter unter ihr war.

»Was machst du denn so früh hier oben auf unserem Berg?« rief Lucia, deren Atem kaum schneller ging. Sie war im Bikini, barfuß, eine Badetasche über den Schultern.

»Mein Gott, Lucia – Sie tragen nicht mal einen Sonnenhut.«

»Ich werd' mich hüten. Wenn mein Schädel anfängt zu kochen, kommen mir die besten Gedanken.« Bei Alexa angelangt, schwang sie erst die Tasche, dann sich selbst über die Brüstung. »Was gibt's Neues auf der ›Gudrun‹?« fragte sie. »Ist Maja wiederaufgetaucht? Ich glaube kein Wort von dieser Kidnapping-Geschichte.«

»Heute früh kam ein Brief, ein Erpresserbrief, sagt Maximiliane. Und Falke wurde weiß im Gesicht und rannte davon in seine Kabine.«

»Erpresserbrief? Wahrhaftig? Hast du ihn gelesen?«

»Er hat ihn ja mitgenommen, aber Maxie hat wenigstens einen Teil davon gesehen und war völlig verstört.«

Lucia schwang die Tasche geistesabwesend hin und her. »Na so was«, meinte sie dann. »Wie man sich doch irren kann. Ich hätte schwören können...« Sie unterbrach sich, schüttelte den Kopf. »Komm rauf ins Haus, das müssen wir Michele erzählen. Was wollen denn die Erpresser, Geld?«

»Ja. Ich weiß aber nicht, wieviel.«

»Geld«, murmelte Lucia. Dann fing sie auf einmal an zu lachen und rief: »Jemand verlangt Geld, damit er Maja zurückbringt! Falke sollte was zahlen, wenn der sie behält.«

Alexa stapfte neben ihr her, hatte Mühe, mit ihr Schritt zu halten. »Mir tut sie leid.«

»Mir nicht. Ich hab' nichts übrig für Leute, die aufgeben. Daß sie eine Waise ist, hat sie von Anfang an zu ihrem Vorteil ausgeschlachtet, und als das nicht mehr zog, kamen die Drogen dran. Auf den Gedanken, etwas aus eigener Kraft aus sich zu machen, ist sie nie gekommen. Übrigens, auch wenn man den Toten nur Gutes nachsagen soll, mit Gudrun ist nicht viel verlorengegangen, eine hübsche, ziemlich dumme Person, rücksichtslos und anspruchsvoll.«

»Und Falke? Warum hat er sie geheiratet?«

»Gute Frage«, sagte Lucia. »Da sind wir. Michele! Wo bist du? Alexa bringt das Neueste von der ›Gudrun‹. Ein Brief ist angekommen. Ein Erpresserbrief...«

Maximiliane mußte lange klopfen, bevor Falke ihr die Tür öffnete, so versunken hatte er über dem Brief gebrütet, der vor ihm auf dem Schreibtisch lag.

Sie nahm ihn, ging mit ihm ans Bullauge und holte die Brille aus der Tasche ihres Morgenrocks. Las, ließ das Blatt sinken, blickte zu Falke hinüber, der sich auf seinem Bett ausgestreckt hatte, und las dann noch mal. Es war nur eine einzige Seite, mit der Schreibmaschine geschrieben. Unterschrift ebenfalls getippt: Exflor.

Wortlos setzte sie sich auf den Stuhl, der an seinem Bett stand, und reichte ihm das Blatt Papier.

»Nein. Lies ihn mir noch einmal laut vor. Aber langsam.«

»Herr Falke«, las sie, »Sie haben den toten Mann, der auf Ihrem Bett lag, fortgeschafft. Ihr Matrose und die Alte sind Mitwisser und mitschuldig. Hinterlegen Sie ein Kuvert mit 1 Million Lire in alten Scheinen am Postamt Chiavari, poste restante, adressiert an Exflor. Wir geben Ihnen eine Woche Zeit, andernfalls benachrichtigen wir die Küstenpolizei Portofino. Diese Zahlung ist einmalig und endgültig. Eine weitere Forderung wird nicht folgen. Exflor. PS: Sie werden vierundzwanzig Stunden am Tag von uns beschattet.«

Sie nahm die Brille ab und grübelte eine Weile. »Wo kommt der Brief her?«

»Aus Genua.«

Sie lehnte sich im Stuhl zurück, schloß die Augen und murmelte: »Genua... Genua... ein deutscher Brief...«

»Also? Was hältst du davon? Was ist dein Eindruck?«

Mit geschlossenen Augen, als befinde sie sich in Trance, sprach sie langsam weiter. »Er kommt mir irgendwie – falsch vor, wie ein Bluff. Beinah würd' ich sagen – komisch. Aber vielleicht sind wir blasiert vom Fernsehen, vielleicht haben solche Briefe tatsächlich diesen Ton...« Sie setzte sich die Brille wieder auf. »Gehen wir ihn doch Satz für Satz durch. Herr Exflor weiß von dem toten Mann auf dem Bett. Okay, bis dahin könnte es der Mörder sein, der schreibt. Nächster Satz: Der Matrose und die Alte... Hat jemand Tilling jemals als ›Matrosen‹ bezeichnet?«

Er schüttelte den Kopf. »Er trägt nicht die entsprechende Kleidung, und es gibt keine Mütze mit dem Namen ›Gudrun‹ drauf.«

»Hm. Das kann bedeuten, daß der Verfasser sich nicht mit den Gepflogenheiten auf der ›Gudrun‹ auskennt – oder aber daß er sich mit Absicht verstellt. Weiter: die Sache mit dem Geld. Eine Million... Also weißt du, Hannes, *wenn* ich schon jemanden für Geld umgelegt hätte, dann würde ich zehn Millionen fordern. Noch dazu sind's ja scheinbar mehrere, daher muß geteilt werden. Hier wird's für mich ganz und gar unwahrscheinlich, beim ersten Durchlesen genau wie beim genauen Studium. Das sind doch ganz bescheidene Mörder! Das heißt Leute, die nicht vom Fach sind, irgendwelche kleine Würstchen, die zufällig auf eine gute Sache gestoßen sind.«

»Du meinst – diese Leute wußten gar nicht, daß es Kossak war?«

»Doch. Doch, das wußten sie. Exflor! Das soll doch heißen...«

Mit einem Ruck setzte er sich auf. »›Excelsior‹ Florenz! Mein Gott, ja. Natürlich. Und was bedeutet das, wer weiß noch von der Geschichte?«

»Bettio und die Capos der Polizei, die du damals informiert hast. Waren Deutsche darunter? Bettio fällt wahrscheinlich aus, denn der Brief ist auf deutsch. Tadellos abgefaßt, ohne orthographische Fehler. Nimm das Wort ›andernfalls‹ – das wird doch nur in Geschäftsbriefen gebraucht. Man diktiert seiner Sekretärin: ›So und so und so, andernfalls...‹«

»Der Polizeichef in Genua, Bassano, der fällt dann auch aus, der spricht nur ganz primitives Deutsch. Der würde schreiben: ›Toter Mann, wo auf dem Bett lag...‹«

Maximiliane lachte, und er sah sie entsetzt an: »Doch!« rief sie. »Lach, Hannes! Wir müssen lachen, sooft wir können und solange wir's noch irgendwie schaffen. Wo waren wir stehengeblieben? Ach ja, beim Aufzählen aller Personen, die von ›Exflor‹ Kenntnis haben. Da mußt du aber von vorn anfangen, und da gibt es sicher Dutzende. Alle, die in der Bar waren, dazu Fabrizio, Lucia und Michele – und vergiß mich und Tilling nicht!«

»Zu viele«, brummte er düster. »Auf dem Weg kommen wir nicht weiter. Was hältst du von dem Versprechen, daß diese Million das Ende der Affäre bedeutet?« Und bevor sie noch antworten konnte, setzte er mit leiser Stimme hinzu: »Dann würde ich die nämlich ganz einfach zahlen und *basta.*«

Nach einer langen Pause sagte sie: »Kein Mensch darf dir da einen Rat geben, Hannes. Das mag die beste Lösung sein – oder aber die schlechteste, denn wenn du zahlst, dann gibst du deine... deine Verfehlung zu, nennen wir es so. Sollte alles eines Tages auffliegen, und du kommst vor Gericht, machst du dich allein durch diese Zahlung verdächtig. Weißt du, was, wir beide, du und ich, sind so verstrickt und verheddert in diese Sache, daß wir vielleicht nicht mehr klarsehen. Ich würde gerne eine unbefangene Meinung hören.«

»Gefährlich!« rief er. »Viel zu gefährlich. Jemand anders einweihen? Kommt gar nicht in Frage. Schlimm genug, daß ich dich und Tilling mit hineingezogen habe.«

»Da hast du's schon. Du mußt Tilling von dem Brief erzählen, und dann laß uns hören, was er davon hält.«

»Wieso? Warum muß ich's ihm erzählen? Ich möchte ihn so weit wie möglich heraushalten.«

»Zu spät. Er sitzt drin im Schlamassel, genauso tief wie wir. Du bist es ihm sogar schuldig, ihn zu informieren. Noch dazu ist er ein selten anständiger, ich möchte beinah sagen, ein unverdorbener junger Mann – und erstaunlich unneugierig. Er setzt dir diesen Brief vor die Nase, und es kommt ihm gar nicht in den Sinn, unauffällig in der Nähe zu bleiben, um herauszufinden, ob es *der* Brief ist.«

»Er verschwand so schnell, weil er beleidigt ist. Wegen gestern.«

»Wenn, dann hat er recht. Tut mir leid, Hannes, aber du kommst nicht drum herum, und wenn du's nicht fertigbringst, dich ohne viel Hin und Her zu entschuldigen, dann erwähne wenigstens deine ›Panik‹ und demzufolge dein ›Fehlverhalten‹. Merk dir dieses Wort, es klingt gut, und du vergibst dir nichts. Allerdings – ich sagte es dir schon –, der Junge wird nicht so leicht zu versöhnen sein – auch *das* mag ich an ihm –, und wenn du's irgendwie mit dir aushandeln kannst, dann sag: ›Junge, es tut mir aufrichtig leid. Hoffentlich kannst du's mir verzeihen.‹ Jawohl! Sieh mich nicht so an, so würde *ich* an die Sache rangehen. Und falls du's anders machen willst, eines darfst du auf keinen Fall tun: Biete ihm um Gottes willen keine Entschädigung an.«

»Was für eine Entschädigung?«

»*Noch* ein Motorboot, oder eine Hochzeitsreise nach Afrika... was weiß ich. Hol ihn her. Je mehr Zeit vergeht, desto dicker wird die Luft. Ich bleibe hier, möchte dabeisein, wenn du ihm den Brief zeigst. Dein *Paterpeccavi* kannst du mit ihm unter vier Augen erledigen«

Allein in der Kabine, nahm sie sich den Brief noch einmal vor.

»Ich weiß nicht, ich weiß nicht...«, murmelte sie vor sich hin. »Die Drohung mit der Küstenpolizei... Was könnte die jetzt noch beweisen, es sei denn, sie wüßten von dem Sack und der Statue...«

Falke kam herein, gefolgt von Tilling, der zu Boden sah und an der Tür stehenblieb.

»Mach die Tür zu, Junge, und setz dich irgendwohin!« Der Ton schien Maximiliane etwas zu jovial. »Ja, setz dich, du wirst gleich sehen, warum.« Auch das darauffolgende Lachen klang nicht echt. »Ach so – wir haben keinen extra Stuhl. Setz dich auf den Schreibtisch!«

Einen Augenblick lang herrschte Schweigen, so daß sich der Lärm von draußen und das Motorengeräusch der Nachbarboote noch störender bemerkbar machte. Tilling hatte sich gehorsam auf die Schreibtischplatte gesetzt, mit dem Rücken zum Bullauge. Er blickte immer noch eigensinnig zu Boden, was Maximiliane für ein schlechtes Zeichen hielt.

Falke nahm ihr den Brief aus der Hand, hielt ihn dem jungen Mann hin und setzte sich dann auf die Bettkante.

»Den hast du mir heut früh auf den Frühstückstisch gelegt. Aus Genua. Lies nur.«

Bereits nach dem ersten Blick stieß Tilling ein entgeistertes »Oh!« aus und sah fragend hoch, als dürfe er seinen Augen nicht trauen.

»Jawohl. Da ist er endlich.«

Das Blatt Papier wie etwas Ekliges mit beiden Händen von sich weghaltend, bewegte der junge Mann lesend die Lippen, ließ es dann sinken und starrte die anderen beiden sprachlos an, stotterte endlich: »Ich hab' gedacht... fertig, erledigt, da kommt nichts mehr. Und jetzt... jetzt geht's doch wieder los.«

»Ja«, sagte Falke trocken. »Jetzt fängt's überhaupt erst an. Wir würden nun gern wissen, was du von diesem Brief hältst. Wer, meinst du, hat ihn verfaßt? Der Mörder?«

»Ja – wer sonst?«

»Haben Sie den Eindruck, daß er echt ist?« fragte Maximiliane.

»Echt?« hilflos sah er von einem zum anderen.

»Er könnte ja auch von jemand stammen, der von der Sache nur weiß, der irgendwie davon Wind gekriegt hat. Haben Sie das Gefühl, hier spricht der Mörder oder sprechen die Mörder?«

Tilling hielt den Brief noch einmal vor die Augen. »Ich weiß nicht – das mit den vierundzwanzig Stunden beobachten, das könnte man doch auf die Probe stellen, mit dem Auto irgendwohin fahren, wo's einsam ist, und dann aufpassen, ob jemand gefolgt ist...«

Falke nickte. »Ja, das könnte man machen. Ich persönlich glaube nicht an eine größere, gut organisierte Bande. Was ich noch wissen wollte, Junge: Nimm an, du hättest das Geld. Würdest du an meiner Stelle ganz einfach zahlen?«

Tilling blickte vor sich hin, hob dann den Kopf und sagte, plötzlich ganz ruhig und resolut: »Nein. Das würde ich nicht. Ich würde es drauf ankommen lassen.«

»Eins ist klar«, sagte Maximiliane, als sich die Tür hinter dem jungen Mann geschlossen hatte. »*Er* hat nichts damit zu tun.«

»Hast du das überhaupt in Erwägung gezogen?«

»Nicht ernstlich. Und trotzdem wäre selbst das nicht absolut ausgeschlossen. Aber er ist es nicht, Gott sei Dank.«

»Und was hältst du von seiner Einstellung?«

»Hannes, die nützt dir nicht. Was du nun tun mußt, ist deine ganz persönliche Entscheidung. die hängt von deinem Alter ab, von deinem Gesundheitszustand, von deinen Nerven, letztlich auch von deinem Humor. Doch, doch, du kannst dir eine gewisse Menge Humor leisten, denn du hast dich nur gegen unglückliche Umstände gewehrt und einen Toten eigenmächtig beerdigt. Das ist alles, vergiß das nicht. Wenn's zum Schlimmsten kommt, werden Tilling und ich das bezeugen und mit dir auf einige Zeit ins Gefängnis wandern. Tilling würde nicht zahlen, weil er jung und dickköpfig ist, und ich würde nicht zahlen, weil ich alt und dickköpfig bin. Aber das sind *wir* – nicht du, und auf dich kommt's an.«

»Ich werde abwarten«, sagte Falke.

»Falke, Tilling und Tasso verlassen die ›Gudrun‹... über die Piazza Richtung Parkplatz... zum Postamt... Tilling geht rein...

kommt wieder. Scheinbar nichts... Sie gehen weiter hinauf zum Parkplatz... zum Fiat. Sie fahren los, alle drei.«

»Ohne Maximiliane?«

»Die liegt auf dem Hinterdeck unter der Markise. Ich kann sie nicht sehen, aber vorhin habe ich sie beobachtet, wie sie die Treppe heraufkam. Alexa liegt nicht weit von ihr in der Sonne.«

»Wo können die hingefahren sein, die drei? Mit dem Hund. Der fährt doch nicht gern Auto, wird sonst immer zurückgelassen. Das muß einen Grund haben.«

»Jetzt sind sie um die Biegung Richtung Paraggi... Aus. Tilling war heute früh schon einkaufen, das muß also etwas Spezielles sein.«

»Falke, Tilling und Tasso... Was können die vorhaben?«

Zum Mittagessen war Alexa im Castelletto geblieben, es war zu verführerisch. Jeden Morgen nach ihrem Bad im Meer holte Lucia frischen *Prosciutto* und frische Feigen; außerdem hantierte Leora in der Küche, die mit ihrem Mann auf der anderen Seite der Halbinsel wohnte und die beste *Pasta verde* von Portofino machte. Nach dem Essen hatte sich Lucia hingelegt, um ein, zwei Stunden zu schlafen, und Alexa wurde dringend aufgefordert, dasselbe zu tun, als hätte man im Castelletto gewußt, daß sie's gebrauchen konnte, denn es war vier Uhr früh gewesen, als sie endlich – barfuß – die Gangway zur »Gudrun« hinaufgeschlichen war. Aber sie meinte, daß sie nicht so bald wieder aufstehen würde, wenn sie sich jetzt hinlegte, und außerdem zog es sie zurück zur »Gudrun«. Vergeblich hatte sie mit Micheles Hilfe das Teleskop auf das Schiff eingestellt, um Tilling zu finden. Er blieb unsichtbar, und auch Falke und Maximiliane waren nicht zu sehen, als würden sie alle drei zusammen unter Deck hocken.

Beim Abstieg zum Hafen in der brennenden Nachmittagssonne versuchte sie möglichst unter den Oliven zu bleiben, setzte sich auch hin und wieder ins kurze, stachlige Gras, denn ihre Beine machten schlapp. Kein Wunder, dachte sie.

Nach der ersten Umarmung, die möglicherweise wilder, ganz bestimmt aber besinnungsloser war als alles, was sie bisher auf diesem Gebiet erlebt hatte, gleich danach also hatte sie sich im Bett aufgesetzt, sich zum erstenmal umgesehen und geflüstert: »Ist das euer Bett?« Statt einer Antwort hatte er versucht, sie wieder zu sich herunterzuziehen, aber sie war aus dem Bett gesprungen und durch die offene Tür aus dem Zimmer gelaufen. Der Mond schien durch die vorhanglosen Fenster, und sie konnte den Raum ausmachen und vor allem die Haustür. Aber dort, als ihre Finger am Schloß zerrten, das nicht einmal verriegelt war, denn darauf war keine Zeit verschwendet worden, dort holte er sie ein und hielt sie fest: »Willst du so hinauslaufen? Weißt du überhaupt, daß du ganz nackt bist?« Das war noch ein Teil des Wahnsinns gewesen, der letzte, denn während er sie, zitternd vor Kälte, in den Armen hielt, kam sie langsam wieder zu sich und merkte, daß sie fror. »Komm«, hatte er gesagt und sie mit sich geschoben. »Nicht ins Bett. Komm.«

Mit einer Hand hatte er sie immer noch festgehalten, mit der anderen tappte er auf dem Kamin herum nach Streichhölzern und rieb eines heftig gegen einen Stein, warf es dann, brennend, zwischen die aufgeschichteten Holzscheite. Aber die wollten nicht anbrennen. »Bleib stehen. Ich muß es noch einmal versuchen«, aber sie hatte ihn nicht loslassen wollen, er war ihr Wärme genug. Und so waren sie dann wohl auf die Steine gesunken oder gefallen und dort liegengeblieben. Einige Stunden lang, denn er flüsterte plötzlich in ihr Ohr: »Es wird hell, weißt du das?«

Und dann auf dem Rad gemeinsam zurück über die stille, verlassene Autostraße. Am Horizont schimmerte das Meer in Erwartung der ersten Sonnenstrahlen weißlichgrün. Keine Seele in Sicht, auch niemand am Parkplatz. So hatte sie den Hafen noch nie gesehen, lautlos, die Farben so frisch, als sei er mit Tau bedeckt, märchenhafter denn je zuvor. Sie duckten sich an den alten Häusern entlang, liefen Hand in Hand an den Booten vorbei bis zur »Gudrun«. Oben auf Deck hatte sie ihm dann noch nachgesehen, wie er unglaublich schnell und behende davonflitzte und in wenigen Sekunden verschwunden war.

In seiner Hütte, so überlegte sie jetzt, hatte sie wahrhaftig kaum etwas gefühlt, hatte kaum die erbarmungslos harten Steine wahrgenommen, auf denen sie lag. Nun aber, im Schatten des Olivenbaumes, holte sie alles nach, fröstelte und glaubte, die Steine zu spüren, denn jetzt tat ihr auf einmal jeder Muskel weh. Aufstehen, dachte sie, schnell aufstehen, sonst bleibe ich hier sitzen. Auf der »Gudrun« werde ich Tilling sehen.

Aber er war nicht an Bord, Falke auch nicht, und sogar Tasso war verschwunden. Nur Maxie lag unter der Markise und schlief, öffnete aber bei Alexas Erscheinen ein forschendes Auge.

»Sie sind alle weggefahren, wohin, weiß ich nicht, aber es hat was mit dem Erpresserbrief und Maja zu tun.« Im stillen dachte sie, Gott segne das Mädchen, zum erstenmal ist sie zu was nütze. Frei nach Schiller: Das Kidnapping kommt uns sehr gelegen – auch wenn's keins ist. Sie schaute zu Alexa hoch. »Sie sehen aus, als hätten Sie dringend Schlaf nötig, und Sie sehen nicht nur so aus. Ich hörte Sie heute früh gegen halb fünf.«

Total erschöpft hielt sich Alexa an einer Markisenstange fest und blickte die alte Frau an, außerstande, sich zu äußern.

»Wie Sie beim Frühstück gemerkt haben, Hannes weiß nichts.«

»Danke«, murmelte Alexa und wanderte auf unsicheren Beinen zur Treppe.

An diesem Abend waren alle Bewohner der »Gudrun« ins »Pitosfero« zum Essen eingeladen. Zum erstenmal auch Tilling, und Maximiliane war nicht ganz sicher, ob er es gern annahm. Aber Falke wollte von seinen gestotterten Ausreden, er habe doch kein ordentliches Hemd an Bord, nichts wissen; er würde ihm eines von seinen geben. Einen Arm um die Schulter des jungen Mannes, erklärte er, sie seien alle eine Familie und Tilling gehöre dazu, *basta.* Der Junge sah verschwiemelt aus, worüber sich Maximiliane nicht wunderte, und er wirkte noch immer befangen, besonders Alexa gegenüber, was sie in Ordnung fand. Mit Falke stand er noch auf etwas steifem Fuß.

Die Expedition vom Nachmittag in die Berge hinter Rapallo

war insofern aufschlußreich gewesen, als es sehr bald klar wurde, daß niemand dem weißen Fiat folgte. Sie waren dann noch, von Tasso begleitet, eine Weile spazierengegangen, hin und wieder ein paar Menschen begegnet, die sich in keiner Weise für sie interessierten, und anschließend zum Rathaus gegangen, wo Wenzel Tilling feierlich als neuer Besitzer der Parzelle 4F in Paraggi eingetragen wurde. Mit dunkelroten Wangen hatte er unterschrieben, und der Beamte hatte sich noch einmal in seinem Paß vergewissert, ob er auch über einundzwanzig Jahre alt sei.

Zufrieden und richtig aufgekratzt war Falke zur »Gudrun« zurückgekehrt. Er hatte sich mit Tilling versöhnt – so sah es jedenfalls aus –, und er empfand es außerdem als eine Art von Triumph, sich bewiesen zu haben, daß er nicht vierundzwanzig Stunden am Tag beschattet wurde. »Alles lauter Unsinn, Maxie«, rief er schon von weitem. »Der Brief war reine Spekulation, weiter nichts.«

Aber Maximiliane, die an der Reling stand und nach ihnen Ausschau gehalten hatte, schüttelte den Kopf. »Vergiß nicht den ersten Satz: ›Sie haben den toten Mann, der auf Ihrem Bett lag, fortgeschafft‹ – und die Unterschrift ›Exflor‹.«

Sein eben noch entspanntes Gesicht verfinsterte sich augenblicklich. »Du hast recht«, sagte er leise. »Gut, daß ich dich habe. Ohne dich – ich weiß wahrhaftig nicht, was ich täte.«

»Du bist eben jetzt mein Schüler geworden, ich gebe dir Nachhilfeunterricht. Mein Ernst! Ich bin ja nicht umsonst ›Privatregisseur‹, ich gebe ja nicht umsonst den sogenannten Starschauspielern heimlichen Nachhilfeunterricht. Die zahlen mir soviel Geld, weil ich die Dinge klarer und vor allem origineller sehe als die meisten der akkreditierten Regisseure. Ich bringe ihnen bei, wie sie die schwierigen Situationen, die das Stück vorschreibt, anzupacken haben, um ihren Starstatus zu rechtfertigen. Und das ist meine Spezialität: Benehmen Sie sich einfach, ohne Schwulst – aber *entgegen* den gängigen Spielregeln! Weinen Sie nicht in einer traurigen Szene, lächeln Sie – dann wecken Sie das Interesse und die Phantasie des Publikums und werden *sympathisch* anstatt bedauernswert. – Verstehst du, warum ich dir das sage? Du bist in diesem Augenblick der Starschauspieler in der Tragödie, deren erster Akt neulich in deiner Kajüte stattfand. Wär's ein Theaterstück, würde ich dem Hauptdarsteller, der dich verkörpert, einbleuen: Bleiben Sie undurchsichtig, seien Sie *heiter* – sonst werden Sie langweilig. Du aber mit deiner Nervosität und deinem langen Gesicht bist genau das: langweilig. Und wir mußten die Kidnappinggeschichte hochspielen, weil du sonst allen auf den ersten Blick verraten hättest, daß etwas ganz faul ist im Staate Dänemark.« Sie schwieg einen Augenblick, setzte dann mit einem kleinen Lächeln hinzu: »Ich muß noch viel mit dir an der Auffassung deiner Rolle arbeiten. Und du mußt nicht mal zahlen.«

Eine lange Weile schaute er, über die Reling gelehnt, dem Treiben auf der Piazza zu. Jeder einzelne da drüben – auch die, die nur herumstanden und blöde dreinschauten – schien ihm beneidenswert. Sicher war keiner darunter, der einem so unerträglichen Druck ausgesetzt war. Frei schienen sie alle, sorglos, sie freuten sich am Leben. Und er? Zugegeben, er hatte allen Grund zur Niedergeschlagenheit, aber Maximiliane hatte recht: Unter keinen Umständen durfte er sich anmerken lassen, wie sehr er angeschlagen war.

Geduldig stand sie neben ihm und wartete, bis er sich zu ihr umwandte und mit großem Ernst sagte: »Ab jetzt wirst du eine ganz andere Auffassung meiner Rolle zu sehen bekommen.«

12

Das gemeinsame Abendessen im »Pitosfero« fand in einer etwas gespannten Atmosphäre statt, angeheizt vom allgemeinen eifrigen guten Willen.

In Falkes Hemd, das ihm über der Brust zu eng und in den Ärmeln zu kurz war, saß Tilling zwischen Maximiliane und Alexa. Immer wieder goß er sich Wasser in das Glas Rotwein, das der Kellner jedesmal auffüllte, denn er fühlte sich hundemüde und fragte sich allen Ernstes, ob er auf dem Heimweg nicht vom Rad fallen würde. Abgesehen von der ungewohnten Umgebung – er hatte noch nie in einem solchen Restaurant gegessen – empfand er Alexas unmittelbare Nähe wie einen ungesicherten Steckkontakt, der ihm bei der leisesten Berührung, und sei es nur mit dem Ellbogen, einen elektrischen Schock versetzen würde. Und dann würden es alle wissen – wenn sie es nicht schon wußten, denn er fühlte, wie seine Wangen brannten. Aber das ließ sich vielleicht mit der Hitze im Raum und den Kerzen auf dem Tisch erklären.

Das Restaurant war voll, bis auf einen runden, für sieben Personen gedeckten Tisch, auf dem eine Vase voll herrlicher Rosen stand. Daneben zwei Eiskübel mit Champagner.

»Der kann nur für Kalandros reserviert sein«, sagte Falke. Und nicht lange danach erschien ein kleiner Mann, gefolgt von zwei noch kleineren Männern und vier großen, schönen, dunkelhaarigen Frauen. Kellner stürzten herbei, und er nahm Platz, bevor sich die anderen setzten.

»Ist das der vom großen Griechen?« fragte Alexa. In all diesen

Jahren hatte sie ihn noch nie zu Gesicht bekommen; er verließ nur selten seine Yacht. »Den habe ich mir aber anders vorgestellt.«

»Sein Aussehen täuscht«, sagte Falke. »Er ist ein ganz außerordentlicher Bursche.«

Alexa sah genauer hin, er saß direkt in ihrer Blickrichtung. Sein Kopf war rund wie eine Kugel und spärlich grau bewachsen. Das Gesicht hatte eine merkwürdig dunkelrötliche Farbe, als hätte man ihn einmal kurz in kochendes Wasser getaucht. Die Nase war etwas zu groß und der Mund etwas zu klein, nur die Augen waren bemerkenswert »helle«, nicht nur von der Farbe her – ein klares Stahlgrau –, sondern im Ausdruck. Prüfend und forschend wanderten sie ruhelos durch den Raum, auch als er schon aß.

»Und was ist so außerordentlich an dem kleinen Kerl?« fragte Alexa etwas spöttisch. Die grauen Augen hatten auch sie gestreift und waren weitergeflitzt, ohne zu verweilen, ohne den gebührenden Zoll des üblichen, mindestens sekundenlangen Zögerns zu zahlen.

Bevor Falke antwortete, drehte er sich um und warf einen kurzen Blick auf die geschmückte Tafel. Die zwei kleineren Männer in Kalandros' Begleitung, die in ihren Smokings wie Pinguine aussahen, und die vier Frauen hielten ihre Speisekarten in der Hand, warfen aber nicht mal zum Schein einen Blick darauf. Sie schauten vielmehr geduldig und gleichzeitig gespannt auf den schmächtigen Mann, der als einziger sportlich gekleidet war und einen schwarzen Rollkragenpullover zum Jeansjackett trug, während die Frauen alle vier im langen Abendkleid mit vielleicht sogar echtem Schmuck im Dekolleté erschienen waren.

Kalandros fing Falkes Blick auf und nickte ihm mit der Andeutung eines wohlwollenden Lächelns zu, die gleichzeitig ironisch und quasi entschuldigend wirkte, was seine Tischgesellschaft betraf. Falke lächelte zurück, verständnisvoll, und wandte sich wieder um.

»Nun?« beharrte Alexa. »Was ist mit ihm?«

Er überlegte einen Augenblick, als gehe er mit sich zu Rate, bevor er etwas über den Mann dort drüben preisgab.

»Ich meine«, begann er dann bedächtig, »seine Geschichte ist selbst unter den ungewöhnlichsten Lebensläufen zumindest erstaunlich. Er hat sie mir vor einigen Jahren während eines einsamen Winterabends auf seiner Yacht erzählt. Die Geschichte selbst beginnt wie alle Geschichten mit seiner Kindheit, aber da wollen wir uns nicht aufhalten, denn die ersten fünfzehn Jahre seines Lebens waren nicht anders als die von zahllosen anderen vaterlosen Kindern. Die Mutter bezwang ihren Kummer mit Saufen und wünschte ihre sechs Kinder zum Teufel. Kalandros wußte schon sehr früh, daß man in Athen während des Zweiten Weltkriegs am besten mit Diebstahl und Prostitution überleben konnte. Außerdem gab's niemand, der ihm gesagt hätte, daß dies unrecht sei. Unter seinesgleichen war es nur unrecht, nicht zu essen. Eines Tages entdeckte er zusammen mit seinen Kumpanen, daß man auch aus den Resten der Kuhhäute auf den Abfallhalden noch etwas machen konnte, nämlich Schuhe.« Falke hielt einen Augenblick inne, um einen Schluck Rotwein zu trinken, dann fuhr er lächelnd fort: »Ich erzähle euch von dieser Etappe in seiner Laufbahn nur, weil mir das Detail so viel Vergnügen macht, aus dem sein Beitrag zu dieser heimlichen und nächtlichen Tätigkeit bestand. Denn am Anfang durfte er nur dabeisein und zusehen – ihr seht ja, er ist von sehr kleiner Statur –, und er war froh, daß er dazugehören durfte. Er sah also, wie man jeden Quadratzentimeter der Kuhhaut für Schuhe und Sandalen ausnützte – bis ihm die Idee kam, auch noch das kleine viereckige Stück am Ansatz des Schwanzes, das mit diesem zusammen immer wieder zurück auf den Abfallhaufen geworfen wurde, zu verwerten und daraus den Schuhhacken anzufertigen. Durch diese Entdeckung, die zu vielen hundert zusätzlichen Hacken führte, avancierte er zum Partner. Aber«, und damit schien sich Falke ein wenig zu Tilling hinüberzubeugen, »so einfach und glatt geht's nun mal nicht im Leben. Bei der Abrechnung wurde er von seinen Kumpanen schamlos betrogen und schließlich rausgeworfen. *Diese* Erfahrung, sagt er, sei noch weit nützlicher für ihn gewesen als seine Erfindung mit dem Leder für die Schuhhacken. Er hat sie bis heute nicht vergessen. Danach kamen trostlose Jahre, in denen er nur älter wurde, in denen ihm nichts gelang, was er und wie er es auch anfaßte. Nach dem Zweiten Weltkrieg meinte er, den absoluten Tiefstand erreicht zu haben, denn er hatte Griechenland verlassen müssen, ein Land nach dem anderen abgegrast und war schließlich in Monte Carlo gelandet. Warum, weiß er selbst nicht, vielleicht weil es kein eigentliches Land war und weil ihm, der nachts in den leeren Badekabinen schlief, der Luxus um ihn herum wie der Gipfel des Widersinns erschien, und das Absurde hat ihn immer fasziniert. Er hatte eine Anzahl ›Bekannte‹ von der anrüchigen Sorte, für die er kleine Botengänge erledigte. Und dann kam ihm eines Abends eine unwiderstehliche Idee, als er zufällig beobachtete, wie Aristoteles Onassis mit Gefolge ins ›Hotel de Paris‹ ging. Er fand heraus, daß der das allabendlich zur gleichen Stunde tat, nämlich kurz bevor das Casino aufmachte. Am nächsten Tag stürzte er sich auf Onassis und sprach ihn auf griechisch an. Onassis sah einen kleinen Mann vor sich, der wie ein entwichener Sträfling aussah, und sagte im Vorbeigehen: ›Wenden Sie sich an meinen Sekretär.‹ Aber der Mensch lief ihm nach und rief: ›Kein Geld! Nicht eine Drachme.‹ Der Reeder stutzte. Kein Geld? Und schon redete der Kleine leise und merkwürdig eindringlich auf ihn ein. Er wolle nichts von ihm, absolut nichts – außer einem kleinen Gefallen. Würde der verehrte Kompatriot morgen abend, wenn er durch die Hotelhalle ging, einmal kurz mit dem Kopf nach links nicken, wo er mit einigen wichtigen Geschäftsleuten sitzen würde, und sagen: ›'n Abend, Achilles!‹ Das sei alles. Onassis betrachtete den verwahrlosten, schmächtigen kleinen Kerl und mußte lachen. ›Achilles heißt du?‹ Und sein Gefolge brach sofort in das von ihnen erwartete herzliche Gelächter aus, aber Kalandros wiederholte mit einer gewissen Würde: ›Achilles, jawohl.‹ – ›Abgemacht‹, rief Onassis, ein Mann mit Humor, und stieg die Treppe zum ›Hotel de Paris‹ hinauf. Am nächsten Tag verkaufte Kalandros sein letztes Besitztum, sein kostbarstes Kleinod, von dem er sich nur schweren Herzens trennte…«

Falke schwieg und sah von einem zum anderen.

»Ratet mal, was das war.«

Tilling wagte sich vor: »Der Ehering seiner Mutter?«

»Ja«, meinte Falke, »das wäre wohl die richtige Antwort gewesen – bis zum Ende des Zweiten Weltkriegs. Seither gibt es andere Prioritäten beim Pfiff aus dem letzten Loch. Kalandros bewahrte als wertvollstes Souvenir einen Goldzahn aus dem KZ Auschwitz auf. Mit diesem begab er sich ins Leihhaus und traf dann eine Verabredung mit drei potenten Mafiosi. Um acht Uhr trat Onassis, umgeben von seinem Stab, in die Hotelhalle und sah den Kleinen vom Vorabend – kaum wiederzuerkennen im Smoking – mit einigen wohlbeleibten Herren am Tisch sitzen. Amüsiert blieb er stehen und rief: ›'n Abend, Achilles!‹ Der war aber anscheinend in ein Gespräch vertieft, wandte kaum den Kopf und knurrte: ›Tut mir leid, Ari, ich hab' jetzt keine Zeit.‹«

Die drei an Falkes Tisch sahen zu dem kleinen Mann im Rollkragenpullover hinüber, und auf ihren Gesichtern war ein Ausdruck, der etwas von dem hatte, was sich damals auf Onassis' Gesicht abspielte.

Tilling fragte aufgeregt: »Hat er ihn rauswerfen lassen?«

»Er hat ihn noch am selben Abend engagiert, erst als Revisor seiner Tanker in Korinth, später holte er ihn dann nach Athen. So fing das an.«

»Und inzwischen hat er Millionen?« fragte Alexa.

»Nicht nur das, er gehört jetzt zu der Kategorie Leute, auf die ein vollgepacktes Flugzeug wartet, wenn sie sich verspäten.«

Maximiliane blickte fasziniert zu dem Tisch mit den vielen Rosen hinüber. »Er spielt seine Rolle ganz ausgezeichnet«, flüsterte sie Falke zu. »Der Millionär als einziger im Pullover – das beeindruckt.«

An Kalandros' Tisch wurde wenig gesprochen, aber um so eifriger gegessen. Er selbst hielt sich zurück, hatte beide Ellbogen rüde aufgestützt und blickte in die Runde. Alexa fühlte, wie sie der stahlgraue Blick streifte, und einmal glaubte sie, er habe sekundenlang auf ihr verweilt.

»Reiche Leute sind meistens langweilig«, meinte sie gedehnt.

»Aber wahnsinnig reiche Leute sind wieder was anderes. Eine andere Rasse.« Sie blickte ungeniert hinüber zu dem runden Tisch, an dem sich drei Kellner gleichzeitig um die Gäste bemühten. »Die Frauen sehen alle aus, als ob sie miteinander verwandt wären.«

»Sind sie auch«, sagte Falke. »Jedenfalls zwei von ihnen, Mutter und Tochter, rechts und links von Kalandros. Ich kenne sie, sie kommen jedes Jahr. Er hat mit beiden ein Verhältnis.«

»Mutter und Tochter? Wo kommen die her?« rief Tilling mit offenem Mund.

»Irgendwo aus dem Orient, dort ist das nicht so ungeheuerlich.«

Maximiliane sagte: »Wahrscheinlich ist er nie ganz über die Schuhhacken hinweggekommen und braucht Familienwärme. Doppelt gemoppelt... ihr wißt ja. *Die* zwei gefallen mir noch am besten, die anderen beiden sehen aus wie Staffage.«

Ein Kellner löste sich von Kalandros' Tisch und legte einen Zettel vor Falke auf den Tisch.

»Nein, so was!« sagte der lächelnd. »Das ist noch nie dagewesen. Kalandros gibt eine Party für die ›Gudrun‹ und ihre Gäste an Bord seiner Yacht.«

13

Zum erstenmal seit langer Zeit aß Falke sein Frühstück mit Appetit, ließ sich von Maximiliane Brötchen mit Honig bestreichen und nickte eifrig, wenn Alexa die Kaffeekanne fragend hochhob.

Warum, fragte sich Alexa, ist es heute auf einmal gleichgültig, was mit Maja geschehen ist? Hatte er etwas gehört? Nein, er hatte nichts gehört, sich aber Maximilianes Meinung zu eigen gemacht: Maja sei mit ziemlicher Sicherheit im »Gran Vittorio«, wo sogar die Polizei höchst ungern Razzien machte. Der Brief? Den würde er ignorieren. Wenn man sich den genau besah, war er eigentlich lächerlich und möglicherweise von Maja selbst geschrieben. Sie und Benito brauchten Geld, das war alles.

Um zehn Uhr rief Tilling vom Vorderdeck, daß er jetzt zum Postamt gehe, aber Falke stand auf und sagte, das sei nicht nötig, er sei auf dem Weg zum Parkplatz und werde selbst vorbeischauen. Zu Maximiliane meinte er beim Abschied lächelnd, er wolle mal in Chiavari die Criss-Craft-Werke besuchen.

»Criss-Craft? Will er die ›Gudrun‹ loswerden?« fragte Alexa.

»Noch nicht. Er will Tilling das kleine Criss-Craft-Rennboot kaufen, das er für die Wasserskischule braucht. Haben Sie davon gehört?«

»Tilling hat's mir erzählt. Hätt' ich Hannes nicht zugetraut.«

»Sie unterschätzen ihn, Alexa.«

»Möglich.« Sie folgte ihm mit den Augen, wie er über die Piazza ging, lenkte dann ihren Blick seitlich und ließ ihn am großen Griechen verweilen. »Persephone« hieß der mächtige Kasten. Auf Deck gab es einen roten Schornstein, weithin sichtbar, und angeblich ein Schwimmbassin, unsichtbar. Hin und wieder zeigte sich eine Schwarzhaarige im Badeanzug. Kalandros blieb wie immer verborgen. Alexa konnte sich nicht erinnern, ihn je an der Reling stehen gesehen zu haben. Der große Grieche fuhr auch nur ganz selten aus, obgleich die Mannschaft aus einem Kapitän und drei Matrosen bestand, die sich allabendlich gemeinsam in einem der Cafés betranken.

Maximiliane war ihrem Blick gefolgt. »Wollen wir spielen?«

»Nein. Jetzt nicht. Ich weiß genau, was das Thema sein würde.«

»Und? Ist es nicht immer nützlich, was in einem vorgeht, wie einen Hefeteig auszuwalzen?«

»Hab' keinen Appetit auf Teigiges. Ich will auch nichts auswalzen, im Gegenteil, ich möchte am liebsten alles hermetisch verschließen, mir über nichts klarwerden, alles schön im blauen Dunst lassen.«

Die alte Frau nickte zustimmend. »Den Zustand kenn' ich. Schade, daß er sich irgendwann auflösen muß.«

Im kleinen Postamt von Portofino schloß sich Falke einer Schlange von Touristen mit Postkarten in der Hand an. Als die Reihe an ihn kam, lächelte der Beamte. »*Ciao*, Signor Falke. Heute habe ich einen Ulk für Sie.« Er händigte ihm ein mit lauter bunten Buchstaben beschriftetes Kuvert aus.

Falke brachte ein »*Grazie*« und ein freundliches Nicken fertig und ging schnell auf die Straße hinaus. Maximiliane! Und er begann zu laufen – blieb plötzlich stehen. Nein, verdammt noch mal, das paßte nicht zur neuen Rollenauffassung. Ganz allein würde er sich irgendwo hinsetzen und den Brief ganz allein aufmachen – und vielleicht sogar ganz allein entscheiden, was zu tun war. Er zwang sich, langsam weiterzugehen, grüßte sogar einen winkenden Einheimischen, während ihm die Ohren sausten.

Im »Nazionale« fand er einen Platz weit hinten, damit ihn nicht zufällig jemand von der »Gudrun« aus sehen konnte. Er bestellte einen Cappucino und wettete mit sich selbst, ob er warten könne, bis der gekommen sei, bevor er den Brief öffnete – und gewann.

Hieß das nun, daß er sich wiedergefunden hatte? Denn darüber war er sich klar gewesen, er war sich ganz abhanden gekommen seit dieser Nacht, gelähmt und verängstigt. An Maximiliane hatte er sich geklammert, weil sie ihn durchschaute und doch bejahte.

Er strich mit der Hand leicht über seinen Leib und meinte, die Narbe zu fühlen. Die hatte dafür gesorgt, daß er nicht vergaß, hatte ihm die beiden Träume beschert, mit denen er sich über die Jahre abgefunden hatte, die er als eine Art Buße betrachtete, den einen, in dem er mit Franz kämpfte, im Dunkeln wie im Garten des Pingpongklubs, und den anderen, in dem er an der Bar im »Excelsior« saß, den Kopf wandte und Franz sah mit diesem Ausdruck irrer Freude im Gesicht. Jedesmal kam dann der Knall – einen Schmerz hatte er damals nicht gefühlt, nur eine gewaltige Erschütterung –, und der weckte ihn dann jedesmal auf. Diese Nachtgesichter überfielen ihn manchmal auch am Tag, zum Beispiel, wenn er auf der Kommandobrücke saß und nichts als das weite Meer vor sich sah. Merkwürdig, seit er Franz auf seinem Bett gefunden hatte, ließen sie ihn in Ruhe. Dafür sah er jetzt oft die Augen vor sich, das eine noch starrer als das andere, weil es schon so lange Zeit tot gewesen war.

Nächste Nagelprobe: den Umschlag auf den Tisch legen, aber nicht aufmachen, bevor die Tasse ausgetrunken war. Bestanden! Mein Gott, dachte er, nun bin ich doch so weit, daß ich mich frage, ob ich ihn überhaupt öffnen soll. Warum ihn nicht einfach wegwerfen?

Grübelnd saß er da, den Umschlag mit den lustigen bunten Buchstaben darauf in der Hand. Wegwerfen? Das wäre vielleicht doch ein Fehler, er würde sich dann immer wieder fragen, was wohl darin gestanden hatte…

Vorsichtig löste er die Klappe. Ein einziges Blatt, keine Anrede, keine Unterschrift. Ein paar Zeilen auf italienisch, ebenfalls mit bunten Farbstiften gekritzelt, wahrscheinlich mit verstellter Handschrift:

> Kommen Sie heute abend, Donnerstag, 10 Uhr, allein und unbewaffnet zum Bildstock unter dem Castello Besozzi. Bringen Sie 50 000 Lire in alten Scheinen mit. Ich habe eine Nachricht für Sie.

Sorgfältig faltete er das Blatt zusammen, lächelte ein wenig töricht vor sich hin, als hätte er eine besonders angenehme Nachricht erhalten, und steckte den Brief in die Jackentasche. Dann blickte er sich um, hoffentlich hatte ihn auch jemand gesehen. Drüben an einem Tisch saß ein Einheimischer, den er flüchtig kannte. Er grüßte ihn und winkte ihm zu, fühlte sich wohl, freute sich über sich.

Seine Eröffnung, er müsse heute abend »einen Geschäftsfreund« in Santa Margherita aufsuchen, wurde ohne weiteres angenommen. Alexa meinte, jetzt könne sie Maximiliane endlich das Pokern beibringen, und diese war zu seinem Erstaunen durchaus damit einverstanden. Er hatte immer geglaubt, sie hasse Kartenspiele.

Um neun Uhr dreißig machte er sich auf den Weg. So gegen halb zwölf würde er zurück sein. Keine Eile, hieß es.

Das Castello Besozzi, Familiensitz der Besozzis, einer alteingesessenen Familie, lag an derselben Bergstraße wie die Villa Goldoni, nur sehr viel höher. Die Straße war nur ein Mauleselpfad, unbefahrbar und ohne jede Beleuchtung. Es störte ihn nicht, obwohl es schon stockdunkel war. Er hatte gute Augen, und der Mond erhellte die Landschaft besser als Laternen. Ruhig atmend stieg er in gemächlichem, gleichmäßigem Schritt aufwärts, ohne Pause, ein Bergsteiger, und er wunderte sich über sich selbst. War's möglich, daß er körperlich sehr viel besser dran war, als er glaubte? Der Bauchschuß hatte ihn vielleicht doch nicht so drastisch behindert, wie er's anderen – und sich selbst – immer einredete.

Vor der Villa Goldoni legte er zum erstenmal eine Pause ein. Das Haus war hell erleuchtet, Jazzmusik schrillte durch die weit offenen Fenster, und er hörte Emilio lachen. Jetzt sah er ihn auch mit Fabrizio auf der Terrasse hinter dem Teleskop. Antonella war nirgends zu sehen.

Neun Uhr fünfzig. Langsam marschierte er weiter. Wie lange war das her, daß er in den Bergen von Portofino gewandert war! Zwei Jahre nach dem Bauchschuß hatte ihm der Arzt verordnet, lange Spaziergänge zu machen, am besten leichte Steigungen. An Lucias Arm und später an Gudruns war er damals auch diesen Weg hinaufgestiegen, recht mühsam, und nach Gudruns Tod hatte er's aufgegeben. Den starken Duft der Frühlingsblüten in den Olivenhainen erkannte er wieder und den nächtlichen Wettstreit der Vogelstimmen. Er blieb stehen. Da war doch eine, die er kannte! Er glaubte sogar, hellgraues Gefieder vorbeiflirren zu sehen. Ein Nachtreiher! Vielleicht hatte er sein Nest in dem dichten Gebüsch unten am Abhang. Lucia, erinnerte er sich, war auch immer stehengeblieben und hatte ihm zugehört, es sei doch ein seltsames Gemisch von Gesang und Geschrei... Ob es der gleiche Vogel war? Dann wäre er jetzt vierzehn Jahre alt. Wahrscheinlich war's ein Junges von ihm. Er wanderte weiter, meinte, außerdem noch neben den vielen Zikaden zwei Bergfinken und ein Nachtkäuzchen auszumachen, aber auch wenn sie alle schwiegen, flüsterte und flirrte es von Nachtgeräuschen um ihn her. Es war ihm, als könnten sie ihm jede Schwere nehmen und ihn anheben, so daß er federleicht nach oben schwebte.

Um den Bildstock mit dem verblichenen Madonnenbild hinter dem Einweckglas voller Glockenblumen schwirrten Glühwürmchen. Er stand direkt am Pfad unter den Mauern des Castello Besozzi. Ihm gegenüber wuchs eine riesige Kastanie. Sie tauchte alles in ihrem Umkreis in tiefen, blauschwarzen Schatten, den nur die Glühwürmchen mit den Staccato-Explosionen ihres winzigen Lichts aufzuhellen versuchten.

Nicht schlecht ausgesucht, dachte Falke. Er sah sich nach allen Seiten um, setzte sich schließlich unter den Baum und lehnte den Kopf gegen den mächtigen Stamm.

Jetzt, da er auf dem Boden saß, atmete er noch ganz andere

Düfte der blühenden wilden Waldsträucher und Blumen ein. Wieder durchströmte ihn ein starkes Gefühl der Befriedigung wie morgens im »Nazionale«. Ich schließe die Augen, dachte er, jetzt, in diesem Augenblick, in dem ich aufs äußerste gespannt um mich spähen und lauschen sollte. War nun diese Gelassenheit echt und nicht nur eine Pose? Würde sie andauern? Und war es wahrhaftig nur eine Frage des Willens gewesen, sein erbärmliches Zagen und Verzagen loszuwerden? Er wünschte, Maximiliane könnte ihn jetzt sehen.

Er öffnete die Augen und besah sich seine unmittelbare Umgebung. Auf der einen Seite des Pfades ragten die steilen Castello-Mauern auf, und direkt neben ihm fiel der Bergabhang terrassenförmig, von Büschen und Olivenbäumen bewachsen, in die Tiefe. Wahrscheinlich saß der Kerl längst dort unten in einem Gebüsch versteckt und lauerte. Ganz bestimmt würde er nicht auf dem mondhellen Pfad heraufkommen, auf dem er schon aus einiger Entfernung erkennbar wäre.

Aber da täuschte er sich. Wenige Minuten später sah er jemand unten um die Kurve den Pfad heraufwandern und hörte Steine knirschen und kleine Äste knacken. Der Mann war von mittlerer Statur, schmächtig, trug Jeans und eine Wolljacke. Benito Bettio.

Unbeweglich, den Kopf an den Stamm zurückgelegt, blieb Falke sitzen.

Der junge Mann setzte bedächtig einen Fuß vor den anderen, stand dann aber still und spähte ins Dunkel unter der Kastanie. Möglich, daß er Falke, der schwarze Leinenhosen und einen schwarzen Pullover trug, noch gar nicht gesehen hatte.

»Komm her«, befahl Falke mit leiser Stimme. »Setz dich hin!«

Benito zögerte sekundenlang, hob dann den Kopf und kam näher.

»Hierher.«

»Wie Sie wünschen, Opa.« Er setzte sich neben Falke ins Gras, das am Rand des Pfades wuchs, und kicherte.

Falke blickte ihn kalt und prüfend an, wartete.

Der Junge kicherte noch einmal, als sei dieses nächtliche Rendezvous ein kapitaler Spaß, kreuzte die Arme über der Brust und meinte wie nebenbei: »Haben Sie die Kohlen?«

Jetzt war's an Falke, zu lachen. Benitos Stimmung schlug um.

»Das ist gar nicht komisch, Sie!«

»Doch«, sagte Falke und verabreichte ihm blitzschnell zwei Maulschellen, deren Wucht den Jungen beinah umwarf. »Sei froh, daß ich's komisch finde. Verplempere nicht meine Zeit. Wo ist Maja?«

Die Rasanz der Schläge und ihre Härte hatten Benito einen solchen Schock versetzt, daß es ihm zunächst die Sprache raubte. Er konnte gerade noch unterdrücken, wie ein Schuljunge beide Hände an die flammenden Wangen zu drücken.

Falke studierte ihn von der Seite. »Nun?«

Benito atmete laut vor Wut und Scham. Sollte er dem Alten ebenfalls eine knallen? Aber was nützte ihm eine Prügelei! »Auf meinem Bett. In meiner Pension«, knurrte er.

»Du willst sie loswerden?«

»Ich will mein Geld. Sie hat meine Brieftasche geklaut, mein ganzes Geld. Und mein Billett. Ich kann nicht mal nach Hause fahren.«

Falke lachte laut. »Geschieht dir recht. Wieviel war's denn?«

»18 000 Lire.«

»Und die restlichen 22 000 – die sollten Schmerzensgeld sein?«

Benito schüttelte den Kopf. »Benzin beim Stoffsuchen. Und... Stoff.«

Der Mann neben ihm wandte den Kopf und blickte auf die Hügel, die mit silberner Radiernadel gezeichnet schienen, und dann über sie hinweg aufs Meer, auf dem die kleinen Lichter der Fischerboote wie die Glühwürmchen um sie herum blinkten. Der Junge unterbrach ihn nicht, er hatte das Gefühl, daß jetzt was laufen würde.

»Hör zu. Du bringst sie morgen nachmittag um vier Uhr dreißig zum Bahnhof in Santa Margherita. Zug nach Frankfurt über Genua. Kauf ihr Stoff bis Frankfurt!«

»Und dann?«

»Dann? Was geht's dich an?«

Benito blickte zu Boden, zupfte Gras aus, wiegte den Kopf mit den kurzen schwarzen Locken langsam hin und her. »Sie liegt auf meinem Bett und heult. Und... ich hab' sie gern.«

Schweigend betrachtete ihn Falke. Er seufzte und nickte ein paarmal, meinte nur: »Ja.«

Dann griff er in die Tasche und holte Geldscheine heraus, zählte sie und sah, als er einmal aufblickte, in das gierige Gesicht des Jungen. »Mach dir keine Hoffnungen, ich habe nur die Hälfte mitgebracht. 25 000. Hier sind 18 000. Morgen am Zug gebe ich dir noch 7000. Und natürlich, was du für den Stoff ausgelegt hast. Bring eine Quittung mit!« Benito sah ihn wortlos an. »Das war ein Scherz, Junge.«

»Und was geschieht mit ihr in Frankfurt? Sie sagt, sie ist auf einem miesen Trip, und sie hat Angst, sie kommt auf Horror. Wissen Sie, was das ist?«

Diesen Typ haute nichts um, der nickte nur wieder, unbewegten Gesichts. »Morgen früh werde ich Dr. Gerstner, unseren Vertrauensmann in Frankfurt, anrufen. Er wird sie abholen. Er versteht's mit ihr, und sie mag ihn. Es ist wieder an der Zeit, daß sie nach Bernhagen kommt, das ist eine Entziehungsanstalt. Keine Angst, sie war schon zweimal dort, und es hat ihr gutgetan, es hält nur nicht lange an. Die Leute dort nehmen sie auch nicht immer, aber ich werde morgen mit ihnen sprechen. Vorige Woche habe ich schon einmal angerufen, und da sagten sie mir, es gebe jetzt eine neue Therapie, mit der sie einigen Erfolg hätten.«

Benito sagte nichts mehr, riß an den Grasbüscheln. »Was soll's«, murmelte er schließlich. »*Ich* kann ihr nicht helfen. Sie wollte mir absolut einen Druck machen, nur damit ich's verstehe.«

»Und? Hat sie's getan?«

»Ja. Aber ich... Es haut nicht hin bei mir, ich muß nur kotzen.«

»Du hast Glück.«

Umständlich kam der Junge auf die Beine, stand noch einen

Augenblick unschlüssig da. »Santa Margherita, Bahnhof, vier Uhr dreißig. *Okay.*«

Er schlurfte auf platten Sneakers davon.

Falke blieb sitzen, blickte ihm nach und sah, wie er plötzlich kehrtmachte und wieder zurückwanderte, noch langsamer als das erstemal. Ohne ein Wort setzte er sich neben ihn ins Gras.

»Gibt's noch was?«

»Ach, Scheiße«, wisperte der Junge mit gesenktem Kopf, kaum daß Falke ihn hören konnte. »Ich brauch' Kohlen.«

»Ich hab' dir doch gerade 18 000 Lire gegeben.«

»Ich brauch' mehr. Viel mehr. Ich könnt' Ihnen was verkaufen.«

Also doch! Falke fühlte, wie sein Herz anfing zu klopfen; aus war's mit der schönen Gelassenheit. Mit Mühe zwang er sich zu seinem früheren leichten Ton zurück: »Zum Beispiel?«

»Ich riskier' was. Der Babbo wird mir den Kopf abreißen. Außerdem weiß ich nicht, ob's Ihnen noch was wert ist.« Er setzte sich auf und sah Falke forschend ins Gesicht. »24744 *ferma in posta* Genua – sagt Ihnen das was?«

Falke schüttelte den Kopf, während ihm die Ohren sausten. Sprechen konnte er im Augenblick nicht.

»Würde Sie's interessieren?«

Falke würgte an einem heiseren »Vielleicht«.

»Nämlich – wenn Sie wirklich nichts davon wissen, dann wird mir einiges klar.«

»Warum?«

»Weil Sie neulich ins Büro kamen und so ganz nebenbei fragten, ob der Babbo was Neues wüßte von diesem Deutschen, da haben *wir* uns gefragt: Weiß der wirklich nichts, oder tut der nur so? Also: Was ist? Wollen Sie's wissen? Was zahlen Sie mir?«

Falke räusperte sich umständlich und tat, als müsse er erst überlegen. »Das kommt drauf an. Was ist mit diesem *ferma in posta* Genua?«

»Wieviel?« fragte Benito frech. Solange der Alte zögerte und hustete, hatte *er* die Oberhand.

Wenn Falke über den Kopf des Burschen hinwegschaute und dann ganz langsam sprach, würde es vielleicht nicht auffallen, wie drastisch sich das Klima ihrer Transaktionen verändert hatte. »50 000 – aber nur, wenn du ganz auspackst, alles, von Anfang an.«

Vergebliche Hoffnung. Benitos Schweinsaugen blinzelten verschlagen. »Von Anfang an? Ich war ja noch ein Kleinkind, als der Ihnen das Loch im Bauch verpaßte.«

Er sah sich gezwungen, den frechen Ton zu ignorieren. »Woher weißt du davon?«

»Mein Babbo hat's mir neulich erzählt, als Sie gegangen waren. Seit einem Jahr arbeitet er mich ja ein, ich darf an alles ran im Büro. Soll's ja mal übernehmen.«

»So. Na dann, fang mal an! Was geschah, nachdem ich deinem Vater gekündigt habe?«

»50 000, ja oder nein.«

»Ja.«

»*Okay.*« Der Alte war zwar ein Spinner, aber wahrscheinlich in Ordnung. Benito saß noch eine Weile unentschlossen da und rupfte Gras, brach dann aus: »Ich baue Mist! Der Babbo sagt, ein guter Detektiv darf nichts verraten – nur dem, der bezahlt.«

»Ich bezahl' dich ja. Los, fang an!«

»Also, der Babbo holte Ihre Akte raus, denn wir konnten's einfach nicht verstehen, was Sie von uns wollten nach dieser Ente in Sizilien.«

»Sizilien?« wiederholte Falke, zu fassungslos, um sich zu beherrschen.

Benito betrachtete ihn prüfend und fühlte, er hätte ruhig 70 000 verlangen können. »Sie wissen also wahrhaftig nichts? Ich denke, 24744 ist ein Bekannter von Ihnen? Der hat Ihnen nichts verpaßt?«

Was jetzt? Mit den Achseln zucken, neutral bleiben. »Man ist nicht immer in Kontakt.«

Benito seufzte und schüttelte sorgenvoll den Kopf. »Ich würde kein Wort mehr sagen, wenn ich nicht die Kohlen bräuchte.«

»Was war in meiner Akte?«

»Erst mal lauter alte Briefe von Ihnen aus den Jahren nach dem

Krieg, immer dasselbe, ob der Babbo dem Deutschen auf der Spur ist. Bis zur Briefkopie vom Babbo, daß die Spur nach Argentinien führt, wissen Sie noch?«

Falke nickte.

»Und dann war da Ihr Brief mit der Kündigung: Amnestie, und sie hätten kein Interesse mehr und so. Der Babbo schrieb noch mal, das sei doch schade, der Kerl sei doch 'n Mörder. Aber kein Piep mehr von Ihnen. Und dann kam der erste Brief von 24744.« Dem Typ geht das richtig an die Nieren, dachte Benito, der kein Auge von Falke ließ.

»Weißt du das Datum?«

»Nein, Mensch, Sie verlangen aber zu viel. Ich hab' ein gutes Gedächtnis, aber wieso sollt' ich mir so ein Datum gemerkt haben! Das war... irgendwann, nicht lange danach, nach Ihrem letzten Brief, glaube ich.«

»Was stand drin? Sag's mir genau.«

»Na, daß der Absender ein Bekannter ist von Ihnen, und er hätte schon viele Detektive ausprobiert, und er hätte zufällig erfahren, daß Sie nicht mehr an diesem Deutschen interessiert sind. Er hätte aber auch noch ein Hühnchen mit dem zu rupfen, der schulde ihm noch so einiges. Und kurz und gut, er wolle es mal mit dem Babbo versuchen. Seine Anschrift würde 24744 *ferma in posta* Genua sein, weil das der Tag war, an dem der Kerl zum letztenmal gesehen worden war...«

Falke schloß sekundenlang die Augen. Daß er nicht selbst darauf gekommen war! Der 24. Juli 1944, der Tag in Florenz...

»Und da war noch ein Postskriptum: *Sie* sollten nichts erfahren, bis wir Resultate haben.«

»Und dann?«

»Lange Korrespondenz, bis sie sich einig waren, der Babbo und dieser 24744. Zweimal im Jahr wollte der zahlen – wieviel, sag' ich nicht –, und Babbo sollte Bescheid geben. Dann blieb's lange Zeit bei ›Überweisung dankend erhalten. Keine weitere Information‹ – bis neulich...«

»Wann genau? *Genau*, bitte.«

»Na neulich! Vor zwei, drei Wochen oder so.«

»Los!« Falke schrie, konnte sich nicht mehr zurückhalten. »Los, sag schon, was war da, sonst kriegst du keinen Pfennig.«

Benito wunderte sich und nahm sich Zeit. »Warum sind Sie so aufgeregt? Interessieren Sie sich denn wieder für den Kerl?«

»Los!« Das kam so drohend, daß Benito die Schultern hob und mit zusammengekniffenen Schweinsaugen konzentriert in die Baumkrone blickte. »Kopie von Babbos Brief an 24744 – den genauen Tag weiß ich nicht, Sie, wir haben noch 'ne Menge anderer Fälle, verdammt noch mal...«

»Für 50 000 Lire hast du jetzt nur einen einzigen Fall. Also?«

»Der Babbo schrieb 'nen Eilbrief an 24744 *ferma in posta* Genua, er hat Nachricht, daß da ein Deutscher unter Mafialeuten in Sizilien ist...«

»Weiter«, knurrte Falke. »Was stand noch in dem Eilbrief?«

»Na, der Report über 'ne Polizeirazzia in Catania, wen die alles hoppgenommen haben, aber die meisten sind dann wieder entwischt. Und da war eben eine Notiz über einen einäugigen Deutschen – mein Babbo hat ja überall prima Kontakte –, und der Mann hieß Francesco. Ob der auch wieder frei war, wußte er nicht. Aber das könnte doch der Kerl sein, oder? Hans oder Franz soll der doch heißen. Das schrieb mein Babbo an 24744 – und bekam sofort 'ne Antwort.«

»Ja?« drängte Falke.

»24744 wollte auf der Stelle nach Catania fliegen, Babbo sollte Namen und Adresse von seinem Kontaktmann telegrafieren. *Die* sag' ich Ihnen aber nicht, Sie, auch wenn Sie mir 100 000 Lire geben.«

»*Okay.* Weiter!« Wenn nötig, würde er's aus Bettio herausholen.

»Wir sollten *Ihnen* aber nichts sagen, das wollte 24744 selbst besorgen, wenn er den Mann gefunden hat.«

»Und?« trieb Falke an. »Ist er nach Catania geflogen?«

»Ja doch. Aber es war eben 'ne Ente. Er schrieb aus Catania an Babbo, alles im Eimer, der Einäugige sei zu jung. Aus.«

»Aus«, murmelte Falke automatisch, während sein Gehirn sich mühte, mit der Fülle der erstaunlichen neuen Enthüllungen fertig zu werden. Dann fiel ihm plötzlich ein: Das alles war ja letzten Endes völlig gleichgültig! Franz war tot. Was gingen ihn Catania oder der zu junge Einäugige an? Wichtig war nur: Wer war 24744? Wer konnte das sein?

Sekundenlang versank alles um ihn herum, und er blickte starr in die schwarzen Schweinsaugen des Burschen, ohne sie zu sehen.

Benito unterbrach die plötzliche Stille, indem er mit dramatischer Betonung rief: »Und dann erscheinen *Sie* plötzlich im Büro! Was sollten wir machen? Wir durften's Ihnen doch nicht sagen. Es war doch 'ne Ente gewesen...«

Falke packte ihn am Kragen, zog ihn dicht an sich heran und flüsterte: »Wer ist 24744? Ich will's wissen.«

Vergeblich versuchte Benito sich zu befreien, zeterte: »Ich weiß es doch nicht! Der Babbo auch nicht. Wir würden's gern wissen, dann könnte man nämlich...« Er stockte.

»Könnte man *was* nämlich?«

»Na, man könnte ihn besuchen und... und vielleicht mehr Spesen kriegen, alles ist doch viel teurer jetzt...«

Falke ließ ihn los; es sah aus, als wüßte der Junge wirklich nichts.

Benito rieb sich den Hals. »Ich möcht' jetzt abhauen, wenn Sie nichts dagegen haben. Muß noch... Stoff besorgen.«

»Im ›Gran Vittorio‹, ich weiß. Geh nur.«

»Und meine Kohlen?«

»Bekommst du morgen am Bahnhof.«

»*Okay*. Dann geh' ich jetzt.« Aber er stand noch immer da.

»Noch was?«

»Können Sie mir später mal schreiben, wie's ihr geht?«

»Ja.«

Er trollte sich, plötzlich in Eile, und stieß wütend kleine Steine nach rechts und links aus dem Weg.

Falke sah auf die Uhr. Nach elf. In dieser einen Stunde hatte sich einiges ereignet. Die Sache mit Maja war einigermaßen unter

Kontrolle. Ab morgen würde sie für einige Monate aufhören, ihm auf der Seele zu liegen. Dafür war 24744 in sein Leben getreten.

Unten am Pfad bog Benito gerade um die Kurve und verschwand, ohne sich umzusehen.

Falke gestand sich ein, daß er lange nicht mehr so zufrieden mit sich war wie vorher. Alles, was mit Kossak zusammenhing, setzte ihn außer Gefecht, warf ihn immer noch um. Er grübelte, schloß die Augen, abgekämpft, in tiefer Niedergeschlagenheit.

Nach einer Weile zog er sein Notizbuch aus der Tasche. Das einzige, was er tun konnte, war, jeden Namen, der auch nur im entferntesten in Frage kam, aufzuschreiben. Es konnte sich ja nur um eine Person handeln, die an jenem Tag in der Bar zugegen war oder davon wußte und außerdem von seiner Beziehung zu Bettio Kenntnis hatte. Sorgfältig ließ er jeden Revue passieren. Keiner paßte in beide Kategorien hinein, mit Ausnahme von Maximiliane, die nicht in Frage kam – und Lucia. Lucia qualifizierte sich in jeder Hinsicht *und* hatte ein Motiv! Ganz deutlich sah er sie vor sich, groß – so groß wie er selbst –, muskulös wie ein Athlet, schön auf eine Weise, als gehöre sie zu einem wilden, barbarischen Stamm, mit ihren ungezähmten weißgelben Haaren und den glühenden, hellen Augen, hinreißend, wenn sie lachte, Feuer und Flammen sprühend, hemmungslos... und dann, wenn sie mit zusammengepreßten Lippen, breitbeinig und drohend vor ihm stand, blanker Haß in den Augen... gefährlich, wenn sie gereizt war, keine Frage – aber eine Mörderin?

Niemand anderes kam in Frage, sosehr er sich auch den Kopf zerbrach. Er konnte sich nicht erinnern, einem seiner Freunde – gab es überhaupt welche? – oder Bekannten damals von Bettio erzählt zu haben, und die wenigsten wußten von dem Schuß in Florenz; man hielt die Narbe allgemein für eine Kriegsverletzung. Blieb nur noch Tilling. Ja, der wußte jetzt alles, war aber viel zu jung, um 24744 zu sein. Was konnte man nur unternehmen, um diese Person ausfindig zu machen? Denn daß sie der Mörder war, darüber gab's keinen Zweifel. Noch was: Diese geheimnisvolle Ente in Catania... vielleicht war's gar keine gewesen, und Bettio war bewußt irregeführt worden, vielleicht hatte 24744 Franz tatsächlich aufgestöbert, ihn nach Portofino gelockt und ermordet? 24744 *ferma in posta* Genua... Man könnte Bettio bestechen, einen Brief dorthin zu schicken, und dort, am Postamt, würde er dann stehen, tagelang, wenn nötig, bis der Adressat auftauchte... Das war der einzige Weg. Nächste Woche würde er nach Rom fliegen und möglichst mit Bettio zusammen den Brief abfassen – sicher nur eine Geldfrage.

Und was war mit dem Erpresserbrief? Die eine Million Lire sollten auf einem anderen Postamt, in Chiavari, liegen. 24744 in Genua und Exflor in Chiavari – war das nun ein und dieselbe Person? Übermorgen lief die Frist ab. Wär's nicht einfacher, dann das kleine Postamt in Chiavari zu beobachten, und wenn Exflor oder 24744 ein Bekannter war, dann würde er auf der Stelle... Ich werde langsam kindisch, dachte er. Als ob Exflor oder 24744 dort in eigener Person erscheinen würden, um nach dem Kuvert zu fragen!

Er stand auf. Sehr weit war er auch jetzt noch nicht gekommen.

In Maximilianes Kabine war noch Licht.

»Nun? Hast du pokern gelernt?«

»Ich hab' kein Talent für Karten. Alexa hat's bald aufgegeben und ist voller Verachtung ins Bett gegangen.«

Er stand vor ihrem Bett und blickte geistesabwesend auf sie hinab.

»Und dein ›Geschäftsfreund‹? Seit wann gibt's den?«

Wenn er ihr nun in Bausch und Bogen alles berichtete, bedeutete das, daß er seine frisch errungene Unabhängigkeit wieder aufgab? Möglich. Und trotzdem konnte er sie nicht auf halber Strecke stehenlassen; er würde es ihr erzählen, aber dennoch seine eigenen Entscheidungen treffen.

»Bist du sehr müde, Maxie?«

»Warum? Willst du noch ausgehen?«

»Ich möchte dir was erzählen. Hab' einiges erlebt heute abend.«

»Warte«, unterbrach sie ihn und zerrte die Papierrollen aus den dünnen weißen Löckchen über der Stirn. »So. Jetzt kann ich dich besser hören. Schieß los.«

»Den ›Geschäftsfreund‹ gibt es natürlich nicht«, begann er, als er neben ihr auf der Bettkante saß. »Das hast du sicher sofort gewußt. Dafür ist jetzt ein neuer Schwarzsender aufgetaucht. Der erste hieß Exflor, der zweite hat noch mehr an Gesicht verloren und ist nur noch eine Zahl. Er nennt sich schlicht und einfach 24744.«

Während seines Berichtes sprach sie kein Wort, betrachtete ihn nur aufmerksam mit ihren Basiliskenaugen.

»Ich freu' mich«, sagte sie schließlich. »Ich fühle mich fröhlich wie eine Lerche, dabei hab' ich keinen Schluck getrunken, mein Ehrenwort. Viel wichtiger als diese dumme Zahl ist mir, daß du beinah wieder der alte bist. Daß du's mir zunächst nicht erzählt hast, gefällt mir am allerbesten.«

Sie grinste ihn verschlagen an.

»Am Ende krieg' ich's ja doch zu hören. Was dieser Junge da verzapft hat, glaube ich aufs Wort. Es stimmt. Das ist mein Gefühl. Es enthält die richtige Mischung aus Geheimnistuerei und primitiver Logik, die schwer zu erfinden ist. Und glaub mir, es sieht nur oberflächlich so aus, als würde alles noch komplizierter werden, ich seh' jetzt so was wie einen roten Faden. Nur Exflor paßt mir nicht ins Bild. Ich könnte schwören, der hat mit Kossak nichts zu tun, der kommt von ungefähr, durch irgendeinen Zufall – und blufft.«

»Übermorgen läuft sein Ultimatum ab.«

»Ich werde trotzdem ruhig schlafen.« Sie rutschte tiefer unter die Bettücher und murmelte: »Maja... Es hätte schlimmer sein können. Noch ein Glück, daß sie bei diesem Burschen gelandet ist! Aber meine spanische Großmutter hätte hinzugefügt: ›Gott bewahre uns vor allem, was noch ein Glück ist...‹«

Friedlich lächelnd schlief sie auf der Stelle ein.

14

»Ich hätte nie gedacht, daß der alte Grieche so viele Lampions an Bord hat. Ganze Girlanden.«

»Ich seh's auch mit bloßem Auge. Rot und grün, ordinär. Verschandelt den ganzen Hafen. Hat er schon jemals eine Party gegeben?«

»Noch nie. Er rührt sich ja auch nicht, ist höchstens zwei-, dreimal ausgelaufen, seit er hier ankam vor ein paar Jahren. Das Boot ist mehr ein Büro, seine Geschäftszentrale. Er lebt doch nur für seine Deals, *abgesehen von den paar Bienen. Die tun mir leid. Die Mannschaft kauft ein und kocht, kein Mensch kommt sie besuchen – was machen sie nur tagein, tagaus?«*

»Sie tragen ihren Schmuck, das unterhält kolossal. Manchmal baden sie tagsüber, planschen herum wie kleine Kinder. Schwimmen können sie nicht. Abends sitzen sie vorm Fernseher, verstehen kein Wort.«

»Was meinst du, wie viele Teleskope jetzt auf das Ding gerichtet sind?«

»Alle ohne Ausnahme, also mindestens zwei Dutzend. Das wissen die auch, unten auf dem Boot. Und die heroben fummeln an der Sehschärfe und sind beleidigt, weil sie nicht eingeladen worden sind.«

»Ich sehe nur die ›Gudrun‹-Leute – minus Tilling.«

»Ein alter Snob, Kalandros. Er hat die Party für Alexa gegeben. Siehst du sie?«

»Jetzt nicht. Ich sehe Falke mit drei Bienen an der Reling. Die

Alte liegt auf einer Liege neben der Mutterbiene. Recht ruhig, diese Party, nur die Kellner laufen umher mit den Tabletts. Bei Maximiliane wird ihnen immer was abgenommen.«

»Wo ist Kalandros?«

»Unsichtbar. Vielleicht irgendwo mit Alexa, vielleicht zeigt er ihr das Boot. Er hat's wahrscheinlich auf sie abgesehen, jetzt ist sie ja frei. Früher, als Gerd noch hier war, hat er sie bestimmt beobachtet – angeblich hat er einen Feldstecher in seiner Kabine und läßt sich nichts entgehen –, aber er hat eine strikte Moral, was verheiratete Frauen angeht.«

»Woher weißt du das alles?«

»Von seinem Kapitän. Der klagte mir neulich sein Leid, schon ziemlich voll am hellen Nachmittag. Früher war er bei der französischen Kriegsmarine, dann hat ihn Kalandros für viel Geld angeheuert. Nun sitzt er im Hafen und paßt auf, daß das Deck gescheuert wird.«

»Warum kündigt er nicht?«

»Er ist ein Franzose, er spart.«

»Merkwürdiges Geschöpf, diese Alexa, ich werd' nicht schlau aus ihr. Mit Gerd – das lag genau zwischen einer Liebesheirat und einem Busineßarrangement, so was gibt's. Jetzt ist sie frei, noch relativ jung und ohne einen Pfennig, also käme Kalandros gelegen. Aber was sie mit Tilling treibt, ist bestimmt keine ruhige, runde Sache...«

»Alexa – die fünfte Biene?«

»Möglich, daß er den ganzen Schwarm satt hat. Ich könnte mir vorstellen, er findet die anderen königlich ab.«

»Und was ist mit Falke? Sieht er ruhig zu?«

»Noch hat er andere Sorgen, noch ist alles in der Schwebe. Gott sei Dank. Ich kann mir nicht vorstellen, daß er ruhige Nächte hat...«

»Ich glaube, ich höre Musik.«

»Sie tanzen! Die Bienen tanzen zusammen... zu zweit und eine allein.«

»Und Falke?«

»Rührt sich nicht, steht allein an der Reling, hat sich wahrscheinlich mit seiner Narbe entschuldigt ... Ein Steward kommt aus dem Salon ... er schlägt auf einen Gong ...«

»Ich kann's hören.«

»Aus mit dem Tanzen. Jetzt seh' ich auch Alexa in weißen Hosen – ich dachte, sie wäre einer von der Mannschaft – und Kalandros ... Sie kommen vom Vorderdeck ... Alle gehen hinein ...«

»Die essen drinnen?«

»Es ist später noch zu kühl draußen, die Bienen kommen doch alle aus einem warmen Klima angeflogen, aus Griechenland oder aus der Türkei, da herum ... Ein Steward sammelt die Gläser ein ... jetzt geht er auch hinein ... Das Deck ist leer.«

»Ordinär, diese Lampions.«

Auch vom Hafen aus wurde der große Grieche mit angespannter Aufmerksamkeit beobachtet. Abseits von den Touristen, die sich auf der Piazza drängten und in den Restaurants auf den Stühlen standen und die Hälse reckten, lehnte Tilling mit heißen Augen an der Laterne beim »Nazionale« und konnte sich nicht losreißen. Das lag auch daran, daß er wußte, was zu Hause auf ihn wartete. Überraschend hatte sich Inga früh am Morgen aus Genua gemeldet und für den Abend angesagt.

Als der Gong ertönte und die Gäste vom Deck verschwanden, pfiff er Tasso, wanderte langsam den Weg zum Parkplatz hinauf und sprach ernst auf sich ein: Die Einladung war für den Kapitän und die Bewohner der »Gudrun« gewesen. Klar, daß er damit nicht gemeint war. Daß er neulich im »Pitosfero« mit am Tisch gesessen hatte, mußte Kalandros zu nichts verpflichten. Er gehörte dort nicht hin. Alexa gehörte hin. Er nicht. So war das nun mal.

Er schwang sich auf sein Rad und fuhr los. Nie mehr würde er in der Dunkelheit die Autostraße entlangradeln, ohne sich einzubilden, daß sie auf der Lenkstange saß. Wie gestern nacht. Sie waren nicht wieder fischen gegangen, sondern gleich ins Haus. Diesmal hatte er alles vorbereitet, Feuer gelegt und die Lampen angezündet. Vom Knacken der Pinienscheite fröhlich begrüßt, waren sie umschlungen eingetreten. Ihr gefiel's genausogut wie ihm, sein kleines Haus, da war er ganz sicher. Das Bett wurde vermieden. Vor das offene Feuer hatte er die Matratze gelegt. Schön sei sie nicht, aber sauber, hatte er Alexa versichert. Und *unbezogen* legte sie keine Verbindung mit früherem Geschehen nahe, jedenfalls nicht zwangsläufig, das hatte Alexa auch sofort verstanden. Dieses zweite Mal war sehr verschieden vom ersten: Man betrat nicht mehr Neuland, man tastete oder stürmte nicht mehr blind voran, man kannte sich genau aus, es ging ziemlich schnell – zu schnell! –, man *konnte* gar nicht fehlgehen. Und während er am Rand der Autostraße entlangradelte, stellte er ruhig fest, daß er Ähnliches mit Inga nie erlebt hatte. Und noch etwas erkannte er ganz klar: Nichts von dem, was er mit Alexa erlebte, ließ sich auf jemand anderen übertragen. Was ihm da erschlossen wurde – oder grob gesagt, was er da lernte –, konnte er nicht bei Inga anwenden.

Ob sie's sofort merken würde? Todsicher. Hatte es einen Zweck, zu leugnen? Das würde alles nur schlimmer machen, sie hatte auf allen Gebieten Oberwasser. Aber während er zum Haus hinaufstieg, fiel ihm eine kleine Veränderung in seiner Einstellung zu Inga auf: Er war zwar wie immer besorgt, aber nicht ängstlich. Die Fenster waren erleuchtet, und das Feuer brannte im Kamin. Inga, das lange blonde Haar lose über den Schultern, saß im Pyjama am Tisch, den Kopf in die Hand gestützt, als warte sie schon eine ganze Weile. Aber sie meinte nur: »Wo bleibst du denn? Tasso heult schon seit einiger Zeit vor der Tür. Ich hab' noch nichts gegessen.«

Sie stand auf und ging in die Küche. Ohne Vorwurf, ohne gezielte Fragen? Verwundert und erleichtert sah er ihr nach. Düfte von Bratkartoffeln und Speck kamen aus der Küche, er hörte, wie sie Eier aufschlug, und bereitete sich auf eine echte bayrische Mahlzeit vor.

Eine geöffnete Flasche Chianti stand schon auf dem Tisch. Er füllte die Gläser, trank seins schnell leer, füllte es wieder und setzte sich auf seinen Platz. Erst würde er das Essen loben, dann aber sofort vom großen Griechen anfangen, wie herrlich der plötzlich beleuchtet war, von der Musik, von den tanzenden Mädchen, von der vollgepackten Piazza und der allgemeinen Begeisterung erzählen.

Inga, die nußbraunen Augen nachdenklich auf ihn gerichtet, aß und trank nur wenig. Sie hörte etwas abwesend zu, wie ihm schien, aber wenn er zu hastig kaute und sich verschluckte, äußerte sie sich nicht spöttisch wie sonst über seine Nervosität, sondern klopfte ihm hilfreich auf den Rücken. Dann wollte sie wissen, wer alles eingeladen war, und staunte, daß so viel Glanz nur für die paar »Gudrun«-Leute aufgewendet wurde.

Schließlich meinte sie langsam, und als fiele es ihr nicht leicht, das zu sagen: »Ich wundere mich, daß der an so etwas teilnimmt. Er scheint mir ein Gemütsathlet zu sein, dein verehrter Boß. Ist er denn in der Stimmung? Von dem Mörder hat er wohl nichts mehr gehört, oder? Alles bestens, und die ganze Angelegenheit einfach vergessen.«

»Nein, nein, er hat's nicht vergessen. Das kann er gar nicht, nämlich – der Brief ist gekommen, der Erpresserbrief.«

»Was du nicht sagst! Und? Hast du ihn gelesen? Erzähl!«

Sie beugte sich ein wenig vor, saß dann ganz still und unterbrach seinen Bericht mit keinem Wort, sagte auch nichts, als er geendet hatte, sondern lehnte sich nur wieder in ihrem Stuhl zurück und sah ihm zu, wie er die Teller aufeinanderstellte und sie mitsamt der Schüssel in die Küche trug.

»Laß nur«, rief sie durch die Tür. »Ich mach's nachher. Komm, trink deinen Wein aus!«

Mit gekreuzten Beinen saß er auf den warmen Steinen vor dem Kamin, sein Glas in der einen Hand, mit der anderen kraulte er Tasso hinterm Ohr, der sich quer über ihn gelegt hatte. Seine Gedanken waren wieder bei dem großen Griechen und bei dem einen flüchtigen, kostbaren Anblick von Alexa, ganz in Weiß, den er erhascht hatte, als der kleine Mann sie zum Achterdeck führte. Inga setzte sich ebenfalls auf den Boden, faltete die Hände im Schoß und betrachtete ihn nachdenklich. »Also, du hast ihm geraten, nicht zu zahlen«, fing sie an. »Ich an deiner Stelle hätte das nicht getan. Es ist doch nicht so, daß der das Geld zusammenkratzen muß und dann nur noch weiße Bohnen essen, oder? Er *hat's* doch, und das ist der entscheidende Faktor. Es tät' ihm nicht weh – und ihr wärt die ganze Sache los, ein für allemal.«

»Das ist sehr die Frage. Der Kerl schreibt, seine Forderung ist endgültig, aber wer garantiert uns, daß er Wort hält? Warum *sollte* er? So einer hat doch keine Moral, der schreibt bestimmt bald wieder und verlangt *noch* eine Million, und so geht das dann weiter.«

Inga versank in Grübeln. »Ich würde das Geld hinterlegen – und fertig; ich würd's riskieren, an seiner Stelle. Wenn dann wirklich noch ein Brief kommt, den würde ich dann ignorieren. Aber der Versuch einer endgültigen Lösung lohnt sich doch, findest du nicht?«

»Ich weiß nicht«, murmelte Tilling zweifelnd. Auf keinen Fall wollte er ihr widersprechen, es war doch ein solcher Glücksfall, daß sie sich so für diesen Brief interessierte, anstatt ihre Aufmerksamkeit auf *ihn* zu konzentrieren.

»Doch«, sagte sie beharrlich. »Glaub mir, du hast ihm den falschen Rat gegeben. Wir könnten jetzt alle ruhig schlafen – jawohl, ich auch, mich geht's schließlich auch was an –, anstatt unter diesem Druck zu leben: Die Frist läuft ab... die Frist läuft ab... Wann läuft die eigentlich ab?«

»Morgen, glaube ich. Oder übermorgen«, meinte er vage. Seine Gedanken waren bei einem ganz anderen Thema. Daß er daran nicht schon früher gedacht hatte! Ob Inga erwartete, daß er mit ihr schlief? Unmöglich, ganz unmöglich, er würde völlig versagen, und wie sollte er ihr das erklären? Vielleicht könnte er ganz nebenbei erwähnen, daß er heute einen schweren Benzinkanister getragen und sich dabei verhoben hätte... Schmerzen im Kreuz... schon während des Heimradelns...

»Wenzel! Hörst du mir überhaupt zu? Also, ich an deiner Stelle würde zu ihm gehen und sagen, du könntest nicht schlafen, du hättest es dir überlegt, es wäre doch besser, zu zahlen, um die Sache los zu sein. Kannst ihm sogar anbieten, selbst nach Chiavari zu fahren und das Kuvert beim Postamt abzugeben.«

»Meinst du?«

»*Ja,* Wenzel, ja! Ganz bestimmt. Du hast ihm einen schlechten Dienst erwiesen mit deinem Rat, ihm und der Alten und dir selbst. Glaub mir, geh zu ihm morgen früh...«

Am Morgen hetzten graue Wolken über den Himmel, gejagt von immer neuen, eiligen Nachschubkolonnen. Das Meer war nicht einmal im Hafenbecken *lìmpido*, die Boote schwappten nervös vor dem Kai, und die Masten schwankten wie betrunken. Die meisten Bootsbewohner saßen bereits in den Cafés herum, sahen mürrisch zu ihrer aufsässigen Behausung und hofften auf den Nachmittag.

Tilling fand Falke allein auf dem Achterdeck an der Reling. Das heftige Geschaukel störte ihn nicht. Er blickte zum großen Griechen hinüber und beobachtete, wie die Mannschaft die Lampions abmontierte.

Auf seinen Gutenmorgengruß bekam Tilling keine Antwort. Er machte sich dran, den Frühstückstisch zu decken und die Thermoskanne mit Kaffee bereitzustellen.

Ob er's noch mal versuchen sollte? Ingas Auftrag ging ihm gegen den Strich, er war noch immer nicht überzeugt, daß die Sache ausgestanden sein würde, wenn das Geld auf dem Postamt lag. Andererseits war er immer bereit, zuzugeben, daß sie nicht nur zwei Jahre älter war, sie wußte auf allen Gebieten weit mehr als er, war erfahrener und lebensklüger. Und zu guter Letzt: Es stimmte sogar, daß er schlecht schlief, die Frage war nur, ging das aufs Konto Erpresserbrief – oder Alexa.

Er näherte sich der einsamen Gestalt, die ihm den Rücken zuwandte, und begann mit leiser Stimme: »Boß, mir geht's genauso wie Ihnen...«

Er verstummte, denn Falke drehte sich um und starrte ihn an, als wisse er nicht, wer er sei.

Tilling trat etwas näher und bekannte: »Ich kann auch nicht schlafen, ich muß auch immerzu dran denken...«

»An was?« unterbrach ihn Falke verständnislos.

»Heute läuft doch das Ultimatum ab, nicht wahr?«

Falke sah ihn völlig ausdruckslos an. Tilling zeigte auf das Gebäude der Küstenwache am äußersten Ende der Halbinsel und lächelte verlegen. »Ich muß immer dorthin schauen, ob sie wohl kommen und uns abholen.« Falke sagte noch immer nichts, und Tilling zwang sich weiter vor: »Vielleicht... ich meine, wär's nicht besser... Ich denke nämlich, möglicherweise hab' ich alles nicht gut genug überdacht, unter Umständen wär's doch ratsam, das Geld zu zahlen, damit wir Ruhe haben.«

Endlich sagte Falke etwas mit leiser, rauher Stimme: »Nein. Dann hätten wir erst recht keine Ruhe«, und drehte ihm wieder den Rücken zu.

Erledigt, dachte Tilling erleichtert und ging schnell zum Vorderdeck. Wenn Inga heute abend aus Genua anrief, wie sie angekündigt hatte, konnte er ihr mit gutem Gewissen sagen: Ich hab's versucht.

Tillings Eindruck, der Boß habe ihn zuerst gar nicht erkannt, stimmte. Falke, den Blick starr auf die »Persephone« gerichtet, war gerade dabei, die Ereignisse der gestrigen Nacht noch einmal an sich vorbeiziehen zu lassen.

Die Party auf dem großen Griechen war schon um elf Uhr zusammengebrochen. Kalandros hatte entweder keine Ahnung davon oder keine Absicht, den Gastgeber zu spielen. Er blieb einfach unsichtbar, und Alexa mit ihm. Zwar tanzten die Mädchen noch miteinander, quiekten und schrien in einer seltsamen Sprache, aber Maximiliane schnarchte bereits laut, und die ältere der dunklen Frauen, die Mutter, die neben ihr lag, starrte erbittert in die Luft. Falke hielt es für unter seiner Würde, das Schiff nach Alexa und Kalandros abzusuchen und in die Rettungsboote zu spähen. Er beugte sich über Maximiliane – die Mutter würdigte ihn keines Blicks – und kommandierte einen der Stewards, die ihre Tabletts abgestellt hatten und in einer Ecke Karten spielten, herbei.

»Richten Sie Herrn Kalandros aus, daß wir jetzt nach Hause gehen.«

Der Steward war zögernd und erst nach einem drohenden *»Avanti!«* von seiten Falkes eine schmale eiserne Treppe hinaufgeklettert, die zum Toppdeck führte. Als dann Kalandros und Alexa nach einer kleinen Weile herunterstiegen, weckte er Maximiliane und stellte sie auf die Füße.

Kalandros war auf kurzen Beinchen herangewackelt und hatte sich angeboten, Maximiliane zur »Gudrun« zu tragen, er sei »stämmig«. »Ich auch«, hatte Falke geknurrt und die alte Frau auf die Arme genommen, obgleich es ihm fast das Rückgrat brach. An der Gangway war dann plötzlich ein Matrose wie aus dem Boden aufgetaucht und hatte sie ihm wortlos abgenommen. Alexa hatte nicht eingegriffen.

Als Maxie, schlafend und murrend, in ihrer Kabine deponiert war, stieg Falke wieder an Deck. Alexa stand an der Reling und sah zu, wie drüben auf der »Persephone« die Lampions gelöscht wurden. Als er näher trat, meinte er zu sehen, wie drüben eine kleine dunkle Gestalt im Schiffsinneren verschwand.

Immer noch ertönte die Musik aus dem Lautsprecher, und die Mädchen jauchzten und hüpften weiter im Dunkeln und kreischten und schrien, wenn sie irgendwo anstießen. Abrupt verstummte die Tanzmusik, doch die Tanzenden ließen sich nicht stören, bis eine barsche Stimme über den Lautsprecher ein kurzes Wort bellte. Gleich darauf war es still auf dem großen Griechen.

»War das eben Kalandros gewesen?«

»Er wollte wissen, ob Maxie sicher ›verankert‹ ist.«

»Sonst nichts?«

»Gute Nacht und danke für den Besuch.«

»Gefällt er dir?«

»Schon ein seltsamer Vogel.«

Nach einer kleinen Weile hatte er leise gesagt: »Weißt du eigentlich, was ich für dich empfinde?«

Er hatte etwas warten müssen, bis sie sich endlich zu ihm umwandte, langsam, als wisse sie um den Effekt des Mondlichts mit seinem sanften, bläulichen Weiß auf ihrem Gesicht.

»Ich glaube nicht«, hatte sie dann behutsam gesagt – und es war gerade dieser Ton in ihrer Stimme, dem er nachhorchte, als Tilling zu ihm herantrat. Dieser Ton, das hatte er schon gestern nacht festgestellt, war sanft und ganz und gar gelassen gewesen, unbeteiligt, und auch heute morgen hatte er ihn noch genau im Ohr: »Ich bitte dich, sprich nicht davon, Hannes, es ist noch zu früh, ich fürchte, ich verletze dich nur. Noch habe ich keinen... Gefühlston, es schwingt noch nichts in mir mit. Ich bin froh, wenn du mir erlaubst, mich auf der ›Gudrun‹ in aller Ruhe auszukurieren. Gerds Sterben hat mich auch gewissermaßen krank gemacht. Es geht mir aber schon viel besser, und dafür bin ich dir dankbar.« Danach hatte sie sich schnell wieder abgewandt, als sei sie froh, wieder in den Schatten zurückkehren zu können.

Und dann, plötzlich in ganz anderem Ton: »Ich wüßte gern, was mit Maja geschehen ist, ich muß oft an sie denken. Vielleicht aus Solidarität.«

»Solidarität? Ich versteh' dich nicht.«

»Das Kartell der Angeschlagenen«, meinte sie und versuchte mit einem kleinen Lachen das Pathos wegzuwischen. »Niemand spricht von ihr. Hast du irgendeine Nachricht erhalten?«

Eigentlich gab es keinen Grund, warum sie nicht wissen sollte, daß er Maja in den Zug nach Frankfurt gesetzt hatte. Wie es dazu gekommen war, schien sie nicht weiter zu interessieren.

»Wie war sie? Wie sah sie aus?«

»Verwahrlost, abgemagert, widerspenstig – eigentlich wie immer. Sie wird in Frankfurt gleich vom Bahnhof aus in eine Entziehungsanstalt gebracht werden, sie kennt die Leute dort, und sogar in ihrem wirren Zustand möchte sie letzten Endes, daß jemand jetzt die Verantwortung und die Fürsorge für sie übernimmt.«

Dazu hatte Alexa eine Weile nichts gesagt. Schließlich meinte sie, immer mit dem gleichen, alles wieder wegwischenden Lächeln: »Das möchte ich vielleicht auch – letzten Endes, wie du sagst. Aber ich bin noch nicht ganz so weit. Gib mir Zeit, Hannes. Laß mich jetzt schlafen gehen.«

Als Alexa am Frühstückstisch erschien, auf dem nur noch für eine Person gedeckt war, sah sie Maximiliane, von Falke gestützt, über die Piazza humpeln.

»Wo gehen sie hin?« fragte sie Tilling, der herbeigeeilt kam. Den ganzen Morgen hatte er auf diesen Augenblick gewartet.

»Zum Haus. Ich glaube, sie wollen allein sein, etwas besprechen...« Um ein Haar hätte er hinzugefügt: Heute ist doch der Stichtag!

Immer wieder mußte er sich ins Gedächtnis rufen, daß Alexa ja nichts wußte, und immer wieder staunte er, wie diese dräuende Gewitterwolke vor ihr verborgen geblieben war. Obgleich – etwas davon hatte sie doch mitbekommen, hatte ihn neulich gefragt, ob er nicht auch eine Veränderung im Klima auf der »Gudrun« spüre. Er war ausgewichen, so gut er konnte: Falke sei eben älter, das Boot nicht mehr seetüchtig, daher keine Gäste – vielleicht nur ein Übergangsstadium. Der Boß habe erwähnt, er wolle den ollen Kasten verkaufen und sich nach etwas Neuem umsehen.

Er blieb dicht neben ihr stehen, und sie strich einmal leicht über seine braungebrannte Hand, die ihr den Kaffee einschenkte. Zärtlichkeiten an Deck waren tabu. Wer auf einem Boot im Hafen wohnte, mußte darauf gefaßt sein, von der Höhe herab wie ein Insekt unter die Lupe genommen zu werden. Emilio hatte einmal allen Ernstes erklärt, er würde Lippenlesen lernen, um die Gespräche abhören zu können. Man wurde auch von Boot zu Boot beschattet. Gestern nacht hatte ihr der kleine Grieche den Feldstecher in seiner Kabine gezeigt und sie dabei mit seinem seltsamen breiten Lächeln angesehen. Sicher hatte er sie seit Jahren beobachtet und wußte viel mehr über sie, als sie ahnte.

Umständlich langsam schraubte Tilling den Thermosdeckel zu. »Heute abend? Ich warte am Parkplatz.«

Sie nickte. Einen Augenblick lang schloß er die Augen, denn die Vorfreude schoß wie ein heißes Getränk durch seinen Körper.

Sie beobachtete ihn lächelnd und widerstand nur schwer der Versuchung, ihn noch einmal zu berühren. »Falls jemand nach mir fragt: Ich gehe nachher hinauf zur Villa Goldoni.«

Antonella saß im Wohnzimmer, die Brille auf der Nase, über ein Manuskript gebeugt. Sie hatte gute zehn Pfund abgenommen, ihr Haar war gekämmt, und sie sah wieder ihrem früheren Ich ähnlich, nur etwas karger im Ausdruck. Obgleich alle Fenster geschlossen waren, hörte man Emilio und Fabrizio draußen auf der Terrasse lachen. Das Teleskop war auf den gegenüberliegenden Abhang gerichtet.

»Sie beobachten das Castelletto? Was gibt's da zu sehen?«

»Micheles Teleskop. Das sieht zu uns herüber. Zwei Teleskope starren sich an.«

Alexa sagte: »Es ist schon ein seltsames Gefühl, wenn man auf einem Schiff im Hafen lebt. Ich merke das diesmal viel stärker als sonst, weil wir ja nicht mehr ausfahren wie früher, manchmal sind wir tagsüber das einzige Boot am Kai – außer dem Griechen. Während ich meinen Frühstückskaffee trinke, denke ich: Orwells ›kleiner Bruder‹ wacht. Der ist nicht gefährlich wie der ›große Bruder‹, nur neugierig, aber auch das ist manchmal unerträglich.«

»An deiner Stelle würde ich Falke bitten, im Haus zu wohnen und nur aufs Boot zu gehen, wenn ihr ausfahren wollt.«

Alexa nickte. »Darauf wird's rauskommen.« Gleichzeitig wurde ihr klar, daß dann ihre nächtlichen Eskapaden mit Tilling so gut wie unmöglich würden. »Aber ich werd's noch einmal versuchen, ob er nicht öfter ausfahren will, werd' ihm sagen, ich brauche ›Hafenwechsel‹.«

»Und wenn er nicht will – oder nicht kann, warum kommst du nicht zu uns?«

»Das würde er mir nie verzeihen.«

»Und?«

»Das kann ich mir nicht leisten.«

»Aha. Ich verstehe. Hier oben ist es sowieso zu still für dich, deswegen leben ja Emilio und Fabrizio hinterm Teleskop, damit sie wenigstens als Zuschauer dabei sind. Emilio ist auch sehr enttäuscht von der ›Gudrun‹ und möchte am liebsten nach Hause fahren, aber Fabrizio läßt ihn nicht, er hat doch seine Contessa wiedergefunden, und wenn er sie ein-, zweimal durchs Teleskop erwischt, ist er glücklich.«

»Und du? Du siehst besser aus, Antonella, nicht nur dünner, sondern auch friedlicher, als ob dich etwas ausfüllt.«

»Ausfüllt – ja.« Sie hob das Manuskript hoch. »Ich bin halt wieder ins Körbchen gekrochen. Hab's eben nicht geschafft auszubrechen. Ich studiere wie immer eine neue Rolle, streiche an, streiche aus, kritzle was an den Rand...« Sie sah Alexa starr ins Gesicht. »Aber ich frage mich: Wozu brauche ich Emilio?«

»Emilio ist eine Rückversicherung. Nimm an, du wirst krank...«

»Nein«, sagte Antonella mit großer Entschiedenheit. »Für den Krankheitsfall bin ich staatlich versichert. Es handelt sich jetzt bei mir nur um den Entschluß zum endgültigen Bruch mit dem gräßlichen Ritual: Auf Wiedersehen, Emilio, mach's gut. Packen, ausziehen. Zurück nach Rom. Freunde anrufen: Jawohl, ich bin's, Antonella. Bin wieder da. Ja, *allein*. Emilio? Keine Ahnung, wo der ist. Jawohl, so ist es, und hier ist meine neue Telefonnummer... Fange nächsten Montag in Cinecittà an. Schöne Rolle. Natürlich macht's Spaß, bin doch ein altes Zirkuspferd. Wenn ich meine Musik höre, galoppiere ich in die Arena. Also dann, auf bald! *Ciao!* – Du siehst, ich kenne den Text und werd's auch anständig spielen, entspannt, mit einem Schuß Selbstironie und einem kleinen Lacher hie und da, damit es niemandem peinlich ist.«

»Wie alt bist du, Antonella?«

»Siebenundvierzig. Du brauchst mir jetzt nicht zu sagen, daß ich noch viele Chancen habe, das weiß ich selbst. Es kommt eben drauf an, ob ich wirklich was gelernt habe aus dieser Roßkur, denn ich habe zwar verdaut, aber noch nicht vergessen, wieviel ich einmal in diese Ehe investiert habe, mit welcher Wonne ich drin versunken bin…«, sie unterbrach sich. »Nein. Versinken *wollte*, denn er ließ mich ja nicht, von Anfang an. Eins kann ich dir jetzt schon sagen: Ich habe mich endgültig damit abgefunden, eine alte Schauspielerin zu werden, Charakterrollen und Mütterrollen zu spielen und zu behaupten, die seien doch eigentlich viel gehaltvoller als die dummen jugendlichen Rollen.«

»Sei froh«, sagte Alexa. »Du hast dein Metier, dir kann im Grunde nichts passieren. Ich kann nichts, und ich habe nichts, außer Ansprüchen. Ich muß jemandem in die Arme fallen, und zwar bald. Ab 1. Oktober habe ich keine Bleibe mehr. Bis dahin muß der richtige Herr angetreten sein.«

»Großer Gott!«

»So ist es. Du siehst, du bist viel besser dran, obgleich du zehn Jahre älter bist.«

Antonella nickte zustimmend.

»Und Emilio? Weiß er es schon?«

»Nein. Aber daß er's nicht weiß, daß er nichts spürt, beantwortet deine Frage.« Sie ging mit sich zu Rate und lachte dann ein wenig. »Eben fällt mir ein, vielleicht benutze ich die alte Bühnenklamotte: Schlafzimmer leer, alle Schranktüren weit offen und ein Brief auf dem Kaminsims: Lieber Emilio, ich verlasse Dich, weil… etc. etc.«

»Was wird aus ihm werden?«

»Was *kann* aus ihm werden? Er klammert sich an eine Requisite aus dem Studio, und im Augenblick hat er Glück, denn Fabrizio ist ein anständiger Kerl. Noch dazu hat er ein Herz, und er wird Emilio nicht völlig fallenlassen, wenn die Ferien zu Ende sind und alle in ihren Berufsanzug schlüpfen – alle außer Emilio.«

»Der Arme.«

»Ja. Er kann nichts dafür, möglich, daß viel von seinem ursprünglichen Wesen tatsächlich verschüttet worden ist. Aber ich weiß jetzt schon, daß ich ihn nicht wiedersehen will und ihm das Studio, in dem ich drehe, verbieten werde.«

»Antonella!«

»Anders geht's nicht. Es gibt auch andere Studios.«

Nach einer langen Pause sagte Alexa: »Es ist schwer zu ertragen, wenn sich die Gefühle, die man für jemand hat, so erschrekkend verwandeln, man wird sich ganz fremd, und man mag sich nicht.«

»Ich mag mich«, sagte Antonella grimmig. »Ich bin dabei, mich *sehr* zu mögen und aufzubauen.« Sie sah Alexa forschend an. »Du meintest natürlich deine Gefühle für Gerd, so ist das nun mal, jeder bezieht alles sofort auf sich selbst. Du bist dir bei *deiner* Gefühlswandlung irgendwie abhanden gekommen. Fehlt er dir eigentlich? Wünschst du ihn dir zurück?«

»Nein. Ich wünsche... ich wünsche *mich* anders. Du hast dich großartig mit deinen Umständen und Möglichkeiten und Grenzen abgefunden, und wenn ich dir zuhöre, wird mir klar: Ich *kenne* die meinen nicht einmal. Das ist doch beängstigend.«

»Ja«, sagte die Schauspielerin langsam. »Und siehst du, da helfen mir die zehn Jahre, die ich dir voraushabe. Du wirst dich schon noch kennenlernen mit der Zeit. Mir bist du so unsicher und verwundbar, wie du jetzt noch bist, lieber, als wenn du schon längst in deiner endgültigen Kuchenform gebacken wärst wie die meisten Leute. Mein einziger Rat ist: Hab dich ein bißchen lieber, ganz unkritisch lieber – und laß die Dinge auf dich zukommen, die haben manchmal eine eigenwillige Art, sich einem zu enthüllen. Und vergiß nicht: Wenn alle Stricke reißen, komm herauf zu uns!«

Bei ihrer Rückkehr zum Boot traf sie Maximiliane unter der Markise an, lesend, mit Wachs in den Ohren.

Alexa gestikulierte: »Sie können's rausnehmen, die Piazza ist fast leer. Es regnet.«

»Gott sei Dank!« Maximiliane packte das Wachs sorgfältig in eine alte Schnupftabakdose. »Hannes ist mit Tilling nach Genua gefahren. Er will sich in den Werften umsehen...«

»Um die ›Gudrun‹ loszuwerden?«

»Es hat doch keinen Zweck, ein Boot zu besitzen, das im Hafen festliegt. Dazu muß es schon ein solches Riesending sein wie das vom Griechen. Wie ist der überhaupt, der Grieche?«

Alexa dachte: Heute ist mein Tag der guten Ratschläge. Sie rückte eine Liege heran und streckte sich aus. Die Sturmwolken vom Morgen hatten sich zu einer einzigen grauen Decke zusammengezogen, und der Wind ließ nach. Langsam nebelte sich der Hafen ein, und die Häuserwand gegenüber wurde allmählich blasser. Es hatte etwas Sanftes, Beruhigendes an sich, denn auch die Geräusche wurden mehr und mehr gedämpft; sogar die Regentropfen trommelten nur ganz sacht auf dem Dach der Markise.

»Wollen wir spielen, Maxie?«

»Aber ja, jederzeit. Wundere dich nicht, wenn ich du zu dir sage.«

»Warum das?«

»Weil mir danach ist. Während wir spielen, dürfen wir nur sagen und tun, wonach uns gerade ist, das ist ja der Trick. Später siezen wir uns wieder. Nun? Wie war der große Grieche?«

»Er machte konkrete Vorschläge, Kostenaufstellungen, Planung... Ich hab' mir alles angehört und ihn mir dabei angesehen, obgleich es ziemlich dunkel war. Der Mann hat mehr als zweiunddreißig Zähne, meine ich, alle schneeweiß und vielleicht auch echt – jedenfalls strahlt er einen aus seinem dunklen Räubergesicht an, und es ist sehr effektvoll, man ist versucht, zurückzulächeln.« Sie legte eine kurze Pause ein. »Er möchte seinen Harem liquidieren.«

»Wollte er schon einen Vorvertrag machen?«

Alexa schwieg. Nach einer Weile setzte sich Maximiliane die Brille auf und beugte sich zu ihr hinüber, legte sich dann gleich wieder zurück.

»Ich dacht's mir fast. Weinen ist immer gut für die Szene, besonders wenn's ganz unerwartet kommt. Du brauchst mir gar nicht viel zu erklären, ich glaube, ich weiß Bescheid.«

»Was weißt du schon, alte Schnapsdohle.«

Maximiliane lachte laut. »Dein Fall ist sonnenklar. Erstens mal erlebst du gerade eine außerordentlich ergiebige Affäre, zweitens bist du unter Zeitdruck, dich unter Dach und Fach zu bringen. Zusätzliche Komplikation: Das Dach könnte Falke sein und Kalandros das Fach. Aber setz dich nicht zwischen Dach und Fach.«

»Ich hab' ein ganz anderes Problem. Ich fürchte, ich habe mich verliebt.«

»Pause. Laß das ruhig einsinken«, sagte die alte Frau. »Das ist ein guter Satz, der hat immer seine Wirkung, besonders wenn er nicht von der Naiven, sondern von der Salonschlange gesprochen wird. Fahr fort – oder brauchst du Stichworte? Zum Beispiel das altehrwürdige: Ist es zum erstenmal?«

»Ich glaube, ja.«

»Du glaubst? Wundere dich jetzt nicht über eine gewisse Entrüstung in meinem Ton. Ja, mein Gott, wie viele Affären hast du denn schon hinter dir, oder besser: wie wenige, daß du's immer noch nicht weißt.«

»Fünf, Gerd nicht inbegriffen. Und Gefummel auch nicht.«

»Das hält sich doch sehr in Grenzen, ich hätte auf mehr getippt.«

»Und du?« rief Alexa plötzlich wütend. »Was hast du auf diesem Gebiet geleistet?«

»Einiges. Auch wenn du dich wunderst und denkst, was kann die schon erlebt haben, die häßliche alte Forelle.«

»Präzise Angaben, bitte.«

»Da müßte ich eine Nachdenkpause einlegen. Vergiß nicht, ich bin zweiundsiebzig, und meine letzte diesbezügliche Erfahrung liegt etwas zurück. Im Schnitt würde ich etwa sechs oder sieben verbuchen.«

»Erfahrungen? Oder echte Erlebnisse?«

»Beides. Zweimal in meinem Leben habe ich eine Liebe erlebt, die passenden Adjektive darfst du dir auswählen, von kitzlig bis besinnungslos treffen alle zu. Die anderen können wir unter den Tisch fallen lassen, obgleich sie natürlich wichtig waren, auch die abwegigen, scheußlichen. Du bist mir noch eine Antwort schuldig: Ist es das erste Mal, daß du eine Liebe erlebst?«

»Das Seltsame an der Sache ist...«, sagte Alexa langsam, »daß ich nicht sicher bin. Ich glaube, ja. Ich *glaube*, ich habe mich in Tilling verliebt. Vielleicht wissen andere Frauen so was schneller, ich tappe noch im dunkeln.«

»Vielleicht willst du's nicht.«

»Klar! Klar will ich's nicht. Was soll ich in diesem Augenblick mit einem zehn Jahre jüngeren mittellosen Jungen in seinem rührenden Fischerhäuschen?«

»Und er? Was empfindet *er?* Das wäre nämlich ganz wichtig.«

»Dasselbe. Der Unterschied ist nur, daß er's weiß. *Er* hat keine Zweifel.«

»Was ist mit seiner Freundin?«

»Er spricht nie von ihr.«

»Es fällt mir richtig schwer«, meinte Maximiliane nach kurzer Überlegung, »den richtigen Ton unseres Spiels zu bewahren, denn unser Stück war doch eher frech und unterhaltend, nicht wahr? Wir können's natürlich auf einer ernsteren Ebene weiterspielen, das wäre dann der zweite Akt. Mir wird nämlich klar, daß du wahrhaftig in einer verdammten Bredouille steckst. Mußt du dich verlieben? Kann's nicht bei einer starken sexuellen Beziehung bleiben? Mit der läßt sich nämlich eher fertig werden – obwohl ich's nicht bagatellisieren will – als mit einer Liebe.«

Alexa schluchzte vor sich hin. Als sie wieder sprechen konnte, sagte sie leise: »Er... rührt mich so, ich kann's nicht anders beschreiben. Dabei ist aber nicht die Spur von Mitleid im Spiel, versteh mich recht. Wenn er mich ansieht, geht's mir durch und durch, und ich möchte jedesmal heulen. Wenn er doch reich wäre! Dann wär's viel leichter, ihn zu verlassen. Aber er hat *nichts*, will auch nichts, stellt keine Ansprüche – das macht's so schwer. Unsere Geschichte hat leider nichts von einer tollen Sexbesessenheit, so leidenschaftlich es auch zugeht. Ich meine beinah, die Zärtlichkeit ist noch wichtiger.«

»Das ist ja furchtbar«, sagte Maximiliane leise.

Danach schwiegen sie und lauschten auf das sanfte Trommeln über ihren Köpfen. Der Nebel zog in einzelnen Schwaden über das Wasser, und es wurde auf einmal spürbar kälter. Alexa sprang auf und holte zwei Wolldecken, legte eine über die alte Frau und wickelte sich in die andere; auf keinen Fall durfte ihr Spiel jetzt unterbrochen werden! Geduldig wartete sie, aber die Minuten vergingen, und Maximiliane lag da mit geschlossenen Augen und schwieg. War sie eingeschlafen? Sicher hatte sie beim Mittagessen zu viel getrunken.

Alexa begann, sie zu hassen.

Und dann fing sie auf einmal doch an zu sprechen, aber sie duzte sie nicht mehr, das Spiel war zu Ende.

»Zunächst müssen Sie dringend mit Tilling reden, das sind Sie ihm schuldig, denn selbst wenn Sie meinen, daß *Sie* der Affäre ausgeliefert sind, so sind Sie das bestimmt weniger als er, davon bin ich überzeugt. Er wird Sie fragen, ob Sie ihn lieben – aber vielleicht hat er's schon getan.«

»Noch nicht.«

»Gut. Geben Sie's zu, aber lassen Sie ihn keinen Augenblick hoffen. Ich habe eben alle Möglichkeiten erwogen, auch die ausgefallensten, aber es kommt immer wieder auf das gleiche heraus: Die Basis fehlt, Alexa. Ihr habt außer eurer Liebe nichts gemeinsam. Sehen Sie sich in einem netten Häuschen in Paraggi sitzen und *Pasta* kochen, während er den Touristen Wasserski beibringt? Über was wollen Sie sich mit ihm unterhalten, wenn er nach Hause kommt, denn *das* ist später der springende Punkt. Was nachts geschieht, kann viel wiedergutmachen, was tagsüber fehlt, aber nicht auf die Dauer. Das ist eine Binsenwahrheit, doch ich liebe und respektiere Binsenwahrheiten. Die sind für die Menschen, die sich ja seit Anbeginn so gut wie überhaupt nicht verändert haben, zu allen Zeiten gültig gewesen, und das heißt: Was Besseres gibt es nicht.« Sie hielt einen Augenblick inne und sagte dann in einem ganz anderen, ruhigen, abschließenden Ton: »Hier haben Sie mein Gutachten: Für ein Experiment dieser Art, mit dem kalkulierten Risiko, daß man halt mit ein paar schönen Jahren vorliebnimmt und dann auf Wiedersehen – dazu sind Sie zu alt, Alexa.«

»Ich weiß«, flüsterte sie.

»Gehen Sie heute nacht zu ihm?«

»Ja.«

»Werden Sie's abwürgen können?«

»Nein.« Und dann halb erstickt und wütend: »Lassen Sie mir doch wenigstens diesen Sommer!«

15

Recht aufgekratzt kamen Falke und Tilling gegen Abend zur »Gudrun« zurück. Das Ultimatum war abgelaufen, keine Seele war ihnen nach Genua gefolgt, und die Küstenwache hatte bisher nichts von sich hören lassen. Zur Feier des Tages schlug Falke vor, daß sie gemeinsam ins »Nazionale« zum Abendessen gehen sollten, ein Vorschlag, der von allen freudig angenommen wurde, mit Ausnahme von Tilling, der sich nicht überreden ließ, sie zu begleiten.

»Laß ihn«, flüsterte Maximiliane Falke zu. »Du tust ihm keinen Gefallen, er weiß sich begönnert und fühlt um so mehr, daß er nicht dazugehört. Und so sympathisch er mir ist, du wirst zugeben müssen, daß er nicht viel zur Unterhaltung beisteuert. Er versucht auch gar nicht erst mitzuhalten, er ißt und hört zu. Erspar's ihm – und uns.«

Während des Essens hatte Falke viel zu berichten, und es machte ihm sichtlich Spaß. Jawohl, er würde die »Gudrun« verkaufen und hatte heute bereits die ersten Schritte unternommen. Sogar für ein solch klappriges altes Ding gab es noch Interessenten, aber viel vergnüglicher noch war sein Rundgang mit Tilling durch die neu aufgeschossenen Trockendocks der Schiffswerften gewesen. Was es da jetzt alles gab! Die neuen Yachten in ihrer schnittigen Schönheit, mit ihrer elektronischen Steuerung und ihren komfortablen Kabinen...

Maximiliane lehnte sich im Stuhl zurück und betrachtete ihn mit seligem Lächeln. Der Spuk war vorbei. Irgendwann, irgendwie würden sich die mysteriösen Ereignisse ganz von selbst aufdröseln. Heute hatte die Sache ein Ende, Schluß, aus. Es war ihr, als öffnete sich ein Fenster in ihrem eingekerkerten Gehirn, das drei Wochen lang jede wache Stunde gerätselt und entknotet, gehadert und geflucht und beinah kapituliert hatte in diesem ausweglosen Irrgarten. Vorbei.

Und dasselbe galt für Hannes. Der lebte wieder. Der plante und organisierte bereits in Gedanken herrliche Ausfahrten nach Korsika und Elba.

»Allerdings«, hörte sie ihn gerade sagen, »ich muß achtgeben, daß das neue Boot nicht zu groß wird, damit ich's auch ohne Matrosen handhaben kann.«

»Wieso?« unterbrach ihn Alexa. »Was ist mit Tilling?«

»Tilling wird nicht mehr bei uns sein, wenigstens nicht im Sommer. Der wird mit seinen Schülern Wasserski üben und uns von fern von seinem Motorboot aus zuwinken.«

»Schade«, murmelte Alexa.

Falke sah sie an und fand, sie sehe blaß aus, was sie sofort aufgriff, um anzukündigen, daß sie früh zu Bett gehen wolle, denn – ja, es sei ganz richtig, sie habe sich schon den ganzen Tag über nicht wohl gefühlt.

»Habt ihr was dagegen, wenn ich euch jetzt allein lasse? Ich möchte mich gern hinlegen. Tut mir einen Gefallen, und bleibt hier.«

Energisch lehnte sie Falkes Begleitung zur »Gudrun« ab, es sei ja nur die paar Schritte über die Piazza, und »ihr könnt mich ja im Blick behalten, bis ich die Gangway hinaufgehe«. Einen Schlüssel habe sie, danke.

In diesem Augenblick schob sich ein Matrose mit der Aufschrift *Persephone* auf der Mütze zwischen den vollgepackten Tischen durch und übergab Falke einen Brief »von Signore Kalandros«.

Falke öffnete den Umschlag, las, von beiden Frauen neugierig beobachtet, und überlegte.

»Sagen Sie Signore Kalandros, ich danke ihm und werde morgen eine Antwort rüberschicken«, sagte er dann ganz ruhig, aber

Maximiliane hatte das Gefühl, es sei die Ruhe vor dem Sturm. Der Matrose verschwand.

»Kalandros möchte einen Ausflug nach Elba machen und dort einen Tag verbringen. Alle Bewohner der ›Gudrun‹ sind eingeladen.«

»Warum nicht«, meinte Alexa. »Ich wollte immer schon mal nach Elba.«

Falke sah sie an und fragte dann, ohne den Blick von ihr zu wenden: »Und du, Maxie?«

»Ohne mich. Ich war schon zweimal dort, und der Gedanke, einen ganzen Tag mit den schwarzen Mädchen auf Deck schreckt mich ab. Was ist mit dir, Hannes?«

»Das... weiß ich noch nicht. Werd's mir überlegen.«

Alexa stand auf, legte beiden zärtlich die Hand auf die Schulter und verharrte so eine kleine Weile. »*Ciao!*« sagte sie dann und ging.

Schweigend folgten sie ihrer langen, schlanken Silhouette mit den Blicken, bis sie im Innern der »Gudrun« verschwunden und das Licht in ihrem Kabinenfenster angegangen war.

»Er will sie haben«, sagte Falke grimmig.

»Unsinn.«

Unbeirrt fuhr er fort. »Ich kenne Kalandros: Die Party war weder für dich noch für mich, und jetzt folgt der nächste Streich. Er weiß natürlich, daß ich das durchschaut habe, und hofft, daß ich nicht mitkomme nach Elba, aus Mangel an Interesse oder aus Stolz oder Wut.«

»Selbst wenn er das im Sinn hat, selbst wenn er dann sein Schäfchen ins trockene bringen will, es gehören schließlich zwei dazu.«

»Hat sie dir irgendwas von ihm erzählt?«

»Sie erwähnte was, aber ich kann mich an nichts erinnern, weswegen ich aufgehorcht hätte.«

»Zu mir hat sie gesagt, sie sei noch zu invalid von Gerds Tod, um Gefühle irgendwelcher Art zu hegen, aber für Maja hat sie viel Interesse gezeigt.«

»Maja...«, wiederholte die alte Frau und ergriff schnell die Chance, das Thema zu wechseln. »Hast du schon Nachricht aus Frankfurt?«

»Heute früh habe ich mit den Leuten in Bernhagen gesprochen. Sie ist in dem üblichen Zustand angekommen, und sie haben ihr sofort Valium 20 gegeben, damit sie schläft und man sie intravenös ernähren kann. Auf Prognosen lassen sie sich natürlich nicht ein. Immer das alte Lied: ›Es hängt alles von ihr ab.‹ Was kann sie schon von sich aus tun, diese abgemagerte, demoralisierte Substanz? Nur eines habe ich aus ihnen herausbringen können: Noch ist es nicht hoffnungslos. Zum Schluß haben sie wie immer streng verboten, sie zu besuchen. ›Eltern stellen nur Unheil an, die vernünftigen das meiste.‹«

»Man müßte um ihretwillen die Unvernunft lernen«, sagte Maxie und fügte dann lächelnd hinzu: »So schwer fiele mir das gar nicht.«

Aber er ging nicht auf ihren Ton ein.

Als sie gemeinsam den Wein ausgetrunken und die Rechnung bezahlt hatten, waren sie die letzten Gäste im Lokal. Arm in Arm wanderten sie über die leere Piazza zur »Gudrun« zurück. Alexas Fenster war dunkel. Flüsternd verabschiedeten sie sich auf dem Gang und gingen in ihre Kabinen.

Maximiliane las noch eine Weile. Dieses Buch führte sie immer mit sich, und sie las drin, wenn sie verstört oder ratlos, aber auch wenn sie glücklich war. »Die Iden des März« von Thornton Wilder.

»Ich bin jetzt nachsichtig gegen mich«, las sie. »Und ich verwöhne mich, indem ich mir erlaube, unschlüssig zu sein...« Dies aus Cäsars Mund. *E tu Caesar*, dachte sie entzückt, sogar du zögerst hin und wieder! Was muß das für eine Wollust für ihn gewesen sein! Ich bin nicht Cäsar, aber für einen Menschen wie mich, von dem man automatisch die weisen Entscheidungen erwartet, ist es *auch* ein Luxus, zu zagen. Ich zage jetzt, habe sogar Angst, was nicht dasselbe ist. Und vorhin dachte ich doch noch, daß wir aus dem Schneider sind, Hannes und ich...

Draußen ging eine Tür. Sie hörte Schritte auf dem Gang.

Sie sprang aus dem Bett, lief zur Tür und horchte hinaus. Hannes. Vor Alexas Tür. Großer Gott! Er flüsterte etwas, das sie nicht hören konnte. Dann klopfte er. Jetzt etwas lauter... und nun konnte sie verstehen, was er sagte: »Alexa, bist du noch wach? Ich möchte dich nicht aufwecken, aber vielleicht... vielleicht kannst du nicht schlafen wie ich. Ich hab' mich wieder angezogen und würde so gern mit dir auf Deck gehen... Hörst du mich?... Alexa?«

Maximiliane öffnete ihre Tür so lautlos wie möglich, griff nicht einmal nach ihrem Morgenrock. Es gab eine winzige Chance: daß er aufhören würde zu klopfen, weil es doch immerhin möglich war, daß Alexa schlief, tief schlief und ihn nicht hörte.

Aber nun pochte er auf einmal so laut und rücksichtslos, als sei's ihm egal, ob er sie weckte, oder als wisse er...

Seine Fäuste krachten gegen die Kabinentür, und er schrie: »Mach auf! Mach sofort auf. Hörst du? Sofort! Oder ich schlage die Tür ein...«

Stille.

Und dann ließ er auf einmal die Fäuste sinken und lehnte das Gesicht gegen die Tür, rieb die Stirn an dem Holz hin und her.

Maximiliane flüsterte: »Hannes, laß sein. Geh schlafen... ich bitte dich. Was hat's für'n Zweck? Laß sein! Ich bitte dich.«

Er wandte ihr nur das Gesicht ein wenig zu. »Ich habe einen Spezialschlüssel für alle Türen«, sagte er mit leiser, böser Stimme. »Den hol' ich jetzt.« Aber er blieb, wo er war.

Auch die alte Frau blieb, wo sie war, auf der Schwelle ihrer Kabine. Sie wagte nicht, näher zu kommen.

Endlich richtete er sich auf und ging, ohne sie anzusehen, zur Treppe. Sie humpelte hinterher, so schnell sie konnte. »Hannes! Wart auf mich! Warte doch...«

Ob er sie nicht hörte oder nicht wollte, daß sie ihm aufs Deck folgte – er wandte sich nicht um, half ihr nicht wie sonst die Treppe hinauf. Auf allen vieren, Stufe für Stufe, kroch sie nach oben, bis sie endlich, immer noch im Nachthemd schwer atmend, das Deck erreichte.

Falke stand an der Reling und schaute zur »Persephone« hinüber. Trotz der späten Stunde brannte Licht hinter einem der Fenster.

»Bleib da«, sagte er mit der gleichen leisen, bösen Stimme wie unten vor Alexas Tür. »Du kannst nichts tun. Glaub ja nicht, daß du mich zurückhalten wirst. Sie ist da drüben, in seiner Kabine, und ich werde jetzt rübergehen und sie rausholen.«

Maximiliane hielt sich am Treppengeländer fest und versuchte ihr wehendes Nachthemd zu bändigen. Der Himmel war voller Wolken, die immer wieder vor dem Mond vorbeirasten, so daß das Deck von Zeit zu Zeit grell aufleuchtete und dann in um so tiefere Dunkelheit tauchte.

»Hannes, laß sein! Ich fleh' dich an. Du hast kein Recht... du machst dich nur lächerlich...«

»Lächerlich!« schrie er. »Dieses Mädchen... diese Frau, die ich jahrelang auf meinem guten Boot beherbergt habe, die mir was vorfaselt von ihrer Trauer um ihren Mann, vor der ich Respekt haben müßte – die verkauft sich im Handumdrehen an diesen schmutzigen kleinen Schieber wie eine billige Nutte!«

»Hannes... du verstehst nicht...«

»Verstehen? Das soll ich auch noch verstehen? Du willst wohl, daß ich das gutheiße, ja?« Er lief zu ihr und zerrte sie an die Reling. »Da! Siehst du das Licht dort drüben? Das ist seine Kabine, und da liegen sie jetzt im Bett, stell dir das mal vor! Uns erzählt sie was von ›früh zu Bett‹ gehen, läßt sich von mir hegen und pflegen und... und... lieben... und schleicht sich nachts zu so einem Kerl! Wird dir nicht übel, wenn du dran denkst? Mir *ist* übel, sag' ich dir, übel vor ihr, übel vor so viel Heuchelei, vor so viel billiger Verschlagenheit. Sie muß einen Kapitalspaß daran gehabt haben, neulich, als ich ihr hier, hier an dieser Stelle, gesagt habe, wieviel sie mir bedeutet. Es ist ja wohl zum Totlachen, daß ich mir wahrhaftig eingebildet habe, ich liebe diese... diese üble kleine Dirne! Da ist mir eine ehrliche Prostituierte zehnmal lieber...«

»Hannes! Ich fleh' dich an, tu's nicht! Geh nicht hinüber zu dem Boot...«

Er ließ sie los, stand einen Augenblick schwer atmend vor ihr. »Du hast recht. Ich gehe *nicht* auf das verdammte Boot. Ich mach' was viel Besseres, sag' ich dir. Ich sperre ihre Kabine auf und werfe ihre Sachen über Bord, alles, was in der Kabine ist, werfe ich ins Wasser. Soll er ihr neue Kleider kaufen.«

Er wandte sich schnell um und ging zur Treppe – und dort erreichte ihn ihre Stimme, die auf einmal nichts Flehendes mehr hatte. Sie war nicht einmal laut, sie klang ganz ruhig und so sachlich, als wolle sie nur eine Auskunft vermitteln.

»Alexa ist nicht auf Kalandros' Boot.«

Er blieb stehen, den Fuß bereits auf der Treppe, und drehte sich zu ihr um.

»Sie ist bei Tilling.« In dem gleichen gelassenen Ton.

»Tilling?« Kaum daß sie's hören konnte. »Tilling?« Erst verständnislos, dann tonlos, wie vor den Kopf geschlagen. »Warum... bei Tilling?«

»Das ist eine richtig dumme Frage. Ich hoffe, du erwartest keine Antwort drauf. Alexa ist keine Nutte, ganz im Gegenteil.«

»Aber Tilling! Das ist doch nur ein *Junge*, der ist doch...« Er stockte.

»Ja? Was ist er?« Sie sah ihn fest an. »Ein Junge ist auch ein Mann, verstehst du das nicht? Ich muß jetzt wieder runter in meine Kabine, Hannes, mir ist kalt. Wenn du mehr wissen willst, darfst du mitkommen.«

Ohne ein Wort nahm er ihren Arm und half ihr die Stufen hinunter. Aber vor ihrer Kabine verließ er sie und ging wieder hinauf auf Deck.

16

Während der Fahrt nach Paraggi sprachen sie kein Wort. Alexa liebte diese Viertelstunde auf der Lenkstange, die Arme fest um seinen Hals geschlungen und so dicht an ihn gepreßt, daß sie während der ganzen Zeit sein Herz an ihrem Ohr pochen hörte und seinen keuchenden Atem wie einen heißen Wind in ihren Haaren spürte. Wenn er dann vor dem dunklen Schuppen absprang, um das Rad hineinzustellen, empfanden beide dieses plötzliche Loslösen wie eine kalte Dusche, und er mußte das Rad jedesmal schnell irgendwo anlehnen, so unaufschiebbar war das Verlangen, sich zu umarmen.

So standen sie auch diesmal, brutal aneinandergepreßt, und hatten noch kein einziges Wort gewechselt, seit Alexa am Parkplatz aufgetaucht war und sich ihm stumm in die Arme geworfen hatte. Ebenso schweigsam folgten sie Tasso unter den Olivenbäumen hindurch hinauf zum Haus, wo die Matratze vor dem Feuer wartete. Die Öllampen wurden nicht mehr angezündet, der Feuerschein war die angemessene Illumination, das Zischen und Knacken der Scheite die Orchestration für ihre Umarmungen geworden.

Kaum hatte er die Tür geschlossen, verstellte sie ihm den Weg und drängte sich wieder in seine Arme, mit einer Heftigkeit, die er nicht an ihr kannte.

Behutsam löste er sich, hielt sie mit beiden Händen von sich weg und spähte in ihr Gesicht, das im Feuerschein abwechselnd bernsteingelb und dunkelrot glühte, schöner denn je zuvor.

»Sag mir nicht, es ist nichts. Was ist los? Ich fühl's ganz genau, irgendwas ist passiert.«

Sie wollte sich wieder an ihn klammern, ihr Gesicht verstecken, aber er hielt sie fest.

»Sag's mir.«

Sie fügte sich, nickte, war schon drauf und dran zu sprechen, hielt dann aber wieder ein und grübelte. Bis sie schließlich zögernd und leise sagte: »Denkst du manchmal über uns nach? Denkst du daran, wie's weitergehen soll?«

»Ich denk' an nichts anderes, ich mal' mir den ganzen Tag über aus, wie's werden wird, unser Leben zusammen. Ich kann mich auf nichts richtig konzentrieren, alle anderen Leute sind wie ausradiert. Geht's dir auch so?«

»Ich denke auch sehr viel über uns nach, aber dabei muß ich mich, ob ich will oder nicht, an andere Leute erinnern.«

»Andere Leute?« Er versuchte, seine Enttäuschung zu verbergen. »An wen zum Beispiel?«

Wieder zögerte sie und schloß einen Moment die Augen, als müsse sie so noch einmal die Gewißheit verspüren, daß es ohne diese Unterredung nicht weiterging zwischen ihnen, jedenfalls nicht von ihr aus, nicht nach ihrem Gespräch mit Maximiliane. So wie sie sich das vorgestellt hatte, diesen Sommer lang in seinen Armen zu liegen und alles andere einfach beiseite zu schieben, auszuschalten, so klappte es nicht. Das war ihr klargeworden, während sie auf der Lenkstange saß und seinem Herzschlag zuhörte. Der Weg zur Matratze war vorläufig versperrt.

»Ich denke zum Beispiel an meinen Bruder.«

»Du hast einen Bruder?«

»Einen Zwillingsbruder.«

»Einen Zwillingsbruder?« wiederholte er voll Staunen. »Sieht er aus wie du?«

»Zum Verwechseln. Das ist ja der Jammer.«

Er lachte laut, hielt es für einen Scherz oder eine spaßhaft übertriebene Bescheidenheit. »Jammer? Dann muß er doch einfach... einfach wunderbar aussehen, oder?«

»Wenn man so will, sieht er ›wunderbar‹ aus, jawohl.« Sie löste sich von ihm und ging zum Kamin, setzte sich mit dem Rücken zu ihm auf die Matratze und hielt die Hände vor die Flammen, als müsse sie sie wärmen. »Am ersten September kommt er aus dem Gefängnis.«

Der jähe Wechsel von Überraschung zu Bestürzung löste einen solchen Schock in ihm aus, daß er eine geraume Weile einfach stehenblieb und ihren Rücken anstarrte. Entsetzt gestand er sich, daß in seinem Gehirn mitten zwischen den verschreckt hin und her schießenden Gedanken auch die Frage aufgetaucht war: Wo bin ich eigentlich hingeraten? Und sofort verwandelte sich die schmale Gestalt am Feuer in seinen Vater, der vor dem Haus saß mit dem Beutel voll Silberlingen im Schoß...

Schnell lief er zu ihr hin und kniete sich neben sie. »Was hat er denn getan? Drogen?«

»Wenn's das wäre! Da wäre er ja in guter Gesellschaft, jedenfalls in einer unzählbaren, und das hat immer was Beruhigendes, nicht wahr. Nein, deswegen ist er nicht drin. Er belästigt Minderjährige; seine Spezialität sind kleine Buben, aber auch kleine Mädchen am Strand, die lockt er in die Badekabinen.«

Wie er das aufnahm, wußte sie nicht, wollte es auch nicht wissen, aber sie konnte an seiner Stimme hören, wie fassungslos er war und wie er sich zwang, ruhig zu sprechen.

»Und – was geschieht, wenn er rauskommt?«

»Das frage ich mich auch. Es ist nicht das erste Mal, daß er im Knast sitzt, aber diesmal waren's anderthalb Jahre wegen des Rückfalls.«

Er rang sich ein »Der arme Kerl« ab. Und etwas später: »Das ist... schlimm für dich, ja? Hängst du sehr an ihm?«

»Als wir Kinder waren, liebte ich ihn. Bis ich zwölf Jahre alt war, kannst dir denken, warum. Gott sei Dank war ich genauso groß und kräftig wie er.«

»O Gott«, flüsterte er ohne einen Versuch, sein Entsetzen zu verbergen.

»Das verstört dich, was?« Sie betrachtete ihn mit einer

Mischung aus Zärtlichkeit und Wehmut, aber eine Prise Spott war auch dabei. »Kommt in den besten Familien vor, wie man sagt, und das trifft haargenau auf uns zu. Du verstehst natürlich, daß diese Veranlagung eine Krankheit ist, ähnlich wie bei Maja. Aber bei ihm ist sie vorwiegend genetisch bedingt, er kann noch weniger dafür als Maja, die ja nur eine unbestimmte Sucht zur Sucht hat.« An seinen weit aufgerissenen Augen sah sie, daß er überfordert war, und sie fügte schnell mit einem kleinen, wintrigen Lächeln hinzu: »Du würdest auch von ihm sagen: ›Er riecht schlecht.‹«

»Und – hat er jetzt seine Stellung verloren?«

»Er hat nie eine gehabt. Zu Anfang hat er eine Kunstschule besucht, weil er ein bißchen zeichnen kann, dann hat er dort Modell gestanden, das machte ihm mehr Spaß. Mein Vater hat's schließlich aufgegeben, ihn ständig aus seinen Karambolagen mit den Behörden freizukaufen. Er hat ihn rausgeworfen und ihm monatlich was gezahlt, obgleich's ihm nicht leichtfiel. Nach seinem Tod hat ihn dann mein Mann nahtlos übernommen.« Sie starrte vor sich hin. »Was jetzt werden soll, weiß ich nicht.«

Er setzte sich ganz dicht neben sie, schlang den Arm um ihre Schulter und drückte seine Wange an ihre. »Wir müssen halt für ihn sorgen, bis wir was für ihn gefunden haben.«

Sie bog den Kopf zurück, um ihn ansehen zu können. »Wir?«

»Ja natürlich, wir beide zusammen. Ich werd' mich sofort umsehen, irgendwas wird sich schon finden. Vielleicht ist er noch nie auf das Richtige gestoßen. Ich weiß schon was«, rief er aufgeregt. »Er kann doch schwimmen, nicht wahr?«

Schwimmen! dachte sie, das ist das erste, was ihm in den Sinn kommt. Ist doch klar, das ist halt sein Gebiet, sein Horizont. »Ja, er kann schwimmen«, sagte sie. »Aber das hilft uns nicht viel. Hör mir gut zu, mein Liebling: Du willst dir zwei erwachsene Menschen aufhalsen? Zwei Menschen mit Ansprüchen, die weit über die deinen hinausgehen, vergiß das nicht. Auch wenn ich's noch so drosseln würde, ich brauche nun mal einen gewissen Komfort, und mein Bruder braucht Bedingungen, unter denen es ständig möglich ist, ihn aus seinen Bredouillen herauszuhauen, und das heißt *Geld* –

sonst gibt's nur den Knast. Finanziell bist du mir nicht gewachsen und meinem Bruder schon gar nicht, nicht finanziell und nicht in der Mentalität – wofür ich dich liebe.«

Enttäuscht und auch halb grimmig rief er: »Ich bin keine Null, ich hab' mehr auf'm Kasten, als du glaubst. Paß auf: Meine Wasserskischule! Wenn die erst mal richtig läuft, werd' ich gut verdienen. Und das beste daran ist: Dein Bruder kann mitmachen: Wir lösen uns im Boot ab, der eine steuert, der andere fährt neben dem Schüler her. Ist das nicht was? Das wär' doch gut für ihn, oder? Er verdient Geld, er tut was, und nicht in 'nem stinkigen Büro, sondern draußen auf'm Meer. Er saust übers Wasser, und das ist... das ist prima, glaub mir! Es putscht einen richtig auf, man *fühlt* sich so gut – das wär' doch genau das, was er braucht, oder? Nur eine Frage der Zeit, dann schaffen wir's. Eigentlich sind's nur die paar Wintermonate. Stell dir vor: Heute in einem Jahr läuft meine Schule schon auf vollen Touren. Bis dahin mußt du ihn halt unterstützen.«

Sie wandte den Kopf, konnte sein vor Eifer hochrotes, strahlendes Gesicht nicht ertragen. Reglos starrte sie in die Glut im Kamin; das Feuer war am Erlöschen, sie hatten nicht aufgepaßt.

»Na?« drängte er. »Was sagst du? Sag doch was!«

»Ich kann ihn nicht unterstützen.«

Das Strahlen schwand langsam aus seinem Gesicht. »Kannst nicht – oder willst nicht?«

Da wären wir, dachte sie, jetzt kommt's. Am besten sag' ich ihm alles. Papa meinte immer: »Wenn's ans Hängen geht, dann laß dich halt für ein Schaf hängen und nicht für ein Lamm.«

»Ich habe keinen Pfennig, und das darfst du wörtlich nehmen. Wenn die Ferien auf der ›Gudrun‹ zu Ende sind, weiß ich nicht, wo ich hingehen soll. Ich muß jemand auftreiben, der Geld hat.«

»Geld?« wiederholte er verständnislos. »Du brauchst Geld? Jetzt? Hat denn dein Mann nicht dafür gesorgt...«

»Er hat dafür gesorgt, daß ich keinen Pfennig habe, wenn er stirbt. Seine verheiratete Tochter aus erster Ehe ist seine Alleinerbin. Sollte noch was übrigbleiben, soll's an ›Wildlife‹ gehen.«

Er schwieg. All das mußte ihm erst mal in seiner ganzen Tragweite klarwerden. Schließlich sagte er: »Aber... warum denn bloß? Ich hab' euch doch Tag für Tag zusammen gesehen! Ich hab' gemeint, ihr mögt euch, ihr lebt gut miteinander...«

»Das stimmte auch, wir lebten nicht schlecht miteinander, es gab immer was zu lachen, wir hatten nie Streit – und wir sahen so gut aus, zusammen, nicht wahr? ›Ein schönes Paar‹, hieß es; das war ihm wichtig, er hielt auf Stil, auf Lebensstil, das fing bei ihm mit der äußeren Erscheinung an. Das Tun und Benehmen, tadellose Manieren, gegenseitige Konzessionen – und vor allem keine Szenen. Das alles machte mir keine Schwierigkeiten.« Eine letzte Pause, ein letztes Atemholen, dann setzte sie entschlossen hinzu: »Aber ich habe ihn betrogen, nicht oft, aber doch ein paarmal in den zwölf Jahren unserer Ehe.« Dabei zwang sie sich, ihn anzusehen, zwang sich, zu beobachten, wie sich sein Gesicht verdunkelte und wie es allmählich versteinerte.

»Warum?« brachte er schließlich hervor. »Hattet ihr keine...«

»Doch, doch, das hatten wir schon, wenigstens in den ersten paar Jahren. Aber, wie es halt beinah immer seinen Lauf nimmt – du weißt nichts davon, aber glaub mir, *so ist es!* –, danach war's eben nicht mehr sehr aufregend, und ich traf jemand, in den ich mich verliebte...«

»Und das war aufregend?« unterbrach er.

»Im Vergleich zu dem, was zwischen Gerd und mir vorging, ja. Aber im Vergleich zu dem, was zwischen *uns* vorgeht, war es – nichts, ich wußte ja gar nicht, daß es so was gibt.« Sie machte eine kurze Pause, während der er sie beschwörend und hungrig ansah. Brennend gern hätte er es an diesem Punkt auf sich belassen, aber sie fuhr unerbittlich fort: »Immerhin, ich hatte eine längere Affäre mit diesem Mann. Gerd wußte davon, und es hat ihn keineswegs umgehauen...«

»Vielleicht hatte er auch jemand.«

»Gerd? Schwer zu sagen, aber ich glaube beinah – nein. Er war ein Mann, dem Sex Spaß machte, der aber nie davon geplagt wurde – wie ich, zum Beispiel.«

»Es plagt dich?«

»Manchmal schon. Nicht immer.«

»Und ich? Würdest du sagen, es plagt mich?«

»Bei dir hat sich das noch nicht herauskristallisiert, du bist noch nicht lang genug am Zug – verzeih, daß ich das erwähne. Und wie du später einmal sein wirst... das weiß ich nicht. Bei den meisten Leuten kann man's sich ungefähr vorstellen, aber bei dir ist es ganz unmöglich. Du bist so herrlich und so absolut *jung*, und das liegt nicht nur an deiner Jugend, das ist dein ureigenstes Wesen, ich sehe einfach nicht, wie sich das verändern könnte.« Oder weiterentwickeln, dachte sie traurig.

Sie hatte voller Zärtlichkeit gesprochen, aber er freute sich nicht. »Und dann hast du noch mit anderen Männern...«

»Ja«, unterbrach sie ihn. Unmißverständlich.

Er mußte aus ihrer unmittelbaren Nähe ausbrechen, es riß ihn förmlich in die Höhe. Sie sah ihm nach, wie er zum Fenster lief. Dort stand er, eine dunkle Gestalt gegen den noch dunkleren Nachthimmel, und dort erreichte ihn dann ihre Stimme. »Jetzt weißt du, warum ich dich vorhin gefragt habe, ob du über uns nachgedacht hast.«

In tiefer Niedergeschlagenheit lehnte er die Stirn an die Fensterscheibe. Zu den unfaßbaren Enthüllungen, die sie auf ihn abgeladen und die er noch nicht einmal ganz durchschaut hatte, kam das Bewußtsein seiner Unzulänglichkeit hinzu, das ihn jählings überfiel und auffraß. Er konnte ihr nicht folgen, hinkte meilenweit hinterher.

Dabei fiel ihm ein, daß dies eigentlich das erste Mal war, daß sie längere Zeit miteinander gesprochen hatten, Meinungen geäußert, Erwägungen angestellt und vor allen Dingen »von sich selbst gegeben« hatten, so schmerzlich es auch war. Bis jetzt war ja niemals Zeit dafür gewesen, auch wenn sie viele Stunden hier in diesem Zimmer verbracht hatten; sie hatten eigentlich nur eng umschlungen vor dem Feuer gelegen, ausgefüllt, wunschlos, nichts hatte gefehlt.

»Komm«, bat sie. »Von hier bis zum Fenster kühlt alles ab

und … zerreißt vielleicht sogar. Komm! Vor der Glut sind wir zu Hause.«

Langsam kam er wieder zurück und setzte sich neben sie auf die Matratze, wenn auch nicht so nah wie zuvor.

»Du weißt sehr wenig über mich, mein Liebling«, sagte sie sanft. »So gut wie nichts. Du weißt nur von unserer Liebe. Fall jetzt bitte nicht ins andere Extrem, ich bin keine abenteuerhungrige Frau, aber ich bin einem Mann nicht aus Prinzip treu.«

»Nein?« fragte er fassungslos.

»Nein.« Sehr ernst, ohne die Spur eines rettenden Lächelns.

»Du meinst«, sagte er mühsam, »du wirst *mir* auch nicht treu sein?«

Sie sah ihn fest an, schüttelte langsam und endgültig den Kopf. Wieder wollte er aufspringen und fliehen, noch weiter fort, aus dem Haus, hinunter zum Meer, aber sie packte schnell seinen Arm.

»Schau mich an. Du *glaubst* an die Treue, nicht wahr, die Treue unter allen Umständen.«

»Ja!« schrie er. »Was denn?«

»Lügner«, sagte sie leise. »Du bist doch selbst untreu, jetzt, in diesem Moment, bist du deiner Freundin untreu, nicht wahr? Du brauchst mir kein Wort zu sagen, ich weiß alles über euch beide, da gibt's nicht viel zu raten, hab' das schon zu oft erlebt. Es kommt auf den Grad an, den Grad der Liebe und den Grad der Untreue, verstehst du mich? Stell's dir vor wie einen ganz bestimmten Wärmegrad, den das Klima einer Beziehung – und auch das der Untreue! – hat. Da wirst du vielleicht entdecken, daß deine Freundin und mein Gerd bei einer sehr ähnlichen Temperatur geliebt worden sind.« Sie spähte voller Zärtlichkeit in sein verschlossenes und unglückliches Gesicht. »Du kannst das jetzt noch nicht so klar sehen, weil du einfach – verzeih mir, aber ich muß es aussprechen –, weil du zu jung bist und noch keinen Niedergang erlebt hast. Ich kann dich nur bitten, mir blind zu glauben. Untreue muß nicht dasselbe sein wie Betrug, das steht gleich neben Verrat. Du bist deiner Freundin untreu, aber nur in dem einen Sinn: Du schläfst mit einer anderen. Die *Frau*, die sie ist, die betrügst du nicht, hast noch nie ein Wort gesagt, das sie *verraten* hätte. Wenn's drauf ankäme, dann würde sie immer noch an erster Stelle stehen, und da gehört sie auch hin.«

»Nein«, murmelte er. »Sie steht nicht mehr an erster Stelle, das weißt du doch. Ich betrüge sie, nichts anderes. Was du da sagst, das sind nur Wortspiele.« Zum erstenmal fühlte er einen großen Zorn in sich aufsteigen. Er packte sie an beiden Armen und sagte leise und drohend: »Was hast du dir eigentlich gedacht, als du versucht hast, mich zu küssen, während wir vom Castelletto hinuntergestiegen sind? Brauchtest du eine kleine Abwechslung? Plagte es dich gerade?«

Seine Stimme war verhalten, aber die Augen flackerten gefährlich. Sie konnte sich nicht erklären, warum sie das auf so merkwürdige Weise erregte.

»Ja«, sagte sie herausfordernd. »Genau das.«

Er schlug zu, schlug sie hart ins Gesicht, mehrere Male, bis sie vornüber kippte und in die Glut zu fallen drohte. Er packte sie an den Schultern und riß sie zurück, ließ sie dann aber sofort wieder los. Sie sank seitlich zu Boden und bedeckte das Gesicht mit den Händen, stumm, hatte auch während der Schläge keinen Laut von sich gegeben.

Ohne sie weiter zu beachten, blieb er sitzen und stocherte in der sterbenden Glut herum.

Später, als sie fühlte, wie die Übelkeit nachließ, die der Schock und der scharfe Schmerz verursacht hatten, richtete sie sich langsam wieder auf, ließ aber noch eine Weile verstreichen, bevor sie leise sagte: »Woher sollte ich wissen, daß eine Liebe draus wird?«

Er drehte sich nicht um und antwortete lange nicht. Vielleicht konnte er nicht, vielleicht weinte er. Schließlich flüsterte er kaum hörbar: »Und das willst du kaputtmachen? Das ist es doch, was du mir die ganze Zeit sagen willst, nicht wahr? Kaputtmachen – wegen Geld?«

»Nenn's nicht Geld, nenn's *Leben*. Wir würden kein Leben

haben, weil…«, sie hielt einen Augenblick inne und hörte Maximilianes Stimme, »…weil wir keine Basis haben, und das ist der Tod der Liebe, sogar unserer Liebe. Früher oder später würde sie verkümmern, und all die üblichen, miserablen Dinge würden sich bei uns einschleichen, eins nach dem anderen. Muß ich's dir buchstabieren? Der Streit, die Rechthaberei, das Gefeilsche, die stille Wut oder der offne Groll – und die Untreue, ja, das auch, ganz bestimmt, wenn der Sex nicht mehr so zieht bei uns wie jetzt. Ich hab's zu oft um mich herum – und teilweise auch an mir selbst – erlebt, in allen Variationen. Du bist zu jung – siehst du, jetzt erwähne ich's schon das dritte Mal! –, du bist zu jung, um das mitgemacht zu haben. Aber sag mir: *Willst du das?«* Und als er schwieg: »Darf ich dich jetzt umarmen? Du weißt nicht, wie mir zumute ist, du weißt nicht… Bitte, laß mich dich jetzt umarmen!«

Er blieb regungslos sitzen. Sie kniete sich hinter ihn, schlang die Arme fest um seinen Hals, das Gesicht in seinen Nacken gedrückt.

»Du ahnst noch nicht, wie schwer es ist, ein Leben gemeinsam aufzubauen und bei der Stange zu bleiben. Die allerprimitivsten Grundlagen müssen wenigstens vorhanden sein, um die kommt niemand herum – und die gibt's bei uns nicht.«

Sie sprach noch immer zu seinem Rücken. Er saß gebückt, hielt den Kopf gesenkt, und sie fühlte, wie eine Art Zittern manchmal durch seinen Körper lief.

Ihre Stimme sank zu einem Flüstern herab. »Ich kann nicht einfach ohne jede Verantwortung tun, was ich möchte, dazu bin ich zu alt, hörst du? Zu alt. Ja, wenn ich so jung wäre wie du, dann…«

»Dann? Würdest du bei mir bleiben?«

»Ich glaube, ja. Was ich für dich empfinde, wäre dann stärker als alle Vernunftgründe. Im Unterbewußtsein hieße es aber immer: Ich kann's mir leisten, denn ich hab' ja noch alles *vor* mir.« Dann, noch immer eng an ihn gedrückt: »Sag mir, du und deine Freundin… hattet ihr Pläne? Wolltet ihr heiraten, Kinder kriegen?«

»Ja.«

»Und du würdest ihr jetzt ohne weiteres sagen können: Tut mir leid, auf Wiedersehen?«

»Ja.«

»Du bist härter als ich. Kannst's auch ›stärker‹ nennen.«

»Ich weiß nicht so gut Bescheid über mich.«

Sie nickte traurig. »Und ich weiß *genau* Bescheid über mich. Leider.«

Er machte sich von ihren Armen frei, richtete sich auf und wandte sich zu ihr um. Sein Gesicht lag im Schatten, aber der Ausdruck nackter Verzweiflung war klar zu sehen, so trostlos, daß ihr die Tränen in die Augen schossen. Er konnte nicht widerstehen, beugte sich vor, küßte sie ihr von den Wangen.

»Verzeih mir«, bat er heiser. »Ich hab' mich ganz verloren. Das fing schon an, bevor du nach Portofino kamst... Und jetzt... jetzt hab' ich nichts mehr als unsere Liebe.«

»Wir sind wie die Königskinder«, murmelte sie.

»Welche Königskinder?«

»Du weißt schon – oder habt ihr das nicht mehr in der Schule gesungen? ›Es waren zwei Königskinder, die hatten einander so lieb, sie konnten zusammen nicht kommen, das Wasser war viel zu tief...‹«

»Und? Was war mit ihnen?«

»Der junge Mann ertrank, als er zu ihr hinüberschwimmen wollte.«

»Konnte nicht schwimmen, was? Das ist das einzige, was ich kann.«

Ob's eine Möglichkeit gab, daß er sie verstand, ohne sie zu hassen? Sie schlang die Arme fest um seinen Hals: »Weißt du's immer noch nicht? Doch, du weißt es jetzt.«

»Was?«

»Daß ich recht habe.«

Eine Sekunde lang herrschte Stille. Dann riß er sich los und schrie, außer sich: »Ich weiß nur, daß du mich nicht willst, weil ich kein Geld habe.«

Sie gab auf und murmelte: »Jawohl. Stimmt genau.«

Er sprang auf, ging zur Tür, öffnete sie und machte die unmißverständliche Geste: Raus!

17

Falke war die Nacht über an Deck geblieben.

Im Sommer tat er das manchmal, lag dann angezogen auf der Liege und genoß die Nachtstille nach dem pausenlosen Lärm des Tages. Er liebte das sanfte Schaukeln des Bootes und meinte sogar, aus dem Rhythmus des Wassers, das gegen die Planken schwappte, das Wetter für den nächsten Tag herauslesen zu können. Heute nacht schwappte es in ganz regelmäßigen Abständen und so schwach, als ob es jeden Augenblick stillstehen würde. Regen, dachte er, morgen wird es windstill sein und den ganzen Tag lautlos regnen. Im Vorjahr und in allen vorhergegangenen, als in jeder Kabine Gäste wohnten und die »Gudrun« täglich ausfuhr, hätte diese Prognose einen schönen Ausflugsplan ruiniert. Jetzt war's ihm gleichgültig; er freute sich sogar, denn dann würde die Piazza leer sein.

Drüben, auf dem großen Griechen, war jetzt auch alles dunkel. Morgen würde er Kalandros auf seine Einladung antworten müssen. Aber was?

Alexa. Alexa und Tilling. Glücklich, glücklich, glücklich. Wenn ich's mir immer wieder vor Augen führe, dachte er, dann läßt der Schmerz allmählich nach, wird dumpf. Man muß nur durchhalten, immer wieder dran denken, keine Einzelheit auslassen, dann stumpft 's sich ab.

Warum ging er nicht lieber schlafen? Weil er warten wollte, bis sie zurückkam. Wenn die beiden sich dann an der Gangway ein letztes Mal umarmten, würde er zusehen und nicht einmal genau wissen, wen er mehr beneidete, ihn um sie oder sie um ihn, auf jeden Fall würde er sich zermartern. Reine Perversität, Masochismus. Eigentlich nicht sein Fall. Warum also? Könnte es sein, daß er sich danach sehnte, etwas *sehr stark* zu fühlen? Sicher wäre das gut für ihn, er hatte so lange nichts mehr stark gefühlt – ausgenommen den Anblick von Franz auf seinem Bett. Die Wut auf Alexa, vorhin, als er sie bei Kalandros wähnte, die war so vollständig verflogen, daß er Mühe hatte, sich daran zu erinnern, es war also kein sehr starkes Gefühl gewesen.

Er beschloß, aufzubleiben und die beiden zu beobachten. Mal sehen, wieviel er aushalten konnte.

Irgendwann schlief er ein, wachte aber sofort auf, als er Schritte hörte. Vorsichtig spähte er zum Ufer. Alexa ging langsam über die Piazza. Merkwürdig, dachte er, der Junge begleitet sie nicht, er läßt sie in der Nacht allein gehen?

Sie ging sehr langsam und hielt den Kopf gesenkt, setzte einen Fuß mechanisch vor den andern und sah nicht ein einziges Mal auf. Er hatte das Gefühl, sie wußte gar nicht, wo sie war, wußte nicht, daß sie über die Piazza in Portofino ging, an Booten vorbeiging. Sie sah keins an, strebte, leicht vornübergebeugt, vorwärts wie eine Nachtwandlerin, bis sie unter dem Bug der »Gudrun« aus seinen Blicken verschwand. Gleich darauf hörte er sie die Gangway heraufkommen. Dann machte sie halt, und er erriet, daß sie nun die Schuhe auszog. Schlüsselgeräusche. Dann nichts mehr bis zum Öffnen und Schließen ihrer Kabinentür. Selbst wenn er insgeheim vorgehabt hätte, mit ihr zu reden, hätte er's aufgeben müssen: Sie war unansprechbar. Etwas war passiert. Vielleicht nur ein Krach. Vielleicht mehr.

Ob er nun hinunter in seine Kajüte gehen sollte? Es lohnte sich nicht mehr, der Horizont färbte sich schon weiß.

Er wachte auf, als Tasso sein Gesicht leckte. War Tilling schon an Bord? Sieben Uhr. Gewöhnlich kam er erst gegen acht. Es nieselte, wie er's vorhergesehen hatte, und so fein, daß man nichts auf der Markise hörte, unter der er lag.

In der Kombüse hörte er Tilling hantieren, später hörte er ihn mit dem Frühstückstablett die Treppe heraufsteigen und den Tisch decken. So vertieft und abwesend war Tilling, daß er Falke auf seiner Liege gar nicht bemerkt hatte.

»Tilling.«

Er schreckte zusammen und wandte sich um. Sein Gesicht war fahl unter der Sonnenbräune, die Augen waren verschwollen.

»Boß?«

»Setz dich her, und trink Kaffee mit mir!«

Stumm und gehorsam brachte er die Thermoskanne und die Tassen, schenkte ein, setzte sich dann etwas abseits auf eine Liege. Es ist schlimmer, als ich annahm, dachte Falke und überlegte, wie er am besten an ihn herankommen könne. Schweigend tranken sie das heiße Getränk. Als seine Tasse leer war, goß Tilling sie sich sofort wieder voll, unaufgefordert. Er hatte den Kaffee scheinbar dringend nötig, denn er trank ihn mit geschlossenen Augen, wie jemand, der großen Durst oder große Schmerzen hat.

Falke stellte seine Tasse auf den Boden, setzte sich auf, ließ die gefalteten Hände zwischen die Knie hängen und blickte vor sich hin.

»Du brauchst mir nichts zu sagen, Junge, ich weiß es.«

Tilling gab einen Laut von sich, der wie ein leises Stöhnen klang, und das war alles.

»Ich weiß es, aber erst seit heute nacht. Ich hab' sie beobachtet, als sie zurückkam.«

Der junge Mann räusperte sich mehrere Male, und auch dann konnte er nur mit heiserer, tonloser Stimme sprechen. »Hat sie was gesagt?«

»Sie hat mich nicht gesehen.«

»Es ist aus.«

Falke verspürte weder Genugtuung noch Neugier. Nur der Zustand des Jungen beschäftigte ihn, der sah wahrhaftig krank aus. Nie hätte er geglaubt, daß Tilling krank sein könnte.

»Junge – was möchtest du tun? Hast du schon darüber nachgedacht, was nun geschehen soll? Möchtest du vielleicht Urlaub nehmen?«

»Ja. Ich muß weg. Ganz... weg.«

»Weg von der ›Gudrun‹? Aber Junge...«

»Ich muß, Boß, ich weiß es. Hier hat alles angefangen...« Er wandte den Kopf und blickte zur Treppe. Falke folgte seinem Blick. Die Treppe hinunter, den Gang entlang und in seine Kajüte, in jener Nacht...

»Ich muß hier weg. Ich weiß, es klingt verrückt, aber es riecht hier nach Bösigkeit... obgleich... ich hab's schwer. Sie zu verlassen... wirklich... schlimmer als damals, wie mein Vater starb, viel schlimmer.«

»Es ist genauso schlimm für mich, Junge. Bist du ganz sicher? Ich meine, wir könnten uns doch was ausdenken, damit es diesen Sommer nicht so peinlich wird für dich – und für Frau Thomas.«

»Peinlich«, wiederholte Tilling langsam, als sei es ein Fremdwort.

»Ich meine ›schmerzlich‹«, verbesserte sich Falke.

»Ich kann's nicht, Boß, auch wenn ich's noch so sehr will. Es bringt mich um. Letzte Nacht hab' ich mich auf einmal gefragt, was aus dem Sack geworden ist. Denken Sie auch manchmal dran?«

Falke schwieg, und der junge Mann starrte angestrengt auf das graue Meer hinaus, als habe er seine Frage längst vergessen.

»Ich werd' schon jemand finden für die ›Gudrun‹...«

»Das ist mir nicht wichtig, Junge, *du* bist mir wichtig.«

Tilling wandte sich wieder zu ihm, und sie sahen sich an. Falke verhehlte sich nicht, daß er genauso hilflos dasaß wie der junge Mann.

»Meinst du nicht, es wäre gut, wenn du mit mir *sprechen* würdest? Vielleicht könnte ich etwas sagen, und wenn's nur ein einziger guter Satz wäre, der dir was bedeutet. Von helfen will ich gar nicht reden...«

Tilling öffnete den Mund, als wolle er sprechen, aber dann fiel ihm der Kopf auf die Brust, als habe er endgültig aufgegeben.

Falke hatte eine Eingebung. »Inga!« rief er. Vielleicht war sie ein Rettungsanker oder wenigstens ein temporärer Schlupfwinkel. »Was ist mit ihr?« Und als keine Reaktion kam, fragte er vorsichtig: »Weiß sie überhaupt davon?«

»Nein«, flüsterte Tilling leise. »Hab's ihr verheimlicht! Zum erstenmal, daß sie etwas nicht weiß.«

»Das ist ja nun nicht so tragisch, vielleicht ist es sogar gut, denn jetzt braucht sie's ja nicht mehr zu wissen.«

»Doch«, sagte der junge Mann eigensinnig. »Ich muß es ihr sagen, hab' ihr immer alles gesagt, hab' keine Geheimnisse vor ihr.«

Falke lächelte ein wenig. »Stimmt nicht, Junge. Von dem Mann in meiner Kajüte und der Christusstatue hast du ihr auch nichts erzählt.«

Den Kopf noch immer gesenkt, sagte Tilling gleichmütig: »Ich hab's ihr erzählt, Boß.«

Mit offenem Mund starrte Falke den wirren Schopf brauner Haare an. Jetzt hieß es absolute Ruhe bewahren. »Du hast's ihr erzählt? *Wann* hast du's ihr erzählt?«

»Gleich danach. Aber das macht nichts, sie ist wie 'n Grab, sie hat's bestimmt niemand gesagt, Ehrenwort!«

Ganz offensichtlich hatte er keine Ahnung, was er da gerade ausgepackt hatte, und weil er immer noch den Kopf gesenkt hielt, wußte er auch nicht, wie blaß Falke geworden war. Der ließ ein paar Sekunden verstreichen, lange genug, um einzusehen, daß es sinnlos wäre, den Jungen jetzt noch mehr zu verstören, indem er ihn aufklärte und mit Vorwürfen überschüttete. Statt dessen beschloß er, scheinbar harmlos Ingas Fährte nachzugehen.

»Was wird sie sagen, meinst du? Wird das das Ende eurer Beziehung sein?«

»Sicher.« Jetzt hob er endlich den Kopf und blickte mit leeren Augen hinaus aufs Meer, das bewegungslos und so undurchdringlich wie eine Stahldecke unter dem schmutzigweißen Himmel lag. »So soll's auch sein, es ist nur richtig.«

»Hör zu, Junge!« Falke schlug plötzlich einen ganz anderen Ton an, nüchtern und tatkräftig. »Das einzige, was dir jetzt helfen kann, ist Arbeit. Gott sei Dank haben wir... hast *du* ja was

Schönes vor. Wenn du jetzt nicht mehr jeden Tag hier antreten mußt, dann können wir sofort mit dem Bau auf deiner Parzelle beginnen. Heute vormittag fahren wir zusammen nach Rapallo. Dort habe ich eine Fabrik gesehen, die Fertighäuser herstellt, aus Holz, die müssen nur auf ein Zementfundament gestellt werden...«

»Nein, Boß!« schrie Tilling verzweifelt und sprang auf. »Ich will kein Fertighaus! Ich kann keine Wasserskischule haben...«

»Mein Gott, Junge«, unterbrach Falke ihn aufgebracht. »Bist du verrückt? Warum denn plötzlich nicht?«

Tilling schien zusammenzufallen, die plötzliche Heftigkeit war verflogen. »Es geht nicht«, sagte er sanft, als müsse er Falke trösten. »Ich kann's nicht verkraften...« Er sah sich um, als sei jemand hinter ihm her, und Falke fragte sich, ob er fürchte, Alexa könne die Treppe heraufkommen. »Ich muß weg, Boß. Bitte lassen Sie mich jetzt gehen... Ich meld' mich bald, ich werd' Sie schon finden, wenn Sie grad' allein sind...« Damit rannte er die Gangway hinunter, Tasso hinterher.

Unrasiert und ungeduscht blieb Falke an Deck, goß sich noch einen Kaffee ein und versuchte, Ordnung und Sinn in die Geschehnisse und Enthüllungen der letzten vierundzwanzig Stunden zu bringen. Es regnete immer noch, kein üblicher, kurzer Portofino-Sommerschauer, sondern ein leises nebliges Geriesel, wie es sonst nur in England vorkam. Die Touristen waren denn auch in ihren Hotels geblieben, gaben ihrem Sonnenbrand einen Ruhetag, wuschen ihre Wäsche und spielten Karten in der Lounge, die Gesichter eingecremt und weiße Magnesiapaste auf den aufgesprungenen Lippen. Die Piazza war leer, ein schöner Anblick. Vorhin hatte er Tilling über sie laufen sehen, als sei ihm jemand auf den Fersen, und Tasso freudig bellend nebenher. Das ist noch lange nicht endgültig, dachte er, ich darf ihn auf keinen Fall verlieren, er ist nicht zu ersetzen in meinem Leben, ich glaub' beinah, ich liebe ihn.

Eine Weile beschäftigte er sich mit diesem Gedanken. Es war schon richtig, er liebte diesen Jungen, liebte diese blanke Anständigkeit und diese asketische Distanz. Es würde schwer sein, ihm beizukommen, weil er eben ganz unbestechlich war, aber irgendwie mußte er ihn wieder zurückkriegen... Dabei hatte der Junge ihn doch glatt verraten, fiel ihm plötzlich ein, hatte diesem Mädchen einfach alles preisgegeben, aber nur – da war er sicher – aus seiner poetischen Vorstellung von Wahrhaftigkeit heraus.

»He!« hörte er Maximiliane unten rufen. »He! Ist da niemand? Tilling! Helfen Sie mir doch rauf.«

Falke lief die Treppe hinunter und küßte die weißen Löckchen auf ihrer Stirn.

»Was ist denn los«, meinte sie verwundert, während er sie die Treppe hinaufschob, »Wo ist Tilling?«

»Tilling ist fort. Und Alexa ist gestern nacht sehr spät zurückgekommen.«

»Aha«, murmelte sie mit sibyllinischem Glitzern in den Augen und setzte sich an ihren Platz. »Soso... Na ja. Gibt's Brötchen?«

»Von gestern. Tilling war sehr früh hier, bevor der Bäckerladen auf war, aber er hat eins für dich aufgebacken.«

»Er ist fort? Endgültig?«

»Vorläufig wenigstens. Es ist aus zwischen ihm und Alexa.«

»Hab's mir beinah gedacht«, murmelte sie. »Und wie geht's jetzt weiter? Ziehen wir wieder ins Haus?«

»Vorübergehend«, meinte er bedächtig. »Vielleicht werden wir später noch Ausfahrten machen, einen Schiffsjungen bekomme ich allemal.«

Nachdenklich widmete sie sich dem Brötchen und dem Honig und fragte wie von ungefähr: »Ist noch was passiert? Du siehst so... so lebendig aus zu dieser frühen Stunde.«

Er lächelte vor sich hin und meinte wie nebenbei: »Denkst du noch manchmal an Exflor?«

»O ja, Exflor und dann noch diese verdammte *Ferma-in-posta*-Nummer, die ich mir nicht merken kann. Es stört mich, daß das immer noch in der Luft hängt. Da muß noch was geschehen...«

»Etwas *ist* schon geschehen. Exflor ist in Erscheinung getreten.«

Maximiliane hörte auf zu kauen. »Dein Ernst? Spiel nicht mit mir – los! Sag's schon.«

»Inga.«

Sie stützte den Kopf auf eine Hand und schloß die Augen, fragte nicht, woher er das wußte, zweifelte keinen Augenblick. »Natürlich«, sagte sie vor sich hin. »Klar. Was denn«, und schlug sich mit der flachen Hand mehrere Male vor die Stirn. »Tilling hat's ihr erzählt, ist doch sonnenklar.«

»Er hat's berichtet, als sei's das Natürlichste auf der Welt.«

»Ist es auch. Es ist das Naheliegendste – und deshalb sind wir nicht drauf gekommen. Es war *zu* einfach. Er ahnt natürlich nichts von dem Brief?«

Falke schüttelte den Kopf. »Ich frage mich, ob er's je erfahren wird. Sie weiß übrigens nichts von Alexa. Es sieht mir so aus, als ob da sowieso nicht mehr viel gelaufen ist zwischen ihm und Inga, und da hat sie ganz einfach die Gelegenheit beim Schopf gepackt und den Versuch gewagt. Im geheimen. Es hätte ja sein können, daß es klappt, daß ich blindlings zahle.«

»Hast du auch, beinah«, murmelte die alte Frau. »Eine merkwürdige Situation ist das jetzt zwischen den beiden! Er hat sie mit Alexa hintergangen – und sie ihn mit dem Erpresserbrief. Entweder gibt's eine fürchterliche Explosion...«

»Oder es löst sich alles in tiefem Schweigen auf, und der eine weiß nichts vom andern.«

»Das gibt es nur ganz selten, der Mensch hat im allgemeinen ein dringendes Bedürfnis, abzuladen und aufzubürden, nur dann kommt er mit sich ins reine. Bei diesen beiden... Ich weiß nicht, ich hab' ein ungutes Gefühl.« Sie schwieg und blickte lange vor sich hin. Auch Falke sprach kein Wort. »Dir geht's genauso, nicht wahr? Sonst würden wir uns doch beide freuen, daß Exflor in der Versenkung verschwunden ist. Was machen wir jetzt mit dieser *Ferma-in-posta*-Nummer in Genua? Abwarten?«

»Nein. 24744 – das hat direkt mit Franz zu tun, nicht bloß mit Geld wie Exflor. Und Franz ist schließlich ermordet worden... Ich weiß nicht, wie's bei dir aussieht, aber es ist noch kein Tag vergangen seit dieser Nacht, an dem ich mich nicht wieder und wieder mit den gleichen Fragen herumgeschlagen habe. Ich sage dir in aller Ruhe: So möchte ich nicht weiterleben. Hin und wieder erlebe ich etwas wie Euphorie und meine, jetzt hab' ich Oberwasser – aber dann sehe ich den Sack vor mir, und all die Fragen, *wer* und *wie* und *warum*, fallen sofort wieder über mich her. Ich darf nichts unversucht lassen, ich muß nach Rom, komm' nicht drum rum. Inzwischen weiß Bettio natürlich Bescheid, der Lausejunge hat ihn bestimmt informiert. Er erwartet meinen Anruf oder meine Ankunft.«

»Und wappnet sich.«

»Es kommt nur auf die Geldsumme an, und er streckt die Waffen.«

»Bei Exflor hast du ja gerade eine Million Lire gespart! Wann willst du fahren?«

»Morgen. Spätestens übermorgen. Du und Alexa, ihr zieht ins Haus, meinst du nicht? Ich fahre jetzt nach Santa Margherita und sehe mich nach einem Schiffsjungen um.«

Er stand auf und ging zur Treppe. Kam wieder zurück und sagte leise: »Kümmere dich um sie, ja?«

Es wurde Mittag, bevor Alexa in ihrem Reisekostüm an Deck erschien.

Der Kaffee war noch warm in der Thermoskanne, und sie trank sie schweigend leer. Maximiliane auf ihrer Liege hatte nur kurz aufgeblickt, genickt, nicht mal guten Morgen gesagt und weitergelesen.

»Kann ich vom ›Pitosfero‹ aus ein Taxi bestellen? Haben die die Nummer? Es gibt doch einen Drei-Uhr-Zug nach Genua, nicht wahr?«

»Ja«, sagte Maximiliane und dachte: Nichts zu machen. Sie legte ihr Buch beiseite und griff nach ihrer Handtasche. »Hier«, brummte sie und holte alle Scheine aus ihrem Portemonnaie. »Nicht etwa geschenkt, das kann ich mir nicht leisten. Das will ich später mal zurückkriegen.«

Ohne Zögern nahm Alexa das Geld und zählte es sorgfältig. »4300 Lire. Kann ich gebrauchen. Danke.«

Sie stand auf. Die alte Frau folgte ihr mit den Augen, wie sie zum »Pitosfero« hinüberging, und murmelte unglücklich »Verdammt, verdammt!« vor sich hin.

Aber als Alexa kurz darauf die Steintreppen vom Restaurant wieder herunterstieg, verstellte ihr plötzlich ein junger Mann den Weg. Maximiliane setzte sich auf: Der junge Mann war ein Matrose, ein Matrose von der »Persephone«! Alexa schien zu zögern, dann bedeutete sie dem jungen Mann, sie zur »Gudrun« zu begleiten. Gleich darauf stand sie vor Maximilianes Liege.

»Kalandros möchte wissen, ob wir mitkommen. Er fährt in einer Stunde aus. Nach Elba.«

Die blauen Basiliskenaugen schwammen in Tränen. »Jawohl!« schluchzte sie. »Jawohl! Sagen Sie dem Jungen, er kann gleich Ihre Koffer aus der Kabine holen und rüberbringen. Sagen Sie's ihm, mein Italienisch reicht nicht aus, außerdem bin ich zu aufgeregt. Sagen Sie ihm, Falke sei abwesend und habe vergessen, einen Brief rüberzuschicken. Er kann leider nicht mitkommen, er sucht einen neuen Schiffsjungen...« Sie brach ab. Alle Farbe war aus Alexas Gesicht gewichen. Maximiliane nahm einen neuen Anlauf. »*Ich* kann leider auch nicht mitkommen, aber Sie können, nicht wahr? Und Sie freuen sich drauf, nicht wahr? Schreiben Sie ein paar Worte, der Junge kann sie mit den Koffern gleich mit rübernehmen. Los doch, was stehen Sie da und schauen in die Luft?«

Alexa wandte sich um und murmelte ein paar Worte. Der Matrose stieg die Treppe hinunter und trug gleich darauf das kostbare Krokogepäck hinüber zum großen Griechen. Alexa stand an der Reling und sah ihm nach.

»Gerettet!« rief Maximiliane und schneuzte sich ausführlich. »Der Reiter auf dem weißen Pferd mit der Begnadigung! In letzter Minute...«

»Welcher Reiter? Begnadigung? Ich versteh' Sie nicht...«

»Lassen Sie nur. Schnell – geben Sie mir einen Armagnac, sonst platz' ich vor Genugtuung.«

Alexa setzte sich in Bewegung und holte eine volle Flasche vom Servierwagen, vergaß die Gläser.

»Macht nichts, macht nichts, gießen Sie ihn mir in die Kaffeetasse! Für Sie auch. Halleluja! Gott segne Kalandros. Heulen Sie nur, jetzt sind Sie dran. Prost Elba!«

»Die ›Persephone‹ fährt aus! Komm schnell.«

»Wahrhaftig. Das seh' ich jetzt zum erstenmal. Gut sieht sie aus, so majestätisch und herablassend. Wer ist an Bord?«

»Sie stehen alle auf der andern Seite an der Reling, ich sehe nur ein halbes Dutzend Rücken. Das sind sicher die vier Bienen und Kalandros – und noch jemand.«

»Kurs nach Süden, nicht wahr?«

»Jedenfalls nicht nach Genua. Der Jemand dreht sich um und schaut herauf zu uns. Hahaha – rat mal, wer's ist!«

18

Zum erstenmal seit über zwei Jahren wanderte Tilling auf dem alten Pfad hinter dem Parkplatz hinauf in die Berge. Er hatte eine Weile vor seinem Rad gestanden und es nicht fertiggebracht, die Sicherheitskette zu lösen, um nach Hause zu fahren. Wo wollte er hin? Er wußte nur, wo er *nicht* hinwollte: nicht nach Hause, nicht fischen, nicht in Santa Margherita herumlungern und mit halbem Herzen nach einem neuen Job Ausschau halten. Und dann erlöste ihn der Gedanke an San Fruttuoso und trieb ihn förmlich den steilen Pfad hinauf, so daß Tasso kaum Schritt mit ihm halten konnte. Erst als er hoch oben auf der höchsten Spitze, dem Portofino Vetta, angekommen war, verlangsamte er das Tempo, mußte sogar stehenbleiben, denn sein Atem ging pfeifend, und das Herz dröhnte ihm in den Ohren. Vielleicht, weil er noch nichts gegessen hatte. Durch die Olivenbäume hindurch glaubte er Kinderstimmen zu hören. Er folgte ihnen, stapfte durch hohes Gras und wilde Brombeerbüsche, bis er vor einer alten Hütte stand. Zwei Buben und eine alte Frau saßen auf dem Boden und betrachteten ihn neugierig. Ein braunes Stück Netz war zwischen den nackten Zehen der Kinder straff aufgespannt, und die Alte flickte die Löcher mit Garn. Er holte einen Zehn-Lire-Schein aus der Tasche und erhielt eine Kante Weißbrot und ein Stück Salami.

Er wanderte weiter und fand seine alte Kastanie wieder, setzte sich drunter und spähte in die Tiefe, genau wie damals. Tief unten kauerte die Abtei wie ein Kieselstein am Wasser, aber die Felsenspitze Punta della Torretta am Eingang der Bucht, vor der die

Statue am Meeresgrund stand, war aus diesem Winkel nicht zu sehen. Seine Enttäuschung erstaunte ihn. Wenn es *das* war, wenn ihn seine innere Panik zur Christusstatue getrieben hatte – ganz gleich, aus welchem Grund –, dann würde er schleunigst hinuntersteigen und sie sich unten vom Torretta-Felsen aus ansehen – und vielleicht sogar hinschwimmen.

Er begann sofort den Abstieg, mußte sich Gewalt antun, um sich zu bremsen, sonst wäre er gestürzt und den steilen Abhang hinuntergerollt. Zunächst mal würde er versuchen herauszufinden, wie es dem Sack ergangen war. Vielleicht hatte er sich inzwischen geöffnet. In einem seiner Träume hatte er ihn halb aufgeschlitzt gesehen, und ein großer Fisch schwamm drum herum und versuchte einzudringen. Dann jedoch schoß plötzlich ein langer Arm heraus und schlug den Fisch in die Flucht.

Zwei Stunden später kam er unten an, außer Atem und zerschunden, mit blutigen Händen, denn einmal war er doch abgerutscht und in die Tiefe gerollt, bis er sich an einem Brombeerbusch festkrallen konnte. Während des Sturzes hatte er einen Augenblick der Panik erlebt, aber der schlimmste Moment kam, als er hinaufschaute und sah, wie Tasso sich anschickte, zu ihm hinunterzurutschen.

Durch die Fenster der Abtei sah er einen Kellner vorbeigehen, der die Tische fürs Mittagessen deckte. Elf Uhr dreißig. In einer halben Stunde würde der Dampfer aus Portofino anlegen und ein paar Dutzend Touristen ausschütten. Während sie aßen, wollte er ungestört bis zum Torretta-Felsen vordringen.

Ob es irgendwo in der Nähe der Felsenspitze einen Baum gab, an dem er Tasso anbinden könnte, falls er tauchen wollte? Es führte kein Fußpfad zum Punta della Torretta, er sprang aus einer steilen Wand voll knorriger Büsche und ausgetrockneter Olivenstämme. Meter für Meter turnte Tilling voran, indem er wie ein Affe von einem Ast zum nächsten pendelte; es machte ihm beinah Spaß. Er fühlte sich frei und ohne jede Verantwortung, vor allem sich selbst gegenüber, und dieses Gefühl entzückte ihn, als wäre er betrunken.

Ganz plötzlich gab es keine Baumstämme und Büsche mehr. Tasso gab auf und blieb winselnd zurück, während sein Herr auf allen vieren über den nackten Felsen kroch. Noch etwa zehn Meter bis zur äußersten Spitze, aber schon jetzt sah er tief unten das bleiche Oval des Gesichts und die bleichen Hände der Christusstatue wie winzige weiße Fische im tiefen Blau des Meeres winken. Der Meeresspiegel lag ungefähr fünfundzwanzig Meter unter ihm. Von einer solchen Höhe war er noch nie gesprungen, und selbst wenn er gut auf dem Meeresboden ankam, so würde der Aufprall ihn sofort wieder an die Oberfläche katapultieren.

Er verbrachte noch einige Zeit damit, im Felsen nach so etwas wie Stufen zu suchen, während Tasso immer lauter winselte. Dann sah er den Dampfer um die Spiaggia degli Inglesi biegen und beschloß, sein Vorhaben aufzugeben. Vorläufig. Es mußte sorgfältiger vorbereitet werden.

Er blieb noch eine Weile sitzen und sah dem Dampfer zu, der sich dem Torretta-Felsen näherte. Jetzt verlangsamte der Kapitän die Fahrt wie ein Dirigent, der sein Orchester dämpft, kurz bevor er es zum stürmischen Crescendo freigibt. Kopf an Kopf standen die Passagiere an Deck und reckten die Hälse in eine einzige Richtung. Im Maschinenraum grollte es, das Heck spuckte Wasser aus, und der Dampfer begann den Felsen zu umrunden. Auf halber Höhe des Bogens kam San Fruttuoso langsam in Sicht. Das kollektive Staunen verschmolz zu einem einzigen Begeisterungsstöhnen, das bis zu Tillings hohem Sitz hinaufdrang. Vorbei... Gleich würden sie landen und das kleine Restaurant überfallen.

Tasso, der beobachtete, wie die Touristen in die Abtei strömten, fing an, wütend in die Baumwurzeln zu beißen, denn er ahnte, daß ihm da kostbare Abfälle verlorengingen. Vorsichtig rutschte Tilling rückwärts über die nackte Felswand zu ihm zurück, und sie begannen den Abstieg.

Im Restaurant war jeder Tisch besetzt. Tilling kaufte zwei Pizzas, setzte sich draußen in den Sand und fütterte den Hund. Er selbst war zu müde, um zu essen, und beschloß, mit dem Dampfer zurückzufahren. Er mußte ja noch sein Rad abholen.

Im Hafen angekommen, drängte er sich unter die Touristen und drückte sich an den Häuserwänden entlang hinauf zum Parkplatz. Ein einziger Blick hatte genügt: Die »Gudrun« lag verlassen da, die Markise war aufgerollt, die Liegen waren aufeinandergestapelt. Hatte das schon der neue Schiffsjunge getan? Er fühlte deutlich, wie sich sein Magen verkrampfte. Was konnte er nur tun, um sich zu retten? Morgen früh würde er sein Gespartes von der Bank abheben und sich mit Tasso fortstehlen, so schnell wie möglich.

Aber noch bevor er oben am Parkplatz ankam, blieb er stehen. Wie abfotografiert stand das Bild der »Gudrun« vor seinem Auge, und neben ihr – oder war das nur seine Einbildung? –, jedenfalls nur ein paar Boote links von ihr gähnte eine größere Lücke. Der große Grieche war ausgefahren! Natürlich. Kalandros wollte doch einen Ausflug nach Elba machen! Falke, Frau Behrens, Alexa – sie waren alle weit weg.

So langsam war er noch nie nach Paraggi geradelt. Der Schuppen kam in Sicht. Er stieg ab, aber jede seiner Bewegungen fand im Zeitlupentempo statt, und es wunderte ihn nicht, daß Tasso ihn plötzlich verließ und wie ein Pfeil über die Straße und zwischen den Olivenbäumen zum Haus hinaufschoß.

Und dann wunderte es ihn doch.

Inga! Im Dunkel des Schuppens lehnte er den Kopf an die Bretterwand, schloß die Augen und sog den tröstlichen Holzgeruch ein, als könne der ihn für das Kommende stärken. Am liebsten hätte er das Rad wieder hinausgeschoben und sich aus dem Staub gemacht, aber dazu war's zu spät. Tasso hatte seine Ankunft längst verraten.

Was nützte es, daß ihm die Wangen vor Scham brannten. Nicht nur wegen seines Verrats, sondern weil er auch keine Ahnung hatte, wie er sich in der bevorstehenden Konfrontation verhalten sollte. Ja, nicht einmal, wie er sich am liebsten verhalten *hätte!* Sein guter Instinkt und das herrliche Selbstvertrauen waren ihm abhanden gekommen, es war ihm, als sei er krank vor lauter Willenlosigkeit.

Dabei zählte jede Minute. Tasso hatte längst oben an der Haustür gekratzt, Inga hatte ihn eingelassen und wartete nun.

Er richtete sich auf, trat aus dem Schuppen, überquerte die Autostraße und begann den Aufstieg. Aus irgendeinem entfernten Winkel tauchte ein Wort seiner Mutter auf, das ihm während seiner Kindheit oft unbeachtet zu einem Ohr rein- und zum anderen rausgegangen war. »Die *große* Not kann man nicht lindern, man muß versuchen, daraus eine Tugend zu machen. Manchmal gelingt's.« Auf einmal wußte er, was sie damit gemeint hatte. Die große Not seiner moralischen Lähmung – die würde er nicht mit Gewalt zu bezwingen versuchen, er würde sich ausliefern, sich von ihr tragen lassen und wie ein Schauspieler, dem man eine unbekannte Rolle in die Hand gedrückt hat, nur auf die Stichworte achten…

Der Vorsatz half ihm eine kleine Weile, dann verließ ihn wieder der Mut, und er sank ins stachelige Gras und bedeckte das Gesicht mit den Händen. Es war ihm, als türmten sich lauter Scherben über ihm aufeinander und hielten ihn am Boden: Alexa, Falke, die »Gudrun«, die Wasserskischule, Inga…

Er schreckte auf. Dicht neben ihm, so schien es, schrie jemand auf. Schrie empört, sogar drohend, als störe seine Gegenwart jemandes Nachtruhe. Ein Nachtreiher! Tilling saß ganz still, und nach einer Weile hörte der Vogel auf zu protestieren. Tilling kannte ihn, hatte ihn manchmal schreien hören, wenn er nachts zum Haus hinaufstieg, hatte sich schon oft gefragt, wie der Vogel wohl aussah, der solch unheimliche Laute ausstieß.

Es blieb auch still, als plötzlich ein heißer Atem über seine Hände wehte. Dann leckte ihm Tasso Hals und Haar, verstört, daß er seine Augen nicht finden konnte. Tilling setzte sich auf. Nicht weit entfernt zeichnete sich eine dunkle Gestalt zwischen den Olivenbäumen ab.

»Was tust du denn hier?« kam Ingas tiefe, ruhige Stimme. »Tasso und ich machen uns Sorgen. Bist du krank?«

»Nein«, antwortete er, machte aber keine Anstalten, aufzustehen.

»Willst du nicht ins Haus kommen?«

»Nein.« Das war das erste Stichwort, und er hatte die richtige Antwort gegeben. Unter keinen Umständen wollte er hinauf ins Haus gehen. »Ich bleibe hier«, hörte er sich sagen.

»Hier? Im Gras?«

»Hier«, wiederholte er mit fester Stimme.

Sie machte kehrt und stieg zum Haus hinauf. Seit seiner Kindheit kannte sie diesen Menschen. Es war absolut drin, daß er die ganze Nacht im feuchten Gras sitzen blieb. Etwas war ihm scheinbar zugestoßen, und dann zog er sich wie ein Igel zusammen. Zweimal hatte sie das schon bei ihm erlebt. Das erste Mal Anfang Mai 1945, als ein fremder, einarmiger Lehrer das Klassenzimmer betrat und ihnen in dürren Worten mitteilte, daß der Führer tot sei und daher kein Unterricht stattfinde. In die starre Pause hinein hatte der zehnjährige Wenzel mit zitternder Stimme gerufen: »Ist er gefallen?«

»Keine Spur«, hatte der Einarmige gesagt. »Er hat sich aus dem Staub gemacht.« Und dann hatte er einen Zeigefinger höhnisch an die Schläfe gelegt und mit hoher, alberner Stimme »Bumm bumm!« gekräht. Damit war er aus dem Klassenzimmer marschiert. Auch die Schüler waren hinausgestürzt, hatten sich in maßloser Aufregung in der Aula versammelt, niemand konnte sprechen, alle mußten schreien. Kein Lehrer hatte sich blicken lassen. Viel später war ihr aufgefallen, daß Wenzel fehlte, und sie hatte ihn schließlich im Klassenzimmer in seiner Ecke gefunden, aus der er sich seit dem Morgen nicht gerührt hatte.

Das zweite Mal, als sie ihn in demselben Zustand erlebt hatte, war vor einem Jahr in Genua gewesen, als Tasso von einem Lastwagen überfahren worden war. Damals hatte er auch einen Tag und eine Nacht im Wartezimmer der Tierklinik gesessen, unansprechbar, nachdem er dem Tierarzt seine gesamten Ersparnisse ausgehändigt hatte. Erst als der Hund ihm etwas Milch von den Fingern leckte, hatte er ihr erlaubt, ihm etwas zu essen zu holen.

Als sie mit zwei Decken wiederkam, saß er noch immer da, wie sie erwartet hatte. In solchen Augenblicken floh er nicht, mußte seine innere Versteinerung absitzen. Da er auf dem Weg zum Haus gewesen war, hatte sein Schock wahrscheinlich etwas mit ihrer unerwarteten Gegenwart zu tun.

»Du willst mich heute nicht sehen.«

Er nickte.

»Aus gutem Grund?«

»Ja.«

Sie überlegte eine Weile, murmelte dann vor sich hin: »Tja, so was gibt's.« Und lauter: »Um elf geht der letzte Bus nach Genua.«

»Nimm den.«

»Noch eine halbe Stunde. Bis dahin kannst du mir wenigstens ein paar Krümel hinstreuen, dann kann ich beruhigt abhauen. Alles ist besser als Nichtwissen.«

Nichtwissen, das war das zweite Stichwort.

»Ich hab' dich betrogen.«

Inga war auf einiges vorbereitet – darunter auch etwas, was sie beunruhigte –, aber nicht darauf.

»Und?« rang sie sich schließlich ab.

»Und gar nichts«, sagte er ruhig. »Es ist aus.« Er war ganz zufrieden mit sich, seine Antworten kamen von selbst, sozusagen organisch, ohne daß er nachdenken mußte.

»Was ist aus, du und ich – oder...«

Es war doch nicht so einfach, wie er eben noch geglaubt hatte. Er hatte Alexa und sich gemeint, andererseits war es aber auch aus zwischen ihm und Inga – oder?

Sie starrte ihn an, und er fühlte, wie sie ihm jeden seiner Gedanken an den Augen ablesen konnte.

»Leute wie du und ich«, begann sie langsam, »haben so viel Mühe, das bißchen, was sie haben, zusammenzukratzen, daß sie sich's nicht leisten können, alles bei erster Gelegenheit in den Mülleimer zu werfen. Ich jedenfalls halte mich an mein Wort.«

»Aber du weißt doch jetzt, daß ich mit einer anderen Frau...«

»Wer ist das übrigens, oder besser, wer war das?«

»Frau Thomas.« Ach, es war so viel leichter, ohne viel nachzudenken, ganz einfach die Wahrheit zu sagen. Oder hatte er eben den falschen Text gesprochen? Hätte er Alexas Namen nicht preisgeben dürfen?

»Frau Thomas? Ist das die lange Dünne, die immer im Sommer kommt? Die mit dem Mann mit den grauen Haaren verheiratet ist?«

»Er ist tot.«

»Aha.« Nach einer kurzen Pause. »Und warum ist es aus?«

»Weil ich kein Geld habe.«

Sollte sie ruhig verächtlich schnauben.

Aber das tat sie nicht. Statt dessen meinte er, sogar etwas wie Verständnis in ihren Augen zu lesen, und dieser gänzlich unerwartete Anklang schwesterlicher Solidarität mit Alexa genügte, um seine Fassung zu torpedieren.

»Verzeih mir«, flüsterte er, kreuzte die Arme über den Knien und ließ den Kopf darauf sinken.

Inga blickte eine Zeitlang unbewegt auf seine zuckenden Schultern. Schließlich sagte sie ruhig: »Ich verzeihe dir – wenn du mir verzeihst.«

Hatte er richtig gehört? Er hob den Kopf und sah sie aus verständnislosen, tränennassen Augen an. »Wieso? Hast du denn… hast du mich *auch*…?«

»Nein.« Und dann fügte sie lachend und spöttisch in ihrer gewohnten burschikosen Art hinzu: »Und wenn, würde ich's dir nicht beichten. Ich kann so was allein verkraften, ich brauche keine Absolution.«

»Warum soll ich dir dann verzeihen?«

»Weil ich den Brief geschrieben habe. Exflor – das bin ich.«

Der Schock kam völlig unerwartet, und er setzte sich senkrecht auf, um ihn abzufangen. Die Wirkung war so verheerend, weil er im selben Atemzug wie durch einen Blitzstrahl erkannte, *daß es stimmte.* Trotzdem murmelte er tonlos: »Das glaube ich dir nicht.«

»Doch, doch«, sagte sie in dem gleichen scherzhaften Ton.

»Jeder andere außer dir hätte es sofort gewußt. Wer hätt's denn sonst sein können?«

Wortlos starrte er sie an. Falke! Ob der jetzt Bescheid wußte? Ja, natürlich. Auf einmal erschien es ihm so sonnenklar wie nur irgend etwas auf der Welt, etwas, was sich einem geradezu aufdrängen mußte. Selbstverständlich wußte es Falke jetzt, hatte es sich nur nicht anmerken lassen. Ob er jetzt etwa glaubte, er, Tilling, habe da die Hand im Spiel gehabt?

»Du siehst aus wie eine Tomate. Wirst du nie erwachsen werden?«

»Warum?« stieß er hervor. »Sag mir nur, warum du etwas so Niederträchtiges getan hast.«

»Niederträchtig – das ist doch nur ein Wort. Aus meiner Sicht ist dein Boß der Niederträchtige, der *dir* für den Rest deines Lebens eine Schuld aufgeladen hat, um sich zu drücken. Kannst du das leugnen? Und komm mir nicht mit der Wasserskischule, die ist überhaupt das Niederträchtigste an der ganzen Sache.«

»Beruhige dich! Ich hab' ihm gesagt, ich will sie nicht haben.«

»Was?« Zum erstenmal an diesem Abend verlor Inga die Fassung. »Hast du den Verstand verloren? Habenichtse können es sich nicht leisten, den Reichen die Kastanien aus dem Feuer zu holen für nichts und wieder nichts.«

»Doch«, unterbrach er sie. »Doch. *Nur* für nichts. Es ist ohnedies schlimm genug, aber die Wasserskischule hat's noch schlimmer gemacht, das weiß ich jetzt.«

»Großer Gott«, murmelte sie. »Da sind wir wieder, im Religionsunterricht in Oberammergau. Und ich war drauf und dran, den zweiten Brief zu schreiben.«

»Eher bring' ich dich um«, sagte er ruhig.

Danach saßen sie schweigend nebeneinander, und keiner dachte an den andern. Tillings Gedanken waren nur bei Falke. Er sah ihn auf dem großen Griechen an der Reling stehen... Er stand so gern an der Reling und blickte aufs Meer hinaus, weil er bei den Ausfahrten mit der »Gudrun« nie dazu kam, immer auf der Kommandobrücke sein mußte. War's möglich, daß er jetzt an ihn dachte, daß er dachte: Tilling! Dieser schmutzige, geldgierige Lump...?

Ingas Gedanken kreisten um andere Dinge. »Was wird aus der Parzelle? Willst du die vielleicht zurückgeben?«

»Natürlich.«

Jetzt riß ihr die Geduld, und sie schrie: »Erinnerst du dich, daß ich ab ersten Oktober keinen Job habe?« Er schwieg, senkte den Kopf. »Verlangst du etwa von *mir*, daß ich mich auf deine hohe moralische Ebene schwinge und aus lauter Verehrung für deinen Boß zum schweigenden Mitwisser dieser kriminellen Tat werde? Wie komme ich dazu? Meinst du, ich soll mir diesen Luxus leisten? Kannst du das verantworten?«

»Ich kann nur für mich sprechen. Ich weiß nur, daß ich mich besser fühle ohne Belohnung.«

»Und ich? Denkst du auch mal an mich? Du hast mich in diese Mordgeschichte eingeweiht, bist du dir über die Folgen deiner Geschwätzigkeit klar?«

»Ich... ich wollt' dir doch nur alles erzählen... wie immer. Ich hab' nicht einen Moment gedacht, daß ich dir was aufbürde...« Er verstummte unter ihrem Blick. Nach einer Weile sagte er leise: »Wär's dir recht, wenn ich die Parzelle an dich abtrete? Falke sagt, sie ist 200 000 Lire wert.«

Das war allerdings ein ganz neuer Aspekt. Der Gedanke war ihm eben erst gekommen, und er starrte sie genauso verblüfft an wie sie ihn. Das Mondlicht verwandelte ihre Gesichter durch die scharfen Schlagschatten in Schwarzweißfotos, und um sie herum flirrten die Blätter der Olivenbäume wie Millionen stumpfer Silbermünzen. Das Schweigen zwischen ihnen war so abgründig geworden, daß die nächtlich seraphischen Vogelstimmen auf einmal schrill durch die Stille drangen.

»Und du?« fragte sie nach langer Pause mit heiserer Stimme. »Was wirst du tun?«

»Ich geh' weg. Mit Tasso. Das Haus lass' ich dir auch überschreiben.«

»Es ist also auch mit uns aus?«

»Wenn du die Parzelle nimmst... ja.«

»Und wenn nicht?«

Sie schaute ihn mit einem Blick an, den er nicht ergründen konnte, wobei ihm einfiel, daß er sie eigentlich nie »ergründet« hatte und – weit schlimmer – daß ihm dies nicht als Mangel erschienen war. Möglich, daß sie das wußte. Möglich, daß es nicht genug war, immer nur nach ihrer Pfeife zu tanzen. War's nicht auch gleichzeitig ein gewisses Ausweichen, eine Art Gleichgültigkeit? Und auch eine Laschheit, die sie mit Recht verachtete. Vielleicht war er ihr einiges schuldig geblieben mit seiner Willfährigkeit. Woher auf einmal diese Erkenntnis? Seit Alexa. Seit er liebte. Damit wurde jede Art von bequemer Fügsamkeit undenkbar.

Zögernd murmelte er: »Dann... dann würd' ich meinen, wir sollten's vielleicht noch mal versuchen... wenn du willst.«

Sie nickte unmerklich vor sich hin, und dann saßen sie wieder stumm nebeneinander. Endlich begann er noch einmal, und es fiel ihm sichtlich schwer.

»Da ist noch was... ich muß dich um was bitten.« Sie blickte fragend auf. »Ich möcht' noch mal zur Christusstatue runtertauchen. Ich will wissen, was aus dem Sack geworden ist.«

»Nur so? Aus Neugier?«

»Ich glaube... es ist schon mehr. Heut war ich in San Fruttuoso, da wollt' ich's plötzlich wissen. Danach kann ich's vielleicht vergessen.«

»Das nicht. Niemals. Aber vielleicht hört's dann auf, dich zu plagen.«

Dankbar sah er sie an. Es war die erste Brücke zwischen ihnen.

»Ich besorg' mir morgen in Santa Margherita einen Schnorchel und eine Unterwasserlampe. Du könntest inzwischen in Portofino ein Boot mieten. Für übermorgen früh, ganz früh, sagen wir um sechs Uhr. Du mußt mitkommen, damit das Boot nicht abtreibt. Und damit mir der Hund nicht nachspringt.«

»Ich komme mit.«

19

Am nächsten Morgen passierte Maximiliane ein Mißgeschick, ein scheinbar harmloser, kleiner Unfall, der sich aber umgehend als folgenschwer erwies.

Sie hatte auf dem Balkon am abgegessenen Frühstückstisch gesessen und beobachtet, wie Falke unten auf der Piazza mit den beiden Valerians sprach. Zuvor hatte er sich – mit Recht – über Maximiliane geärgert und hatte schnell das Haus verlassen. Dabei war anfangs alles gutgegangen, sie hatten von der »Persephone« und Elba gesprochen, er war vernünftig gewesen, hatte eingesehen, daß er sich keine Sorgen zu machen brauchte: Alexa war »hermetisch abgeschlossen«, allergisch gegen jede Art von Annäherung. Mit Sicherheit lag sie in diesem Moment auf dem Oberdeck, *allein*, und Kalandros mit seinem Gespür würde sich niemals aufdrängen.

»Du hast recht«, hatte Hannes gesagt, »so wird's sein.«

Aber dann hatte sie alles verdorben, hatte von Tilling angefangen. Was war mit dem Jungen, wo war er, was tat er, suchte er einen neuen Job, oder saß er in seinem Häuschen, allein oder mit Inga. Falke war nicht drauf eingegangen, aber sie hatte keine Ruhe gegeben, verlangt, daß er mit ihr nach Paraggi fahren solle, der Junge brauche sie... Da war er aufgesprungen. Heute abend werde er den Zug nach Rom nehmen, bis dahin solle sie ihn gefälligst in Ruhe lassen. Warum zum Teufel wolle sie ihm unbedingt *noch* einen Floh ins Ohr setzen? Und er war die Treppe hinuntergelaufen.

Nach Rom, um mit diesem Bettio den Brief an diese verdammte Nummer abzufassen. Und dann? Tagelang auf dem Hauptpostamt in Genua warten, ob jemand auftauchen würde? Wahnsinn.

Andererseits: *Hier* sitzen und warten, war das nicht noch unerträglicher?

Sie stand auf, legte die Hände um den Mund, brüllte: »He! Michele, Lucia! Kommt doch rauf!« und hob die Thermoskanne hoch. »Kaffee!«

Auch wenn man sie nicht hören konnte, die Geste war unmißverständlich, und nach kurzer Beratung setzten sich alle drei in Bewegung, bahnten sich einen Weg durch die Menge. Halleluja, dachte Maximiliane, schnell einen frischen Kaffee.

Und dann passierte es. Die Thermoskanne in der Hand, verließ sie eilig humpelnd den Balkon, vergaß, daß das Wohnzimmer eine Stufe tiefer lag, und schlug der Länge nach hin. Als Falke mit den beiden Valerians zur Tür hereinkam, hatte sie's gerade geschafft, sich auf den Rücken zu rollen, nun lag sie da wie eine umgedrehte Schildkröte.

»Du lieber Gott!« rief Lucia. »Was ist denn los?«

»Sie hat mal wieder die Stufe vergessen«, sagte Falke kopfschüttelnd. »Das macht sie jedes Jahr. Ein Wunder, daß sie sich noch nie ernstlich verletzt hat.«

Lucia setzte sie auf. »Wo tut's weh? Ist es das lahme Bein?«

»Ach wo. Ganz in Ordnung. Nichts tut weh. Helft mir hoch! Wenn ich erst mal stehe, ist alles vorbei.«

Michele nahm ihr die Thermoskanne aus der Hand, Falke und Lucia stützten sie links und rechts. Schwer atmend ließ sie sich zum nächsten Sessel führen und fiel hinein. »Ich wollt' euch frischen Kaffee machen.«

»Darf ich?« Michele hielt die Thermoskanne hoch. »Ich weiß, wo die Küche ist.« Und er verließ das Zimmer.

»Was ist denn das?« Lucia zeigte auf einen Blutfleck auf Maximilianes langem, weißen Morgenrock. »Du hast dich aufgeschlagen. Laß mal sehen.« Sie schob die weißen Falten hoch. »Hier. Am Knie.«

Die alte Frau beugte sich hinunter und prüfte die Verletzung mit ihren kurzsichtigen Basiliskenaugen. »Nur die Haut abgeschürft. Hannes, dein Verbandzeug!«

Falke ging zur Tür.

»Das ist schon auf der ›Gudrun‹, Tilling hat vorige Woche die Bordapotheke eingerichtet. Ich lauf' schnell rüber und hol' das Zeug.«

»Nicht nötig«, rief Lucia, kniete sich hin, nahm den Strohhut ab und öffnete ihre Badetasche. »Ich hab' alles hier. *Meine* Apotheke muß ich immer mit mir herumtragen.« Sie zeigte auf ihre nackten, braungebrannten Beine. »Wenn ich zum Meer runterklettere, komme ich manchmal ins Rutschen, und die Felsen sind spitz und rissig.«

Aus der Tiefe der Tasche kam eine kleine, braune Flasche zum Vorschein. »Ein neues Desinfektionsmittel! Ein Tropfen genügt. Früher gab's nur Jod, und das brannte!«

Behutsam und konzentriert betupfte sie das Knie mit dem kleinen Glasröhrchen voll roter Flüssigkeit, das sie dann wieder auf die Flasche schraubte. »Erste-Hilfe-Kurs im Krieg«, meinte sie stolz. »Hab' nie Gelegenheit, meine Kunst anzubringen – außer an mir selbst.« Ein weiterer Griff in die Tiefe der Badetasche. »So. Heftpflaster drüber, ein kleines genügt, glaube ich.«

Über ihrem gesenkten, weißblonden Kopf starrten sich Falke und Maximiliane entgeistert an. Die alte Frau schlug beide Hände hart vor den Mund, als müsse sie sich davon bewahren, laut aufzuschreien.

In diesem Augenblick trat Michele wieder ins Zimmer, die Thermoskanne in der Hand, und hörte Lucia, die ein Heftpflaster prüfend gegen das entblößte rotgefärbte Knie hielt, sagen: »Ich glaube, ich hab' irgendwo noch ein breiteres...«

Er blieb stehen. Etwas war in seiner Abwesenheit geschehen, etwas Unheilvolles, Bedrohliches. Was konnte es sein? Warum starrten sich Falke und Maximiliane an, als hätten sie ein Gespenst gesehen? Und nun blickten sie beide zu seiner Frau hinunter, die am Boden saß und in ihrer Badetasche kramte. Warum stierten sie so, stumm und mit einem Ausdruck im Gesicht, als müßten sie an ihrem Verstand zweifeln? *Was war geschehen?*

Lucia hatte gefunden, was sie suchte. »Hier. Dieses bedeckt die ganze Fläche. Das bißchen Blut auf dem Morgenrock waschen wir gleich aus, mit kaltem Wasser, ja nicht mit heißem! Und dazu etwas Kochsalz...«

Jetzt fiel ihr aber doch die Totenstille im Zimmer auf, und sie stockte mitten im Satz, hob den Kopf und blickte in das Gesicht der alten Frau, dicht vor dem ihren.

»Was *ist* denn?« begann sie wieder, wandte sich um und sah zu Falke, der leichenblaß an der Wand lehnte, und dann zu ihrem Mann. Michele stand immer noch an der Tür, regungslos, die Thermoskanne in der Hand.

»Ach so...«, sagte sie langsam. Ein kleines, halb spöttisches, halb resigniertes Lächeln breitete sich auf ihrem Gesicht aus. Sie ließ sich rückwärts auf die Hacken sinken und blickte von einem zum andern.

Niemand rührte sich.

»Nun?« Sie schien zu erwarten, daß jemand etwas sagen würde. Als nichts geschah, zuckte sie mit den Achseln und murmelte vor sich hin: »Ja, ja. Da wären wir also.«

Der erste, der sich bewegte, war der kleine Mann mit der Thermoskanne. Er seufzte einmal tief, sah sich im Zimmer um und zog dabei auch den Balkon in Betracht. Welches war wohl der beste Platz, an dem er sich einerseits niederlassen, andererseits alle im Auge behalten konnte? Er entschied sich für einen kleinen Drehsessel am Schreibtisch. Dorthin begab er sich in aller Ruhe und setzte die Thermoskanne ab.

Allmählich kam auch etwas Leben in Falkes versteinertes Gesicht, aber er blieb an der Wand stehen, als brauche er Rückhalt und Deckung.

»Was soll das heißen«, stieß er halblaut hervor, »›Da wären wir also‹?« Und dann, noch leiser: »Lucia? Ist das... ist das möglich?«

Das Lächeln in den hellblauen Augen wurde noch um einen

Grad spöttischer. »Was ist möglich? Sprich's doch aus, Hannes. Frag mich doch. Sag: ›Lucia, hast du Franz erschossen?‹ Ist doch ganz einfach, oder?«

»Franz? Du weißt also…«

»Natürlich weiß ich. Kossak hieß er, Franz Kossak.«

Als ob der Name alle lähmte, wurde es wieder vollkommen still im Zimmer.

Dann packte Maximiliane den gerafften Saum ihres weißen Morgenmantels und zerrte ihn voller Zorn wieder hinunter, als sei es das entblößte Knie gewesen, das den Mord an Franz Kossak aufgedeckt hatte. Ihre Stimme zitterte ein wenig. »Ich wäre Ihnen dankbar, Lucia, wenn Sie sich irgendwo vernünftig hinsetzen würden. Ist das möglich? Das wäre meine erste Frage an Sie – und im Hinblick auf meine Nerven die wichtigste.«

Die weißblonde Riesin federte bereitwillig hoch. »Wo soll ich mich niederlassen? Keinen Sessel bitte, Polstermöbel eignen sich nicht fürs Kreuzverhör. Wenn's euch nichts ausmacht, nehm' ich mir ein Kissen und setz' mich auf den Boden, okay?«

Michele beugte sich vor, riß ein Kissen vom Sofa und warf es seiner Frau zu.

»Danke. Es trifft sich gut, daß Michele dabei ist«, meinte sie und bohrte sich in das Kissen wie ein Huhn ins Stroh. »Jetzt wird's ein *Mixed double*, und er kann am Netz spielen und meine Schwächen decken.«

»Fang an«, sagte Falke drohend, und Maximiliane rief aufgebracht: »Mir scheint, es macht Ihnen Spaß.«

»Und warum nicht? Die Sache mußte ja mal platzen, ich hab's mir oft genug ausgemalt. Jetzt, wo's soweit ist, möcht' ich's wenigstens genießen!«

Falkes Gesicht wurde weiß vor Zorn. »Franz ist tot, und du sprichst von genießen.«

»Hör auf, Lucia«, sagte Michele. »Mach's allen nicht noch schwerer.«

»Was mach' ich denn? Ich sitze hier als Zielscheibe – und niemand schießt.«

Falke räusperte sich, aber seine Stimme blieb tonlos. »Hast du ihn umgebracht?«

Sie beugte sich zu ihm hinüber und flüsterte: »Was meinst du, Hannes, traust du's mir zu?«

»Nein.«

»Ach«, meinte sie, beinah enttäuscht, und lehnte sich wieder zurück. »Und du, Maxie, du alte Hexe, was glaubst du?«

»Das ist völlig gleichgültig. Mag sein, mag auch nicht sein, kommt ganz auf die Umstände an. Sie wollen uns auf die Folter spannen, was? Da werden wir Sie enttäuschen; wir haben schon so viele Tage am Marterpfahl gezappelt, da kommt's auf ein paar Stunden nicht mehr an. Konkrete Frage: Wie haben Sie Kossak aufgestöbert?«

»24744?« kam es von Falke.

Lucia sah ihn erstaunt an und rief zu ihrem Mann hinüber: »Er weiß es, Michele, was sagst du nun?«

»Wir wußten aber nicht, daß *Sie* das sind«, rief Maximiliane zornig. »Lassen Sie die Faxen, und verraten Sie uns gefälligst...«

»Ja doch, ja doch – oder kannst du dir's jetzt denken, Hannes?«

Er schüttelte den Kopf. »Du bist 24744. Schön. Das bringt uns noch nicht weiter. Aber mach's kurz, wenn du kannst.«

»Kommt drauf an, wie genau du's wissen willst.«

»Ganz genau«, sagte er leise und drohend.

»Dann wirst du dich gedulden müssen. Ich kann doch wohl nicht mit dem Ende beginnen, oder? Ich hab's ja *auch* von Anfang an durchmachen müssen und durfte nichts auslassen und nichts überspringen. Warum soll ich euch eine bequeme Kurzfassung bieten?«

Niemand antwortete ihr. Michele drehte sich auf seinem Stuhl, bis er allen den Rücken zukehrte. Lucia nahm's zur Kenntnis, wandte sich dann an Maximiliane.

»Wissen Sie, daß Hannes und ich einmal zusammenlebten, hier, in diesem Haus?« Maximiliane nickte. »Da fängt's nämlich an...«

»Mach's kurz«, knurrte Falke zwischen den Zähnen.

Lucia beachtete ihn nicht. »Wissen Sie von Gudrun? Gut, das

bringt uns ein schönes Stück vorwärts. Bis diese Person auftauchte, war ich hier so glücklich mit Hannes, daß ich Paolo vergaß, sogar einwilligte, bei Bettio die Nachforschungen nach seinem Mörder abzublasen. Stellen Sie sich das mal vor...« Ihre Stimme wurde leiser. Sie schloß die Augen und wiegte den Kopf hin und her, als hätte sie Schmerzen.

Michele drehte den Sessel wieder zurück.

»Danke«, murmelte sie. »Übernimm du's jetzt, später komm' ich wieder zum Einsatz.«

»Es ist wahrhaftig ein *Mixed double*«, meinte der Bärtige, »und jetzt habe ich Aufschlag.« Er hob die Hand, denn Falke wollte unterbrechen. »Seien Sie froh, Hannes, wenn wir so lange wie möglich einen einigermaßen leichten Ton beibehalten, es wird früh genug dramatisch werden. Gleich jetzt, zum Beispiel. Lucia möchte, daß *ich* über diese Tage spreche, weil sie's auch heute nicht fertigbringt. Als sie dieses Haus verließ – wenn ich recht informiert bin, machten Sie gerade einen Ausflug mit Gudrun und merkten erst am nächsten Morgen, daß die Bahn frei war –, an diesem Tag also, wanderte sie am Kai entlang, ohne zu wissen, wo sie war. Sie stieg schließlich die Stufen zum Friedhof San Giorgio hinauf, weiter, immer weiter, merkte gar nicht, daß der Weg steil hinaufführte – bis sie auf einmal oben am Castelletto ankam. Und da saß ich auf der Brüstung.«

»Das geht niemand was an«, murmelte Lucia.

»Gut. Sie stellte mir nur eine Bedingung: daß ich sie niemals hindern würde, nach dem Mörder ihres Mannes zu suchen...«

»Klar!« rief Maximiliane aufgeregt. »Das war ihr auf einmal wichtig geworden, weil sie Hannes damit aus ihrem Gedächtnis ausradieren wollte, nicht wahr?«

»Mehr als das, viel mehr. Sie haßte sich, fand, das Scheitern mit Falke sei ihre gerechte Strafe, weil sie Paolo im Stich gelassen, weil sie den Mord aus ihrem Bewußtsein verdrängt hatte, als sei er nie geschehen. Sie kannte Bettios Adresse – er hatte ja den Fall bearbeitet und besaß alle Informationen –, also setzte sie sich mit ihm in Verbindung. Allerdings: Falke mußte völlig ausgeklammert werden, sie wollte anonym bleiben, daher diese Nummer, das Datum 24744. Danach kam jahrelang nichts und von Bettio immer der gleiche Bericht: Keine neuen Informationen – bis vor einem Monat…«

»Ich weiß«, sagte Falke. »Bettios Sohn hat's mir erzählt.«

»Ach? Ist das vielleicht der Knabe, der immer um das Boot herumlungerte? Das erklärt einiges, nicht wahr, Lucia? Dann wissen Sie auch über Sizilien Bescheid?«

»Ich weiß nur, daß 24744 dorthin fuhr und daß es eine Ente war, wie der Junge sagte. Hier beginnt das Loch.«

»Eine Ente – aha.«

Er strich sich ein paarmal über den kurzen schwarzen Bart, blickte dann zu Lucia.

»Das ist jetzt das Ende unseres *Mixed double*, denn wenn ich überhaupt weiterspiele, dann ist es ein Single, und zwar gegen meine Frau.«

»Sie wollten nicht, daß sie nach Sizilien fährt?« rief Maximiliane.

»Ich wollte *mit* ihr dorthin fahren, aber sie ließ mich nicht. Leider, wie sich später herausstellte.«

Lucia richtete sich auf, ignorierte die beiden anderen, sprach nur zu ihrem Mann. »Ich *mußte* allein fahren, siehst du das immer noch nicht ein?«

Michele fuhr ungerührt fort: »Sie ging nachmittags wie immer zum Schwimmen, nahm nur ihre Badetasche mit, sonst hätt' ich's ja sofort gemerkt – und ihren Paß. Mir hinterließ sie einen Zettel, ich solle mir keine Sorgen machen.«

»Michele…«, flüsterte Lucia.

»Sie nahm den Zug nach Rom und flog am nächsten Morgen weiter nach Catania. Auf dem Flughafen stand dieser Kerl, Bettios Kontaktmann in Sizilien…«

»Fracci«, murmelte Lucia.

»Alles verabredet, alles hinter meinem Rücken. Noch etwas: In der Badetasche steckte Paolos Revolver – das erste, wonach ich suchte, nachdem ich den Zettel gelesen hatte. Ihre Schreibtischschublade war leer. Wenn ich vorher noch letzte Zweifel gehabt hätte, jetzt wußte ich's: Sie wollte diesen Deutschen mit Paolos Revolver erschießen.«

Lucia hob den Kopf und sagte mit leiser, fester Stimme: »Was ging mich die Amnestie an? Für mich war der Mord nicht verjährt, nie und nimmer.«

Michele nickte grimmig. »Ich wußte es. Sie hatte es oft genug geschworen. Mußte mich damit abfinden, daß ich sie bestenfalls in Sizilien hinter Gittern, aller Voraussicht nach aber überhaupt nicht wiedersehen würde, denn Sizilien ist so heimtückisch und verschwiegen wie eine Mausefalle.«

»Michele, es gibt so was wie eine alte Hypothek, und die wiegt doppelt schwer, wenn niemand sie einklagt. Gerade *weil* ich mit dir ohne alte Schuld leben will, mußte ich mit Kossak abrechnen, ohne dich mit hineinzuziehen. Siehst du das nicht?«

Stumm blickten Falke und Maximiliane von einem zum andern. Sie waren Zuschauer geworden, ihr Verlangen nach Aufklärung, ihr Recht auf ein Kreuzverhör war in Vergessenheit geraten.

»Nein«, rief Michele. »Du kannst mich nicht einfach ausschalten. Außerdem – das sagt sich so leicht, ›alte Hypothek einklagen‹. Mord ist Mord, und so stark du bist, damit konntest du nicht *allein* fertig werden.« Er wandte sich wieder an die beiden anderen. »Ihr werdet gleich hören, wie anders alles gekommen wäre, wenn sie mich an ihrer Seite gehabt hätte. Die Tragödie hätte nie stattgefunden.« Er hielt ein, fuhr dann mit ruhigerer Stimme fort. »Dieser Fracci war zunächst einmal sehr erstaunt, daß sich Bettios geheimnisvolles *ferma in posta* 24744 Genua als eine Frau entpuppte. *Die* sollte er zu dem Deutschen bringen, zu einem Mafia-Mitglied? Aber er hatte seine Instruktionen, ließ sie also in seinen Klapperkasten einsteigen und fuhr mit ihr in die Berge westlich von Catania. Die Landschaft wurde unwirtlich und immer menschenleerer, bis sie endlich gegen Abend in einem gottverlassenen Nest ankamen. Sie hatte nicht mal den Ortsnamen entziffern können. Fracci hielt vor einem kleinen Haus am Dorfende. Hier wohne der Dorfschullehrer, erklärte er. *Der* sei ein Freund des

Deutschen und selbst Mafia-Mitglied, das wisse natürlich niemand, aber Bettio hatte ihm versichert, man könne der Nummer 24744 absolut vertrauen. und das tue er, sagte er, auch wenn es sich um eine Frau handelte, er vertraue ihr absolut. Für 100 000 Lire, die er an bedürftige Familien verteilen werde...«

»Darauf war ich vorbereitet«, unterbrach ihn Lucia. »Ich sah ihm fest in die Augen und erklärte, ich hätte kein Geld bei mir, nur ein Scheckbuch, und den Scheck bekomme er am Flughafen in Catania – wenn er mich tatsächlich zu dem Deutschen bringen würde.«

»Das war gescheit von ihr«, fiel Michele ein. »Hat ihr vielleicht das Leben gerettet. Der Dorfschullehrer und seine Frau, ältere Bauersleute, die zahnlos Willkommen grinsten, warteten bereits in der guten Stube. Gesprochen wurde wenig. Der Lehrer verließ sofort das Haus, um den Deutschen zu benachrichtigen. Lucia gab ihm einen Zettel mit ihrem Namen mit, ihrem früheren Namen, Lanfranco. Vielleicht erkannte er den, es war immerhin möglich, daß er sich damals erkundigt hatte, wer die zwei waren, die er in der Bar erschossen hatte – immer vorausgesetzt, daß es sich um *den* Deutschen handelte! Lucia saß mit Fracci und der Bauersfrau, die schweigend eine Flasche Wein leerten, bis der Lehrer nach einer Stunde zurückkam. Sein Freund kenne den Namen nicht und wolle niemand sehen. Da hatte sie einen Geistesblitz und schickte den Mann noch einmal mit dem gleichen Zettel weg, hatte darunter geschrieben: HOTEL ›EXCELSIOR‹ FLORENZ, 24. Juli 1944.«

»Und das war's«, murmelte Falke, trug einen Stuhl zum Schreibtisch und setzte sich neben Michele, starrte ihn an mit geröteten Wangen wie im Fieber.

»Jawohl, das war's. Nach einer weiteren Stunde war der Mann wieder da und bedeutete ihr mit seinem zahnlosen Lächeln, ihm zu folgen. Eine halbe Stunde lief sie zu Fuß in der Dunkelheit neben ihm her. Keine Behausungen mehr, nur hie und da ein Stall oder ein Heuschober. Schließlich blieb er vor einer Scheune stehen. Oben, hinter einem winzigen Fenster, brannte Licht, das erste, seit sie das Dorf verlassen hatten. Der Lehrer drehte sich zu ihr um, grinste – und riß ihr die Badetasche aus der Hand, mit der er im Inneren der Scheune verschwand. Oben öffnete sich das Fenster, und sie wurde vom Schein einer Taschenlampe auf ihrem Gesicht geblendet...«

»Eben!« rief Lucia heftig. »Ich wurde genau beobachtet. Zu zweit wären wir nie eingelassen worden.«

»Und warum nicht?« fragte Michele. »Die waren ja auch zu zweit, der Mann hatte nichts zu fürchten, war schwer bewaffnet, wie du mir erzählt hast.«

»Weiter!« drängte Falke. »Weiter!«

»Laß *mich* jetzt«, rief Lucia gebieterisch. »Das muß *ich* erzählen: Danach durfte ich eintreten. Zunächst sah ich nichts. Es roch nach Heu. Der Lehrer leuchtete mit seiner Taschenlampe auf eine Leiter in der Ecke, die zum Dachboden führte. Er blieb unten, ich kletterte allein hinauf. Und da war er.«

»Franz?« flüsterte Falke. »Wie sah er aus? Ich meine...« Er verstummte.

Lucia wandte sich einen Augenblick lang ganz zu ihm um. »Er lag in der äußersten Ecke unter dem schiefen Dach auf einer Art Bett, daneben ein Tisch mit einer Petroleumlampe. Drum herum auf dem Boden Bücher, haufenweise. Am Fußende des Bettes lag meine Badetasche, ausgepackt, Badeanzug, Handtuch, Verbandzeug – und Paolos Beretta. Der Mann im Bett hatte eine .38er in einer Hand, in der anderen eine große runde Lupe, durch die er meinen Paß studierte, der vor ihm auf der Bettdecke lag. Ich wußte sofort: Das ist er, kann euch nicht erklären, warum. Er sah mich über die Brille hinweg an. ›Wer sind Sie? Lanfranco oder Valerian?‹ Deutscher Akzent. Auch das Alter stimmte, Ende Vierzig. Mageres Gesicht, ziemlich elend, große Eulenaugen hinter der Brille. Kein Stuhl, also setzte ich mich auf den Boden, unaufgefordert. Was ich von ihm wolle. Ich sagte, ich sei die Frau des Italieners, den er damals erschossen habe. Verwunderung. ›Italiener? Welcher Italiener?‹ – ›Der, der neben Falke an der Bar saß.‹ Und von dem Augenblick an, als dein Name fiel, Hannes, da veränderte sich alles blitzartig. Er starrte mich an, Brille ab, Brille auf, mit zitternden Händen. Schließlich fragte er noch einmal, diesmal drohend, was ich von ihm wolle, er sei ein freier Mann, niemand könne ihm was anhaben seit der Amnestie. Ich sagte: ›Ich will nur wissen, warum Sie meinen Mann erschossen haben. Falke – *okay*, das war vielleicht noch verständlich.‹ Da hakte er ein: ›Wieso verständlich?‹ – ›Der stand nicht auf beim Horst-Wessel-Lied, und Sie sind ein fanatischer Nazi – oder waren es einmal.‹ – ›Nazi?‹ Er fing an zu lachen, lachte und lachte, als ob's ihn wirklich amüsierte. Ich sprang auf und schrie, er sei ein gemeiner Mörder, er habe einen großartigen Menschen auf dem Gewissen... Er hörte sofort auf zu lachen. Was? Falke sei ein großartiger Mensch gewesen? Da begriff ich. Erstens ging's ihm nur um dich, Hannes, der ›Italiener‹ war ihm piepegal. Und zweitens glaubte er, du seiest tot. Ich fragte: ›Haben Sie denn diesen Falke gekannt?‹ Wußte aber, noch bevor er antworten konnte, daß du die ganzen Jahre über gelogen hast, Hannes, mit deiner Behauptung, der Mann in der Bar sei ein Fremder gewesen.«

Falke nahm die Herausforderung an. »Und dann hat er dir von Fima erzählt.«

Sie nickte langsam. »Von Fima, von seinen Eltern und von euch dreien. Hat mir sein Auge gezeigt, das Glasauge. Es störe ihn nicht, aber Entfernungen könne er nicht gut einschätzen – deshalb habe er ja auch zuerst den ›andern‹ erschossen, nämlich aus Versehen... Danach konnte ich eine Zeitlang nichts mehr hören. Mein Paolo... ›aus Versehen‹! Als ich wieder was aufnahm, sprach er von Argentinien, das er hasse wegen der vielen Nazis. Gleich nach der Amnestie sei er zurückgekommen, zusammen mit einem Italiener. Der habe ihn nach Sizilien gebracht. Aber wo Arbeit finden, einäugig – und das andere Auge auch nicht mehr viel wert? Die Mafia war die Antwort. Kurierdienste, Schreibarbeit...«

»Lucia!« unterbrach sie Falke brüsk. »Du stellst unsere Geduld auf eine harte Probe. Was geht mich die Mafia an! Ich will endlich wissen, wie Franz in meine Kabine gekommen ist und wer...«

Sie schob ihr Gesicht dicht an seins und knurrte leise: »Wenn's dir nicht schnell genug geht, ruf die Polizei. Die wird mich verhören und alles schön zu Protokoll nehmen. *Alles*«, fügte sie bedeutsam hinzu.

»Laß, Hannes«, murmelte Maximiliane.

»Dann setzte er sich die Brille auf und starrte mich lange und durchdringend an, wollte wissen, was ich denn so mache, in meinem Paß habe er gelesen, ich lebte in Portofino, da lebe es sich ja gut, habe er gehört – und verheiratet sei ich auch wieder! Dann sei es vielleicht nicht so schlimm, daß er damals den Falschen getroffen, bevor er den Richtigen kaltgemacht habe... Ich schrie: ›Sie haben *nur* den Falschen kaltgemacht, der Richtige lebt!‹ Kaum hatte ich's gesagt, tat's mir leid. ›Er lebt?‹ stieß er hervor. ›Falke *lebt?*‹ Ich sagte schnell, ich hätte keine Ahnung, was aus dir geworden sei, vielleicht seist du schon tot... Danach sprach er kein Wort mehr, starrte vor sich hin, hatte mich vergessen. Plötzlich warf er mir meinen Paß zu und zeigte auf die Badetasche. Einpacken, alles – ja, die Beretta auch, er habe keine Angst vor einer Frau – und mich wegscheren. Interview beendet. Ich wisse nun, warum mein Mann zu Tode kam, nämlich ganz ohne Grund – und so seien ja letzten Endes alle in diesem Krieg ums Leben gekommen, ganz ohne Grund. Ich näherte mich dem Bett und packte langsam meine Badesachen ein, mein Verbandzeug – und als letztes die Beretta. Er sah mir zu. Hielt seine .38er noch in der Hand, zielte aber auf den Boden. Jetzt! dachte ich, knall ihn ab! Los! Er war's doch, Paolos Mörder...«

Sie flüsterte nur noch, heiser, kaum zu verstehen. »Aber da merkte ich – und mir stockte der Atem vor Schreck –, daß ich's nicht konnte, daß mir der Wille fehlte. Ich hatte es mir doch so oft ausgemalt – und nun war's weg. Konnt's mir nicht erklären, stand da wie ein Mondkalb, während er mich ganz ruhig ansah. Hab's erst später begriffen, als alles vorbei war. Hab' begriffen, daß dieser Mann überhaupt nicht mehr hineinpaßte in das Bild mit dem brüllenden Nazi in der Bar... Ich starrte ihn an, schaute in das glotzende, vereiste Auge, merkte, wie ich mich immer weiter von meinem Plan entfernte. Als ob er's wüßte, lachte er, hob seine

.38er und deutete damit zur Stiege. Ich war entlassen. Als ich unten ankam, stieg der Lehrer noch einmal hinauf, und sie sprachen leise miteinander. Auf dem Heimweg ging der Alte stumm an meiner Seite, grinste nicht mehr. Es war Mitternacht, als wir im Dorf ankamen. Ich konnte mich kaum mehr auf den Beinen halten, wollte aber unbedingt mit dem ersten Flugzeug nach Rom. Fracci versprach, mich pünktlich abzuholen und noch vorher ein Telegramm an Michele aufzugeben, das ich schnell aufsetzte, damit er mich in Genua vom Zug abholen konnte. Am nächsten Morgen – kein Fracci. Auch der Lehrer war verschwunden. Den ganzen Tag wartete ich mit der zahnlosen Alten, die nur sagte: ›*No so niente*‹, ich weiß nix. Ich saß die ganze Nacht angezogen auf einem Stuhl – bis Fracci plötzlich erschien. Warum vierundzwanzig Stunden zu spät? Er zuckte mit den Achseln. Der Deutsche habe sagen lassen, ich müsse mich erst ausruhen...«

»Da hättest du eigentlich aufhorchen müssen«, unterbrach sie Michele.

»Ja doch«, schrie sie wütend. »Hinterher ist man immer gescheiter. Ich war viel zu müde, um was zu merken. Ich wachte nur einmal auf, als er mich während der Rückfahrt fragte, ob er's nun gewesen sei, der Mann, den ich suchte. Da sagte ich mit fester Stimme: ›Nein. Er ist es nicht. Er ist viel zu jung‹, weil ich wußte, daß die Angelegenheit erledigt war, ein für allemal, ohne Nachspiel. ›Sagen Sie das auch Signor Bettio. Keine 24744 mehr. Gelöscht.‹ Bettio würde sein Geld erhalten, und damit Schluß. Fracci hob die Schultern. Er war nur an seiner Kommission interessiert, die er am Flughafen kassierte – und dann saß ich endlich im Flugzeug und dachte nur: Mein Michele wird in Genua auf dem Bahnhof stehen...«

»Aber da stand ich nicht«, sagte Michele grimmig. »Und alle diese qualvollen Stunden – deine wie meine – hätte es nie gegeben, wenn ich dabeigewesen wäre.«

Lucia sprang auf und stürzte sich auf ihren Mann. Ihn hoch überragend, hämmerte sie mit beiden Fäusten auf seine Brust und schrie, indem sie jedes Wort einzeln hervorstieß: »Wir – hätten – ihn – gar – nicht – zu – Gesicht – bekommen!«

»Aber er wäre noch am Leben«, antwortete Michele, fing ihre Fäuste ein und hielt sie mit unerwarteter Kraft, bis sie sich losriß und mit gesenktem Kopf zu ihrem Kissen ging, beide Hände verzweifelt in der wirren blonden Mähne verkrallt.

Niemand rührte sich, niemand drängte sie. Nach einer Weile war sie wieder soweit, daß sie sprechen konnte.

»Michele und ich kämpfen noch immer, weil eben alles schiefgelaufen ist... Ich kam erst am übernächsten Tag in Genua an...«

»Zu der Zeit war ich unten im Hafen«, rief der kleine Mann erregt. »Ging jede halbe Stunde zum Postamt, fragte, ob ein Telegramm für mich gekommen sei. Ich hatte ja kein Lebenszeichen von ihr, seit sie verschwunden war.«

»Du wußtest aber, wo ich war und warum ich dort war!«

»Ich wußte, du bist irgendwo in Sizilien, um einen Mord zu begehen. Ein tröstlicher Gedanke.«

»Michele...«

»Als das Postamt die Tore schloß, stieg ich wieder hinauf zum Castelletto. Bis zehn Uhr wollte ich warten – und dann die Polizei verständigen.«

»Ich ahnte so was! Betete die ganze Zeit über, daß Michele die Nerven behalten werde... Machte mir Vorwürfe, schließlich liebe ich den Mann...«

»Wirklich?« fragte der.

»Ja!« brüllte sie mit aller Kraft. »Ich konnte doch nicht ahnen, was Kossak mit dem Lehrer ausgeheckt hatte.«

Falke rückte noch näher an sie heran. »Und was war das?«

»Ich sollte unter allen Umständen vierundzwanzig Stunden festgehalten werden, damit ich das Flugzeug versäume. Meine Rückkehr nach Portofino mußte so lange wie möglich verzögert werden. Als ich dann am folgenden Tage endlich ankam, war's später Nachmittag. Ich fing an zu rennen, ich rannte bergauf zum Castelletto... und an der Biegung vor dem Häuschen der alten Engländerin – da stand er.«

»Franz?« flüsterte Falke.

»Da stand er mit der gezückten .38er. Befahl mir, meine Beretta aus der Badetasche zu nehmen und wegzuwerfen. Okay, dachte ich, es ist ja sowieso alles aus, ins Gebüsch mit Paolos Beretta... So. Jetzt umkehren und mit ihm zurück zum Hafen. Warum? Was wollte er von mir? Das würde ich bald erleben. Von jetzt an stehe er immer hinter mir mit der entsicherten .38er. Er habe nichts zu verlieren, daran solle ich denken. Unten am Kai, im letzten Restaurant, da würden wir uns hinsetzen und warten. ›Auf was, um Gottes willen?‹ Keine Antwort. Ich fragte, ob ich nicht wenigstens meinen Mann benachrichtigen könne. Später. Als wir unten ankamen, dämmerte es, es war sowieso ein düsterer Tag gewesen. Das Restaurant, von dem er sprach, war das ›Pitosfero‹. Dort war man erstaunt, mich zu dieser Zeit und in Begleitung eines Fremden zu sehen, eines Kerls mit großer, dunkler Brille, in schmutzigen Jeans und geflicktem Pullover. Kein Mensch zu dieser Zeit anwesend, das ›Pitosfero‹ ist ja kein Café. Wir saßen am Fenster, an einem Platz, von dem aus man den ganzen Kai und die Boote übersehen konnte. Er bestellte Kaffee und Grappa, wartete, bis der Kellner verschwunden war, dann fing er an. Ich sei eine Lügnerin, nicht mal eine gute, er habe es sofort gewußt. Deshalb sei er schon gestern in Portofino angekommen und habe sich erkundigt. Falke lebe *hier!* Das Boot, die ›Gudrun‹ dort unten, gehöre ihm – und ich sei sogar mit ihm befreundet. Warum ich ihn so schamlos angelogen hätte. Ich sagte die Wahrheit: weil ich fürchtete, daß er noch einmal versuchen würde, dich umzubringen, Hannes.«

»Was hat er dazu gesagt?« flüsterte Falke mit blassem Gesicht.

»Er hat vor sich hin gekichert, ich sei gar nicht so dumm.

Der Kellner kam und wollte wissen, ob wir den Tisch zum Abendessen reservieren wollten. Jawohl, knurrte Kossak. Der Kellner sah mich hilfesuchend an, ich nickte, und er verschwand etwas verwirrt. Die ganze Zeit über hatte Kossak aus dem Fenster gestarrt, ließ die ›Gudrun‹ nicht aus den Augen. Plötzlich zuckte er zusammen, flüsterte: ›Da ist er! Mein Gott – da ist er.‹ Du kamst gerade an Deck und lehntest über die Reling, sprachst mit dem Franzosen auf der Segeljolle neben dir.«

»Ja! Ja!« kam es hastig von Falke.

»Kossak, die Nase an der Scheibe, murmelte wie närrisch immer wieder vor sich hin: ›Da steht er... Das ist er... Hannes! Das ist Hannes... Da steht er! Das ist er! Das ist er!‹ Mit einem Ausdruck im Gesicht – ich dachte, jetzt rast er raus und schießt dich über den Haufen. Aber in diesem Moment hast du dich verabschiedet und bist vom Boot gegangen. Er lehnte sich vor, versuchte, dir mit den Augen zu folgen. ›Was wollen Sie tun?‹ fragte ich. ›Warten, bis es ganz dunkel ist.‹ – ›Und dann?‹ Keine Antwort. Er bestellte noch einen Kaffee. Keinen Alkohol mehr, wir müßten nüchtern bleiben. Wir? Ich hatte mich etwas erholt, und die Grappa gab mir Mut. ›Was wollen Sie von mir? Ich verlange, daß Sie mir endlich sagen, was Sie von mir wollen, sonst rufe ich den Kellner.‹ Da lachte er, und wieder nicht die Spur ironisch, sondern laut und herzlich. ›Was kann der mir schon anhaben!‹ Und er legte die .38er aufs Tischtuch. ›Verhalten Sie sich ruhig, und tun sie, was ich sage. *Sie* haben was zu verlieren, ich nicht. Ich habe ein Glaukom auf meinem sogenannten guten Auge, in spätestens einem Jahr bin ich blind. Sonst noch Fragen?‹ – ›Ja‹, sagte ich. ›Kann ich jetzt meinen Mann benachrichtigen?‹ – ›Noch nicht‹, sagte er. Grinste plötzlich. ›Habe mir übrigens gestern Ihre Türme angesehen – und auch Ihren kleinen Bärtigen. Der lief da oben auf der Brüstung auf und ab wie ein Tiger im Käfig, etwas nervös, wie mir schien. Später ging er runter zum Postamt. Aber da war kein Telegramm für ihn.‹ Das amüsierte ihn wieder, und ich begriff, was aus meinem Telegramm geworden war... ›Hören Sie‹, sagte ich. ›Das Lokal wird sich jetzt bald füllen. Wollen Sie eine Schießerei riskieren?‹ Er überlegte, stand auf, legte ein paar Scheine auf den Tisch und schob mich zum Ausgang. Dabei flüsterte er mir ins Ohr: ›Ich kann schlecht sehen, wenn's dunkel wird, jemand muß mich führen.‹ Jetzt wußte ich's endlich. Ich war sein Blindenhund. Und wohin sollte ich ihn führen? Er grinste. ›Raten Sie mal!‹ Hielt sich an mir fest, als wir die steilen Stufen zum Kai hinunterstiegen. ›Zum Boot!‹ kommandierte er. ›Was wollen Sie dort?‹ – ›Das geht Sie nichts an.‹ Er stieß mich mit der .38er vor sich her. Dabei wußte er ungefähr, wo die ›Gudrun‹ lag, zählte laut die Boote ab, an denen wir vorbeigingen. Vor der ›Gudrun‹ blieb er stehen. ›Hier, nicht wahr?‹ Und als ich nicht widersprach, schob er mich vor sich her die Gangway hinauf. Leute bummelten den Kai entlang, unterhielten sich, lachten, kein Mensch beachtete uns. Oben, vor dem Eingang, machte er halt, holte seine Taschenlampe, einen Draht und eine Feile aus der Tasche und öffnete das Schloß im Handumdrehen, knurrte nur: ›Wo ist seine Kabine?‹ – ›Die letzte am Gang rechts.‹ Er ging hinter mir den Gang entlang – und dann standen wir in deiner Kajüte, Hannes.«

»O Gott«, murmelte Maximiliane.

»Ja, das dachte ich auch. Wollte er sich hier verstecken und auf Hannes warten? Ihn erschießen? Das Boot in die Luft sprengen? Vielleicht wußte er's selber nicht. Stumm und starr stand er da in der Mitte der Kajüte und atmete die Luft ein wie ein Hund, der eine Fährte in die Nase bekommt. Dann hob er die Taschenlampe und drehte sich langsam im Kreis, immer noch ohne ein Wort. Aber dann sah er etwas...«

»Das Foto«, flüsterte Falke.

Lucia sah ihn einen langen Augenblick an. »Er ging zum Schreibtisch und hob es hoch. Ich erkannte es sofort, hab's ja oft genug hier im Haus auf deinem Nachttisch gesehen. Du hattest mal ganz nebenbei erklärt, die beiden anderen Jungens seien Schulkameraden gewesen. Jetzt wußte ich, wer die zwei waren! Er hielt es in einer Hand, mit der anderen versuchte er, den Strahl der Taschenlampe darauf zu lenken, aber seine Hände zitterten so stark, daß der Schein wie ein Irrlicht im Dunkeln herumflatterte. Plötzlich drehte er sich zu mir um und schrie: ›Raus! Machen Sie, daß Sie wegkommen, ich brauch' Sie nicht mehr. Weg! Weg!‹ Es war etwas Wahnwitziges in seiner Stimme, und ich lief, aber an der Türe blieb ich stehen, konnte vor Aufregung kaum sprechen – und auch vor Angst. ›Nicht! Tun Sie's nicht! Nicht noch einmal. Sie haben ihn ja schon zum halben Krüppel geschossen, ist das nicht genug?‹ Er zielte mit der Taschenlampe direkt auf mein Gesicht. Ich sah nichts mehr, hörte nur seine Stimme, die auf einmal ganz ruhig war, und das machte mir noch mehr Angst. ›Genug?‹ wiederholte er langsam. ›Ich glaube, nicht. Meinen Sie, ich kann nun zu meinem Heuschober in Sizilien heimkehren – und wissen, daß er lebt? Glauben Sie nicht, ich würde früher oder später zurückkommen und die Sache erledigen?‹ ›Für Fima?‹ schrie ich. ›Alles für Fima?‹ Er überlegte, murmelte kaum hörbar: ›Gute Frage‹, schaltete die Lampe endlich ab, und ich konnte sehen, wie er die .38er hob und zielte. ›Raus! Machen Sie, daß Sie wegkommen! Runter vom Boot! Gehen Sie nach Hause! Sie stören mich. Falls Sie irgend jemand benachrichtigen – mir ist's recht. Aber meine Leute werden dafür sorgen, daß Sie bald zum zweitenmal Witwe sind. Hannes... geht Sie nichts an. Werd' später mit ihm abrechnen.‹ Und dann brüllend: ›Raus!‹ Ich warf die Tür hinter mir zu. Stockdunkel. Ich tappte vorwärts bis zum Eingang – konnte plötzlich nicht mehr weiter, tat genau dasselbe, was Maja so oft getan hatte: Ich schlug die Tür zu, blieb aber im Gang.«

Sie hob den Kopf und blickte zu ihrem Mann hinüber, der genau wie die anderen beiden reglos dasaß und sie wie gebannt anstarrte.

»Nun?« sagte er leise. »Wie ist das, weißt du's jetzt endlich?«

»Michele meint, daß ich *euch* vielleicht besser erklären kann als ihm, warum ich nicht einfach davonlief. Er will sich nicht damit zufriedengeben, daß ich ganz einfach Angst hatte, Kossak könne seine Drohung wahrmachen. Ich dachte an den grinsenden Lehrer... und an Michele oben im Castelletto. Ich würde in dauernder Furcht leben, ihn nie allein lassen...«

»Und was *hast* du getan?« drängte Falke.

»Im Gang wollte ich nicht bleiben, aus Angst, er könne mich finden. Ich tastete mich zu dem Besenschrank, in dem Maja manchmal Zuflucht gesucht hatte, und kroch hinein.«

Maximiliane unterbrach sie: »Warum haben Sie ihn nicht einfach seinem Schicksal überlassen?«

»Genau das habe ich sie auch gefragt«, rief Michele.

»Ich konnte nicht. Ich mußte wissen, was er tun würde. Unmöglich, einfach vom Boot zu gehen!«

Falke hob sein blasses Gesicht. »Monstrum! Quäl uns nicht länger. Was geschah?«

»Ich saß im Schrank – bis der Schuß fiel. Drückte die Schranktür auf und raste den Gang hinunter zur Kajüte. Er lag vornübergebeugt auf dem Schreibtisch.«

»Gelogen!« schrie Maximiliane und erhob sich in großer Aufregung. »Wollen Sie uns weismachen, daß er sich erschossen hat? Lüge! Der Schuß saß in der linken Schläfe, das weiß ich genau, er kann sich doch wohl nicht in die linke Schläfe geschossen haben!«

»Doch«, sagte Falke jetzt auf einmal ganz ruhig. »Franz war Linkshänder.«

»Linkshänder«, echote die alte Frau und sank fassungslos auf ihren Sessel zurück. »Also... Selbstmord?«

Niemand antwortete ihr. Lucia sah schweigend vor sich hin.

»Ja, mein Gott, Hannes, und wir zerbrechen uns den Kopf, wer der Mörder sein könnte! Warum hast du nie an diese Möglichkeit gedacht?«

»Natürlich hab' ich daran gedacht, als allererstes sogar. Aber das hätte geheißen, daß Franz sich auf mein Bett gelegt hat, um sich zu erschießen – und das konnte nicht stimmen, denn auf dem Bett fanden sich nur Blutspuren, aber auf der Schreibtischplatte war eine große Lache, und auch eine darunter, auf dem Teppich. Und dann das Pflaster! Das hat er sich doch wohl nicht selbst aufkleben können, also muß eine zweite Person in der Kabine gewesen sein. Ich frage dich: Erschießt man sich im Beisein eines anderen?«

Die alte Frau starrte ihn an, schüttelte langsam den Kopf. »Lucia«, sagte sie dann mit einiger Anstrengung. »Das Pflaster! Haben Sie...?«

»Was ist das?» rief Michele erstaunt. »Hast *du* das getan? Warum hast du mir das nicht erzählt?«

Lucia überlegte, schüttelte dann langsam den Kopf. »Ich hatte es vergessen. Vollkommen vergessen – bis zu dem Augenblick, als ich vorhin eins aus der Tasche nahm und die beiden da zur Salzsäule erstarrten. Da fiel's mir wieder ein. Es gehört zu den Dingen, die ich in einer Art von Nebel und unter einem merkwürdigen Zwang tat, von dem Moment an, als ich den Mann über dem Schreibtisch liegen sah und ihn röcheln hörte. Die Taschenlampe neben ihm auf der Tischplatte zielte aufs Bett. Ich hob ihn auf und legte ihn auf die Bettdecke, sah, wie das Blut aus einer Wunde an der Schläfe sickerte. Ich mußte doch versuchen, es zu stoppen, ich konnte ihn doch nicht so liegen lassen, er war ja noch am Leben! Also riß ich meine Badetasche auf und zerrte ein Pflaster heraus, wischte ihm das Blut mit meinem Blusenärmel vom Gesicht und drückte das Pflaster schnell auf die Wunde – da merkte ich, daß er nicht mehr röchelte. Auch nicht mehr atmete. Ich stand da, konnte mich nicht rühren, während er mich anglotzte – bis sich meine Beine von selbst nach rückwärts bewegten und ich plötzlich gegen die Tür prallte. Und dann rannte ich, rannte... Gott sei Dank war der Kai leer... Nur im ›Pitosfero‹ war noch Licht. Ich lief vorbei, rannte, rannte den Berg hinauf zum Castelletto...«

»Ich stand oben in der offenen Eingangstür, spähte den Pfad hinunter, hörte sie keuchen, noch bevor ich sie sah...«

»Plötzlich stand er vor mir, und ich fiel auf ihn. Wurde zum erstenmal in meinem Leben ohnmächtig. Kam aber bald wieder zu mir, weil er so laut schrie...«

»Ich dachte, sie ist verletzt! Sie war überall mit Blut beschmiert, im Gesicht, an den Händen, die Bluse dunkelrot...«

»Dann konnte ich auch wieder aufstehen. Stellt euch vor...«, sie hob den Kopf mit dem ersten Anflug eines Lächelns, »... stellt euch vor, Michele hätte mich hinauftragen müssen!«

Der kleine Mann lächelte zurück. »Sie ist von großem Format, und nicht nur körperlich. Um neun Uhr lag sie noch ohnmächtig in meinen Armen, und zwei Stunden später wollte sie bereits unbedingt durchs Teleskop beobachten, was nun auf der ›Gudrun‹ geschehen würde. Keiner von uns war in der Verfassung, zum Hafen runterzulaufen, um Hannes zu benachrichtigen.«

»Außerdem fand ich, daß es gut für ihn wäre, in der Klemme zu sitzen und Manschetten zu haben. Wir waren gespannt, wie du dich verhalten würdest. Ob du von Anfang an reinen Tisch machst und die Küstenpolizei benachrichtigst oder ob du alles totschweigst. Nun, du hast es vorgezogen, Kossak auf eigene Faust zu beseitigen. Aber wie du das gemacht hast, das wissen wir nicht. Bis zum heutigen Tag.« Sie blickte erst Falke und dann Maximiliane fest an. »Ich denke, nun ist es wohl an der Zeit, daß *ihr* uns eine Erklärung gebt: Wo habt ihr ihn begraben?«

20

Um sechs Uhr früh stießen sie ab.

Inga hatte ein Ruderboot gemietet, ein Motorboot wäre zu teuer gewesen, jetzt, da Tilling plötzlich ohne Job war und sie am 1. Oktober dasselbe Schicksal erwartete. Sie wollten sich abwechseln, jeder eine halbe Stunde an den Riemen. Inga war keine gute Schwimmerin, aber im Ruderboot stand sie ihren Mann. Sie saß Tilling gegenüber am Bug, hatte Tasso neben sich und auf der anderen Seite eine Tauchermaske und eine wasserdichte Taschenlampe. Ein Sauerstoffgerät würde er nicht brauchen, er wollte sich ja nicht lange unten aufhalten, nur einmal schnell nachschauen, ob alles noch beim alten war.

Inga betrachtete ihn nachdenklich, während er schweigend und mit vollkommener Regelmäßigkeit die Riemen ins Wasser tauchte. Aus ihrem Blick sprach eine gewisse Wut, Traurigkeit und letztlich auch Enttäuschung. Enttäuschung über das, was sie seine Weltfremdheit nannte, seine Rückständigkeit, seinen Mangel an Initiative und – Mut. Jawohl, es fehlte Wenzel ganz einfach an dem Mut, mal was Unkonventionelles zu unternehmen. Oberammergau! Übt immer Treu und Redlichkeit, ihr lieben Kindlein... Denn sonst würden sie den zweiten Brief – »Erpresserbrief«! Lächerlich, Wiedergutmachungsbrief wäre zutreffender –, denn sonst würden sie diesen zweiten Brief *gemeinsam* aufsetzen, und wenn Falke ahnte, wer die Verfasser waren, was machte das schon aus? Er war's ihnen *schuldig*, eine Million und mehr! Vielleicht ließ sich Wenzel doch noch rumkriegen; heute abend wollte sie noch einmal eine Großattacke reiten. Es mußte ihr doch gelingen, ihn zu überzeugen. Der Junge war ein Träumer, paßte einfach nicht ins heutige Leben. Das einzige Zeichen, daß er ihrer Generation angehörte und nicht der seines Großvaters, bestand darin – beinahe mußte sie lachen –, daß er ihr untreu gewesen war. Bravo. Natürlich tat's irgendwo weh, aber trotzdem: Bravo.

Tilling ließ die Riemen fahren und stieß schwer atmend hervor: »Dreißig Minuten. Du bist dran.«

Das Meer war keineswegs *lìmpido*, und sie mußten jedesmal vorsichtig die Plätze wechseln. Tasso hatte seinen Lieblingsstein mitbringen dürfen. Er deponierte ihn auf Tillings nackten Schenkeln, der ihn geistesabwesend lobte und ihm den zottigen Kopf streichelte, während er an Inga vorbei hinauf in die Berge blickte.

An Alexa dachte er nicht, das wagte er nicht. Heute, ganz früh, hatte er sie auf einmal vor dem Kamin stehen sehen... und der Schmerz hatte ihn so rasend versengt, daß er sich am Türrahmen festhalten und sein Gesicht an das harte Holz drücken mußte, als sei's ein Kissen. Seine Gedanken waren bei Falke, und das peinigte ihn noch mehr, aber auf andere Weise. Ob es wohl einen Sinn hatte, sich vor ihn hinzustellen und ihm geradeheraus ins Gesicht zu sagen: »Boß, der Erpresserbrief kam von Inga, aber ich wußte nichts davon«? Würde Falke ihm glauben? Schließlich hatte er doch bereits auf die Wasserskischule verzichtet, das mußte doch für ihn sprechen. Oder würde Falke es für einen besonders gerissenen Trick halten? Auf jeden Fall aber würde das, was er nun bei der Christusstatue auf dem Meeresboden erkunden wollte, helfen. »Boß, ich war unten, und es ist alles in bester Ordnung... Der Sack hängt noch, genau wie ich ihn festgemacht habe... um den brauchen Sie sich keine Sorgen zu machen... Das ist jetzt vorbei... nie geschehen...«

»Da hinten kommt der Torretta-Felsen«, rief Inga.

Sie wechselten ein letztes Mal die Plätze. Er legte sich mächtig in die Riemen, und eine halbe Stunde später erreichten sie die Bucht von San Fruttuoso. Es war noch nicht acht Uhr. Hinter den Fenstern der Abtei regte sich nichts, nur ein paar Fischer standen auf hohen Leitern und suchten nach Rissen in den braunen Netzen an den Stangen.

Tilling manövrierte das Boot so, daß es direkt über der Statue zum Stillstand kam. Dann streifte er die Armbanduhr ab. »Zieh sie an, dann hast du beide Hände frei. Halt Tasso fest, und laß das Boot nicht abtreiben! Länger als 1 Minute 50 werde ich nicht unten bleiben.«

Inga beugte sich über den Bootsrand. »Ich kann nur den Kopf und die Hände sehen, darunter ist alles dunkel.«

»Dafür habe ich ja die Lampe.«

Er streifte sich die schwarze Tauchermaske über den Kopf, steckte die Taschenlampe in den Gürtel seiner roten Badehose, dann stieg er auf den Bug und streckte die Arme kerzengerade vor sich aus. So stand er mit dem Rücken zum Wasser sekundenlang unbeweglich, und Inga dachte: An wen erinnert er mich? Wer steht so kerzengerade angespannt, um den Kopf das schmale Band? Die Arme straff und parallel... Tilling schnellte rückwärts ins Wasser.

Da fiel's ihr ein: der Wagenlenker von Delphi! Mit seiner konzentrierten Muskelkraft im Gegensatz zu dem stoisch-fatalistischen Ausdruck in den Augen, umrostet vom Kranz der bronzenen Wimpern... Sie mußte ihre Betrachtungen unterbrechen, um Tasso zu beruhigen, der seinem Herrn unbedingt folgen wollte. Gleichzeitig bewegte sie die Riemen, um an ihrem Platz zu bleiben. Sie zählte: 1 Minute... 1 Minute 20... 40...

Die Wasseroberfläche barst, und die schwarze Tauchermaske schoß aus dem Wasser. Schwer atmend tastete Tilling nach dem Bootsrand und hielt sich dort fest, ließ sich von dem selig winselnden Tasso die Hände lecken.

»Nun?« rief Inga.

»Nichts«, stieß er hervor.

»Was heißt nichts?«

Es dauerte ein paar Sekunden, bevor er sprechen konnte. »Er ist weg. Der Sack... ist weg.«

»Was? Wie ist das möglich?«

»Nur die Kette... die hängt noch da. Der Sack – weg.«

»Das gibt's doch nicht!« rief sie empört. »Ich denke, du hast ihn mit einem Draht und der Ankerkette befestigt.«

Er antwortete nicht, sammelte seine Kräfte, um sich hochzustemmen und ins Boot zu klettern, ließ sich dann zwischen die Duchten fallen, riß die Maske herunter und schloß die Augen.

Ungeduldig hockte sie ihm gegenüber. »Nun sag schon! Hast du was sehen können?«

Er nickte. »Der Sack ist weg, mehr kann ich dir nicht erzählen. Vielleicht hat sich das Leder um den Drahtzug herum aufgelöst, und die Strömung hat den ganzen Sack ins Meer hinausgetrieben. Durchaus möglich.«

Ob er sie anlog? Nein, dazu sah er zu niedergeschlagen aus.

»Aber du hast ihn doch mit schweren Steinen gefüllt – er muß doch noch ganz in der Nähe liegen. Hast du dich überhaupt umgesehen? Bist ja gar nicht lange unten geblieben.«

Er schlug die Augen auf und sah sie an, ohne zu antworten.

»Wenzel! Es ist doch wichtig, zu wissen, ob er noch in der Nähe herumliegt. Dann kann er doch jederzeit vor der Abtei angespült werden. Vielleicht findest du ihn und kannst ihn wieder an der Kette befestigen.«

»Dazu brauche ich ein Sauerstoffgerät.«

Inga sah sich um. Sie waren inzwischen ein ganzes Stück aufs Meer hinausgetrieben worden. Energisch ergriff sie die Riemen und ruderte das Boot wieder zurück über das bleiche Gesicht und die zitternden, winkenden Hände.

»Versuch's doch noch mal! Vielleicht kannst du ein bißchen länger unten bleiben, um nach ihm zu suchen. Oder willst du wieder zurückrudern, ohne daß wir irgendwas wissen? Der Sack ist weg. *Wo ist er?*«

Tilling sah sie prüfend an. Dann meinte er bedächtig: »Warum ist dir's eigentlich so wichtig, daß der Sack wieder an Ort und Stelle liegt? Was geht's dich an?«

Der Angriff kam so unerwartet, daß sie keine Antwort parat hatte.

Blitzschnell stieß er nach: »Hast du Angst, ich sag's dem Boß, und dann ist dein nächster Erpresserbrief im Eimer?«

»Unsinn!« schrie sie wütend. »Ich denke an dich, nur an dich! Jetzt ist doch alles noch viel riskanter als vorher. Stell dir vor, die Leiche wird plötzlich angeschwemmt!«

Tilling lag noch eine kleine Weile zwischen den Duchten und streichelte den Hund. Dann richtete er sich auf, stieg wieder auf den Bug und stülpte die schwarze Maske über. Stand noch einmal ein paar Sekunden mit ausgestreckten Armen, die Augen wie der griechische Wagenlenker starr ins Nichts gerichtet – und sprang.

Diesmal mußte Inga ihre ganze Kraft aufwenden, um den Hund zurückzuhalten, der unbedingt nachspringen wollte. Dabei zählte sie laut und aufgeregt: »60 Sekunden ... 1 Minute 20 ... 40 ... 50 ... 2 Minuten ... 2 Minuten 10 ... 20 ...«

Und dann, schlagartig, stockte ihr der Atem.

»Was denn ... was denn ...«, flüsterte sie und beugte sich über den Bootsrand. Neben ihr stieß der Hund ein langgezogenes, leises Winseln aus.

Die Fischer auf ihren Leitern drehten erstaunt die Köpfe zum Meer, als sie plötzlich einen markerschütternden Schrei hörten.

»Wen–zel!« gellte es über das Wasser. »Hilfe! Hil–fe!«

Draußen auf dem Meer stand eine Frau in einem Ruderboot nahe der Christusstatue. Sie gestikulierte wie von Sinnen und schrie immer wieder: *»Aiuto! Aiuto ...«*

Eilig stiegen zwei junge Fischer von der Leiter herunter, sprangen in ein Boot und ruderten, so schnell sie konnten, hinaus zur Christusstatue.

»*Dio mio!* Jemand ist ins Wasser gefallen.«

»Da schwimmt was!«

»Wo?«

»Davor ... vorm Boot ... Siehst du es nicht? ... Spritzt wie verrückt.«

»'n Hund! Da ist 'n Hund im Wasser.«

»Deshalb schreit sie? Wegen 'nem Hund?«

»Na komm, hol'n wir 'n ihr raus.«

21

»Da kommen sie. Nur ein paar Leute. Außer dem Priester nicht mal ein Dutzend. Willst du mal durchschauen?«

»Ich seh's auch mit bloßem Auge, es ist ja ein schöner Tag. Ist das das Grab, da ganz in der Ecke links? Das mit den vielen bunten Flecken?«

»Ja. Das sind die Kränze. Falke hat's doch wahrhaftig fertiggebracht, daß man noch ein Plätzchen für den Jungen fand. Ich hab' immer gehört, der Friedhof von San Giorgio könne niemand mehr aufnehmen; er ist ja auch winzig.«

»Kannst du sehen, wer dabei ist?«

»Schwer zu erkennen, alle in Schwarz. Ich glaube, da geht Falke zwischen der Alten und Alexa... Dann sind da noch ein paar junge Leute, die ich nicht kenne, vielleicht Matrosen von anderen Booten... Da kommen Emilio und Antonella und Fabrizio.«

»Und die Freundin, die in San Fruttuoso dabei war? Eine Schwedin, glaube ich.«

»Ich sehe sie nicht... Jetzt gehen alle in die Kapelle hinein... Doch – da kommt noch jemand... ein Mädchen. Das wird die Schwedin sein, denn der Hund ist bei ihr... Sie bleibt stehen, geht nicht in die Kapelle wie die anderen... Jemand schließt die Türflügel...«

»Ich seh's. Das sieht von hier oben immer aus, als würde ein Mund zugemacht.«

»Das Mädchen geht zur Friedhofsbrüstung, siehst du sie? Sie klettert hinauf und schaut aufs Meer hinunter. Ihretwegen wäre

ich eigentlich gerne dabeigewesen, hätte ihr ein paar Worte gesagt. Aber ich hasse Trauerfeiern. Hier oben kann ich viel besser an den Jungen denken als da unten in der dumpfigen Kapelle.«

»Gestern nachmittag, als du geschlafen hast, bin ich hinuntergestiegen und ins Haus gegangen, obgleich ich mir eigentlich nach der Szene neulich geschworen hatte: Nie wieder! Hab' noch mal mit der Alten gesprochen. Ich kann's immer noch nicht fassen, wie vernagelt wir waren, du und ich. Wenn wir nur ein bißchen besser aufgepaßt hätten, als wir den Ausflug nach San Fruttuoso machten und Hannes plötzlich die Fassung verlor, bloß weil der Junge zur Christusstatue hinuntertauchte – da hätten wir's schon wissen müssen. Geniale Idee übrigens. Ich habe Maximiliane gefragt, ob's ihre war. Sie hat aber nichts sagen wollen, hat nur abgewinkt. Eigentlich wollte ich bloß, daß sie wenigstens alle wissen, wie sehr wir Anteil nehmen, auch wenn wir nicht zum Begräbnis kommen. Ich habe ihr gesagt, daß wir alles hier oben durchs Teleskop miterleben werden, ganz so, als ob wir dabei wären.«

»Wie war sie denn, die Alte?«

»Recht verweint. Die anderen habe ich nicht zu Gesicht bekommen. Falke war auf dem Gemeindeamt wegen des Begräbnisses, und Alexa hatte sich in ihr Zimmer eingeschlossen. Maximiliane sagt, sie kommt nicht mal zu den Mahlzeiten heraus.«

»Ich frage mich, wie ist sie eigentlich wieder hier aufgetaucht? Der große Grieche ist doch noch in Elba, oder?«

»Scheinbar hat er Funk an Bord, und als die Nachricht durchgesagt wurde, hat man Alexa bewachen müssen. Sie wollte über Bord springen. Kalandros ließ sofort wenden – mit Höchstgeschwindigkeit, erzählte Maximiliane – und ist gestern ganz früh am Morgen hier angekommen. Hat Alexa abgesetzt und ist gleich wieder ausgefahren. Kaum jemand hat's bemerkt.«

»Wo ist er denn hin?«

»Niemand weiß es. Auch Alexa nicht.«

»Also ist nichts geworden mit ihr und Kalandros.«

»Nichts, sagt die Alte, absolut nichts.«

»Na, dann hat Falke jetzt eine Chance.«

»Sieht ganz so aus.«

»Die Türflügel werden aufgemacht... Siehst du's?«

»Ja. San Giorgio macht den Mund auf. Das war aber ein kurzer Gottesdienst.«

»Was soll der arme Mann schon sagen? Er hat den Jungen doch nicht gekannt. Das einzige, woran er sich klammern konnte, ist die Herkunft aus Oberammergau.«

»Da kommt der Sarg... Du weinst ja, Lucia.«

»Wundert's dich?«

»Jetzt stehen sie alle ums Grab herum... Aber die Schwedin sitzt immer noch allein mit dem Hund auf der Brüstung. Was ist los? Warum tut man so, als existiere sie nicht?«

»Maximiliane sagt, sie *hat den Erpresserbrief geschrieben. Der Junge hatte keine Ahnung.«*

»Also, so *war das! Mein Gott.«*

»Geht da nicht doch *jemand zu ihr rüber?«*

»Maximiliane. Sie humpelt zur Brüstung... Spricht mit ihr... Das Mädchen hat aber den Kopf ganz tief gesenkt, ich kann nicht sehen, ob sie antwortet... Maxie hinkt wieder zurück zum Grab. Der Priester schüttelt jedem die Hand... Falke hat beide Arme um Alexa geschlungen... Nun gehen alle langsam zwischen den Gräbern zum Ausgang...«

»Und die Schwedin?«

»Sie sitzt noch auf der Brüstung. Vielleicht will sie warten, bis alle weg sind... Ja. Jetzt springt sie hinunter und geht mit dem Hund zum Grab... Siehst du sie?«

»Schlecht, zwischen all den bunten Kränzen. Ich sehe nur den schwarzen Hund, den kann ich ganz deutlich erkennen.«

»Schau doch mal durchs Teleskop!«

»Wozu? Ich sehe doch den Hund. Mehr brauche ich nicht.«

»Corriere della Sera«, 18. Mai 1960:

Unfall oder Selbstmord?

Das Rätsel um den jungen Mann, der vor San Fruttuoso verunglückte, ist immer noch nicht geklärt. Es handelt sich um den 25jährigen Matrosen Wenzel Tilling von der SS »Gudrun« (Eigner Herr Johannes Falke, wohnhaft in Portofino). Anscheinend wollte der junge Mann eine Ankerkette der Yacht vom Grund holen, die kürzlich vor San Fruttuoso über Bord gegangen war. Taucher fanden den jungen Mann, in die Kette verstrickt, ertrunken auf dem Meeresboden zu Füßen der Christusstatue.